BESTSELLER

JO NESBØ

El rey de Os

Traducción de
Lotte Katrine Tollefsen

DEBOLS!LLO

Papel certificado por el Forest Stewardship Council®

MIXTO
Papel
FSC® C117695

Penguin
Random House
Grupo Editorial

Título original: *Kongen av Os*

Primera edición en Debolsillo: mayo de 2026

© 2024, Jo Nesbø
Publicado por acuerdo con Salomonsson Agency
© 2024, 2026, Penguin Random House Grupo Editorial, S.A.U.
Travessera de Gràcia, 47-49. 08021 Barcelona
© 2024, Lotte Katrine Tollefsen, por la traducción
Diseño de la cubierta: Marc Cubillas
Imagen de la cubierta: iStock

Printed in Spain – Impreso en España

ISBN: 978-84-663-8855-9
Depósito legal: B-4.389-2026

Impreso en Black Print CPI Ibérica
Sant Andreu de la Barca (Barcelona)

P 388559

El rey de Os

1

Todos tenemos un punto débil. Papá me lo inculcó al enseñarme a boxear. Yo era más pequeño que los demás chavales, y él me mostró que hasta el oponente más aterrador tiene un fallo en la defensa: un área sin cubrir o algún error que está condenado a repetir. Me enseñó también que no basta con encontrar ese punto débil, sino que has de ser lo bastante insensible para aprovecharlo sin dudar. Ese era el mío: un corazón que se enternecía ante los que eran como yo, que se reconocía en todas las debilidades ajenas. Pero el aprendizaje me endureció. Sí, podría decirse que ahora mi corazón es como un volcán inactivo que tuvo su última y postrera erupción ocho años atrás. Aunque ya entonces estaba helado, lo bastante para considerarme un asesino.

En eso pensaba mientras subía los escalones de un chalé con garaje y un jardín repleto de manzanos de colores otoñales en el barrio de Kjelsås, en Oslo. En que soy un asesino.

Era sábado por la noche, cerca de las ocho, y acababa de llamar al timbre con el pulgar. Debajo había un corazón de cerámica donde se leía: «Aquí vive la familia Halden», y una sonrisa pintada.

No sé si pensé en lo de ser un asesino porque tenía mala conciencia o para asegurarme de que era capaz de llevar aquello a cabo, pues sin duda había hecho cosas peores en el pasado. Se me aceleró el corazón al escuchar pasos en el interior. *Tranquilo. Mándalo todo a la mierda y déjalo resuelto.* La puerta se abrió.

—¿Puedo ayudarle?

El hombre era alto, sobrepasaba con creces mi metro setenta y cinco. Esbelto, algo delgado. Cabello canoso, rostro joven. Cuarenta y un años, lo había comprobado. Tras él, en el recibidor, vi dos monos de niño colgados de una percha, así como calzado infantil y de adulto en el típico desorden controlado de las familias con críos. Había averiguado en el registro de la propiedad que hacía cuatro años que la casa era suya. Aposté a que la mujer de Bent Halden había insistido en cambiar de residencia porque necesitaban más espacio tras el nacimiento de su segundo hijo, al menos eso deduje de su cuenta de Instagram. Seguro que él siempre había querido vivir colina arriba para estar cerca del circuito de *footing* y las pistas de esquí. En Google, encontré su nombre en la lista de participantes de varias carreras de esquí y campo a través, la última de varios años atrás; ahora dispondría de menos tiempo para entrenar de lo previsto. Dos niños dan más del doble de trabajo que uno, pero, sobre todo, verse convertido en su propio jefe tras montar una empresa con su colega Jon Fuhr. Especulación mía, pero no creo que errara mucho el tiro. La empresa se llamaba Geo-Data y había obtenido el contrato para verificar las condiciones geológicas en el entorno del túnel de Todde. El motivo era la circunvalación que iba a sustituir la carretera que atravesaba desde siempre el centro de Os, mucho antes de que obtuviera la categoría de carretera nacional, en 1931.

Me aclaré la garganta y dije:

—Roy Opgard. No sé si te acuerdas de mí. —Intenté mostrarme amable, algo azorado, como un paleto en la ciudad. No era mi especialidad, sospecho que tengo pinta de ser Roy haga lo que haga: grave, introvertido, reservado. Por suerte para mí, es la clase de individuo en la que los noruegos confían; creemos que la timidez, la torpeza en las relaciones sociales y la honestidad van de la mano. Bueno, yo también lo creo, así que nada que objetar.

Bent soltó una especie de «aaahhh» prolongada, algo a medio camino entre «sí» y «no sé».

—Te reparé el coche cuando estuviste en Os por trabajo —lo ayudé.

Bent golpeó el aire con el dedo índice.

—¡Claro! Hiciste muy buena faena. —Arrugó la frente con preocupación hasta que se le dibujaron varias hileras de uves—. ¿No te ha llegado el pago?

—Sí, sí. —Intenté soltar una risita—. *Sorry*, tendría que haberte avisado antes de venir, pero ya sabes, en el pueblo lo hacemos así, nos presentamos por las buenas y llamamos al timbre. He estado en Polonia, acabo de aterrizar; me encontraba en la ciudad y recordé que llevaba algo en la guantera que te pertenece. Esto. —Se lo mostré. Vi que, en efecto, Bent no tenía ni la más remota idea de qué era ese objeto de metal cromado—. Lo descubrí cuando ya te había devuelto el coche, se me había olvidado dejarlo de nuevo en su sitio. El coche funciona igual, claro, pero es mejor que lo lleve. ¿Dónde lo tienes aparcado?

—¿El coche? ¿Ahora? No hace falta, seguro que puedo ponerlo por mi cuenta. Por cierto, ¿qué es?

—¿Cómo pensabas ponerlo, eh?

Bent me miró. Sonrió y negó con la cabeza.

—Buena pregunta.

—Me pagaste por un trabajo que, por una vez, no he hecho bien, y me llevará cinco minutos. ¿Dónde...?

—En el garaje —dijo Bent, que se sacó las zapatillas a toda velocidad, agarró las llaves del Audi que colgaban de un gancho y se calzó unas deportivas—. ¡Camilla! ¡Bajo al garaje!

—Hay que acostar a Sigurd.

—¡Empieza tú y yo le leo el cuento!

—¿Tienes hijos? —preguntó Bent, acompañado por el crujido de la grava del camino que daba a un gran garaje pintado de blanco. No estaba preparado para responder a eso y me limité a negar con la cabeza mientras intentaba evitar pensar que ahora ella tendría siete años. No es que llegara a saber que iba a ser una niña, aunque estaba convencido de ello. Tragué saliva. Cada vez lo llevaba mejor, pero no bien del todo.

—¿Así que tienes ese taller de coches en Os? —preguntó con amabilidad—. ¿O aquí decís por Os?

—Como quieras. No, cerró hace mucho. Pero soy mecánico de formación, así que acepto algún coche de vez en cuando, por afición. Llevo la gasolinera que está al lado.

Nos detuvimos ante el garaje, Bent levantó las llaves y el portón se abrió solo. Vi que era de los muy caros. Hoy, Bent Halden habría elegido otro modelo.

—Ah, sí, ahora recuerdo que el del pueblo que me habló de ti lo mencionó. Tú eres el hermano de, de...

—Carl Opgard —dije.

—Eso. —Bent se rio mientras entrábamos—. El rey de Os.

Noté que en cuanto lo dijo se percató de lo condescendiente que sonaba. Como si Os fuera una mierda de sitio donde Carl se las diera de reyezuelo de pacotilla. El rey del estercolero.

—No era mi intención..., es que me pareció entender que por allí casi todo era suyo.

—Es casi el único propietario del Spa de Os. ¿Abres el coche?

—Bueno, pues, en ese caso, en Os sí que será el rey, ¿no?

Me acomodé en el asiento del conductor y Bent ocupó el del copiloto. Saqué un destornillador, quité el panel que había bajo el volante y empecé a trabajar. Bent me observaba con interés fingido.

—¿Y cómo va la cosa con el trabajo? —pregunté mientras movía los cables—. He visto en el informe provisional que os parece que la montaña de Todde tiene buena pinta.

—Así es.

—Vale. ¿Estáis seguros del todo?

—Bastante seguros.

—¿Cómo puedes estarlo si no ves la roca?

—Los datos sísmicos siempre pueden dar lugar a distintas interpretaciones, claro.

—Y sois vosotros o, mejor dicho, tú quien los interpreta y presenta una conclusión, ¿cierto?

—Sí, en principio, sí. Junto con mi socio.

—Jon Fuhr.

—Jon, eso es. Somos los geólogos responsables.

—Tú eres propietario del sesenta por ciento, y él, del cuarenta. ¿Qué hacéis cuando no estáis de acuerdo?

—Vaya, estás muy bien informado sobre nosotros. Cómo...

—Solo hay que comprobar los datos de la empresa en el registro mercantil de Brønnøysund, nada más. Hace poco tuve que verificar la contabilidad de una empresa norteamericana que fabrica montañas rusas, ¿sabes? No resultó fácil, joder. Eso me hizo pensar que aquí, en Noruega, damos la transparencia por descontada. Somos una nación tan confiada que seguro que un estadounidense diría que parecemos unos ingenuos. Precisamente porque tenemos acceso a toda la información creemos los unos en los otros. Es como en el pueblo. En Os la gente lo sabe todo de los demás. O casi. No es que todo el mundo nos caiga bien, pero asumimos que más o menos dicen la verdad. Del mismo modo que la Dirección General de Carreteras confía en que la conclusión a la que lleguéis Jon y tú será la verdad.

—Sí, tenemos buena reputación, claro.

—Pero no muy buena situación económica. —Levanté la vista y sonreí como si quisiera disculparme—. Según el registro mercantil de Brønnøysund, digo.

Bent sonreía con menos entusiasmo.

—Las cosas se atascaron un poco durante la pandemia. ¿Qué quieres saber?

Me concentré en mi labor.

—¿Estás seguro de que se puede horadar un túnel cumpliendo con el presupuesto estimado para la circunvalación de la carretera nacional? Valóralo del uno al diez, por ejemplo.

—Bueno —dijo Bent—, puede que ocho. Nueve, si estimamos que no costará más del doble de lo previsto.

—¿Por qué no diez?

No respondió, se limitó a observarme. Yo levanté el destornillador.

—¿Qué te haría cambiar de opinión?

—¿Qué quieres..., Roy? Así te llamabas, ¿no?

Sonreí.

—Lo lamento, Bent. He formulado las preguntas según un manual de técnicas de persuasión con base científica. La idea es hacer preguntas hasta que el otro se convenza por sí mismo de que tienes razón. Es de un libro que me pasó mi hermano, él hace cosas de esas.

—¿Persuadir?

—Sí. Vende proyectos y eso. Se le da bien.

—Entonces, estás aquí... ¿para venderme algo?

—Podría decirse así, sí. Pero voy a dejarme de charlatanería.

—¿Sí?

—Sí. Te voy a persuadir a la antigua. Os daré a ti y a tu socio doce millones de coronas si ponéis en el informe para la Dirección General de Carreteras que ese túnel no debería hacerse.

Se hizo un silencio.

—¿Estás intentando sobornarme? —preguntó Bent.

Asentí con un movimiento de cabeza.

—Sí. Suena fatal, pero supongo que es la definición correcta.

Bent rio entre dientes, incrédulo.

—¿Y cómo es posible que creas que puedes tener éxito?

—Para empezar, porque has hablado en presente.

—¿Cómo?

—Si descartaras la idea del todo, habrías dicho: «¿Cómo es posible que creyeras que podrías tener éxito?». El libro ese lo explica, que las palabras que elegimos desvelan nuestros pensamientos, muchas veces antes de que nosotros mismos seamos conscientes de ellos.

Bent resopló.

—¿Y lo siguiente?

—¿Qué?

—Has dicho «para empezar».

—Ah, sí. —Abrí la guantera, saqué el permiso de circulación y se lo mostré—. Le eché un vistazo cuando arreglé el coche. Dice aquí que no eres el dueño del vehículo. Entiendo que es un *leasing* de la empresa. El *leasing* es una inversión de mierda, ¿lo sabías?

—¿Y qué?

—También había tres multas sin pagar, fuera de plazo. Eso solo me dice una cosa, que tu empresa y tú tenéis un problema de tesorería, Bent.

—¿Por eso crees que me puedes sobornar? Escúchame bien, Roy. Prefiero declarar un concurso de acreedores antes que cometer un delito.

Había levantado la voz, pero dudé que se sintiera tan indignado como fingía. Moví la cabeza de lado a lado, como si estuviera meditando.

—Bueno, ¿tan criminal sería? Nadie sabe con exactitud qué hay dentro de esa montaña. Podría ser agua, podría estar sin compactar. Ocho sobre diez, eso significa que hay un veinte por ciento de probabilidades de que el informe provisional esté equivocado. Eso es bastante, ¿estamos de acuerdo? Solo hay que cambiar ligeramente de punto de vista, ver si hay otras maneras de interpretar los datos. ¿A que sí?

Bent no respondió.

—Vale, podrías declarar un concurso de acreedores, pero esa familia que tienes ahí arriba, no. —Señalé el chalé con un movimiento de cabeza y supuse, por el temblor en uno de sus ojos, que había acertado. Su punto débil. La familia. También era mi punto débil. Pero reprimí la compasión que se abría paso en mi interior y me mantuve impasible—. Lo comprobé en el registro de la propiedad —dije—. El casoplón está hipotecado al límite y la casa de tu socio también. A lo mejor tuvisteis que arriesgaros para poder abrir la empresa.

Bent no movió la cabeza, pero yo diría que asintió con la mirada.

—Y entonces llegó la pandemia, y eso. —Suspiré—. Vale, lo bueno de esto es que no te resultará difícil convencer a Jon de que participe.

Bent abrió mucho los ojos.

—Estás loco. Jon es...

—... Alguien con una condena previa por malversación —interrumpí—, y por agresión.

Bent se quedó paralizado, con la boca abierta.

—Las sentencias también son públicas —expliqué—. ¿No te lo ha contado? Vale que fue una cantidad pequeña, cuando era estudiante y trabajaba en un bar, pero le condenaron a seis meses de prisión condicional. Así que tiene madera. Por eso he venido a hablar contigo, Bent. Para que tú se lo comentes a él. No debería resultarte difícil.

Bent tragó saliva. Inclinó la cabeza y se quedó mirando al suelo. Yo diría que, así en general, parecía estar resignado. Recordé lo que papá solía decir cuando nos contaba a Carl y a mí cómo domaban caballos salvajes en Norteamérica, que el momento más traicionero era ese instante en que el caballo se quedaba inmóvil y daba la impresión de que se había rendido. Tenías que andarte con cuidado, porque podías tener por seguro que haría una cabriola más.

—Puedo declarar la empresa en quiebra y conseguir trabajo como geólogo donde quiera mañana mismo —sentenció Bent de pronto con voz cortante—. Con mejor sueldo que el que estoy ganando ahora.

Era verdad, yo lo sabía. Pero también tenía claro que su motivación no era el salario. Era crear algo, ser su propio jefe. Había dicho que yo era el encargado del taller y me había costado reprimir el impulso de corregirle y decir que era el dueño. Incluso había precisado que llevaba la gasolinera, no que fuera de mi propiedad. Sonaba pomposo, presumido.

Recuerdo que Mari, la novia de juventud de Carl, me preguntó por qué éramos tan diferentes, por qué no presumía como él. Respondí que porque me parecía que valía suficiente por mí mismo. Mentira, claro. Porque no es así, nunca ha sido así. Para mí, en mi cabeza, soy un miserable inquilino, un siervo. Un solitario sin habilidades sociales, disléxico y sin más formación o modales que los que me he ganado con mi propio esfuerzo en una aldea de montaña. Con un hermano que tenía todo aquello de lo que yo carecía: listo en el colegio, popular entre las chicas, hábil con la gente en general. A Carl nunca le hizo falta un manual de ventas para comprender qué teclas había que tocar, él era el manual.

—Es bueno tener confianza —dije y empujé el panel bajo el volante para devolverlo a su lugar—. Es lo más valioso que tenemos en Noruega, más que el petróleo. Sí, las autoridades creerán en tu informe. Igual que confiaron en el informe meteorológico que decía que en Hurum había equis número de días de niebla y decidieron situar el aeropuerto en Gardermoen. ¿Lo recuerdas? Fue en 1994. Muchos empresarios tenían interés en que se eligiera Gardermoen. Ese ingeniero, Wiborg, empezó a dar la murga, dijo que las mediciones eran erróneas. Y dos días antes de que fuera a presentar sus datos al Congreso de los Diputados, la espichó, mira tú. Suicidio, dijeron. A pesar de que nadie se explicara cómo él, solo y desnudo, podía haber atravesado el doble cristal de su habitación del hotel, en una tercera planta.

Bent parpadeaba frenéticamente. El tipo me daba pena, claro. Del mismo modo que sentía compasión por los que buscaban pelea en el baile de Årtun porque Carl había ligado con sus chicas. Estaban celosos, normal. Solían ser forasteros y no sabían que Carl tenía un hermano mayor, más bajito que él, eso sí, que no tardaría en darles una paliza. Una paliza brutal. No me producía ninguna satisfacción entonces, tampoco ahora. Era una de esas cosas que había que hacer, por la familia.

Bent soltó el aire acumulado en los pulmones, miró por el parabrisas, hacia el portón del garaje. Sí, estaba encerrado, se había dado cuenta. No es que matar o mutilar fueran una opción, era solo para darle un argumento más en las discusiones que iba a tener consigo mismo esa noche. Para que pudiera decirse que no estaba motivado por su ambición, no, sino por el afán de cuidar su salud. ¿Había concluido? ¿Podía dar mi trabajo por terminado? Esperaba de verdad que fuera así. No tenía fuerzas para jugar mi última baza. Dejar caer, como quien no quiere la cosa, el nombre de su mujer y de la guardería y el colegio al que iban sus hijos.

Además, involucrando a la familia nunca se sabe lo que puede pasar. Levanté en el aire la pieza metálica.

—Vaya —dije—. Parece que se me ha vuelto a olvidar ponerla en su sitio.

2

¿Puede cualquiera convertirse en un asesino? ¿O tenemos algunos, la mayoría, una barrera mental o moral que nos impide quitarle a alguien la vida? No hablo de matar en defensa propia o en estado de enajenación mental, sino de si es posible que gente corriente, buena, como por ejemplo Bent Halden, sea capaz de matar a un congénere a sangre fría, sin más motivo que conseguir una vida un poco mejor o más fácil.

En eso pensaba mientras mi Volvo V60 y yo nos abríamos paso en la oscuridad. Como era habitual, se tardaba un poco menos en ir de Oslo a Os bien entrada la noche. Era algo más de medianoche cuando me desvié de la carretera y me detuve en el cerro donde a la luz del día se ven tanto el cartel con el nombre de la comarca como la parte del pueblo que se extiende por la orilla del lago de Budal. Os es, en pocas palabras, una población de unos mil habitantes, tres mil en toda la comarca. Está a seiscientos metros de altura sobre el mar; los veranos son breves, secos y cálidos, mientras que los inviernos son duros e intensos. El pueblo y la mayoría de las granjas, porque esta es tierra de campesinos, están a resguardo del valle, mientras que otras, como la Opgard, están en la misma ladera, con mucha tierra de pasto y un mínimo de terreno cultivable. El tópico diría que allí vive gente resistente y parca en palabras que ha aprendido a sobrevivir en un entorno hostil, pero, ¡qué cojones!, no se aleja mucho de la verdad. Condiciones que dan lugar a un pueblo que hace equilibrios entre la calidez de una solidaridad tenaz y una claustrofóbica cultura de cotilleos y envidias.

El turismo es la principal fuente de ingresos, en especial la venta de parcelas para casas de vacaciones, el Spa de Os y el camping, que también alquila cabañas. Hasta que se construyó el spa, convirtiendo a su propietario en el rey del lugar, Os había sido el imperio de Willum Willumsen, dueño tanto del concesionario de coches de segunda mano como de las cabañas del camping. Aunque el emperador era el alcalde Aas, que estuvo toda su vida en el poder con el Partido Laborista, hasta que se retiró por decisión propia, y sigue siendo una respetable eminencia a quien el nuevo alcalde no tiene más remedio que hacer caso.

La luna se alzaba pálida sobre Ottertind y las estrellas quedaban a la vista. No sé mucho de ellas, para mí son demasiado grandes y están muy lejos. Pero, si hubiera tenido a alguien a mi lado en el coche, podría haberle contado muchas cosas de Os. Podría haberle explicado de quién era cada una de las casas cuyas luces veíamos allá abajo mientras las iba señalando con el dedo.

Por un instante perdí el control, imaginé que era ella quien ocupaba el asiento del copiloto y que la niña iba detrás, pendiente de todo. Y les conté que allí abajo, chicas, allí donde se ve más luz, está la plaza, y que la luz que se distingue justo encima es de la casa grande que está construyendo el tío Carl.

Me contuve y me arrastré de vuelta a la realidad.

Había estado ausente tres días, y al segundo ya estaba deseando volver. No sé por qué. En este pueblo había perdido todo lo que tenía, y también lo había ganado. Odiaba este lugar, lo amaba. Al fin y al cabo, ¿qué más puede uno esperar de su pueblo?

Metí una marcha más y el Volvo salió a la carretera nacional. Llegó hasta las casas, pasó por delante del taller y de mi gasolinera, y frente a la casa de Smitt, con las ventanas sucias del polvo de la carretera y un cartel enorme en la pared que anunciaba cortes de pelo y un servicio de solárium de tal modo que los viajeros debían de creer que se ofrecían de manera simultánea.

Cien metros más allá se encontraba la capilla. La pintura blanca de las paredes estaba reseca, pero solo de momento. Desde que era un niño había visto cómo la fe llegaba al pueblo en oleadas, por un tiempo se inundaba de vida espiritual, donaciones y nuevas manos de pintura a la capilla. Hasta que se pasaba, el demonio volvía a tomar las riendas y el edificio se quedaba vacío, oscuro, con el eco del don de lenguas y prometedores testimonios entre las paredes. Había algo tenebroso tanto en la capilla como en los sonrientes predicadores ambulantes que aparecían y se quedaban a vivir unos meses. Como si hubieran ocurrido cosas tras esa puerta presidida por una cruz, cosas de esas de las que no se habla. Eso, además de los divinos escándalos de los que sí se cotilleaba, que probablemente nunca habían sucedido.

Reduje la velocidad en el centro, si es que la placita puede llamarse así, bajé la ventanilla y miré hacia el Fritt Fall, el único lugar al que se podía ir un sábado por la noche en Os. Reconocí la cuidada caligrafía de Erik en la pizarra montada sobre un caballete, delante de la puerta. «Dj Erik. Happy our every hour». El ritmo del bajo hacía vibrar el aire incluso fuera, seguro que había buen rollo y mucha gente. Le compré el Fritt Fall a Erik Nerell por dos duros, no porque creyera que se podía ganar dinero con la hostelería en Os, sino porque quería la propiedad. Algún día, si todo salía según lo previsto, valdría mucho más que la cantidad por la que Erik se había visto obligado a vender. Era culpa suya, no había sido diligente en la gestión. Acordamos, como parte del trato, que Erik seguiría trabajando allí, pero contraté a Julie —había demostrado que era capaz de llevar la gasolinera en mi ausencia— para que se hiciera cargo del local. Se deshizo de la mesa de billar, compró un horno para pizzas y una cafetera italiana y amplió la oferta de cervezas a veinte marcas de distintas partes del mundo.

No es que fuera una mina de oro, pero funcionaba, aportaba a Os un valor añadido, algo de vida pasadas las cinco de la tarde, y no debían ignorarse las sinergias que eso podía generar. Hacia el este, con la silueta recortada a la luz de la luna, vi la casa a la que Carl pensaba mudarse en unos seis meses, cuando estuviera terminada. La gente la llamaba Kongsgården, el palacio real, y sí, tenía cierto aire señorial allí arriba, como en la canción de Springsteen, «Mansion on the Hill».

Al desviarme a la derecha, pasé por delante de Nergard. Me fijé, como hace la gente de pueblo, en que el coche de Grete Smitt estaba aparcado en el patio, detrás del de Simon. Inicié el ascenso por la estrecha carretera hasta la cima. Reduje la marcha por Japansvingen y, finalmente, por Geitesvingen. Entré en el patio y aparqué entre el granero y la pequeña casa principal, junto al BMW de Carl.

Opgard. Mi hogar.

Carl estaba levantado. No se había cambiado el traje, ocupaba la vieja mecedora de nuestro padre en el jardín de invierno y bebía cerveza. Fue idea de papá que la humilde vivienda que construyó en la granja de la montaña tuviera un porche americano. E idea de mi madre acristalarla y llamarla jardín de invierno. Supongo que eso dice algo de su origen. Había trabajado de criada y ama de llaves para una familia de navieros en la ciudad y le gustaba que las cosas sonaran británicas y a clase alta, por eso llamaba a nuestro pequeño recibidor, que apestaba a ganado, el *haaaall*. Papá se había criado campo adentro, en Minnesota, con un Cadillac, la iglesia metodista, *pursuit of happiness*, y nos había puesto a Carl y a mí un segundo nombre en homenaje a políticos republicanos. En mi caso, Calvin, por el presidente Calvin Coolidge, y en el de Carl, Abel, por Abel Parker Upshur, el tipo que se ocupó de anexionarse Texas.

Desde el jardín de invierno teníamos vistas a todo el pueblo. No podíamos ver el Spa de Os, que estaba al oeste, tras el otero, pero se tardaba solo un cuarto de hora en llegar a pie por el baldío de nuestra propiedad, lo mismo que ir en coche hasta el pueblo para luego seguir las indicaciones por la carretera asfaltada que llevaba al hotel. Le había preguntado a Carl por qué se empeñaba en ir en coche; si fuera a pie, a lo mejor se quitaría de encima un par de los kilos que parecían sumarse a su figura cada año que pasaba, mientras que yo estaba cada vez más reseco. Pero opinaba que el director de un hotel debía llegar con cierta dignidad y que los kilos de más le conferían gravedad.

Me senté junto a Carl, saqué la caja de tabaco de mascar Berry en dosis individuales y me introduje una bajo el labio. Papá fue quien me enseñó que debía colocarse bajo el inferior, no en el superior como hacían por estos lares. También que tenía que ser Berry, no esa mierda escandinava que consumían los demás.

—¿Y? —dijo Carl.

—Ya veremos —respondí, cogí la última cerveza del alféizar de la ventana, saqué la navaja de la funda y empujé la chapa. Me supo bien. Una cerveza siempre sabía bien. La sed de más era lo que me diferenciaba de Carl y de papá. Yo era el tipo sobrio que había sido el chófer de Carl desde que tuve edad suficiente para conducir, una edad que en Os se alcanza bastante antes de poder sacarte el carnet. Desde los dieciséis había llevado a Carl y a Mari al baile en Årtun, los había esperado, había bebido refrescos y peleado para, más tarde, llevarlos de vuelta a casa. Rompieron después de que su mejor amiga, Grete Smitt, se chivara de que se lo había montado con Carl. Él se había marchado a Estados Unidos para estudiar y había regresado quince años más tarde con una esposa y planes de construir el Spa de Os. De eso hacía más de ocho años y la esposa ya no estaba, pero el hotel sí. Una mina de oro, un hotel de alta montaña de cinco estrellas, el orgullo del pueblo y su único *claim to fame*.

—Pero ¿tú qué crees? —dijo Carl reprimiendo un eructo.

Me encogí de hombros.

—Noventa millones de coronas por una montaña rusa es mucho.

—Me refiero al geólogo. ¿Aceptó la oferta?

—No lo sé. Le he dado tiempo para pensarlo.

—¿Eh? ¿Eso quiere decir que tiene dudas?

—Eso quiere decir que, afortunadamente, tiene escrúpulos.

—¿Afortunadamente?

—Sí. —Bebí un trago—. Si se enfrenta a su conciencia ahora, no lo hará después.

—¿Y eso nos conviene?

—Significa que, cuando acepte, no nos arriesgaremos a que se arrepienta y cambie de opinión. Y, puesto que tiene principios morales, no dirá que sí para engañarnos.

—A veces parece que el listo eres tú —dejó caer Carl, que se llevó la botella a los morros y la vació.

Era una broma, pero no por ello menos cierta. Casi nadie creía que yo fuera más listo que Carl.

—Ha llegado la respuesta de la sección de Seguridad Vial de la Dirección General de Carreteras —dijo, y se puso de pie—. ¿Otra cerveza?

Levanté la botella para que viera que todavía me quedaba. Lo perdí de vista y oí que se abría y cerraba la puerta del frigorífico en la cocina.

Era característico de la dramaturgia que desplegaba Carl, dejar caer una idea y luego hacer una pausa para acrecentar tus expectativas. Supongo que le funcionaba cuando iba a vender proyectos nuevos, pero yo ya estaba tan acostumbrado que no me embargaba la emoción, no me impacientaba, ni me irritaba. Oí que abría una botella mientras miraba hacia la curva que llamábamos Geitesvingen, a la luz de la luna. El límite exacto donde terminaba el camino público y empezaba el nuestro particular había sido motivo de discusión con las autoridades durante años. Nosotros opinábamos que era responsabilidad suya colocar quitamiedos en la curva donde la montaña se desplomaba cien metros en perpendicular hacia Huken, un estrecho barranco que se resistía a devolver lo que caía en su interior, ya fueran cabras o personas. Y si eran coches, Huken se los quedaba.

Cuando papá y mamá murieron yo estaba a punto de cumplir los dieciocho, y Carl aún no tenía diecisiete. Vimos cómo conducían hacia la curva en el Cadillac DeVille negro de papá y se precipitaban por ella. Si hubiera habido un quitamiedos, no habría ocurrido, la Dirección General de Carreteras estuvo de acuerdo. Tuvieron que caer al barranco dos coches más para que lo aceptaran y asumieran las medidas de seguridad.

Carl regresó y tomó asiento.

—Empezarán después del fin de semana.

—Vaya —dije—. Son buenas noticias. ¿Cómo has conseguido que vengan tan pronto?

—Ejercí de Carl —dijo muy serio—. Quieren saber de qué color queremos que pinten el quitamiedos.

Me eché a reír. Brindamos.

—La mala noticia es que antes quieren sacar los coches.

Casi me atraganté con la cerveza.

—¿Estás de coña?

—No, van a usar dos grúas y un sistema de poleas, según dicen. Yo no entiendo eso de las poleas, pero supongo que tú sí.

Asentí. Aunque solo he aprobado la parte teórica del título de formación profesional de mecánico de coches, comprendo cómo funcionan los vectores de fuerza y las letras no se me mezclan tanto cuando nada más hay tres o cuatro en una fórmula.

Carl sabía de negocios. Cuando acabó el bachillerato de ciencias y cortó con Mari, el alcalde Aas le consiguió una beca que daba una asociación de noruegos emigrados a Minnesota. Solo tenía noticias de él si necesitaba dinero. Pasé quince años sin verlo. Desde que volvió de Estados Unidos, unos ocho años atrás, apenas había pasado un día sin que nos viéramos.

La gente se extrañaba un poco de que nosotros, dos hermanos de cierta edad, optáramos por vivir juntos en una granja en la montaña. Viejos asuntos y antiguos rumores sobre mí emergieron de nuevo; si pasas de los treinta sin haber fundado una familia en un sitio como Os, la gente empieza a hacerse preguntas.

En nuestra adolescencia había corrido el rumor de que abusaba sexualmente de mi hermano. Sí, que éramos algo así como novios. Los cotilleos no cesaron, ni siquiera cuando Carl y Mari empezaron a salir. En el mejor de los casos se aplacaron un poco cuando cumplí los diecisiete y se empezó a comentar que me lo montaba con la mujer de Willum Willumsen. Así, la gente dejó de insinuar que en Opgard había podido elegir entre doce cabras. Pensarían que, si me tiraba a la reina de Os, Rita Willumsen, no podía ser un pervertido. Carl era demasiado ligón para ser homosexual y hasta se había traído una esposa de Estados Unidos.

La gente opinaba mucho y sabía muy poco. A nosotros nos daba igual. Digámoslo así: era mejor que pensaran lo peor de nosotros, los Opgard, porque en ningún caso se aproximaba a la verdad.

—Tranquilo —dijo Carl—. Se limitarán a llevarse los coches directamente al desguace.

—¿Seguro? Has sido tú quien ha dicho que eran malas noticias.

—Pensé que tú las considerarías malas. Yo creo que está bien que nos deshagamos de los coches. Así no los tendremos encima como la espada de Sísifos.

—Sísifo —corregí—. Y ese es el de la roca. El de la espada se llamaba Damocles.

Carl se rio.

—Fue muy raro volver a casa y que de pronto supieras todas esas cosas. Como si hubieras ido a un colegio del que los demás no sabíamos nada.

—Nadie sabía nada de esa escuela —dije en voz baja y me quedé mirando la etiqueta de la botella de cerveza.

Carl rio entre dientes.

—Cierto, pero Rita Willumsen no pudo enseñarte tanto en tan poco tiempo.

—Supongo que puso algo en marcha. Y no sé una mierda de las «cosas esas», lo que pasa es que resulta jodidamente fácil impresionaros, panda de paletos.

—¿Impresionarnos? Pero si nos das arcadas, ¿no te has dado cuenta?

Volvimos a reírnos. Carl estaba de buenas. Cuando lo veía así, pensaba que iba a quedarme muy solo si se mudaba a su mansión, pero sabía que con un par cervezas se pasaría a la zona oscura. La de papá. Ese lugar tenebroso, callado y sufriente que había sido mi dominio, pero que Carl —ese al que todos veían como el seductor, despreocupado y extrovertido de nosotros dos— frecuentaba cada vez más a menudo.

—Jo, Rita estaba muy bien —dijo Carl, y miró soñador por la ventana.

—Sigue estando muy bien —asentí y bebí un trago.

—¿Ah, sí? ¿Has conseguido algo con ella?

Solté una risita.

—Ella y Kurt Olsen se prometieron la semana pasada, supongo que te refieres al camping.

—Por supuesto.

—La pelota sigue en su tejado y no he tenido noticias.

—No le van a hacer una oferta mejor. Pero si Geo-Data presenta un informe contrario a la construcción del túnel, el precio se disparará.

Asentí. Cuando se resolvió modificar el trazado de la carretera nacional y circunvalar el pueblo, el valor de las propiedades de Os se desplomó. Subió un poco cuando se anunció la construcción del Spa de Os, pero un hotel no puede hacer milagros en un pueblo aislado sin carretera nacional, aunque el municipio tenga tres mil habitantes escasos. Los precios se estancaron y bajaron en Os, mientras en el resto del país se incrementaba la cotización de las viviendas y prosperaban las empresas, tanto en los pueblos como en las ciudades. En resumen: si la gente se enteraba de que la carretera nacional seguiría atravesando Os a pesar de todo, el pueblo tendría que ponerse al día de veinte años de subida de precios, y sucedería prácticamente de un día para otro. El camping, situado junto al lago y solo a doscientos metros de la plaza, sería el bocado más exquisito, multiplicaría su precio varias veces, caía de cajón. Sí, urgía comprarlo.

Willum Willumsen, que en paz descanse, no solo había cumplido con los tópicos del astuto vendedor de coches de segunda mano, sino que los había superado. Yo le había preguntado a papá si era verdad lo que decían en el colegio, que Willumsen le había tomado el pelo a base de bien con el precio cuando compró el defectuoso Cadillac DeVille. Se limitó a responder: «Los Opgard no regateamos». Creo que esa respuesta contenía tanta amargura como orgullo. Y un poco de vergüenza.

—Mañana irá al partido —dijo Carl.

—¿Cómo lo sabes?

—Todo el mundo estará mañana en ese partido. Si ganamos, ascenderemos de división. A falta de siete partidos para que finalice la temporada.

—¿Ah, sí? ¿Y qué división es esa?

Carl gimió.

—Vale que no te interese el fútbol, pero se supone que este es nuestro equipo.

Era cierto solo en parte. Por iniciativa de Carl, el Os F. C. se había transformado en una sociedad anónima de la que el Spa de Os era propietario del ochenta por ciento de las acciones. Un par de años antes le había vendido a Carl la mayoría de mis acciones del spa, así que mi parte del club era mínima. Esto hacía juego con mi falta de interés. Tampoco a Carl le importaba el fútbol, solo buscaba amor y creía que el camino más corto al corazón de un pueblo pasaba por apoyar al equipo local. Empezamos siendo espónsores, luego Carl quiso crear una sociedad anónima y ser dueño del club, para que pudiéramos comprar y pagar un par de buenos jugadores a tiempo completo y un entrenador. Parece ser que aquello resultaba inaudito en un club de quinta división, y la gente se reía y decía que solo los jeques y los rusos eran los jodidos propietarios de un club de fútbol. Pero cerraron la boca cuando este se hizo con un delantero nigeriano, contrató al que fuera el jugador estrella del Os F. C., Kurt Olsen, como entrenador a tiempo parcial y el equipo subió a cuarta sin perder un solo partido. Y, si no me equivocaba, parecía que ahora iba a ascender a tercera.

—Vale, iré —dije—. ¿Alguna novedad más?

—Por fin he conseguido que esa empresa de Alemania me haga la cocina a medida que quiero para la casa. Y han visto un lobo en Steinssetra.

—¿De verdad?

—No..., no lo sé, lo vio Simon Nergard.

Nos echamos a reír. Nergard era nuestro vecino más próximo, a pesar de que la granja estaba en la llanura, muy por debajo de nosotros, y Simon tenía fama de trolero y de cotilla, casi tanto como su novia, Grete Smitt, que estaba al frente de la peluquería, la central de rumores del pueblo.

—Pero ayer Erik Nerell encontró los restos de una oveja en la misma zona —añadió Carl—. Dice que está claro que ha sido un depredador. No se habían comido mucho, así que cree que, si ha sido un lobo, no iba en manada, sino que se trata de un solitario.

Negué con la cabeza.

—Aquí no ha habido lobos en los últimos cincuenta años. Seguro que es solo un perro callejero. No me extrañaría que fuera el rottweiler de Simon y que esté gritando «lobo, lobo» para que no le echen la culpa a su perro.

Carl rio por lo bajo.

—Suponiendo que hubiera un lobo por los senderos por los que pasean los huéspedes del hotel, ¿es buena o mala publicidad?

—Buena pregunta —dije—. Pero no durará mucho.

—¿Quieres decir que seguirá su camino?

—Morirá. El lobo vive de cazar animales grandes, y para eso tiene que atacar en manada.

—¿Casi como nosotros?

—Casi como nosotros —asentí y di otro trago. Tenía calor y estaba cansado. Resultaba relajante charlar así con la persona que mejor conoces en este mundo, tanto que casi parece una prolongación de ti mismo. Si Carl empezaba una frase, me bastaban tres palabras para saber cómo iba a terminarla, y viceversa, así que muchas veces nos conformábamos con decir esas tres palabras. Era casi como estar solo, ahorrabas saliva y energías.

—¿Nada más que contar? —pregunté.

—No. Bueno, sí. Hemos contratado a una directora de ventas. Una chica joven y lista, de por aquí.

—¿Sí?

Carl volvió a hacerlo. Bebió despacio y me hizo esperar. Tomó aire. Pero, en lugar del nombre, soltó un prolongado eructo.

—Jesús, Carl. ¿Es para hoy?

—*Sorry*. La hija del hojalatero Moe.

—¿Natalie?

—¿La recuerdas? Ah, sí, la historia aquella. Ya casi se me había olvidado.

Puede que se engañara, pero Carl no lo había olvidado; en el mejor de los casos lo habría reprimido. Porque «esa historia» solo se la había contado a él.

Fue poco después del regreso de Carl, cuando Natalie Moe estudiaba la ESO. Era una niña delgada, pálida y con los ojos desbordados de pánico, que iba con demasiada frecuencia a la tienda de la gasolinera a comprar EllaOne, la píldora del día después. Le pregunté a Julie, que trabajaba conmigo e iba a la misma clase que Natalie, si tenía un novio al que debería sugerirle que usara preservativo, pero ella creía que Natalie se iba acostando por ahí con varios. No sé por qué, pero no me cuadraba, hasta que un día vino el padre, el hojalatero Moe, a comprar la píldora del día después él también. Y fue cuando reconocí la vergüenza en su mirada y lo comprendí. Como no logré que el alguacil Kurt Olsen hiciera nada en base a mis sospechas, me tomé la justicia por mi mano: fui a ver a Moe, lo dejé medio muerto de una paliza y le dije que volvería para rematar la faena si no ponía a su hija a buen recaudo, a mucha distancia de casa. Si hacía lo que le pedía, a cambio yo mantendría la boca cerrada. Natalie acabó secundaria en Notodden. Una vez que pasé por allí la vi por casualidad, en una cafetería con amigos. No le dirigí la palabra, solo me fijé en que ya no tenía esa cara de pánico.

—¿Hablas con los franceses? —pregunté para cambiar de tema de conversación, puesto que hay sucesos y asuntos que Carl y yo evitamos mencionar.

—Todos los días —dijo—. Les gustan nuestros márgenes de beneficio y nuestras cifras, les entusiasman los planos del ala nueva y el miércoles vendrán dos ingenieros a inspeccionar el hotel.

—Bien —respondí. Recibieron con escepticismo el plan de ampliación del Spa de Os en la asamblea general de accionistas, compuesta en su totalidad por inversores locales, incluido yo. Se basaba en un temor bien fundado a un descenso de la afluencia de turistas cuando desapareciera la carretera nacional. Los argumentos de Carl se habían impuesto. Dijo que consolidarse equivalía a suicidarse, que para que el hotel fuera una buena razón para desviarse por Os debíamos pensar a la ofensiva, a lo grande, en modo espectacular. «Crecer o morir», opinaba Carl. «No podemos ser un hotel boutique de cinco estrellas. Es imprescindible que se nos vea en el mapa, y para eso no basta con pensar en la calidad, también necesitamos tener suficiente masa crítica. Quiero que no solo este pueblo, sino toda esta parte de la provincia, sea sinónimo del Spa de Os. Al oír su nombre no solo deben pensar en un hotel o en baños calientes, sino en una experiencia. Para eso hay que invertir, no retroceder».

Después se produjo una discusión intensa pero breve sobre si se debía hacer una emisión de acciones para un inversor externo. Se impuso la sensatez, la capacidad de invertir capital de Os era limitada. El grupo hotelero francés Alpin tenía un quince por ciento de las acciones del hotel después de que Carl —que conocía al director gerente de Alpin de sus años en el sector inmobiliario de Toronto— los invitara a participar durante el periodo de refinanciación que siguió al incendio. Ahora habían ofrecido a Alpin acciones de nueva emisión que equivaldrían en total a un cuarenta y cinco por ciento de la empresa. Los de Os teníamos la tranquilidad de conservar el control, mientras que se repartía el riesgo y los franceses tal vez podrían aportar su experiencia para promocionar el hotel también en el extranjero. En cuanto se llegara a un acuerdo sobre el precio por acción, se firmaría y comenzarían las obras. Si antes de esa fecha se hiciera público un informe de Geo-Data que implique que el túnel no vaya a construirse, los franceses estarían dispuestos a pagar bastante más por las acciones del hotel.

—Me voy a dormir —dijo Carl y se puso en pie.

—Vale. Buenas noches.

—Buenas noches. Te veo pensativo.

Asentí.

—¿Sabes lo que pensé cuando llamé a la puerta de Halden?

—¿Que lo hacías por tu equipo?

—Sí. Pero pensé, antes que nada, que soy un asesino. Que somos unos asesinos.

Carl me miró enarcando una ceja.

—Que descanses —dijo, y se marchó. Como ya he mencionado, hay temas de los que evitamos hablar.

Me quedé mirando la oscuridad de la noche mientras oía sus pasos arriba, en el dormitorio.

Siete asesinatos.

Carl y yo habíamos quitado la vida a un total de siete personas. Y un perro.

Vacié lo que quedaba en la botella.

No, no me gustaba que esos coches emergieran a la luz del día.

3

La noche antes de llamar a la puerta de Halden para ofrecerle doce millones de coronas por falsificar un informe, estaba en Polonia. Para ser precisos, en Zator, una ciudad de unos cuatro mil habitantes al sur del país. En concreto, en el parque de atracciones Energylandia, el más grande de Polonia. Y concretando aún más, en un vagón que ascendía hasta la cima de Zadra, la montaña rusa más alta del mundo fabricada en madera. Para ser exactos, era una mezcla de acero y madera. Al menos eso fue lo que me explicó el promotor Glen Moore, de Rocky Mountain Constructions tratando de hacerse oír sobre el ruido de los raíles. El sonido me recordó al de cadenas arrastrándose entre el fango de un barco que leva anclas. No, a las cadenas de un matadero levantando los cadáveres de animales que pronto colgarán oscilantes en el aire. Intenté prestar atención a Moore, que se explayaba sobre los detalles técnicos, pero es difícil concentrarse cuando sabes que en unos segundos acometerás una caída libre de 62,8 metros.

Me estaba mirando y comprendí que me había preguntado algo:

—*Sorry?*

—He preguntado si hay mucho viento —dijo en inglés.

—Sí —respondí.

—¿Temperaturas bajas?

—Sí, está en las montañas.

—Entonces no recomendaría madera, sino acero.

—No. Tiene que ser una montaña rusa de madera.

Moore me miró desconcertado.

No habría tenido tiempo para explicárselo aunque hubiera querido, porque habíamos llegado a la cima. Cesó el arrastrar de cadenas y ya no veía raíles, solo campos de cultivo polacos, una llanura que se extendía hacia el horizonte. Si hubiera tenido tiempo de dar una explicación resumida, habría sido tan solo un nombre. Shannon Alleyne.

El vagón casi se detuvo al borde del precipicio, como si él también tuviera miedo. El morro se inclinó. Más. Sentí el cosquilleo de la aceleración en las tripas y creía que ya estábamos en vertical, pero los raíles seguían escapando a nuestra mirada, como si fueran hacia dentro. Pensé que debía de ser la sensación que produciría ir en un coche que no fuera capaz de pasar la curva de Geitesvingen, sentir que se pierde el contacto con el suelo, volcar hacia delante por el enorme peso del motor, contemplar el abismo de Huken. Cerré los ojos.

Shannon Alleyne entró como un torbellino en mi vida hacía ocho años. Yo tenía treinta y cinco, estaba soltero, era un asesino en serie y estaba, eso resultaba evidente, listo para fundar una familia.

Escribo «evidente» porque no había sido consciente de ello hasta que, de repente, un día me contó que esperaba un hijo mío, y comprendí por mi reacción que era algo que deseaba. Me sentí «sobrevolando la luna», como dicen al otro lado del charco (*over there*). Puede que no deseara una familia como tal, y que viera las cosas de otro modo porque Shannon Alleyne era la madre. Porque Shannon era perfecta. Menuda, pálida, una chiquilla con rostro de ángel, voz de barítono y una mente tan aguda que tenías que poner todos los sentidos para seguirle el ritmo. Su familia era originaria de los *redlegs* de Barbados, la clase blanca obrera, alcoholizada y pobre, descendientes de escoceses e irlandeses emigrados cien años atrás. En su entorno nadie tenía estudios más allá de primaria. Shannon había pulverizado todas las previsiones, pues había estudiado Arquitectura en Canadá y le auguraban una carrera entre los mejores. Era dura, sentimental, y estaba loca. Sabía muy bien que era superdotada, y era tenaz y ambiciosa. No por ella, sino por su obra. Por eso luchó como una leona por sus crías para defender la obra de arte minimalista que había diseñado para albergar el Spa de Os frente a los inversores del pueblo, que querían algo más barato, conformista, tradicional. Con sus ideas y la gente a la que consideraba su familia, Shannon era leal a morir, una combatiente que preferirías tener en tu bando, no como enemiga. Tan divina, apasionada y devoradora en la cama que acostarse con ella recordaba más a una batalla en el lecho, lejos del amor perezoso y vacilante que había conocido con Rita Willumsen.

Shannon Alleyne era perfecta, insisto. Solo tenía un defecto. Era la esposa de mi hermano.

En las fechas en las que Shannon se quedó embarazada, Carl estaba desesperado y hundido, como persona y como empresario. El Spa de Os se estaba construyendo, había perdido el control del presupuesto y, en secreto, había pedido un préstamo a Willumsen con un tipo de interés de usurero. Shannon no le dejaba en paz, porque consideraba que no se respetaban sus planos hasta el último detalle. Tal vez esa presión contribuyera a que mi hermano le pegara una paliza cada cierto tiempo. Yo estaba desesperadamente enamorado de ella desde hacía un año, y ella también de mí. Supongo que hacía tiempo que íbamos hacia un desenlace inevitable cuando acabamos en la cama de una habitación de hotel de Notodden. Fue entonces cuando le descubrí los cardenales en el cuerpo. ¿Fue ese el momento en que por fin fui capaz de odiar a Carl? ¿O tampoco entonces, no del todo? ¿La deuda y la culpa que arrastraba desde nuestra infancia eran demasiado pesadas?

En Nochevieja, el Spa de Os quedó destruido por un incendio. Según dijeron, la causa fue un cohete de los fuegos artificiales. Otros insinuaron que era un intento de estafar al seguro. Pero Carl me hizo saber que había prescindido del seguro contra incendios para ahorrar dinero. Eso quería decir que, al pedir el préstamo, se había jugado no solo su parte de la herencia, sino también la mía. Yo era propietario de un porcentaje menor del hotel. El plan, que se acababa de ir a la mierda, era que vendería mi parte cuando el spa estuviera en funcionamiento, para poder comprar la gasolinera que gestionaba. Había que hacer algo.

El préstamo de Willumsen venció y su matón danés apareció por Opgard en un Jaguar blanco. Era un frío día de invierno, y yo añadí otro asesinato más a la lista que compartía con Carl al verter agua en la curva de Geitesvingen hasta que se heló y formó una capa escurridiza como un cristal. El alguacil Kurt Olsen se cuestionó este accidente, al igual que la aparición de Willumsen muerto en su cama. Yo respondí que los accidentes suceden. Lo mismo puede decirse de los suicidios, solo había que fijarse en el padre de Kurt, el viejo alguacil, sin ir más lejos. Vi el odio que destilaba su mirada pero, al igual que su padre, no pudo probar nada.

Al contrario, la policía científica, KRIPOS, había llegado a la conclusión de que era el matón quien había asesinado a Willumsen, su empleador.

En Opgard habíamos solucionado los problemas más inmediatos, con una excepción: Carl.

No recuerdo bien si fue idea de Shannon o mía, pero al menos ambos tuvimos claro que solo había una salida si queríamos permanecer juntos y salvar la situación económica. Quitar a Carl de en medio. No había sido una decisión fácil, pero una vez que la tomamos, fue sorprendentemente sencillo llevarla a cabo. Uno repite lo que ya ha funcionado antes, así que el plan no era muy original.

Vacié el líquido para frenos del coche de Carl para que no pudiera reducir la velocidad en la curva de Geitesvingen. Ese día, antes de que condujera de Opgard a la reunión con los inversores para volver a levantar el Spa de Os, Carl se enfrentó a Shannon por la noticia de su embarazo. Le dijo que sabía quién era el padre, un americano que había intentado ligar con ella y que había visto en la lista de clientes alojados en el hotel de Notodden con el que había coincidido. Ella se echó a reír y, cegado por la ira, Carl le golpeó en la cabeza con una plancha. Entonces ella confesó. No con quién le había sido infiel, sino que fue ella quien prendió fuego al hotel. Para que pudiera reconstruirse tal y como ella quería.

Carl le pegó de nuevo. Shannon no volvió a respirar ni a reír.

Él hizo lo mismo que cuando había matado al viejo alguacil. Me llamó y me suplicó que lo ayudara a arreglarlo.

Colocamos a Shannon al volante del Cadillac DeVille de Carl, hice girar la llave en el contacto y dejé que se deslizara hacia Geitesvingen y Huken. Observé el rojo de los pilotos traseros hasta que desaparecieron por el precipicio, llevándose a mi amada y a nuestro hijo. Dejé que Carl llorara apoyado en mi hombro.

Al abrir los ojos volvía a estar en Zator, en Polonia, y vi los soportes de la estructura lanzarse a nuestro encuentro mientras las vías rojas se retorcían y doblaban hacia dentro y hacia fuera ante nosotros, como si estuvieran intentando escapar. Pero no las perdíamos de vista. De repente estábamos boca abajo. Me habían explicado que la montaña rusa tenía tres de esas inversiones que producían una extraña sensación de ingravidez. Otra curva cerrada y creí que me daba un pequeño tirón en el costado.

Un minuto después de haber estado en la cima se acabó, el vagón redujo la velocidad en una curva suave a la izquierda y se detuvo.

—¿Qué opinas? —preguntó Moore, y me observó.

Asentí para darle mi aprobación. Hubo varios trayectos empinados, pero ninguno como la primera caída. Nada es comparable a la primera caída.

4

Faltaban cinco minutos para que empezara el partido. Aparcamos el BMW de Carl detrás de las casetas de los invasores alemanes que habían hecho las veces de vestuario para el Os F. C. desde que acabara la guerra. Papá solía comentar que las carreteras y las infraestructuras noruegas no habrían sido las mismas sin los cinco años de ocupación alemana. La media de edad de la población era mayor en Noruega tras la contienda; los ingleses, americanos y rusos habían hecho la guerra por nosotros. Si se tomaba un par de cervezas de más, ya sabíamos lo que nos esperaba, muchas veces con las cuerdas vocales vibrando de indignación:

«¿Sabíais que murieron más rusos que noruegos batallando contra los nazis en tierra noruega? ¡En territorio noruego! Este es el pueblo más cobarde de Europa, ¡joder! ¡Solo unos pocos se levantaron en armas para proteger su patria, mientras que dos millones de norteamericanos cruzaron el charco y se jugaron la vida *to save our ass*! ¡Venid!».

Tocaba descolgar la escopeta Remington del soporte que había encima de la puerta, salir a la escalera y tirar al blanco a lo que fuera que papá señalara.

«¡Este lugar es nuestro reino!», proclamaba. «Si viniera alguien a arrebatárnoslo, lo protegeríamos hasta el último aliento. ¿Comprendido?».

Carl y yo asentíamos con la cabeza y disparábamos a los nazis y a los comunistas que nos imaginábamos agazapados entre el brezo.

Aparecimos tras los barracones de los alemanes y pasamos junto al resto de coches aparcados.

—Te lo dije, ha venido —sentenció Carl cuando dejamos atrás el Saab Sonett modelo del 58 de Rita Willumsen, un deportivo y el único descapotable del pueblo. Hay que tener cierta clase para moverte por Os en un Saab Sonett descapotado sin parecer imbécil. Rita Willumsen tenía estilo para eso y mucho más.

Llegamos a tiempo para ver salir al campo a los equipos. El Os F. C. iba vestido de rojo con los logos de sus patrocinadores. El más grande en el pecho: SPA DE OS. Los jugadores saltaron corriendo al campo entre aplausos dispersos y gritos de ánimo. Estimé a ojo que había entre trescientos y cuatrocientos espectadores, no estaba nada mal. La mayoría se agolpaba en el lado oeste del campo donde los barracones ofrecían alguna protección contra el viento, a ambos lados de una tribuna de madera de siete metros de largo por dos y medio de altura que hacía las veces de grada VIP para los patrocinadores del club. Allí se encontraba el director de la Caja de Ahorros de Os, junto al alcalde, Voss Gilbert, que era el presidente del club. No podía faltar el antiguo alcalde Aas, junto a su hija Mari y su yerno Dan Krane. Este era periodista del periódico local *Diario de Os*, y di por hecho que habría venido para documentar el ascenso del club. Saludé con un movimiento de cabeza al gerente del supermercado Coop, subimos a la tribuna y me situé junto a Rita Willumsen. La mayoría de la gente vestía chaquetones o anoraks, pero ella llevaba un elegante abrigo de color burdeos que, sumado a los botines de tacón alto y su pose erguida, le confería un aire casi majestuoso. Tenía acceso a la tribuna VIP tanto por su condición de espónsor a través de la empresa Willumsen AS como por formar parte de la junta directiva del Spa de Os, pero algo me decía que habría acabado por subir a la tribuna de todas formas, aunque solo fuera porque Rita Willumsen era lo más parecido a la clase alta que había en la localidad.

—No es frecuente verte en un partido —dijo.

Me encogí de hombros.

—«¡Hurra, Os, tritúralos, mastica y escúpelos como un albaricoque!».

—Muy gracioso. Pero hace años que no cantamos eso.

—Ya lo sé, es solo para dejar claro que tengo los *atecedentes* en orden.

—Antecedentes.

Esbocé una sonrisa. Parecía que hubiera pasado una eternidad desde el verano en que Rita Willumsen y yo nos habíamos encontrado en secreto en su refugio reformado de los pastos veraniegos, como si nunca hubiera ocurrido. Lo que ella me había enseñado sobre la importancia de hablar bien, tener buenos modales, historia del arte, amor y literatura era la prueba de que había sucedido. Decía que nuestra relación era una interminable fiesta de Sant Jordi, en la que al parecer ellas regalan libros a sus amados y ellos a ellas rosas. Nunca olvidaré ese verano con los sonetos de Petrarca y el Sonett de Rita.

—Gracias —dije en voz baja.

—No des las gracias antes de tiempo —respondió también bajito—. Toca partido.

Vi que ya habían hecho el saque.

—¿Contra quién jugamos? —susurré.

—Eso me pregunto yo más de una vez —dijo ella.

—¿Kurt no te lo cuenta? —pregunté, señalando con un movimiento de cabeza al otro lado del campo. El alguacil Kurt Olsen lucía su abundante cabellera rubia, un cigarrillo en la comisura de los labios y los brazos cruzados ante el banquillo de los reservas y el equipo técnico. No, en aquel tiempo habían sido pocos los que se creyeron los rumores sobre el chaval de diecisiete años y Rita, aunque puede que su gusto por los jóvenes se hubiera hecho más evidente cuando, al cabo de un par de años viuda, empezó a salir con Kurt Olsen, que iba un curso por debajo del mío.

—Kurt tiene que preservar la confidencialidad —dijo ella—. Y creo que está jugando un partido distinto del nuestro.

—¿Qué partido jugamos nosotros?

—Eso me pregunto yo, Roy. No me has contado para qué quieres el camping. No me subestimes, haz el favor.

—¿Por eso has rechazado la oferta? ¿Quieres más información e incrementar el precio hasta alcanzar la cifra que crees que vale para mí? —pregunté.

—¿Ves?, así me gustas más.

—¿Y si solo quiero ser el propietario?

—Tonterías. Ser propietario del solar no tiene ningún valor añadido, tú quieres beneficios.

—Somos campesinos. Poseer tierras lo es todo para nosotros, lo llevamos en la sangre, es como una enfermedad.

Rita sonrió.

—Quieres ser propietario de más terrenos de Os que tu hermano, ¿es eso?

Me encogí de hombros.

—La rivalidad entre hermanos es una motivación tan válida como cualquier otra.

—Ajá —susurró ella.

—¿Ajá?

—Intentas quitarle importancia porque he acertado. Bien, ya sé por qué. Y también que para ti vale más de lo que ofertas. ¿Qué me dices de incrementar el precio un diez por ciento?

—¿Cinco millones y medio? ¿Ese es tu precio?

—¿Y si lo fuera?

La gente que nos rodeaba soltó un grito de alegría. Supuse que ya habíamos metido un gol.

—Vale —acepté, y le tendí la mano—. Trato hecho.

Observó mi mano sin cogerla.

—¿No regateas?

—Los Opgard no regateamos.

—No, Willum me lo contó. Pero a lo mejor deberíais aprender a negociar. Ahora me has hecho creer que puedo subir el precio aún más.

—Creí que acabábamos de cerrar un trato.

—No, era un hipotético diez por ciento más.

—Maldita sea, Rita, empiezas a sonar como Willum.

Ella soltó una carcajada.

—Todos hemos necesitado maestros, Roy. Tú me tuviste a mí y yo tuve a mi marido. Por lo demás, prefiero no tener que escuchar el nombre de Willum, ni en tu boca ni en la de tu hermano.

Mantuvo la sonrisa intacta, pero su mirada se había oscurecido. En aquella ocasión, ocho años atrás, hubo aspectos poco concluyentes del suicidio de su marido. A mí no me habían resultado tan dudosos. Nada más aparecer muerto en la cama con una pistola en la almohada, se encontró una carta en la que perdonaba a Carl los treinta millones que le debía, así, sin más, y le concedía otros treinta. Sin ese dinero, el Spa de Os no estaría donde está. Con esa suma Rita nunca hubiera tenido necesidad de vender el camping. Tal vez no resulte extraño que, cuando Carl le dio el pésame en el entierro, ella se inclinara y le susurrara al oído: «Asesino».

Rita echaba más de menos el dinero que a aquel canalla gordo, viejo y celoso que vendía coches de segunda mano. El dinero no genera tanto odio como el amor de verdad y ella parecía, con el paso de los años, haber dejado atrás el resentimiento más intenso. Yo no era un iluso; si Rita podía dañar a alguien de Opgard o meterle palos entre las ruedas, lo haría. Como ahora.

—Diez por ciento más —dije—. Mañana es lunes, la oferta está en pie hasta las cuatro. Después volveré al precio original.

—Una cosa es el precio —repuso—. Otra, cómo vas a poder pagar. Dudo que tengas tanto dinero contante y sonante, y no será fácil vender una gasolinera que ya no estará en la carretera nacional.

—¿Sabes que esa no es mi única propiedad?

—Sí, claro, podrías pagarme con acciones del Spa de Os, pero no querrás.

—¿Por qué no?

—Porque sabes que, si me das más del seis por ciento, en total seré propietaria del once, y podría lograr la mayoría en la junta con Alpin, cuando se incorporen. De ser así, los días de Carl Opgard al frente del hotel habrán acabado, pondrán a una marioneta de los franceses en su lugar. Así que, Roy, ¿de dónde vas a sacar el dinero?

No pude reprimir una sonrisa.

—Supongo que tendré que pedirlo prestado —dije señalando la parte alta de la tribuna con un movimiento de cabeza.

Rita me observó. Me miró de arriba abajo, igual que aquel cálido día de verano del que había transcurrido una eternidad, cuando entró en el taller subida a sus tacones y yo, un chaval de diecisiete años, tenía el torso desnudo y manchado de aceite después de haberle apretado las tuercas a su Saab. Enarcó una de sus perfiladas cejas y valoró si me iba a dejar presionar algo más. Parecía estar calculando mi capacidad de endeudamiento.

—Suerte con eso —me dijo, y volvió a fijar su atención en el campo de juego.

Subí dos escalones de la tribuna de madera. Daba igual que llevara puesta una parka, el director del banco, Asle Vendelbo, seguía teniendo pinta de director de banco. No digo que todos tengan el mismo aspecto, pero no había duda de que Asle Vendelbo parecía uno. Sonriente y amable, hablaba en voz baja y suave como la seda. Como si hubiera nacido en la más absoluta discreción. Puede que fuera así, porque al menos tres generaciones de su familia habían gestionado la funeraria de

Notodden. A ella acudían la mayoría de los vecinos de Os cuando alguien se despedía de este mundo, y se me hacía raro pensar que yo había sido responsable de varios de sus encargos. Me situé a su lado.

—Bueno, Roy, vamos a ganar ¿o qué?

—Depende.

—¿De qué crees que depende?

—De si nos atrevemos a arriesgar y pasar a la ofensiva.

Vendelbo me miró de soslayo.

—Voy a pedir un préstamo de cien millones —dije.

Vendelbo miró al campo, se balanceó sobre los talones, cruzó las manos a la espalda y sacó mentón. Resulta curioso cómo podemos heredar tics y costumbres, porque era como ver a Vendelbo padre en la parte trasera de la iglesia durante el entierro de mamá y papá.

—Me gustaría lanzar un silbido de esos —dijo Vendelbo—. Pero no sé silbar.

—¿Tú qué crees? —pregunté.

—Por supuesto, dependerá por completo de cuál sea su finalidad.

—Te lo pregunto así, en general.

—¿En general? —Escrutó mi rostro. No debió hallar gran cosa—. En términos generales, diría que es una cantidad muy importante para un banco tan pequeño como el nuestro. Así que todo se reduce a cuál es la garantía que puedes aportar.

—¿Y si la tuviera?

—En ese caso, tenemos que evaluar el riesgo en función de ella. De todos modos, un préstamo de esa cuantía tendría que pasar por la oficina central.

—Eso imaginaba.

—Si te digo la verdad, has despertado mi curiosidad, Roy. ¿De qué proyecto se trata?

—Sabrás más cuando llegue el momento. Solo quería avisarte. Puede que te pida que convoques una reunión dentro de no mucho. Mientras tanto, ¿cuento con que no comentarás esta conversación con nadie?

Vendelbo asintió con la cabeza y murmuró algo, pero un grito unánime e iracundo del público ahogó sus palabras. Miré al campo. Uno de los jugadores de nuestro equipo había caído, pero el árbitro había dejado que el partido prosiguiera.

Me despedí de Vendelbo llevándome dos dedos a la frente y seguí avanzando por la tribuna. Me abrí paso entre la familia Aas. El viejo Jo Aas movió la cabeza con una sonrisa. Mari también. La gente del pueblo, ya fuera joven o vieja, sumaba peso a su bamboleante silueta cada año que pasaba, pero Mari estaba cada vez más delgada. Yo no era capaz de decidir si seguía siendo guapa o solo me lo parecía porque la había conocido cuando era la princesa del lugar y atribuía instintivamente belleza a su rostro huesudo.

Tras romper con Carl se había marchado a Oslo a estudiar Ciencias Políticas, o «el arte de aparentar», como lo llamaban en Os. En la capital había conocido a Dan Krane y se lo había traído de vuelta al pueblo. Era un tipo delgado, como Mari, con una nuez prominente y venas visibles en la sien afeitada, que dejaban traslucir lo que ocurría tras sus fríos ojos azules. Era, como la familia Aas, activo en política, y apuesto a que albergaba intenciones de asumir un día el bastón de mando de la alcaldía que ostentaba su suegro, y que consideraba como un trampolín su puesto de periodista en el diario del partido socialista, *Diario de Os*.

Durante mucho tiempo todo fue rodado. Vivían en un pueblo donde no había ningún Carl ni otras reminiscencias del pasado. Tuvieron dos hijos y Dan era, si no popular, sí respetado. Por muy amable y campechana que intente ser la gente como Mari o Dan, luciendo camisas de franela y acortando el final de las sílabas, no logran disimular que se sienten un poco por encima del común de los mortales en un lugar como Os. Dan trabajaba sin prisa pero sin pausa para adaptarse. Se sacó la licencia de caza, llevaba las botas de goma con el borde doblado hacia abajo y cambiaba cada vez más terminaciones en «ado» por «ao», tanto al hablar como al escribir.

Entonces ocurrió algo imprevisto. En pocas palabras, Carl regresó de Estados Unidos. Venía con su esposa y no debía de suponer amenaza alguna. Pero llegó con un aspecto deslumbrante, parecía un millonario subido al escenario de Årtun mientras comentaba los planes del Spa de Os, del que quería hacer copropietarios a todos los vecinos del pueblo. Dijo que el hotel sería la reacción de nuestra gente ante el túnel de Todde.

Nadie había sospechado que Mari fuera ligera de cascos. Al contrario, como hija del alcalde, más bien parecía una guardiana de la moral. Por otra parte, creo que hay algo en las mujeres como Mari que las hace sentirse irremisiblemente atraídas por el macho alfa. Sí, ni siquiera estoy seguro de que intenten resistirse; tal vez les parezca algo lógico, inevitable, que pertenece al poder. Carl era, sin duda alguna, el macho alfa, el salvador que había regresado con los suyos y solo era cuestión de tiempo que ambos retomaran el contacto a espaldas de todos los demás. Salvo por Grete Smitt, claro, un tiburón que puede oler la sangre a kilómetros de distancia. No es que Grete chismorreara sobre el asunto con los clientes que acudían a la peluquería y solárium Smitt porque los cotilleos del día iban incluidos en el precio. Pero algo de lo que se dijo o se insinuó hizo referencia a Dan Krane. Tener constancia de que lo engañaban daría lugar a discusiones en casa, pero tenían dos hijos, de modo que habrían intentado cerrar las vías de agua, evitar el naufragio. Las humillaciones no se acabaron ahí.

Mari dio a luz a su tercera hija, la que ahora había cumplido seis años, y el parecido con Carl era tan evidente que, según Grete, incluso Jo Aas había hablado con su hija para preguntarle qué estaba pasando. Dan también se habría dado cuenta, pero fingía no verlo o lo dejaba pasar por consideración con sus hijos. Era asombroso que siguieran adelante con su matrimonio, cuando Dan era un hombre vencido. Él nunca me cayó bien lo que no quiere decir gran cosa, puesto que muy poca gente me cae en gracia. Pero con una hija que era el vivo retrato de Carl, Krane empezó a darme pena. Su paso rápido, el caminar erguido y los editoriales cargados de inspiración habían sido reemplazados por una cabeza que con demasiada frecuencia se inclinaba sobre una cerveza a la hora del aperitivo en el Fritt Fall y editoriales flojos que no destilaban ni entusiasmo ni ira, solo indiferencia.

Como ahora.

Intenté establecer contacto visual para, al menos, saludarlo, pero Krane estaba en el escalón de arriba y me miraba, literalmente, por encima del hombro, con la vista perdida en la infinidad del campo, como si también le importara una mierda lo que pasara allí.

Me situé junto a Carl. Me volví hacia Kurt, que estaba al otro lado del campo. A esta distancia daba la sensación de que me sostenía la mirada, de que observaba a los hermanos Opgard. Mucha gente se había preguntado por qué Kurt había trasladado el banquillo al otro lado del terreno de juego. Para empezar, obligaba a los entrenadores, reservas y cuerpo técnico a cruzar el campo un mínimo de cuatro veces por partido, y también tenían que aguantar el azote del viento del oeste en la cara durante dos tiempo de cuarenta y cinco minutos cada uno. Algunos decían que era porque Kurt no quería oír las barbaridades que soltaba el público, que siempre se ponía a resguardo en los barracones. Otros creían haberle oído decir que buscaba distanciarse de los propietarios del club y de los espónsores de la tribuna VIP; ni hablar de que intentaran condicionar sus decisiones, joder. Creo que había un factor más. Kurt Olsen no quería darnos la espalda a Carl y a mí. Quería mirarnos a los ojos. Ver lo que estaba por venir. Que nosotros viéramos lo que se aproximaba.

Una bocanada de aire inesperado y frío del este movió los banderines del Spa de Os a ambos lados de la tribuna.

—Aquí hay mucho odio —dije.

—Típico del derbi —respondió Carl, y asintió con la cabeza—. Deberían haberles sacado dos amarillas como poco.

Suspiré. Miré el reloj. Quedaba media hora. Y solo estábamos en el primer tiempo.

5

Esa misma noche se celebró el ascenso en el Fritt Fall.

No faltó nadie, como suele decirse.

Yo hubiera preferido una noche en soledad con los planos de la montaña rusa y la grabación de noventa segundos que llevaba en el teléfono de mi desplome sobre las vías de Polonia. Me había informado un poco sobre las leyes de la física. Velocidad, peso, fricción, resistencia del aire, temperatura y demás. Es un juego de fuerzas que actúan en distintas direcciones y que deben controlarse entre ellas. Tienes que mantener la visión de conjunto o se irá todo al infierno. Por fortuna todo es muy previsible; la física obedece mucho más las leyes que la gente. Me encantaba observar esos planos, la estricta y cuadriculada geometría de la estructura en contraste con las elegantes curvas de la pista que se elevaban contra el horizonte a modo de réplica del fondo montañoso. No era un monstruo de la velocidad como los que habían empezado a construir en Asia y Estados Unidos, pistas de acero en varias capas, de ciento cuarenta metros de altura y que, que alcanzaban una velocidad máxima de doscientos cuarenta kilómetros por hora. A pesar de que una montaña rusa de madera construida según mis planos sería la más alta del mundo, se trataba sobre todo de la estética, de la fusión del arte con la física. Una experiencia completa desde que veías la montaña rusa al llegar hasta encontrarte encima, dentro y debajo, entregado a fuerzas que escapan a tu control. Quería que fuera un concierto en el que solo tuvieras que liberar tus sentidos y dejarte llevar.

Abrirme no es una de las cosas que se me dan bien, pero la vida también me ha enseñado algunas lecciones al respecto.

Moore se había mostrado escéptico ante la idea de construir algo que su empresa no hubiera diseñado, pero prometió echarle un vistazo.

Carl opinaba que estaba obligado a presentarme en la fiesta.

—Eres uno de los patrocinadores, la gente se preguntaría por qué no has acudido.

Allí estaba yo, junto a la barra, viendo cómo la gente del pueblo y los jugadores daban botes en la pista berreando con Freddie Mercury «We are the Champions».

—¿A que es divertido? —gritó Julie, que estaba muy ocupada llenando pintas de cerveza.

—Desde luego —respondí—. Supongo que ingresaremos más esta noche que en todo un mes.

—¡Bobo! —Rio y me dio un golpe en la espalda con la mano que no estaba manejando el grifo—. ¡Hemos ascendido, Roy! ¡Alégrate un poco!

Me encogí de hombros.

—Bastante contento estoy ya, Julie. Siento ser incapaz de ponerme histérico porque hayamos subido de una mierda de división a la siguiente. Me emociona más ese ascenso de ahí. —Señalé su barriga redondeada.

—A mí también —aseveró—. Dicen que la segunda vez es más fácil.

Asentí. Todo es más fácil la segunda vez. La miré. Había cumplido veinticinco años, el gesto inocente y a la vez provocador que exhibía cuando, a los diecisiete, empezó a trabajar para mí en la gasolinera había desaparecido. Había cogido unos kilos, supongo que acabaría siendo lo que Carl llamaba gorda de pueblo, y tenía esa calma y seguridad en sí misma que algunas mujeres ganan con la maternidad.

—¿En qué piensas? —preguntó, y se apartó para dejar pasar tras ella a Erik Nerell, que cargaba con una bandeja de vasos vacíos.

—En cuando tenías diecisiete y estabas obligada a llamarme cada vez que alguien quería comprar tabaco —dije—. En cuánto has cambiado.

Sonrió. Nadie sonreía como Julie.

—Hablando de cambiar —dijo—. ¿Has visto a Natalie Moe?

—No, solo he oído que la han contratado en el hotel.

—Yo diría que le han dado un puesto, se dice así cuando eres jefe de ventas. Hablando de trabajo: queríamos preguntarte si serías el padrino.

Me atraganté con la cerveza y tosí.

—¿Otra vez? —dije—. ¿No os quedó claro la vez anterior que no doy el perfil?

—Claro —respondió una voz—. Pero pensamos que es más seguro que sea un pagano. No vamos a arriesgarnos a que nos salga un crío creyente, ¿no?

Alex, algo bebido, llegó deslizándose por detrás de Julie y le dio un beso en la mejilla. Aún tenía el cabello denso, tan corto que parecía que se lo hubieran pintado, peinado con raya y fijador, como un jugador de fútbol italiano, pero ahí se acababa toda similitud. En un artículo en el periódico local *Diario de Os*, publicado antes del principio de la temporada, en el que habían pedido a los jugadores que se definieran con una frase, Alex había cumplido con: «Tengo técnica, pero soy lento».

—Pásate al lado de la barra que te corresponde. —Rio Julie y se revolvió para deshacerse de su pareja.

—Eh, ¡que soy un jugador! —lloriqueó Alex sonriendo entre dientes.

—¿Y qué?

—Hoy os toca hacernos la pelota —dijo, y se inclinó hacia ella poniendo morritos.

—Toma pelota —repuso Julie, y le dio en la cara con una bayeta húmeda de cerveza—. ¡Muévete!

Alex suspiró y me miró como si pidiera auxilio, pero negué con la cabeza. Se pasó a mi lado de la barra.

—Te he visto en la tribuna.

—Claro —dije—. Hoy has estado muy bien.

—Estaba en el banquillo.

—A eso me refería.

Se echó a reír.

—Eres la polla.

—Una vez que se es la polla, siempre se es polla —dijo Kurt Olsen, que se había colocado a mi lado—. Una cerveza, Julie.

Si alguien había cambiado, no era Kurt Olsen. Era el mismo hombre delgado, de mejillas hundidas, con la boca enmarcada por un bigote y el tupé de cabello rubio al estilo de Boris Johnson que había heredado de su padre. La piel dorada de siempre, que lograba con un abono al solárium de Grete y reforzaba pasando las vacaciones de invierno en Gran Canaria. Dicen que un hombre vestirá toda la vida igual que la primera vez que ligó. Si fuera cierto, Kurt ligó allá por los años noventa. Eran los tiempos en los que los hípsteres de ciudad escuchaban *alt country*, como el de Wilco y los Jayhawks, y la mayoría de la gente de pueblo a Garth Brooks. La vestimenta de Kurt Olsen encajaba en ambos bandos, con vaqueros ceñidos que resaltaban su caminar de piernas arqueadas y las botas de piel de serpiente que había heredado del viejo alguacil. Decían que Kurt había sido el mejor jugador del Os F. C., con diferencia. No solo tenía buena técnica, sino que era capaz de correr durante una hora y media sin interrupción, no se daba por vencido. Se decía que debería de haber jugado en divisiones superiores, pero nunca había aceptado las ofertas que al parecer había recibido, quizá pensando que era mejor ser una estrella en Os que un suplente en la liga OBOS. Cuando se lesionó la rodilla, a los veintiocho, se acabó.

—Enhorabuena por el ascenso —dije—. ¿Vais a seguir arrasando en la siguiente división?

—La mayoría de la gente de Os dice «vamos», no «vais», cuando hablan del club, Roy. —Seguía con la mirada a Julie y las pintas de cerveza—. Y no. La siguiente división es para hombres hechos y derechos. Vamos a necesitar que tu hermano se estire un poco más con la pasta.

—¿Para qué?

—Para un defensa rápido.

—Aquí Alex es defensa. Gratis y de la tierra.

—He dicho un defensa rápido —suspiró Kurt sin dignarse a mirar a Alex—. En el fútbol el éxito nunca sale gratis, Roy. Un montón de artículos de investigación concluyen lo mismo, que el equipo que gana es el que da mejores sueldos a sus jugadores. Tan sencillo y brutal como eso.

—¿O sea que no gana el equipo que tiene el mejor entrenador?

Kurt Olsen cogió la pinta que Julie le tendía y se la acercó a los labios. La música cambió de Queen al solo de guitarra de White Stripes. Todo el mundo gritó a coro, *a-a-a-a-a*. Kurt se secó la espuma del bigote y dejó el vaso sobre la barra.

—Comprendo que no tienes ni idea, Roy, deja que te explique que ni Mourinho puede hacer bueno a un jugador sin talento.

Levanté mi tercio de cerveza.

—Suena a que la única solución lógica es echar a un entrenador con sueldo y usar ese dinero para pagar, por ejemplo, a Alex. Para que la suma total de los sueldos de los jugadores se incremente, quiero decir.

Bebí mientras oía la risa de Alex y a Kurt que le pedía que se largara. Dejé la botella en la barra y este me miró fijamente.

—Parece que hay algunas similitudes entre ser entrenador y alguacil —dijo—. ¿Sabes cuáles son, Roy?

—¿Ahora me toca decir «no, cuéntamelo»?

Entrecerró los ojos.

—Labor preventiva. Me aseguro de que los conflictos y las situaciones comprometidas no se produzcan. Le doy la camiseta con el número diez al mejor, pero la banda de capitán, al que sé que seguirá mi estrategia para el partido. Advierto a Stanley Spind que, como médico del equipo, puede vestir la equipación, pero no ducharse con los chavales. Para...

—¿... prevenir?

Kurt hizo girar su pinta.

—He visto que hablabas con Rita durante el partido.

—¿Lo has visto ¿Así que a ti también te ha parecido un poco aburrido el partido?

Kurt me puso la mano en el hombro. Apretó.

—Sé que Rita jugó un poco contigo cuando eras muy joven. Para ella no significó nada, y me ha contado que eras pésimo en la cama, Roy. No solo te faltaba experiencia, también talento.

—De modo que, aunque ella hubiera sido Mourinho, no habría podido...

—Roy... —Presionó con más fuerza y me hundió el pulgar bajo la clavícula—. Puede que no esté del todo sobrio, y que por eso por fin te esté diciendo esto a las claras. Como vea que vuelves a acercarte a Rita, te voy a dar por culo y no sabes de qué manera.

—Ven cuando quieras, te despejaré el camino.

Kurt se rio y me echó una ducha de saliva y aliento a cerveza en la cara.

—¿Quieres que te dé un guantazo, Roy? ¿Eso quieres? ¿Buscas una excusa para usar tu famoso derechazo? Claro que sí, recuerdo que se te daba bien pelear, pero hace mucho que no somos adolescentes en las fiestas del pueblo, Roy. Barrería el suelo contigo. ¿No me crees? Pues pégame tú primero. —Se señaló la barbilla—. Pégale al alguacil y por fin podremos llevaros al lugar que os corresponde a ti y a tu hermano. Entre rejas. —Metió los carrillos como si estuviera acumulando un escupitajo. En lugar de escupir, tiró de mi cabeza y me siseó a la oreja—. En la cárcel, Roy. Cadena perpetua, joder. Siento, por la cuenta que te trae, que el delito ya no prescriba. Os voy a perseguir hasta que la espichéis. —Me soltó y se rio—. Rita dice que vas detrás del camping ese. Si tienes algo más que decir sobre esa oferta, tendrás que hablar conmigo. ¿Comprendido? Te tocará presentarte con la pasta por delante, conozco a los de tu calaña.

Agarró la pinta de cerveza y se marchó. Con las piernas tan arqueadas y bamboleándose de tal manera que era difícil saber lo borracho que estaba en realidad.

—¿A qué ha venido eso? —preguntó Julie, que evidentemente nos había visto, pero no se había enterado de la conversación.

—White Stripes —dije—. Buen solo, ¿a que sí?

6

Eran las seis de la mañana cuando me presenté en mi gasolinera. A veces tenía que recordármelo: sí, era mía. La había gestionado durante tantos años por cuenta de la compañía petrolífera que seguía teniendo la sensación de ser un siervo.

—Buenas, jefe —saludó Egil tras el mostrador.

Llevaba diez años trabajando aquí y no recordaba una sola mañana que no me hubiera recibido con esas mismas palabras. Daba igual que yo solo trabajara de vez en cuando y hubiera delegado mucha de la responsabilidad de la gestión en él. Nuestra gasolinera no cerraba de noche y la madrugada de los lunes podíamos tener mucho lío por los turistas de las cabañas que regresaban a la ciudad. Al llegar había visto que Egil había recogido y limpiado fuera, junto a los surtidores, pero que había envoltorios de perritos calientes y colillas un poco más allá, donde la nueva generación de macarras motorizados tenía la costumbre de aparcar. Vale, los del turno de noche, que están solos, no deben salir del edificio de la gasolinera salvo que sea imprescindible.

—Lo limpiaré al salir —dijo Egil, como si me hubiera leído el pensamiento. No siempre fue un chaval de fiar, hubo hurtos y faltas sin justificar en la gasolinera. Algo cambió cuando, en lugar de echarle, que era lo que él esperaba, le di una nueva oportunidad. Fue bien una temporada. Lo bastante para que le concediera otra oportunidad más cuando volvió a cagarla. Poco a poco le había ido confiando más responsabilidades. Había madurado. Cuando le di una paga por los resultados del año, levantó la cabeza. No era mucho, pero lo bastante para que me mirara a los ojos y se deshiciera de ese gesto de esclavo oprimido. Al contratar a nuevos jóvenes, él había vuelto a colgar en el retrete de los empleados el cartel que yo una vez coloqué allí: «Haz lo que debas. Todo depende de ti. Hazlo ya».

Les explicaba que no se trataba de cómo debían cagar.

—Qué guay lo del ascenso de división —dijo Egil y presionó la tecla de cambio de turno de la caja. Oí el sonido del papel en la impresora, que empezó a escupir las ventas de las últimas veinticuatro horas—. ¿Fuiste a la fiesta en el Fritt Fall?

—Un rato.

—¿Oíste algo de si vamos a pillar a ese delantero de Notodden para el equipo?

—No, señor —dije y vi que los bollos que se habían descongelado durante la noche estaban listos para la brocha—. Lo más interesante que oí fue a los White Stripes, la verdad.

—¿«Seven Nation Army»?

Caí en la cuenta de que Egil era uno de esos forofos del fútbol. Seguidor del Manchester City, si mal no recordaba.

—Me sorprende que los futboleros tengan tan buen gusto. De hecho, es un buen tema. ¿Es la canción de tu equipo, por casualidad?

—No, no, es «Hey Jude».

—¿Los Beatles? ¿No se supone que los de Manchester tienen que odiar todo lo que tenga que ver con Liverpool?

—Sí, pero ese es el truco, ¿no? Le quitas al enemigo lo mejor que tiene y lo utilizas en su contra.

—¿Eh?

—Pasa lo mismo con «Seven Nation Army». En realidad, era la canción del club Brugge, la cantaron cuando derrotaron al Milán en Italia. Jugaron en casa contra Roma un par de años después y los fans del Roma se habían aprendido el truco, así que cantaron «Seven Nation Army» contra el público que jugaba en casa. Ganaron el partido.

Asentí con un movimiento de cabeza. Robar las armas al enemigo. No sabía exactamente de qué se trataba, pero ahí había algo. Tal vez pudiera serme útil.

Egil cogió su anorak del cuarto de los empleados; a las dos vendría Daniel para empezar su turno. Dejaba que Egil pinchara la música que quisiera, claro, pero la cambié y puse a J.J. Cale, *Stay Around*, en cuanto salió por la puerta. El álbum se había publicado seis años después de que J.J. Cale la espichara y, sí, hay buenas razones para desconfiar de un álbum que es el resultado de que alguien haya revisado las grabaciones inéditas de un o una artista después de que la haya palmado. ¿Cómo de bueno es realmente? No es fácil ser crítico con tus héroes y heroínas muertos. ¿Fui lo bastante severo cuando encontré los planos de la montaña rusa o los amé porque la había amado a ella? Imaginé que Shannon los había dibujado sentada a la cocina de Opgard, a la espera de que empezaran la construcción del Spa de Os. Observaría las montañas, sus siluetas. Partiendo de los esbozos con el lago Budalsvannet y Ottertind al fondo, estaba claro que había imaginado la parcela del camping como solar. Carl me miró asombrado cuando le mencioné la montaña rusa por primera vez, estaba claro que ella no le había enseñado los dibujos a nadie. ¿Por qué habría de hacerlo? La idea de una atracción de esas dimensiones aquí, en lo alto de la montaña, era demasiado alocada.

Había sopesado los pros y los contras de contarle a Carl que tenía los planos y que eran obra de Shannon. Para empezar, me conoce demasiado bien, comprendería por qué yo, objetivo y pragmático, tenía que materializarlo. Que se trataba de algo más que la sinergia entre el Spa de Os y una montaña rusa de madera. Dudaba que fuera a consentir que se llevara a cabo el proyecto si sabía que era una visión de Shannon. Tras su muerte, Carl ni siquiera había revisado sus papeles, se limitó a pedirme que tirara los que encontrase y dijo con voz fría y firme: «Cualquier rastro de esa puta debe desaparecer».

¿Era cierto lo que me decía a mí mismo, que quería construir una montaña rusa en honor de la mujer a la que amaba, un monumento funerario al que pudiera acudir, puesto que Shannon estaba enterrada en su tierra natal, Barbados? ¿O había algo más, algo no tan modesto? Los reyes no construían iglesias con la intención de mostrar la grandeza de Dios, sino la suya. A papá le interesaba la era vikinga, cuando los hombres eran hombres de verdad y eso. Recuerdo en especial su relato de los hermanos Øystein y Sigurd, que compartían la corona. Øystein era leído, encantador y extrovertido, y levantó varios monumentos en su propio honor, la enorme casa de piedra de las montañas de Dovre entre otros. Mientras que Sigurd, oscuro e introvertido, solo construyó uno: la catedral de Oslo. Parece que tuvieron una relación complicada, pero la mayoría de la gente consideraba a Øystein el verdadero rey. Cuando este murió, tuvieron que aceptar a Sigurd como único rey, y es a él a quien la historia recuerda, bajo el nombre de Sigurd Jorsalfar.

Miré el reloj. Rita Willumsen disponía de diez horas.

El día empezó tranquilo. Clientes locales que llenaban el depósito, pagaban y se marchaban sin esperar que charlara con ellos. El conductor de Nor Tesktil, que recogía la ropa sucia del Spa de Os todos los días entre semana, se tomó un café y soltó cuatro palabras sobre el tiempo antes de proseguir hasta la lavandería de Skien. Dagur, el islandés que lleva uno de los dos taxis de Os, llenó el Mercedes rojo y contó que estaba considerando la posibilidad de pasarse a un híbrido, como Lillabeth y su marido, que tenían el otro taxi, un Toyota blanco híbrido que, según ellos, había reducido su gasto en combustible en un veinte por ciento. Asentí y dije que tenía previsto poner en marcha dos puestos de carga rápida más. Eran casi las once y había sido un buen día, hasta que vi a Grete Smitt al otro lado de la carretera nacional, equipada con unos crocs y en camiseta. Por desgracia, miró a ambos lados antes de cruzar a mi orilla. Las puertas correderas de vidrio soltaron un bufido agónico al abrirse para ella, y me hicieron pensar en Darth Vader.

En nuestra infancia y primera adolescencia, Grete era de una palidez grisácea, y tenía el cabello mortecino. Más adelante esa palidez grisácea estuvo acompañada de una permanente que le daba un aspecto siniestro, el puente de su nariz —como si le hubieran clavado un hacha en el cráneo— asustaría al mismísimo Maligno. Por supuesto que la belleza no es un derecho humano, pero en el caso de Grete el Creador había sido especialmente miserable. Si se tratara de cualquier otra persona, uno pensaría que se había hecho justicia poética cuando en cierto modo, floreció al echarse novio. Pero Grete Smitt no era cualquiera, era tan malvada que el Señor no le debía *niente*, y yo tampoco. Era mi Darth Vader, y lo sabía. Una jodida mina de oro por las cosas que había escuchado, visto o deducido. Estaba esperando el momento oportuno para reventarnos las pelotas a Carl y a mí, a soltarlo todo cuando a ella le conviniese.

—Hola, Roy. ¿Para qué quieres el camping?

Estaba plantada delante de mí y ni siquiera fingió que iba a comprar algo.

—¿Así que hoy le has cortado el pelo a Rita Willumsen? —dije yo.

—No, Kurt se ha pasado, preguntando si yo sabía algo.

—¿Ahora hasta la policía se pasa por tu salón de cotilleos?

—Me parece que deberías alegrarte de que no fuera una investigación policial, Roy.

Nos sostuvimos la mirada, pero tuve que dar esa batalla por perdida.

—¿Te puedo ofrecer un bollo, Grete?

—No.

—¿Estás a dieta?

—Venga ya, Roy.

Carraspeé y dije:

—Suponiendo que no fuera para gestionar un camping, ¿por qué se supone que te lo iba a contar a ti?

—Porque acabo de hacerte saber que Kurt está buscando información. *Quid pro quo*, ¿no? —Es tan poco frecuente que alguien hable latín en el pueblo que tuve mirarla una vez más. Tal vez fuera por la serie esa de Netflix sobre tribunales que, según Simon, era muy buena para el coco.

—Pues digamos que para montar un camping y quedamos en paz.

Me clavó la mirada.

—Mientes —dijo.

Me encogí de hombros.

—¿Tres bollos al precio de dos?

Grete Smitt giró sobre sus talones tan deprisa que los crocs lanzaron un gemido al rozar el suelo. Se detuvo un instante en la puerta abierta mientras dejaba entrar el aire helado.

—Por cierto, Natalie Moe ha vuelto.

Las puertas se deslizaron y se cerraron tras ella con lo que pareció un suspiro de alivio.

A las doce llamó Kurt Olsen. Tenía la voz ronca por los excesos del día anterior. Fue directo al grano.

—Si ofreces un millón más, el solar es tuyo. ¿Vale?

—Eso es mucho —dije—. Creo que mantengo mi oferta de cinco y medio. A partir de las cuatro de la tarde, serán cinco.

—Vaya. Así que no es verdad eso de lo que presumes por ahí. Que los de Opgard no regateáis.

—Sois vosotros los que estáis regateando, Kurt. ¿Sabe Rita que me has llamado?

—¿Saber...? ¿Por qué no iba a saberlo?

—Porque dudo mucho que ella fuera tan torpe negociando como tú lo estás siendo ahora.

—¿De qué cojones hablas?

—Rita habría dado un rodeo para ver hasta dónde estoy dispuesto a llegar, o habría dicho que no de entrada. De esta forma dependería de mí mejorar la oferta. Tú empiezas proponiendo un precio y así sé que queréis vender. No vais a estar superfelices con una oferta de seis millones y medio de coronas y rechazar de plano la de cinco y medio. Nadie sabe lo que valdrá un sitio como ese una vez se abra el túnel de Todde, y tampoco es que la gente haga cola para comprar campings perdidos por la periferia.

Se hizo el silencio al otro lado del teléfono. Mejor dicho, pude oír unas uñas que arañaban una barbilla sin afeitar. Visualicé a un Kurt Olsen resacoso y me pareció intuir un crujido, como si estuviera pensando. Ese no es su punto fuerte, le llevó algún tiempo. Un poco de más, la verdad. Porque para cuando respondió, ya era tarde.

—De eso se trata —dijo.

—¿Sí? —respondí.

—Sí. Nos han hecho una oferta de seis cuatrocientos.

—¿Así, de repente?

—No, es que llamé a uno que sé que está interesado.

—¿En el sector del camping?

—Podría ser.

—¿De quién se trata?

—Eso no puedo decirlo, claro.

—Pero si me voy a enterar de todas formas, ahora que va a comprar el camping.

Kurt no respondió. Por supuesto, estaba mintiendo, tenía que saber que yo me daría cuenta. No odiaba a Kurt Olsen con la intensidad con la que él me odiaba a mí, sencillamente porque yo no tenía tantos motivos. No dije nada, para darle así la oportunidad de llevar a cabo una retirada honrosa. Pasaron varios segundos y comprendí que no la iba a aprovechar. Sentí que empezaba a dudar. ¿Me había equivocado? ¿De verdad tenían otro comprador? Pero ¿quién demonios iba a querer comprar un camping que estaba en proceso de cortar el cordón umbilical con la civilización?

Caí en la cuenta.

Solo había una persona que supiera que ese cordón finalmente no se cortaría.

—Deja que lo piense —dije.

—Hazlo. Tienes hasta..., ¿te parece hasta las cuatro? —Oí lo a gusto que se había quedado al decirlo.

—Vale —respondí.

—¿Roy? No me fío de ti ni lo más mínimo, así que lo quiero por escrito.

—Entendido.

Colgamos y llamé a Carl.

7

Salí en coche de la gasolinera a las dos y diez, fui hacia el centro y luego giré por la carretera que se había habilitado por la construcción del hotel. Ascendí trescientos metros para aparcar frente al edificio principal. El Spa de Os no tiene un aspecto que impresione a primera vista. Hay poca ornamentación y las alas del edificio se integran en el entorno y se funden con el paisaje.

El viejo alcalde Aas había dicho que le recordaba un poco a los búnkeres de los alemanes que había visto de niño, que había que esforzarse para ver que estaban ahí. Esa asociación no le impidió invertir cuando se pusieron a la venta las acciones del hotel después del incendio. Ni a él, ni a más de cien vecinos del pueblo. Cantidades modestas, pero suficientes para que se sintieran propietarios y pudieran hacerse llamar hosteleros. No se habían pagado dividendos en los siete años transcurridos, a pesar de los buenos resultados. Carl había explicado en la asamblea general de accionistas que eso es lo que solía ocurrir cuando una compañía estaba en fase de expansión. Puesto que nadie sabía en qué medida se vería afectado el hotel por el desvío de la carretera nacional, tampoco había sido fácil vender las acciones. Por eso pocos tenían ganas de inyectar más dinero para la ampliación y habían aceptado la entrada de los franceses.

Las obras del ala nueva, que iba a construirse en una mezcla de cemento gris y maderas claras, estaban listas para empezar.

Habían llegado la maquinaria y los vehículos con el logo de la empresa de construcción lituana AUB. Voss Gilbert, a quien tras empuñar el bastón de mando durante diez años seguían llamando el nuevo alcalde, decía que estaba deseando dar la primera paletada acompañado del sonido de los trombones.

Entré en el vestíbulo. Granito, vidrio y madera. Un busto de Jo Aas. Ninguna de las personas que habían diseñado el lugar, a pesar de que cada vez que entraba pensaba en lo genial que era. Práctico, limpio, sencillo y a la vez sofisticado, pero de un modo cálido, que invitaba a introducirse en él. Como la misma Shannon Alleyne.

Saludé con un movimiento de cabeza y un «hola» a la recepcionista y me dirigí al ascensor.

El despacho y sala de juntas de Carl estaba en el segundo piso, lo que era poco práctico, joder. Todas las tareas administrativas se llevaban a cabo en la planta baja y, además, ocupaba la que podría haber sido la segunda mejor suite del hotel con vistas a las montañas, solo por detrás de la suite nupcial, que miraba al lago Budalsvannet.

Pero Carl insistió. Su plan era invitar a los mejores clientes del hotel o a algunos famosos a comer o cenar allí arriba, del mismo modo que los pasajeros más afortunados de un crucero eran convidados a la mesa del capitán.

Entré sin llamar y encontré a Carl de pie ante el ventanal de vistas panorámicas.

—El ala nueva va a quedar *amazing* —dijo sin girarse—. Acabo de tener una reunión con Lewi.

—¿Lewi?

—El directivo lituano de AUB. Dice que los planos están muy detallados y sin ningún error, y que no hace falta revisar absolutamente nada. Son como un libro de instrucciones, solo tienen que empezar a construir. —Se acercó a la silla y colgó la chaqueta del traje—. Era superdotada, ¿lo sabías?

Me miró. Me limité a asentir y me senté junto a la larga mesa de reuniones.

—He pensado que tal vez deberíamos ponerle su nombre a esa ala del hotel. ¿Qué te parece?

—¿El de Shannon?

—Sí. El ala Alleyne.

Tragué saliva.

—Creí que querías borrar todo rastro de la... Creo recordar que utilizaste la palabra «puta».

Carl suspiró.

—Ya sabes que el tiempo cura todas las heridas.

«Y una mierda», pensé. «Puede que las tuyas, las suyas no. Ni las mías».

—Además —dijo—, he pensado que puede resultar raro, casi sospechoso, que como viudo no le dedique ni un recuerdo a la fallecida. ¿Entiendes?

Entreabrí la boca un poco para que la musculatura de la mandíbula no se me tensara tanto que me delatara. Carl se dejó caer en la lujosa silla de despacho de piel negra.

—¿Qué hay de nuevo?

Le repetí la conversación telefónica que había tenido con Kurt Olsen. Si el alguacil decía la verdad, el otro interesado tenía que ser alguien que sabía que existía una posibilidad de que la carretera finalmente no se desviara.

—¿Así que crees que soy yo? —preguntó Carl, colocó cuatro dedos sobre la corbata de seda y me miró con esa sonrisa burlona que había ablandado los corazones de hombres y mujeres por igual desde niño. Era una broma, claro, pero me dio una punzada en el estómago. Me hizo pensar en que Carl y yo seguíamos compartiendo intereses económicos, y sin embargo nuestros destinos no estaban tan vinculados desde que yo había vendido muchas de mis acciones del Spa de Os. La idea de que compitiéramos con ofertas particulares era inconcebible, aunque ya no íbamos en el mismo barco. Al menos no en lo económico. La cadena perpetua era otra historia.

—Podría ser Geo-Data —dije.

Carl negó con la cabeza.

—Nada de esto cotiza en bolsa y puede que comprar una propiedad sabiendo que el precio va a subir cuando se haga público su informe no esté sujeto a las normas sobre uso de información privilegiada, pero no deja de ser un delito.

—Uno de los socios de Geo-Data ya tiene antecedentes por malversación.

—Cinco millones es un buen precio para ese camping, incluso si pasa por allí la carretera nacional, Roy. No me puedo imaginar que dos geólogos de repente vayan a apostar por el turismo en un sitio del que no saben nada.

—Saben que estoy preparando algo, me lo quieren revender a un precio más alto.

—Venga ya, Roy. Puede que en estas aguas haya un par de pececillos, como Rita Willumsen y ese socio de Geo-Data. Pero solo hay dos tiburones, y esos somos tú y yo.

—Quizá tengas razón —dije, me levanté y me acerqué a la ventana. Dios mío, el paisaje era tan hermoso, con el brezo en llamas teñido de un rojo otoñal montaña adentro y el cielo tan azul—. Pero alguien ha salido a la caza de tiburones, armado con grandes ganchos colgados de una grúa. Ayer, en la fiesta, hablé con Kurt. Estaba borracho. Viene a por nosotros, Carl. Pronunció las palabras «cadena perpetua». Aunque en el orden inverso. Dijo, a las claras, que no íbamos a quedar libres para siempre.

—¿Eso dijo? —Carl tenía el semblante serio.

—No creo que sepa nada nuevo, pero está claro que espera encontrar algo entre los restos de los coches.

Carl asintió pensativo y se pellizcó la papada con el índice y el pulgar.

—Tenía previsto renovar el contrato de Kurt esta semana, a lo mejor mi oferta debería ser más generosa.

—¿Crees que pagarle más por ser el entrenador del equipo lo calmará?

Carl se inclinó sobre el escritorio —ese del que solía decir en broma que estaba hecho de madera de una variedad de palmera de Tuvatu que estaba en peligro de extinción— y cogió una pluma que le había regalado Jo Aas.

—Siempre he creído —empezó a decir, marcando el ritmo de las palabras con el bolígrafo— que no hay límites para lo que la gente está dispuesta a hacer o, en este caso, dejar de hacer, si les pagas lo suficiente. Ya sea en dinero, sexo, drogas, poder u honores. Sobre todo, esto último. No hay límites.

—Empiezas a sonar como papá —comenté.

La pluma dejó de golpear. Sostuve la mirada de Carl, sentí su frialdad.

—Lo siento —me disculpé y levanté las palmas de las manos—. Kurt Olsen quiere saber cómo murió su padre ¿verdad? La familia está por encima del dinero. Y del poder y del honor. ¿De acuerdo?

Carl parecía tenso sentado en su sillón de respaldo alto. Me miró fijamente.

—Vale —dijo por fin. Relajó los hombros—. Joder, Roy, tengo que dejar de beber.

—¿Ah, sí? ¿Otra vez?

—Antes solo me producía ansiedad la resaca —continuó sin hacerme caso—. Ahora me vuelvo paranoico del todo. Anoche soñé que los franceses se hacían con el control, me echaban y tenía que pedirte trabajo en la gasolinera.

—Interesante —dije—. ¿Qué te respondía yo?

—No me acuerdo. O me desperté. ¿Qué vas a hacer con esto de las ofertas por el camping?

Me encogí de hombros.

—Creo que Kurt me ha llamado sin que Rita lo supiera para demostrarle que es lo bastante hombre para sacarme un millón más. Tal vez yo le di a entender que podía haber otros compradores, así que agarró el toro por los cuernos. Tardó solo un par de segundos de más, así que el farol se notó.

—Queremos estar a bien con Kurt, ¿podríamos cederle esta jugada?

Asentí. El teléfono de Carl empezó a vibrar.

Me giré hacia la ventana e hice una llamada mientras Carl contestaba la suya.

—¿Sí? —respondió una voz afónica.

—Vale —dije—. Seis y medio.

—Por escrito —insistió Kurt sin lograr ocultar del todo el alivio que sentía; tendría miedo de haber jodido el acuerdo que Rita tenía conmigo.

—Vale, pero antes quiero ver la otra oferta.

—Ya te dije de cuánto era.

—Quiero verla por escrito.

—Oye...

—Si tú no te fías de mí, tampoco yo tengo motivo alguno para fiarme de ti, Kurt. Si te has inventado una oferta para hacer subir el precio, tengo base legal para retractarme del contrato. ¿Rita no te lo ha explicado?

Debería haberlo dejado como estaba, debería haber dejado que Kurt se meara sobre mí, pero no fui capaz, es una debilidad que tengo.

—La oferta es verbal y el que la hizo quiere permanecer en el anonimato —dijo Kurt.

—Consíguela por escrito. No me hace falta saber el nombre, me vale con que Rita haya visto la oferta y la dé por válida. De ella me fío.

Kurt soltó unas cuantas maldiciones de esas de las que solo un nativo de Os puede conocer las consecuencias.

—A las seis —sentenció—. En casa de Rita.

Carl me miró interrogante, se puso en pie y siguió hablando con su fuerte acento del medio oeste americano cuando le indiqué que dejara libre el sillón. Anoté la oferta en un par de líneas en su ordenador y le hice un gesto para que leyera. La miró con los ojos entrecerrados, sin apartarse el teléfono de la oreja, y corrigió dos errores ortográficos. No tenía motivo alguno para darle a Kurt la ocasión de hacer chistes sobre disléxicos. Mandé el texto a la impresora del bajo, le di a Carl una palmadita en la espalda y salí.

Sujeté la puerta del ascensor entreabierta para una pareja de mediana edad en albornoz que llegó haciendo sonar sus chanclas de dedo. Se cerraron las puertas y los tres miramos fijamente al frente. Mientras ellos descendían hacia la zona del spa, pasé por delante de la recepción hasta llegar a las oficinas de administración.

La puerta del cuarto de las impresoras estaba abierta y me situé detrás de una chica rubia que ordenaba las páginas que la máquina escupía. Había colocado una taza de café encima y movía la cabeza de lado a lado al ritmo de los grandes auriculares que llevaba puestos. Carraspeé para advertirle de mi presencia, pues quería evitar que diera un respingo y tirara el café al girarse, pero estaba claro que tenía la música demasiado alta.

Lo que se escapaba de sus auriculares sonaba familiar. Era el solo de guitarra de ayer.

Carraspeé con más intensidad.

La chica se giró. Me dedicó una generosa sonrisa.

—Enseguida acabo —gritó a un volumen excesivo.

—Tómate el tiempo que necesites. —Le sonreí. Esperé que se volviera hacia la impresora de nuevo, pero no lo hizo. Siguió mirándome.

—¿Roy Opgard?

—Sí —dije yo.

Se quitó los cascos. Comprobé entonces que no se trataba de White Stripes, sino de música clásica, al menos había un montón de instrumentos de viento y violines.

—¿No me reconoces?

La miré. Sus ojos, tan intensos, parecían demasiado grandes para aquel rostro afilado y de pómulos marcados. Había algo en su color, como si el iris estuviera capeado, con un matiz verdoso de fondo seguido de tonos azulados que terminaban en un azul claro. No solo el color resultaba especial, era sobre todo su expresión. Carl solía llamarlos ojos de llanto. Ojos que tenían ese aire sensible y vulnerable. Salvo que esta chica, que supuse que tendría veintitantos años, no parecía especialmente vulnerable ni asustadiza, porque sostuvo mi mirada sin que su bonita sonrisa se alterara. Sería por eso por lo que no la había reconocido.

—Natalie Moe —dijo.

—¿Natalie Moe? —repetí yo incrédulo, sin poder disimular mi sorpresa—. Por supuesto, mi hermano me contó que habías empezado a trabajar aquí. Lo siento, debe tratarse de..., ¿cómo se dice? ¿Alz...?

—Nada que lamentar —dijo—. Me alegra que la gente de Os no me reconozca.

—¿Y eso?

Se encogió de hombros.

—Creo que tú lo entiendes mejor que la mayoría, Roy.

Asentí. Asentí despacio, como se hace en Os, de esa manera que puede significar cualquier cosa. Arriba y abajo. Acabé por señalar los auriculares con un movimiento de cabeza.

—¿Qué escuchas?

Esbozó una sonrisa al comprender que quería cambiar de tema.

—La quinta sinfonía de Bruckner.

—Vaya. No hay mucha gente en Os que escuche algo así.

—Yo tampoco suelo escucharla, la verdad. Es que estoy..., bueno, a la búsqueda.

—Búsqueda —repetí, incapaz de dejar de asentir con la cabeza como un imbécil. Por fortuna vi que a su espalda la impresora había terminado y que asomaba la hoja con mi oferta.

—Esa es la mía —dije, y la señalé. Ella se apartó a un lado y agarré mi folio—. Me alegro de que estés de vuelta, Natalie. ¿Dónde...?

—No, no vivo en casa de mi padre —respondió—. Se ha quedado solo, ¿lo sabías?

—Oí que había enviudado, sí —repuse. Puede que quisiera decir algo más con eso de que estaba solo, pero no necesitaba saberlo. Solo había que verla, era una mujer adulta, no la pobre adolescente aterrorizada que había necesitado ayuda y apoyo para superar la vergüenza y alejarse del pueblo. Largarse de esa casa.

—Nos veremos por aquí, supongo —dije.

—¿Roy?

Era raro oír pronunciar mi nombre de ese modo. Natalie y yo apenas habíamos intercambiado una palabra cuando vivía aquí y compraba en la gasolinera, pero teníamos este vínculo que nos unía y nos separaba al mismo tiempo. Una vez coincidimos en una cafetería de Notodden, fingió no verme, y me pareció bien.

Me di la vuelta al llegar a la puerta y la miré. Ella murmuró algo, una sola palabra, tan bajito que el pitido de la impresora que avisaba de que había terminado la ahogó. Sonreí e hice un gesto para indicar que tenía prisa.

El aire otoñal era fresco y agradable, acarició mi frente sudorosa cuando salí al aparcamiento. Me senté en el Volvo y arranqué.

Había leído la palabra que había salido de sus labios.

Natalie Moe había dicho «gracias».

8

Pasé por delante de Nergard y empecé el ascenso. Vi que algo se movía en lo alto de la ladera de la montaña, por debajo de Geitesvingen. Era la parte del precipicio que es visible desde el exterior del pilar y me llevó un par de segundos comprender que lo que parecía un gran animal que escalaba despacio por la pared inclinada era un coche. Me detuve y me fijé. Sí, era el coche que había estado bajo todos los demás, los restos de un Cadillac DeVille negro, modelo de 1979. Papá se lo había comprado a Willum Willumsen sin regatear el precio. Este afirmó que lo habían conducido con delicadeza por autopistas rectísimas en la sequísima Nevada, y que por eso no tenía óxido y estaba como nuevo. Al cabo de dos semanas, ese trasto ya tuvo que visitar el taller y durante los años siguientes se convirtió en mi escuela de mecánica. Lo más importante que aprendí fue que es posible arreglar las cosas. Durante un tiempo creí que todo tenía arreglo. Ya no.

Llegué a Geitesvingen y las grúas ya habían sacado el Cadillac y lo habían subido a la plataforma de carga de otro camión, encima del chasis del DeVille de Carl, un modelo del 85, y el blanco Jaguar E del matón danés de Willumsen. Los hombres me siguieron con la mirada. Reconocí a uno de ellos, el único que no llevaba un mono con tiras reflectantes, me detuve ante él y bajé la ventanilla.

—¿Gilliani? —dije—. ¿Ahora trabajas en la Dirección General de Carreteras?

El técnico de criminalística, probablemente de origen paquistaní, sonrió y se subió unas enormes gafas de friki por el puente de la nariz.

—Tienes buena memoria, Opgard. ¿Cuánto hace? ¿Siete años? ¿Ocho?

En aquel tiempo había sido Kurt Olsen quien había insistido en que la KRIPOS mandara a especialistas a inspeccionar los cadáveres de Huken. No hallaron indicios de que no hubieran sido accidentes: los muertos habían fallecido por efecto de las lesiones provocadas por la caída. Además, en las manos del matón aparecieron restos de pólvora que lo vinculaban con la pistola hallada junto a Willumsen en la cama, y dieron el caso por resuelto. El danés había asesinado a su jefe. ¿Motivo? La policía científica señaló varios, relacionados con una deuda de treinta millones, y no encontraron razones para dedicarle más recursos al haber fallecido ambas partes. Salvo que ahora, siete u ocho años más tarde, era evidente que sí tenían motivos.

—Supongo que es Kurt Olsen quien ha hecho venir a la KRIPOS —dije.

—Puede ser.

—Vale. ¿Te vas a llevar los tres vehículos a tu laboratorio?

—Esa es la idea.

—¿Por qué? ¿Ha pasado algo nuevo desde entonces?

—Nuevas y mejores tecnologías —dijo Gilliani.

—¿Ah, sí? —Recordé los *gadgets* que había traído en la ocasión anterior, como ese detector de pólvora que parecía un secador de pelo—. Pero ¿para qué quieres el Cadillac viejo?

—Han abolido la prescripción de los delitos de asesinato, como tal vez sepas.

—No —mentí. Sí que había oído la noticia en la radio de que el Congreso había modificado la ley, mientras estaba con Carl en el jardín de invierno.

—Todos los asesinatos que se hayan producido hace menos de veinticinco años pueden penarse sin límite de tiempo —dijo Gilliani.

—¿No me digas?

—Sí. Olsen dice que han pasado menos de veinticinco años desde que se despeñó por aquí el primer coche. ¿No es así?

Asentí. Recordé cómo maldijimos Carl y yo mientras el reportero recitaba las consecuencias del cambio legal. Si hubiera llegado unos pocos años más tarde, tendríamos tres asesinatos menos de los que preocuparnos.

—¿Qué clase de rastros podéis encontrar después de tanto tiempo?

—Ya veremos. Ahí abajo, al barranco, no llegan ni el sol ni la lluvia, y el ADN es más resiliente de lo que la gente imagina.

Observé a Gilliani, intenté leer la expresión de su cara. ¿Estaba intentado asustarme o hablaba con tanta libertad porque nos habían descartado a Carl y a mí como posibles autores en la anterior visita de la KRIPOS?

—Suerte —dije, y mencioné que había·café en la cocina si se quedaban un rato más. Gilliani sonrió entre dientes y negó con la cabeza.

Iba por mi tercera taza de café y los de mantenimiento seguían en plena faena, taladrando agujeros para los soportes del quitamiedos. El fino cristal de las ventanas de la cocina vibraba y dejaba pasar el ruido, casi no oí que sonaba el teléfono.

—¿Sí? —grité.

—Aquí Halden.

—Un momento —dije y fui al salón, donde habíamos cambiado las ventanas por otras de verdad—. Ya. ¿Has tomado una decisión?

—¿Dónde podemos vernos? —Sonaba nervioso. Lo valoré, estaba bien que estuviera agobiado. Si hubiera acudido a la policía, tendría más motivos para estar tranquilo. No me propuso ni hora ni lugar, lo dejó a mi criterio, no parecía que fuera una trampa. Habían pasado menos de dos días desde que había ido a visitarle, calculé que la policía habría tardado más en hacer un plan.

—Notodden —dije.

—Eso está bastante cerca de Os. Si algún conocido tuyo nos viera juntos...

—Hotel Brattrein —indiqué—. El miércoles a las tres. Habitación 333, si no te digo otra cosa, ve directamente allí. Y ven tú solo.

—Pero Fuhr quiere...

—Tú solo. Puede ir contigo y esperarte en el coche, si quiere.

Se hizo el silencio y tuve la sensación de que intercambiaba una mirada con alguien que estaba escuchando la conversación. Se trataría de Fuhr.

—Vale, Opgard.

—Bien. Nos vemos.

Colgué. Me quedé mirando al infinito. ¿Por qué había dicho la habitación 333? ¿Era solo porque sabía cómo era, me conocía sus ángulos, adónde daba el baño? Pero todas las habitaciones serían iguales, tal vez fuera nostalgia, quizá quería volver a ver la estancia en la que Shannon y yo habíamos estado juntos por primera vez. O tal vez sería porque era un lugar ya maldito, el escenario en el que había traicionado a mi propia sangre. Donde había empezado a convertirme en lo que era hoy, al cabo de ocho años, un cínico pecador que había perdido la moral que una vez me había hecho ser alguien, tener voluntad y criterio. Ayudar a Natalie Moe cuando nadie movió un dedo por ella. Dos veces 333. Al menos el resultado era una cifra que le iba bien al nuevo Roy Opgard.

Llamé a Carl.

—Me reuniré con los tipos del túnel mañana.

—Vale. ¿Qué ha dicho de...?

—Hablaremos esta noche.

Colgamos. Me senté en la vieja butaca de papá; por alguna extraña razón Carl había insistido en que la conserváramos cuando hicimos la reforma. Me quedé mirando el teléfono. Había evitado decir Geo-Data, y Halden, también había evitado que Carl hablara demasiado. ¿Me habían asustado las amenazas de Kurt? ¿Se debía al hecho de que la policía científica acababa de estar, literalmente, a la puerta de nuestra casa? ¿O solo estaba contagiándome de la paranoia de Carl?

Fui a la cocina, encontré un bolígrafo junto a la panera y firmé la oferta. Observé el tubo de la chimenea, que se colaba por un agujero del techo, recortado con espacio suficiente para no provocar un incendio. Carl había dado la lata para que reformáramos también la cocina, no sé por qué me había resistido. Él quería quedarse con la butaca y yo, con la chimenea de leña con el tubo. No es que ninguna de las dos cosas fuera un recuerdo querido, los lazos con el pasado son complejos.

Eran las seis en punto cuando llamé a la puerta de Rita Willumsen.

Aquella era, de momento, la vivienda más grande de Os y, con las dos estúpidas columnas que enmarcaban la puerta principal, lo más parecido a algo señorial.

Mientras esperaba caí en la cuenta de que en mis cuarenta y cuatro años en Os era la primera vez que me encontraba ante esa puerta. Que la única ocasión en que había estado en esta casa había accedido por el sótano.

Se abrió y Rita pareció elevarse sobre mí.

—Te espera en el dormitorio —dijo dando un paso a un lado.

—¿El dormitorio? —repetí y entré.

—Ya conoces el camino, Roy.

Desapareció en el salón antes de que tuviera tiempo de preguntarle qué tontería era aquella.

Subí la escalinata. En la pared del descansillo colgaba un óleo, el retrato de Willum Willumsen. A pesar de que el artista había intentado eliminar alguna de las papadas y otorgarle al hombre un gesto digno en lugar de taimado, su figura era tan poco atractiva como lo había sido el tipo en persona.

La puerta del dormitorio, donde solo había estado una vez en mi vida, estaba abierta. Asomé la cabeza. Kurt estaba tumbado en la cama, con la ropa puesta, pero en una postura que me recordó la icónica fotografía que publicó *Cosmopolitan* de un Burt Reynolds desnudo sobre una piel de oso. La diferencia era que de su boca colgaba un cigarro, no un purito, y que se apoyaba en la mano izquierda, no en la derecha. Con la derecha me apuntaba.

Le tendí la hoja con la oferta. Le echó un vistazo rápido y la metió debajo de la colcha.

—Pensé que a lo mejor te apetecería volver a ver el lugar de los hechos —dijo.

—Ah, pero Rita y yo nunca follamos aquí —respondí.

Kurt dio un respingo y se le marcaron las venas de la sien.

—Fue en esta habitación donde le pegaste un tiro a Willum Willumsen —apuntó.

—¿Me has traído aquí para ver cómo reacciono? —dije, y miré alrededor. Por lo que pude ver, nada había cambiado. En aquella ocasión era invierno, claro, y estaba oscuro tan temprano. Aspiré aire entre los dientes—. ¿Te parece que funciona bien tu mirada láser, Kurt?

—Te has convertido en un cabrón de sangre muy fría, joder, Roy.

—Dos tacos en la misma frase. Eso me recuerda que quiero ver la otra oferta.

—Dijiste que bastaba con que Rita la viera.

—Vale, pues dile que suba.

—No, te la enseño. —Sacó otra hoja de debajo de la colcha. Tapó la parte inferior con la mano y me la mostró. Entrecerré los ojos. El breve texto estaba escrito a mano, seguido por «Un cordial saludo», pero Kurt tenía la mano encima del nombre. Iba a guardar el papel.

—Espera —dije.

—Ah, se siente —se burló Kurt—. Se me olvidaba que eres disléxico.

Lo miré. En efecto, la oferta era de 6,4 millones de coronas y no parecía que hubieran modificado la cifra. Leí el breve texto una vez más. «Ofrezco por el camping propiedad de Rita Willumsen 6,4 millones de coronas noruegas. Un cordial saludo». Algo me vino a la cabeza. Algo que podría valer más que el millón que Carl opinaba que debería pagar para complacer a Kurt.

—Vale —dije.

—¿Y la pasta?

—Te la daré cuando esté firmada la escritura. Es el procedimiento habitual. Supongo que tú, como alguacil, querrás seguirlo.

Sonrió entre dientes.

—Es el dinero de Rita, y no sé nada de esas cosas. Pero tengo esto... —Dio unos golpecitos en la colcha, sobre el lugar donde estaba mi oferta—. Y si no pagas... —Se pasó un dedo por la garganta.

—Estás hecho un matón —dije—. Por cierto, si no fue el matón el que se cargó a Willum, a lo mejor fuiste tú. Solo hace falta ver el lugar que ocupas ahora. Puede que tuvieras un plan a largo plazo.

Kurt Olsen hizo una mueca.

—Como si tu alma no fuera ya lo bastante fea, Roy.

—Conozco el camino —dije y salí antes de que tuviera tiempo de incorporarse.

Al pasar por delante del salón asomé la cabeza.

—He comprado tu camping, Rita.

—Enhorabuena —me felicitó, sin apartar la mirada del breve libro que estaba leyendo, seguramente algún clásico o algo así. Si albergaba esperanzas de que Kurt fuera tan receptivo como yo, se sentiría decepcionada. Pero tenía otras virtudes, claro.

—¿Por qué has dejado que se hiciera cargo de las negociaciones? —pregunté.

Ella levantó la mirada por fin. Parecía cansada.

—Tenía muchas ganas.

—¿Ganas de impresionarte? ¿O solo de exprimirme?

Rita Willumsen suspiró en silencio. Llevaba el espeso cabello trenzado y recogido en un moño bien estirado. Tal vez fuera para tirar de las arrugas que habían empezado a manifestarse. Oí que Kurt bajaba por la escalera.

—¿Has visto la otra oferta? —pregunté.

—Seis con cuatro —dijo—. Parecía estar en orden.

Hice una pausa para que tuviera tiempo de profundizar en ese «parecía». Hasta que caí en la cuenta de que estaba contento tanto por lo que había comprado como por la propina que me había llevado. Saludé con un movimiento de cabeza y me dirigí a la puerta.

9

Eran las siete menos cuarto de la mañana cuando Carl bajó a la cocina.

—Creía que hoy estabas de guardia —dijo, y se sirvió una taza del café que llevaba una hora recociéndose a fuego lento.

—Le pedí a Egil que me sustituyera —repuse—. Rita y yo vamos al banco a firmar la escritura, y voy a ir un poco antes para revisarla con Vendelbo.

—Es bueno tener a Vendelbo en nuestro bando —dijo Carl y le dio un sorbo al café. Ese sonido me recordaba a papá. Tenía la costumbre de echarlo en el platillo para que se enfriara, y sorberlo de ahí con un ruido que ascendía por la tubería de la chimenea hasta el cuarto que compartíamos Carl y yo.

—Hablando de gente que conviene tener en nuestro equipo... —dijo Carl—. He estado pensando en una cosa. ¿Qué te parece Natalie Moe?

—¿Qué me parece?

—Creo que podría ser buena idea incorporarla al proyecto del camping. Lo he estado valorando. Necesitamos a alguien que sepa de marketing.

Me acerqué a la ventana.

—Puede ser. Es un poco joven para un proyecto de esta envergadura, ¿no crees? Tal vez haya otro candidato.

—Juventud es lo que necesitamos. Conocen las redes, saben qué es lo que funciona. ¿Te conté que cuando la fichamos ella tenía una oferta de una cadena de Oslo?

—Seguro que lo hace bien —dije—. Pero...

—¿Pero?

Tardé un poco en contestar.

—¿Estás seguro de que es de fiar?

—¿A qué te refieres?

—A que lo que le puedas contar no se acabe sabiendo en todo el pueblo. A que tendría que trabajar con nosotros dos y no podemos incorporar a nadie que escarbe demasiado en... temas privados.

—Natalie es una profesional, una tía seria. Te lo prometo.

Lo pensé. No sabía por qué, pero la idea no me convencía. Estaba claro que Natalie consideraba que debía estarme agradecida, pero de todas formas... O, tal vez, precisamente por eso. Podría llegar a ser demasiado personal.

—No lo sé —dije—. Parece un poco prematuro empezar a pensar en el marketing.

—¿Prematuro? —Carl abrió los brazos—. Tienes el camping. Tienes los planos y un constructor dispuesto a hacer la obra. Cuando se conozca el informe y se sepa que conservamos la carretera nacional, solo tendrás que venderle el proyecto a Vendelbo y al banco. Eso lo arreglo yo, ya lo sabes.

—¿Lo sé? —pregunté. Las nubes se arrastraban por encima de Ottertind; habían anunciado lluvia para hoy—. ¿Y si dicen que no?

—No lo harán.

—Le mencioné el importe del préstamo a Vendelbo durante el partido. No se desmayó, pero dijo que era cuestión de aportar garantías.

—Exacto. Cuando llegue la noticia de que al final no se hará la circunvalación, los precios de nuestras propiedades, tuyas y mías, se dispararán y podremos ofrecerle al banco garantías de aquí a la luna. Una vez tengamos el préstamo, habrá llegado la hora del espectáculo, le habremos puesto el cascabel al gato. Habrá que estar preparados para manejar el asunto en los medios de manera correcta. Recurrir a gente profesional como Natalie para sacar el máximo partido al efecto sorpresa. Solo tienes una oportunidad para causar una buena primera impresión, ¿no?

Asentí a regañadientes.

—¿Vale? —preguntó Carl.

Suspiré.

—Vale.

Se puso a mi lado frente a la ventana, posó una mano en mi hombro y bebió otro sorbo de café.

—Parece que vamos a tener quitamiedos —dijo.

—Eso parece.

La caja de ahorros de Os se encontraba en el mismo edificio sin alma de los años ochenta que albergaba la administración local, la oficina del alguacil y el centro médico. El director del banco, Asle Vendelbo, y yo observábamos a Rita mientras leía el contrato de venta. Vendelbo había declarado que la propiedad no tenía cargas, que no estaba sujeta a servidumbres y que la cifra de venta había sido transferida de mi cuenta a la del banco y estaba lista para ser abonada a Rita.

—Cláusulas tipo sin más —dijo Vendelbo mientras Rita pasaba las páginas—. La única salvedad es que, por si acaso, hice constar que había una oferta previa de 6,4, puesto que he creído entender que no queríais adjuntar una relación de las ofertas recibidas con los nombres de los otros interesados.

Rita y yo asentimos.

Vendelbo llamó con la mano a su administrativo para que hubiera dos testigos de que Rita y yo firmábamos la escritura y los documentos de compraventa. Una vez que todo estuvo rubricado y sellado en presencia de testigos, Vendelbo nos felicitó por la operación y nos acompañó a la salida.

—Por cierto, Roy, ¿podría hablar contigo un momento de otro tema? —preguntó al abrir la puerta.

Asentí. Rita parecía aliviada por no tener que salir conmigo. Nos quedamos mirándola. A veces sospecho que las mujeres mueven más las caderas si saben que hay hombres observándolas, pero no era el caso de Rita Willumsen. Ella caminaba así, como una pantera.

—Gracias por tu ayuda con el contrato de venta —dije—. Y por la rapidez en la concesión del crédito.

—En condiciones normales no admitiríamos que un camping asumiera una carga tan elevada —explicó Vendelbo—. Pero, puesto que solo se trataba de traspasar un préstamo preexistente de un cliente a otro, no queríamos complicarlo.

Vimos cómo Rita tomaba asiento en su Saab Sonett. Resultaba increíble lo bien que se conservaban los dos. Estilo, pensé. Era una cuestión de tener estilo. Eso sería lo último a lo que Rita Willumsen querría renunciar.

—El motivo por el que permitís la misma carga hipotecaria es porque traspasáis el préstamo de un cliente algo expuesto a otro más seguro —observé—. Doy por hecho que has echado un vistazo a las cuentas anuales de Willumsen AS. Supongo que os alegráis de que venda y se quite un poco de deuda.

Vendelbo sonrió sin ganas. Los directores de banco y su discreción. Carraspeó y dijo:

—Solo quería informarte de que he mencionado tu hipotético préstamo de más de cien millones de coronas a la oficina principal. Por desgracia, contemplan con escepticismo la posibilidad de conceder una hipoteca para algo que se encontraría tan apartado. O, mejor dicho, que el bien que ha de servir de garantía lo esté. Tu patrimonio está en su mayoría invertido en propiedades de Os, y la oficina principal se ha fijado en lo mucho que han caído los precios desde que se anunciara la construcción del túnel de Todde. Creen que seguirán cayendo.

—¿No ven que están pasando cosas aquí? —dije—. El Spa de Os va como un tiro y seguirá así, aunque no esté la carretera nacional.

Vendelbo suspiró, se balanceó sobre los talones y se subió el cinturón del pantalón del traje.

—No bastará con el Spa de Os, Roy. El pueblo quedará estrangulado, y dentro de tres o cuatro años tampoco es seguro que este banco siga aquí. Yo, por mi parte, doy la bienvenida a cualquier cosa que pueda insuflar vida a este lugar. Pero la oficina principal no considera tarea suya dar prioridad a Os. Han empezado a estudiar proyectos en Todde.

—¿Todde? No existe ningún lugar llamado Todde.

—No, pero podría haberlo.

—Vale. ¿Y tú tienes ganas de ser director de banco en... —di forma a los labios como si quisiera lanzar un escupitajo— ...Todde?

Vendelbo lo consideró.

—Pues no, la verdad.

—No. En cualquier caso, gracias por el aviso. —Me abroché la cazadora vaquera Levis con cuello de piel. Julie había dicho que iba a volver a ponerse de moda. Yo seguía esperando que llegara ese día.

De camino al coche sonó el teléfono. No reconocí el número ni saltó un aviso de que fuera una llamada comercial, así que respondí.

—¿Sí?

—Hola, soy Natalie. Carl me ha pedido que te llamara.

Maldije por lo bajo. Vale que Carl fuera echado para delante, como suele decirse, pero se apresuraba demasiado, siempre había sido así. Se tropezaba y luego era yo, el hermano mayor, quien tenía que sujetarlo.

—Me ha parecido entender que quieres hablarme de un proyecto.

—Sí —dije—. Más o menos.

—Vale. Estoy lista. ¿Cuándo te viene bien?

Pensé y miré el reloj, al día siguiente tenía que ir a Notodden. Al siguiente, había prometido hacer una guardia doble en lugar de la que Egil hacía hoy. Tal vez fuera mejor quitármelo de encima.

—¿Qué te parece ahora?

—Vale. ¿Dónde?

—En el camping. ¿Tienes coche?

—Sí. Estoy en diez minutos.

Nueve minutos más tarde, cuando vi a Natalie acercarse después de aparcar un Mitsubishi polvoriento, caí en la cuenta de que era guapa. Seguro que ya lo era de adolescente, solo que yo no me había percatado de ello. O ella no lo había mostrado, con la espalda encogida y la cabeza gacha para esconderse detrás del negro flequillo. No como Julie, de presencia sencilla y extrovertida, redondeces femeninas algo prematuras y su derroche de autoestima y actitud juguetona, un atractivo salvaje para los macarras motorizados que frecuentaban la gasolinera como depredadores de la sabana en torno a un abrevadero. Una imagen poco acertada, puesto que esos peleles no tardaban en bailar al son que Julie les marcaba.

No, los verdaderos depredadores de Os en aquella época permanecían encerrados en sus guaridas, entre cuatro paredes. Me fijé en que los andares de Natalie Moe recordaban al swing de Rita Willumsen.

—Hace mucho que no vengo por aquí —dijo, de nuevo con esa mirada directa, como si mirar a la gente a los ojos fuera una decisión que hubiera tomado en un momento determinado, ensayado y, sin duda, logrado. Al menos a mí me resultaba del todo natural. Con frecuencia había deseado tener ese carácter relajado, extrovertido, todo lo que Carl derrochaba. Puede que Natalie siempre hubiera tenido esa luz, que solo fueran las circunstancias las que habían oscurecido y deformado su ser. Mientras que yo había crecido en la penumbra y había sido opaco desde el principio. No, nunca imaginé que fuera a sufrir una gran metamorfosis, como dicen. De manera instintiva, empezamos a pasear entre las pequeñas cabañas de madera próximas a la orilla. Hacía falta cortar el césped y dar una mano de pintura a las casetas. La temporada había terminado, pero Rita me había proporcionado una relación de las veinte cabañas que estaban reservadas y en qué fechas. El acuerdo al que habíamos llegado era que las llaves, la ropa de cama y las toallas se entregarían y devolverían en la gasolinera al final del otoño.

—Veníamos a bañarnos aquí en verano —dijo Natalie—. En realidad, papá no me había dado permiso; le preocupaban los chicos que estaban aquí de veraneo. Fui a hablar con mi madre y argumenté que el camping tenía la única playa en condiciones, y ella me dijo que podía.

—Sabia mujer.

—Puede ser —respondió Natalie con una sonrisa—. Yo le mentía, claro, por supuesto que venía para conocer chicos.

Nos echamos a reír. Algo me hizo pensar que en la vida de Natalie había un antes y un después, una edad de la inocencia previa a que el depredador atacara.

—¿Y tú? —dijo—. ¿Solías venir por aquí en tu infancia?

—Por supuesto —asentí—. Antes de que hubiera cabañas, la gente se alojaba en caravanas y tiendas de campaña. Un verano hice un amigo, por eso volvía todos los años, pero nunca regresó. Bueno, un verano vi a un chico que me dio la impresión de que se le parecía, me acerqué a él y dije su nombre, el nombre de mi amigo, vamos. El chico miró a sus colegas, se echó a reír y me preguntó dónde me había dejado la pandereta. Hasta hace un par de años no volví.

Natalie no dijo nada y me di cuenta de que era una historia extraña para contársela a alguien a quien no conoces. Que solo había mencionado aquello en otra ocasión y que entonces no pensé en lo solitario que me hacía parecer. Porque Shannon ya lo sabía.

Carraspeé y dije:

—La razón por la que volví fue que había tenido una idea. Y conseguí unos planos que demuestran que es posible construirla aquí.

No vi motivo alguno para aclarar que el orden había sido inverso. Tomé nota de que le había contado mi primera mentira a Natalie Moe.

—Una montaña rusa —dijo.

—Demonios —exclamé—. ¿Carl?

—Sí.

—Tenía la esperanza de ver qué cara ponías al oírlo por primera vez.

—¿Por qué?

—Para hacerme una idea de en qué lugar de la escala de locura lo situarías.

Ella rio.

—A Carl no le pareció que estuviera muy asombrada.

—¿No? Y eso que Carl opina que eres una profesional seria...

—Lo soy. —Volvió a reírse, y su risa me recordó a la de Shannon. Por supuesto. A veces me he preguntado cuándo voy a dejar de buscarla entre los vivos. Estoy infectado, como si fuera un maldito virus. No siempre activo, pero presente en la sangre para toda la vida. Intenté apartar ese pensamiento—. Es lo que pasa con todas las ideas originales —dijo Natalie—. La primera vez que oímos hablar de ellas nos parecen una locura; si tienen éxito, nos parece que la única locura es que no se le haya ocurrido antes a nadie. Cuenta.

—No sé si hay algo que Carl no te haya contado.

—Solo me ha dicho que se trata de una montaña rusa de madera. Y que estará aquí.

Asentí. Nos sentamos en uno de los bancos de madera del embarcadero, delante de la caseta de las barcas. Le conté el plan. Expliqué que mi intención era construir algo que sirviera de complemento al Spa de Os, más enfocado a las familias. El hotel tenía poco que ofrecer a los niños. Una piscina pequeña y la posibilidad de avistar un zorro o un ciervo durante una excursión por la montaña, vale. Pero las familias con niños que querían bañarse preferían viajar al Sommarland de Bø, que estaba nada más pasar Notodden, y los que querían ver animales iban al zoo de Kristiansand. Le conté que había estado en Polonia para ver Zadra, la montaña rusa de madera más grande del mundo.

—Está en Zator, un lugar poco mayor que Os, en medio del campo, a una hora y diez minutos en coche de Cracovia. Y tienen el parque de atracciones más grande de Polonia. Hay toda clase de cosas, claro, pero la montaña rusa es su mayor atractivo. Es lo que hace que el padre de familia esté dispuesto a echarse a la carretera más de una hora en domingo.

Natalie asintió con un movimiento de cabeza.

—¿Eso es lo que imaginas aquí también? ¿Un parque de atracciones para toda la familia?

—Sí, pero lo primero tiene que ser la montaña rusa.

—Por supuesto —dijo ella.

La miré. Esta era la primera prueba que había que superar. Carraspeé y pregunté:

—¿Por qué dices «por supuesto»?

Ella respondió sin titubear.

—Porque una montaña rusa señaliza cuál es el nivel de ambición del parque. Dará titulares y generará expectativas de cómo será el resto. La mejor receta de éxito es crear expectativas y luego cumplir con ellas. Incluso puede bastar con alcanzarlas solo en parte si son lo bastante ambiciosas. Eso es mejor que aspiraciones mediocres cumplidas, no sé si me entiendes.

—¿Por qué?

—Porque las expectativas afectan a nuestra percepción. Un ejemplo muy conocido se dio en una tienda gourmet de Estados Unidos: partieron un queso en dos y etiquetaron una mitad como «queso cortado» y la otra como «queso de corte gourmet». En la posterior encuesta entre los clientes sobre su grado de satisfacción, los que habían comprado el queso de «corte gourmet» estaban mucho más satisfechos. Todo tiene un límite, claro: si un parque de atracciones promete mucho más de lo que ofrece, el castigo de los usuarios puede ser duro.

Asentí con ese lento movimiento de la cabeza característico de Os.

—Así que tú puedes ayudarme a...

—... crear unas expectativas muy altas. Cumplir con ellas será cosa tuya.

—Comprendido. ¿Cómo lo harías?

—Hoy solo quiero escucharte, saber qué planes tienes, luego lo pensaré un poco más. ¿Vale?

—Bueno —repuse, un poco confundido por su inesperada confianza en sí misma—. Fue Carl quien me propuso que hablara contigo, la verdad es que dudo que necesite a alguien que se ocupe de la comercialización en esta fase inicial. Además, el Spa de Os y este son proyectos independientes, no tienes ninguna obligación.

—Lo sé. —Sonrió—. Llegado el caso, lo haría en mi tiempo libre y te facturaría por horas.

—Joder —dije—. ¿Tienes ya el taxímetro en marcha?

Ella se rio.

—Aún no.

—Vale —respondí—. Deja que lo piense.

Nos pusimos de pie y fuimos hacia los coches.

—Parece que has perdido parte del acento local cuando estudiabas en Oslo —dije.

—Perdí más que eso —apuntó. Me miró con un ojo entrecerrado. Pensé en lo que Shannon llamaba ptosis, ese párpado pesado de nacimiento. No supe si esa mirada me animaba a preguntar más o me advertía para que desistiera; lo dejé estar.

Un tipo gordo, en camiseta y calzoncillos, salió de una de las cabañas. Eructó y se rascó el antebrazo mientras nos seguía con la mirada.

Natalie se acomodó en el Mitsubishi. Giró la llave y sonó música. De nuevo un violín, pero no el clásico. El violín típico de Hardanger.

—¿Qué es eso? —pregunté.

—Odd Bakkerud. ¿Te gusta?

Escuché. Raspaba y aullaba. Papá solía apagar la radio cuando programaban música folk, pero caí en la cuenta de que me recordaba... ¿A quién me recordaba?

—Muy psicodélico —dije—. ¿Nuevo?

Se echó a reír.

—De los años cincuenta. Cuando tocaba música de baile, antes de pulir su estilo.

Jimi Hendrix. Eso era, me recodaba a él. «Purple Haze», del concierto de Woodstock. Joder, sí.

—El sábado por la mañana —dije—. ¿Te parece que hablemos?

—¿No ibas a pensártelo?

—Ya lo he hecho. ¿A las diez?

—Está bien.

—¿Sabes dónde está Opgard?

—Por supuesto. ¿Sabes cuál es mi tarifa por hora?

—No, pero supongo que tienes intención de desplumarme.

Natalie ladeó la cabeza y me miró de un modo extraño.

—No soy solo yo, creo que tú también has cambiado, Roy Opgard.

—¿Ah, sí? ¿Cómo?

—No lo sé —dijo. Después me informó del precio de la hora, subió la ventanilla y se alejó. La seguí con la mirada y pensé que había llegado el momento de reconsiderar eso de no regatear.

10

El miércoles por la mañana llamé a Vera Martinsen de la policía científica, la KRIPOS.

Había estado en Os con motivo de la muerte de Poul Hansen, el matón a sueldo danés. Nos habíamos caído bien. Puede que alguno hasta lo considerara una relación, al menos ella había venido a Os unas cuantas veces y yo había ido otras tantas a Oslo. Había sido agradable y seguro que terapéutico, pero en mi caso había pasado muy poco tiempo desde la muerte de Shannon y no fui capaz de manifestar muchos sentimientos. Lo último que había sabido de Vera era que había conocido a un tipo en el trabajo y se habían ido a vivir juntos.

Nos pusimos un poco al día de nuestras vidas, ella tenía más que contar que yo, y fui al grano. Bueno, más bien ella fue al grano.

—¿Te preguntas cómo van las comprobaciones de los coches?

—Sí.

—¿Y sabes que no te lo puedo contar?

—Sí.

—Pero preguntas de todas formas. —Había un tono de reproche en su voz.

—Pues sí. Se trata de mis padres, Vera. Tú también querrías saber si alguien tuvo la culpa de la muerte de los tuyos.

—Supongo que sí. Sobre todo, si corriera peligro de ser sospechosa.

Me quedé de piedra. Años atrás Vera se había reído de las acusaciones de Kurt Olsen. Las había llamado «teorías conspiranoicas». Me había explicado que la KRIPOS se había desplazado hasta Os solo porque su política era mostrar buena predisposición hacia las pequeñas comisarías locales. ¿Había cambiado de opinión?

—No quería decir eso —añadió, como si hubiera percibido mi reacción—. Solo digo que, sea lo que sea que descubramos, ese alguacil tuyo encontrará una manera de relacionarlo contigo y con tu hermano. Parece que sigue igual de obsesionado.

—De acuerdo —dije.

Se quedó en silencio.

—¿Habéis encontrado algo? —pregunté por fin.

—Roy...

—Lo sé. *Sorry.* Me ha encantado volver a oír tu voz, Vera. Y me alegro de que os vaya bien. Espero que os quede muy bonita la casa que estáis construyendo y cuidando, que las obras no sean causa de divorcio.

—Eso intentaré. Y dale recuerdos al chorlito dorado de mi parte.

—*Will do.*

No colgué. Ella tampoco.

—Han encontrado algo de sangre —dijo—. Y cabellos.

Esperé. No añadió nada más, había colgado.

Camino de Notodden fui escuchando a J. J. Cale. Al cabo de un rato detuve el coche en el arcén, saqué el teléfono y busqué a Odd Bakkerud. Puse la primera canción que apareció, «Fanitullen», por los altavoces, y seguí el viaje. Había oído esa canción de baile tradicional antes, todo el mundo la ha escuchado, esa en la que el violinista de vez en cuando levanta el arco y toca las cuerdas con la mano izquierda. Pero esto no era tan salvaje como la música que Natalie iba escuchando en su coche.

A las dos y media me detuve en el gran aparcamiento situado detrás del hotel Brattrein. Había pocos coches, solo uno de ellos llevaba matrícula de Oslo y no era el Audi de Halden. Por eso me sorprendí cuando pedí las llaves de la 333 en la recepción y me dijeron que mis invitados ya habían llegado.

Invitados, en plural.

Joder. ¿La policía? Me quedé esperando el ascensor. ¿Debía largarme?

Antes de visitar a Halden en Oslo me había informado sobre sobornos o tráfico de influencias, la categoría en la que suponía que encajaría esto. Me convenía saber qué nos jugábamos Halden, Fuhr y yo. Si lo había entendido bien, en un caso como este, ambas partes se arriesgaban a que las condenasen a un máximo de tres años de cárcel, en aplicación del artículo 389 del Código Penal. Pero ahí se recogía que solo era punible aceptar sobornos, no negociar o hablar de ello.

Se abrieron las puertas del ascensor y entré.

Halden ocupaba la silla del escritorio y Fuhr —a quien reconocí por la imagen que había encontrado en internet—, la butaca junto a la ventana. Se pusieron de pie y Halden y yo nos dimos la mano.

—Sé que hubieras preferido que viniera solo —dijo—. Pero mi socio insistió en acompañarme. Al fin y al cabo, todos nos jugamos mucho.

—Jon Fuhr —se presentó el hombre que estaba a su lado.

Observé a Fuhr y la mano que me tendía. Tenía un estilo distinto al de Halden. Para empezar, presentaba otro aspecto. El cabello cortado a cepillo, y cazadora verde caqui. Compacto, musculoso, un par de granos indicio del uso de anabolizantes. El tabique nasal desviado; puede que practicara algún tipo de lucha. También emitía unas vibraciones completamente diferentes a las de su socio. Frío, desafiante y seguro de sí mismo. Su condena por agresión se había resuelto sin entrar en prisión, al igual que la de malversación. Por algo relativo a que fue en legítima defensa, pero un acto exageradamente violento.

—Hola —saludé, y le di la mano.

—Eres Roy Opgard, ¿verdad? —dijo Fuhr.

Asentí y me pregunté por qué un nombre de pila corriente, de tres letras, le causaba problemas, e intenté sin éxito sostener su mirada.

Nos sentamos, yo ocupé el último sitio libre, el borde de la cama de matrimonio en la que nos habíamos acostado Shannon y yo. Al menos supuse que era la misma, no parecía que hubiera cambiado nada desde la última vez.

—Entonces ¿qué habéis decidido? —pregunté y miré a Halden. Parpadeó deprisa, parecía nervioso, y no era de extrañar.

Fuhr carraspeó y dijo:

—Antes de responderte, queremos aclarar un par de cosas. ¿Te parece bien?

—Adelante —asentí.

—El caso es que tú, Roy Opgard, quieres sobornarnos a nosotros, los socios de Geo-Data, con doce millones de coronas para que presentemos un informe falso sobre el túnel de Todde a la Dirección General de Carreteras.

Lo miré fijamente. A pesar de ser la denominación oficial, nadie habla con tanta formalidad. Bajé la mirada. La tela de su cazadora era tan fina que podía ver la luz del móvil encendido en el bolsillo.

—Disculpadme un momento —dije, y fui al baño.

Sí, habían cambiado las toallas. Estas eran de color azul claro, las de entonces eran blancas. Tan blancas como el cutis irlandés de Shannon, que parecía estar desnuda cuando salía del baño envuelta en la toalla. Abrí el grifo y me miré en el espejo. ¿Qué había querido decir Natalie al afirmar que yo había cambiado? En ocho años la gente cambia, claro, envejece. Pero ella había querido decir otra cosa, ¿no es cierto?

Agarré el móvil, marqué, lo introduje hasta la mitad en uno de los vasos de la repisa y apunté a la puerta. Cogí una de las toallas pequeñas del lavabo, me envolví el puño derecho, cerré el grifo y volví a entrar en la habitación.

De las peleas, pueden asegurarse un par de cosas. Una es que, por mucho que hayas practicado, si te cruzas con uno que ha dedicado su juventud a pelearse en las fiestas de los pueblos, llevas las de perder. Sobre todo, porque el luchador aprende a esperar la señal del árbitro para empezar.

No me detuve para cerrar la puerta del baño, aproveché el impulso como papá me había enseñado a hacerlo cuando practicábamos con el saco de boxeo del pajar. Adelanté la cadera y movilicé el hombro. Puesto que Jon Fuhr estaba sentado y la silla era ancha, debía ser un gancho bajo. Por otra parte, tenía la cabeza apoyada en el respaldo alto, de manera que no podría echarla atrás ni a un lado para restar fuerza al impacto.

Mi mano derecha en su nariz sonó como si alguien hubiera aplastado una bolsa de patatas fritas.

Halden dio un grito, pero Fuhr se limitó a gemir.

No tuvo tiempo de alzar las manos antes de que lo golpeara por segunda vez. En el mismo sitio, pero sin crujido, la nariz había quedado aplastada. Fuhr se había puesto en guardia, los antebrazos protegiendo el rostro, los puños apretados, la cabeza adelantada. Di un paso al lado de la silla y metí la mano en el bolsillo de su chaqueta para pescar el móvil. Samsung, similar al mío. Observé la curva oscilante de la grabación de sonido en curso. Lo paré y borré el archivo. Tiré el teléfono de vuelta al regazo de Fuhr. Dio un respingo, creería que se aproximaba un puñetazo en el abdomen. Bajó los brazos despacio y aparecieron unos ojos anegados en lágrimas de dolor, seguidos de una nariz aún más torcida y sangre que manaba de las fosas nasales, goteaba sobre el prominente labio superior, la barbilla y la cazadora, como si fuera un deshielo en primavera.

—Si vas a tender una trampa —dije—, tienes que asegurarte de que la trampa no sea más tonta que la presa.

Fuhr me observó, pareció que estuviera valorando la posibilidad de ponerse en pie, preguntándose cómo pillarme, pero tuvo suficiente cabeza para descartar la idea.

—Nosotros... nosotros solo queríamos tenerlo por si acaso —soltó Halden.

Lo miré. Estaba pálido, como si se hubiera mareado en la cubierta de un barco.

—Por si entregabas el informe y no nos pagabas, por eso —farfulló Fuhr. El aire que salía por la nariz silbaba, le confería a su voz una bonita doble tonalidad, algo parecido al violín de Bakkerud.

Solté un bufido.

—¿Me ibais a amenazar con ir a la policía con la grabación? ¿Para que nos cayeran tres años a cada uno? No suena a una amenaza muy real, la verdad.

Intercambiaron miradas. Fuhr tomó la palabra.

—Si no pagabas, desde un punto de vista legal todavía no nos habríamos dejado sobornar. Podríamos amenazarte con acudir a la policía y contarles que te habíamos proporcionado un informe falso para pillarte. Que lo habíamos hecho sin avisar antes a la policía porque no pueden participar activamente en la provocación de un delito. —Fuhr logró esbozar una sonrisa, menudo imbécil—. Habríamos dicho algo como que es importante para la sociedad que la gente contribuya a que se detenga a los criminales, en especial a los que disponen de recursos. Y que estábamos listos para presentar el informe auténtico.

—¿Que ya tenéis preparado?

Fuhr se secó la nariz con la manga y asintió.

—Tú también te habrías asegurado de tener un plan B, Opgard —pitó con doble tono.

Asentí. Tenía razón. Plan B. Sí, pensábamos igual. De no ser así, no es seguro que yo hubiera sospechado cuando, de un modo demasiado descriptivo y con exceso de detalles, se había referido a la situación con lo que en lenguaje cinematográfico se denomina «exposición», quiso que yo verificara mi identidad y se refirió a todos con su nombre completo. A la vez, ese estilo de aficionados era lo que había hecho que creyera en ellos. Me desenrollé la toalla de la mano derecha y se la ofrecí a Fuhr.

—Escuchad —dije, y me senté en la cama—. Ninguno de nosotros es un delincuente, solo hacemos lo que tenemos que hacer. Y lo hacemos por un motivo que está por encima de nosotros. Vosotros, para asegurar el puesto de trabajo de vuestros empleados en tiempos difíciles y yo, para que mi pueblo siga existiendo. Ahora mismo estamos en una situación en la que ambas partes podemos lograr lo que buscamos, pero para que sea posible, hemos de confiar los unos en los otros.

Me resultó difícil valorar cómo habían encajado mi charla motivacional, pero seguí.

—Leap of trust —dije. Había recurrido a esa expresión en una ocasión anterior, cuando Willum Willumsen y yo nos dimos la mano para sellar el pacto de no matarnos. Duró, al menos, un tiempo—. Como señal de que estamos dispuestos a dar ese salto —añadí, saqué el grueso sobre que llevaba en el bolsillo del anorak y lo tiré sobre la mesita redonda—, os doy un pequeño anticipo. Ahí van doscientas mil.

Observaron el sobre. Aposté a que Fuhr lo cogería primero. Acerté.

—¿Y el resto? —preguntó, y empezó a pasar los billetes de mil mientras fingía indiferencia.

—Dos semanas después de que el informe se haga público.

—¿Por qué esperar tanto?

—Porque es el tiempo que necesita el banco para tramitar mi petición de préstamo desde el momento en que la presente.

—¿Préstamo? —preguntó Fuhr. Él y Halden intercambiaron una mirada—. ¿Por qué tienes que esperar a que esté el informe antes de pedir el préstamo?

—Porque el informe es lo que hará que me concedan el préstamo. Soy propietario de una gasolinera y de varias fincas en Os que, de repente, aumentarán su valor y podrán hipotecarse en cuanto se sepa que la carretera principal seguirá pasando por el pueblo.

Fuhr no parecía muy satisfecho, algo que es difícil lograr con la nariz recién machacada, supongo.

—Como ya he dicho, vamos a tener que confiar los unos en los otros.

Fuhr miró de reojo a Halden. Asintieron con un movimiento de cabeza.

—El informe estará listo el jueves próximo —confirmó este último.

Observé desde la ventana y los seguí con la mirada mientras cruzaban el aparcamiento y se metían en el Mercedes con matrícula de Oslo. Habíamos revisado los principales puntos del informe, y ellos recalcaron que los datos no estaban exactamente falsificados, solo habían cambiado su interpretación. Lo bastante para que, si las autoridades pertinentes solicitaban a un tercero independiente que revisara las cifras, tuviera que llegar a la misma conclusión, o al menos no contravenir la que había presentado Geo-Data. Que un túnel en Todde no era realizable. En su viaje a Oslo, el antiguo y el nuevo alcalde de Os habían argumentado en el Congreso de los Diputados que era mejor la otra solución, más barata, una carretera nacional mejorada en su trazado actual. No reduciría de manera significativa el tiempo de viaje para quien fuera de A a B y, a fin de cuentas, Os no era ni A ni B. Si el túnel quedaba descartado ahora que habían prometido una nueva carretera nacional, había muchas posibilidades de que recuperaran el plan de mejorar la que atravesaba Os. De este modo el pueblo no solo se habría salvado de quedar aislado, sino que estaría más próximo a los territorios civilizados de Drammen y Oslo.

Las luces del Mercedes se encendieron, arrancó y se perdió de vista.

Fui al baño, la puerta de la habitación aún estaba abierta. Me incliné sobre el vaso de agua en cuyo interior mi teléfono seguía grabando y recité con mi mejor imitación de la voz de un presentador de las noticias: «Esta es la habitación 333 del hotel Brattrein y acabamos de ver a Bent Halden y a Jon Fuhr, socios de Geo-Data, recibir doscientas mil coronas como parte del pago por elaborar un informe falso de las condiciones para la construcción del túnel de Todde».

Saqué el teléfono del vaso y detuve la grabación. Volví a la habitación, me tendí sobre la cama y reproduje el archivo de audio desde el principio. Halden no salía, pero podías ver mi espalda y a Fuhr contando el dinero y cómo se guardaba el sobre en el bolsillo. Y se oía la conversación. Como ya he dicho, ellos y yo pensábamos del mismo modo sobre tener un plan B.

Cerré los ojos y sentí el peso de mi cuerpo sobre el colchón. Era el mismo.

En el camino de vuelta a casa di con un álbum titulado *Warg Buen*. Más reciente. Dos violines a dúo, me sonaba a danza tradicional. Molaba. Lo puse a todo volumen y conduje deprisa, hice dos adelantamientos al límite, tenía que tranquilizarme. Sí, pero Halden y Fuhr habían cogido el dinero, la suerte estaba echada, había que celebrarlo de algún modo. Si no era a solas en el coche, ¿con quién? ¿Carl? Sí, tendría que ser él, en nuestro equipo no había nadie más. ¿Cuál era el plan? Construir esa montaña rusa, vale, y luego ¿qué? ¿Cuál era el plan? Dios mío, ¿me iba a dar por torturarme con eso una vez más? Era como preguntarse cuál es el sentido de la vida. Son terrenos pantanosos de los que cuesta salir a tierra firme. Suponiendo que llegues a tierra firme. Porque, al comprender que tus actos y tu ser carecen de valor alguno, puede que te pegues un tiro en la sien. Había conseguido mantener ese pensamiento a una distancia razonable. Digo razonable porque también es un consuelo, ya que siempre te queda esa salida. Tras la muerte de Shannon, cuando nada tenía sentido, había comprendido que lo único que podía resucitar mis ganas de vivir era el peligro. Un recordatorio permanente de que la vida se puede perder y que te llevaba a aferrarte a ella, como un niño que tira un juguete pero se pone a berrear cuando algún otro lo coge. Tal vez por eso había entrado en la habitación con esa sensación de arrebato, de estar listo para lo que pudiera pasar, incluso para mi fin. Por esa razón había albergado cierta esperanza de que el vagón descarrilara allá en Polonia. Por eso había sentido pinchazos en el cuero cabelludo al oír a Vera Martinsen decir: «Encontraron un poco de sangre. Y cabellos».

Por supuesto que había sangre y cabellos en habitáculos en los que habían viajado cuatro —no, cinco— personas cuando los coches cayeron por Huken. Tan evidente que podría decírselo a cualquier periodista que llamara, sin por ello incumplir el deber de preservar la confidencialidad. Tanto que no era eso lo que me había querido decir cuando me lo comunicó. Vera había querido contarme algo sin verbalizarlo. El tono con el que había recalcado: «Y cabellos».

¿Se refería a cabellos míos? Si habían aparecido en uno o en ambos Cadillac, no tenía nada de sospechoso. Si estaban en el Jaguar, sería más complicado justificarlos, pero lo dudaba. Al descender a Huken para recuperar el arma del asesino a sueldo, la que más tarde utilicé para cargarme a Willum Willumsen en su dormitorio, había tenido cuidado de asegurarme de no dejar ninguna huella dactilar ni ningún otro resto. Además, mi color de pelo no era precisamente raro y parecía imposible que hubieran tenido tiempo de hacer un análisis de ADN.

Me pegué al culo de un tractor que, evidentemente, venía de un sembrado; las ruedas lanzaban grandes terrones de tierra, y uno aterrizó en el capó de mi coche con un golpe húmedo. No tenía prisa alguna, pero me acerqué a él en la curva, esperé impaciente a llegar a la recta que sabía cercana. Me fijé en que el trozo de tierra desafiaba la ley de la fuerza centrífuga y permanecía en el capó. Fue entonces cuando caí en la cuenta.

Cabellos. Cabellos rubio platino, tan largos y espesos que solo podían tener dos orígenes. La mopa que lucía en la cabeza Kurt Olsen. O aquel de quien había heredado la cabellera. El antiguo alguacil. Visualicé a Sigmund Olsen hacía más de veinte años, al borde del precipicio, mirando hacia el fondo de Huken, a la chatarra del Cadillac de papá. A Carl, que da un paso al frente y lo empuja. Lo veo con tanta claridad como si estuviera allí, incluso más. En mis fantasías puedo ralentizar los acontecimientos, dejar que la fatal decisión tarde varios segundos cuando, en realidad, fue un acto impulsivo de un adolescente desesperado, muerto de miedo. Sigmund Olsen, que recibe el empujón en la parte alta de la espalda, con fuerza suficiente para que su cuerpo gire despacio en el aire y aterrice boca arriba al impactar sobre el coche que está abajo. No en el capó, sino en los bajos, puesto que el coche dio media vuelta al salirse de la carretera. Estaba en el taller cuando Carl me llamó, con voz llorosa, tenía que ir enseguida.

Y fui. Siempre acudía cuando mi hermano pequeño me necesitaba. No porque sea un pelele imbécil, sino porque ya estábamos atados por los lazos de sangre, la culpa y el destino. Resultó simbólico que atáramos una cuerda de cien metros de largo entre el Volvo 240 de mi propiedad y mi cuerpo, y la mantuviéramos tensa mientras Carl daba marcha atrás y me bajaba hasta Huken.

El cuerpo de Sigmund Olsen había impactado en los bajos del coche, pero dibujaba un ángulo de noventa grados sobre la parte delantera del vehículo. Parecía un muñeco sin articulaciones, un espantapájaros cuyo abdomen y cabeza colgaban delante de la matrícula y el capó, y la sangre aún goteaba encima de las rocas desde la mata de pelo con un chasquido suave, moderado. El viejo alguacil no era un buen espantapájaros, porque sobre su barriga reposaba un cuervo, las garras en torno a la gran hebilla del pantalón, y no levantó el vuelo hasta que no le tiré piedras.

Carl y yo logramos alzar el cadáver y sacarle las botas de piel de serpiente. Esa misma noche las dejamos en su barca, que empujé al centro del lago de Budalsvannet. Colocamos el cuerpo en la cuchara de la pala excavadora y lo rellenamos con el limpiador industrial Fritz, de uso ilegal, que lo disuelve todo: diésel, asfalto, incluso la cal. Por supuesto que la gente se sorprendió cuando apareció la barca y todo parecía indicar que el alguacil se había suicidado, pero ya se sabe que las personas como él no van por ahí anunciando que padecen una depresión. Kurt Olsen nunca se creyó la historia del suicidio. Nos clavó la mirada a Carl y a mí y no nos la ha quitado de encima desde entonces, con el puesto de entrenador o sin él.

No me acababa de cuadrar que hubieran encontrado sangre y cabellos fuera de los habitáculos. ¿Después de más de veinte años a la intemperie? Vale que Huken estaba protegido de la lluvia y del sol, pero en el suelo hay insectos a los que les gusta la sangre, y de vez en cuando llegaban rachas de viento allá abajo que se habrían llevado cualquier cabello.

Descarté la idea.

Llegó la recta, puse el intermitente, miré por el retrovisor y aceleré. Volví a comprobar el espejo. El tractor ya se había empequeñecido. Subí de nuevo el volumen de los violines tradicionales. Una especie de estribillo sin letra. Sí, esto iba a salir bien.

11

Llovió hasta el fin de semana, cuando volvió el buen tiempo, con cielos despejados y aire fresco.

El sábado por la mañana fui a inspeccionar el quitamiedos nuevo de Geitesvingen. Parecía que habían cumplido con las normas, tenía aspecto de ser sólido. Observé la carretera que descendía enroscándose hacia Nergard. Subí la escasa altura de la rampa del granero. Encendí la luz, me coloqué en el centro y miré a mi alrededor. Carl y yo habíamos discutido durante años qué hacer con el granero y el establo de las cabras. Si debíamos reformarlos, tirarlos y edificar una vivienda o dejarlos estar hasta que el viento acabara con ellos. Carl había empezado a defender esta última opción al creer que así cobraríamos la indemnización del seguro. Yo me había opuesto, argumentando que en algún momento tendríamos que poner límites a nuestra decadencia. Ya no estaba tan seguro. Con dinero del seguro o sin él, no me importaría que llegara una tormenta de otoño y borrara todo aquello de mi recuerdo. El saco de boxeo seguía colgado allí donde papá había golpeado con los puños hasta sangrar y yo había tomado el relevo y hecho lo mismo.

Observé la pared bajo el interruptor de la luz donde estaba apoyada la escopeta aquella noche. Papá la había dejado allí, lista, con cartuchos en ambas recámaras para que yo hiciera lo que había que hacer. Aquello de lo que él era incapaz, acabar con su vida, la de la bestia, el abusador que no podía parar y al que alguien debía detener. En aquella ocasión me marché, le fallé. No solo a él, sino a toda la familia.

Bajé la mirada al suelo. Fue aquí, exactamente aquí donde me coloqué cuando papá se arrodilló con su perro muerto en brazos, Dog, al que Carl había herido con un disparo accidental y que yo sacrifiqué a cuchillo porque él no era capaz.

No, aquí no había nada que mereciera la pena preservar.

Veía la fachada oeste de la casa, sin ventanas. En estas altitudes no se daba prioridad a la luz, sino a mantener a raya las heladas y el viento del noroeste. En la parte trasera de la vivienda estaba la puerta, orientada al norte. Delante de mí, mirando al sol, se extendía el jardín de invierno de mamá, donde, en ese momento, Carl leía la prensa en su ordenador.

Agucé el oído. Volví a comprobar la hora. Salí al patio.

Sí, era un coche. Redujo la marcha, estaría a la altura de Japansvingen. En mi adolescencia aún era posible distinguir la marca de los coches por el sonido, al menos si no eran del todo nuevos. Ahora no tenía posibilidad alguna, era más fácil apostar a qué marca de neumáticos llevaban.

El coche asomó por Geitesvingen, y pude ver que era el Mitsubishi de Natalie.

Se bajó.

—Así que esta es la famosa Opgard —dijo.

—¿Nunca habías pasado por aquí?

Ella negó con la cabeza.

—La carretera solo lleva aquí.

—Me refería a que a lo mejor habías hecho excursiones por la montaña.

—No íbamos a la montaña. Mira, ¡aquí han caído las primeras nieves! —Se echó a reír y señaló el baldío. Por la noche las cumbres se habían espolvoreado de nieve, como si fuera azúcar glas encima de una tarta, y lanzaba un brillo mate al sol—. Sí que es bonito esto, Roy.

—Desde luego. —No sé por qué sentí cierto orgullo. Vale que el baldío que contemplábamos pertenecía a Opgard, pero la satisfacción del campesino no va unida a la estética, sino a tener buenos pastos y que el bosque resulte sostenible, y en ese sentido Opgard no tiene mucho de lo que presumir, eso es indudable. Cerros, abedules enanos, brezo y esas cosas con las que solo pueden subsistir las cabras más robustas—. Entonces ¿nunca te has adentrado por este terreno?

—No lo sé. Supongo que sí, alguna vez. Pero no lo recuerdo. En todo caso voy a tener que familiarizarme con él, las excursiones son parte de la experiencia que vendemos en el hotel.

—Amén. ¿Café?

—Por favor.

Me dedicó una sonrisa alegre y ligera, pero yo no estaba preparado para tanta alegría y despreocupación. Fingí que seguía absorto en el paisaje.

Pasé el primero y ella se sentó junto a la mesa de la cocina mientras yo ponía la cafetera al fuego.

—¡Hola, Natalie! —llamó Carl desde el jardín de invierno.

—¡Hola, jefe!

Él se rio, parecía satisfecho.

Me giré, apoyado en la encimera. La vi allí sentada, junto a las notas que había dejado preparadas sobre la mesa. Caí en la cuenta de lo angosta que era esta cocina. Podríamos sentarnos en el salón, claro, pero allí seguían los restos de la pizza de ayer y las botellas de cerveza vacías de Carl.

—¿Sabes qué? —dije—. Ya que tienes que familiarizarte con la zona, mejor echamos el café en un termo y nos damos un paseo.

Se miró instintivamente. Vaqueros ceñidos, unas zapatillas Converse un poco endebles.

—Te puedo prestar las botas de mamá para ir de excursión —le ofrecí.

Encontré las viejas botas de cuero de mamá en el arcón del zaguán y, mientras ella se sentaba en la tapa para atárselas, observé la escopeta Remington que estaba colgada encima de la puerta.

—¿Una Remington 700 CDL? —Se oyó su voz.

Me giré. Natalie se había puesto en pie, se había subido la cremallera de su anorak Patagonia y estaba lista para salir.

—¿Entiendes de armas? —pregunté.

Negó con la cabeza.

—No, es que mi padre tiene una idéntica.

—¿Sale de caza?

—Antes sí.

—Pero ¿tú nunca fuiste con él?

—No, y tampoco me dejaba tocar el rifle, solo podía mirarlo. Sobre todo, desde que me regalaron un punzón por navidad y dibujé un corazoncito minúsculo aquí. —Se puso de puntillas y acarició con un dedo por el final de la culata de madera de nogal—. Casi no se veía, pero, ¡madre mía!, la bronca que me echó.

—Un hombre estricto —dije con la mano en el pomo de la puerta.

—Bueno, era mamá quien me regañaba, la que me había dicho que no tocara el arma.

Descarté varias preguntas, abrí la puerta y la intensa luz se coló en el interior.

Fuimos caminando por entre el brezo. Me fijé en que ella alternaba pasos cortos y largos, iba casi saltando, parecía que dudara de cómo debía avanzar. Llegamos a la cima de la primera colina, desde donde se podía ver el hotel, y ya le faltaba el aire.

—Eres uno de esos montañeros, ¿verdad?

—No sabría qué decirte —respondí.

—Oh, claro que sí. Parece que vais despacio, al mismo ritmo, pero luego nos dejáis atrás. Exactamente igual que Ola.

—No me digas. ¿Quién es Ola?

Ladeó la cabeza y me miró con los ojos entrecerrados.

—Alguien. Uno con quien he salido de caza.

—Ah. ¿Has disparado, entonces?

—No. No tengo licencia de caza, así que ahí también me tocó estar de espectadora. ¿Seguimos?

—Vale. ¿En qué dirección?

Sonrió. Una boca ancha, de labios suaves y grandes dientes blancos.

—Hacia la cumbre, por supuesto.

Continuamos, reduje la velocidad y me eché un poco a la derecha para que ella pudiera ir por el sendero desdibujado y ponerse a mi lado.

—Hablando de disparar —dijo—. No quisiera cargarme la idea de montar un parque de atracciones en Os así de entrada, pero he estado investigando.

—*Shoot.*

—Los parques de atracciones que han tenido éxito en Noruega tienen algo en común. ¿Sabes qué?

—Puedo adivinarlo, pero cuéntamelo tú.

—Están junto a una carretera importante. Los cuatro mayores, Tusenfryd, Kongeparken, Dyreparken y Hunderfossen, están todos pegados a autopistas. Sommarland está cerca de la nacional y sobrevive, tienen ciento cincuenta mil visitantes de media, pero cuentan con atracciones suficientes para superar a Hunderfossen. La diferencia radica en el número de vehículos que pasa por allí. El día que Os pierda la carretera principal, las probabilidades de que un parque de atracciones grande resulte rentable son escasas, si quieres saber mi opinión. Por este motivo, mi primera pregunta es si has considerado la posibilidad de construir un parque pequeño.

—Lo hice, y la deseché.

—¿Por qué?

—Porque el coste de construir la montaña rusa es de cien millones de coronas, no hay duda de que se necesitan unos cuantos miles de visitantes al año.

Natalie asintió con un movimiento de cabeza, como si entendiera lo que quería decir, pero vi que no era cierto.

—Te preguntas si tengo un proyecto empresarial sólido —aventuré—. O solo la brillante idea de construir una montaña rusa.

—¿Es así?

La miré, y ella me sostuvo la mirada. Había algo, algo que confirmaba que me entendía. Me leía del mismo modo en que yo había comprendido la situación de la adolescente víctima de abusos que iba a la gasolinera a comprar la píldora del día después. Al ver que me leía como un libro abierto me entraron ganas de contárselo todo. Bueno, puede que no todo, pero mucho. Evidentemente, no podía.

—Los cálculos deben incluir más factores —expliqué—. Están las sinergias. No solo entre un parque de atracciones familiar y el Spa de Os, sino sus efectos sobre la gasolinera, el Fritt Fall y los precios de las propiedades de la zona. Se trata de tener masa crítica, iniciar un proceso que se retroalimente y en el que la montaña rusa haga el papel de catalizador.

—Vale —dijo ella, pero seguía sin parecer convencida. Tal vez porque no había estudiado el bachillerato de ciencias con la asignatura de Química en Notodden, o porque no tenía fe en la suma de estos factores.

—No me has contratado para auditar el proyecto empresarial, solo quería estar segura de que esto es lo que quieres. Es decir: una gran montaña rusa y un gran parque de atracciones. Porque eso marca de alguna manera cómo se puede promocionar.

—¿Qué tienes en mente?

—Todo el mundo sabe que los proyectos grandes y ambiciosos requieren campañas de marketing más caras, pero no que es frecuente que también tengan que ser, en proporción, de mayor envergadura. Fíjate en el mundo del cine, donde cada película es un proyecto. En el caso de las producciones independientes, pequeñas y baratas, la promoción puede suponer un diez o un quince por ciento del presupuesto total, mientras que las producciones grandes y costosas invierten el cincuenta por ciento o más. ¿Dispones de esos fondos?

—No —confesé.

—Me lo imaginaba. Teniendo en cuenta que Os está lejos de las grandes ciudades, que pronto perderá casi todo el tráfico de paso y que no tienes dinero para convencer a las madres...

—¿Las madres?

—Los estudios de mercado muestran que son ellas quienes deciden adónde van las familias los fines de semana y en vacaciones.

—Vale.

—Así que tengo una idea y espero que la respaldes.

Asentí para dar a entender que seguía el hilo.

—En mi opinión, tú, Roy Opgard, has de apostarlo todo a una carta. ¿Cuál?

—¿Eh?

—Tienes que preguntar: ¿cuál?

Puse los ojos en blanco.

—¿Cuál?

Se detuvo y se volvió hacia mí. Esperó a que nuestras miradas se encontraran antes de pronunciar las palabras, despacio, alto y claro.

—La-montaña-rusa-más-grande-del-mundo. —No entendí nada cuando me agarró la mano, me tiró del brazo y arrugó la manga del anorak—. ¿Lo ves?

—¿Si veo qué?

—El vello de punta. Este es tu as.

—¿El vello de punta? —Me había soltado el brazo y alisó la manga.

—Un presupuesto limitado para la promoción no solo reduce el volumen al que puedes gritar, sino también lo que te da tiempo a decir. Y lo único que puedes decir es: «La... más grande del mundo». —Me hizo una señal con las dos manos y comprendí que no se daría por vencida hasta que dijéramos a coro: «montaña rusa».

—Esas siete palabras son el mensaje y has de repetirlas todas y cada una de las veces que te anuncies o que hagas una declaración a los medios de comunicación.

—¿Crees que eso bastará para hacer venir a la gente?

—Las visitas al parque de atracciones de Tusenfryd solo han sobrepasado el medio millón de visitantes los dos años en que inauguraron una nueva montaña rusa. Y ni siquiera era la más grande del mundo. Pero la montaña rusa más grande del mundo en Os hará que el padre también quiera decidir adónde irá la familia. Por no hablar de los frikis de las montañas rusas, que acudirán expresamente. Solo en Estados Unidos, hay clubs de aficionados a las montañas rusas que cuentan con miles de socios que peregrinan por ese motivo.

—Puede que tengas razón —dije—. Pero no estamos hablando de la montaña rusa más grande del mundo, solo de la más hermosa, tanto por la atracción en sí como por el entorno.

—Es posible que la estética atraiga a los aficionados, pero no a las masas. Quieren marcar la casilla de haber montado en la más grande del mundo.

—Estas diciendo que...

—... que tienes que hacerla más grande.

—¿Para que alguien en Dubái pueda hacerla aún mayor un par de años después?

—Si te fijas en el número de visitantes de los parques de atracciones, verás que son bastante estables, el primer año es un indicador fiable de cómo irán los veinte siguientes. Similar a lo que sucede con el fin de semana del estreno de una película. Si logras dar el impulso suficiente al mensaje «más grande del mundo» desde la inauguración, eso marcará el producto y será lo que la gente recuerde mucho tiempo después de que ya no puedas anunciarte así.

—Me das algo en lo que pensar —dije y me rasqué la barbilla. Aquella mañana, por primera vez en mucho tiempo, había pasado de la máquina de afeitar eléctrica y recurrido a la maquinilla, había perdido la costumbre.

—¿Nos tomamos el café ahí arriba? —propuso Natalie y señaló la cumbre nevada de Nesaksla.

—Me temo que está algo más lejos de lo que parece —respondí.

—¿Y qué?

Me encogí de hombros.

—Si te gusta el café frío...

Natalie sonrió.

—¿Vamos a la nieve a preparar un café con hielo? —Echó a andar sin aguardar a que yo respondiera. Me quedé esperando a que se diera la vuelta. Pero no lo hizo. Después de unos minutos fui tras ella.

El sol asomó tras las cumbres mientras trotábamos camino de Nesaksla.

Natalie aprendía deprisa cómo moverse por terreno escarpado y al cabo de un rato casi pude adoptar mi ritmo habitual. Seguimos hablando del parque de atracciones y caí en la cuenta de que había muchas cosas que no había tenido en cuenta. No es que ella pretendiera tener las respuestas, pero planteaba un montón de preguntas. Poco a poco la conversación pasó a tratar sobre lo que nos rodeaba. Señalé las cumbres y mencioné sus nombres y su altura, identificando los pájaros que nos sobrevolaban. Conocía los nombres de las cabañas de los pastos de verano que dejábamos atrás, mientras que ella me hablaba de las canciones típicas de los pastores y las cumbres. De las pastoras que pasaban el verano solas en las cabañas de los pastos y cantaban canciones tradicionales, o eran destinatarias de composiciones.

—«¿Conoces a Kari Midtgard de Tinn?» —cantó Natalie con una voz sonora, densa, que acertaba las notas azules con juguetona facilidad—. «No deja entrar a los mozos».

El sonido era de tal belleza que me detuve. Puede que también me quedara boquiabierto, porque se echó a reír. Se colocó una mano detrás de la oreja cuando recibió una respuesta del interior del altiplano, una sola nota, prolongada y triste, que persistió en el aire.

—¿Qué ha sido eso?

—Un chorlito dorado —dije.

—¿Chorlito dorado? ¿Es un pájaro?

Asentí con un movimiento de cabeza.

—No podemos verlo porque somos dos. Si estuvieras sola, saldría. El chorlito dorado es el fiel acompañante del solitario.

—Así que es eso —dijo, y asintió para sí como si acabara de comprender algo.

—¿Es qué?

—Esa nota. La reconozco. El chorlito dorado y tú os conocéis bastante, ¿verdad?

En lugar de sostenerle la mirada, que notaba clavada en mí, consulté el reloj.

—¿Seguro que no quieres dar la vuelta? —dije.

—Yo no tengo planes para hoy. ¿Y tú?

Negué con la cabeza y eché a andar.

Anduvimos tres horas hasta alcanzar la nieve. Se estaba derritiendo, el agua chapoteaba en pequeñas corrientes recién nacidas, y por la ladera poco escarpada asomaban montículos y manchas de brezo.

Buscamos dos rocas secas y abrí la mochila, saqué el termo y llené dos tazas de cartón. Estábamos cerca de Ottertind y el sol aún daba un poco de calor, pero Natalie prefirió tomar el café sin hielo.

Un pájaro minúsculo, una bolita de pico fino y cresta que apuntaba al cielo, nos observaba posado en un tocón.

—¿Es el chorlito dorado, que busca compañía aunque seamos dos? —preguntó Natalie.

Negué con la cabeza.

—Es un chochín.

—Oh, ¿crees que tendrá el nido por aquí?

—No creo, el macho suele construirlo en los bosquecillos, donde encuentra materiales.

—Es el macho el que construye.

—Desde luego. Después la hembra inspecciona el nido para darle su aprobación.

—¿Ah, sí? ¿Qué pasa si no da el visto bueno?

Me encogí de hombros.

—No estoy seguro. Tendrá que hacer uno nuevo. O ella se buscará otro macho con un nido mejor.

—¿Por eso no tienes novia, Roy?

La pregunta me pilló tan desprevenido que solo acerté a responder:

—¿No tengo?

—Ayer fui a cortarme el pelo y Grete Smitt dijo que no has tenido pareja desde que recibías las visitas de una agente de policía, pero que de eso hace cinco años.

Me eché a reír.

—Es impresionante el control que tiene Grete del calendario, mejor que el mío.

—Bueno —Natalie me miró de aquella manera especial—, ¿por qué no tienes novia? —Me llevé la taza a los labios para ganar algo de tiempo—. Perdona si es demasiado personal —dijo en voz baja.

—Para nada —mentí—. Solo que no hay mucho que contar. Los días pasan sin que sintamos nada, ¿no es cierto?

Ella asintió muy seria y contempló el paisaje vacío, desierto, donde los colores otoñales pronto desaparecerían en la luz mortecina.

—Solo quería equilibrar las cosas un poco, teniendo en cuenta todo lo que sabes de mí, de mis circunstancias. Me vendría bien.

—Lo entiendo —dije.

Tiró el resto del café a la nieve.

—Oye, tengo que hacer pis —dijo—. ¿Vigilas que no venga nadie?

Era una broma, pero los dos percibimos al instante el mensaje implícito inintencionado y no nos reímos.

—Estaré atento —le aseguré.

Subió por la ladera hacia una gran roca, yo observé el sol y calculé que podríamos volver en dos horas y media. Iríamos cuesta abajo y Natalie había aprendido a caminar de manera más constante y adaptada al terreno.

—¡Roy! —El grito produjo un eco a lo lejos. Me di la vuelta—. ¡Ven! —Me puse en pie y recorrí unos cincuenta metros hasta la roca. Natalie estaba al otro lado y señalaba la nieve—. Huellas —dijo—. En efecto, había marcas de pisadas, cuatro dedos y la almohadilla trasera, con la forma del sombrero de un arlequín—. ¿Son de lobo? —preguntó.

—Podría ser —dije—. Pero seguramente serán de perro.

—¿No son demasiado grandes?

—Depende del perro. En la práctica es imposible ver la diferencia.

—En la peluquería una señora dijo que habían avistado lobos por la zona.

—Diría que en ese salón se origina alguna que otra *fake news*. Es un coto de caza, hay muchos perros por aquí.

—Pero ¿y si es un lobo? El sol se va a poner...

Me miró asustada.

—Solo hay huellas de uno, en todo caso sería un lobo solitario —dije intentando aparentar serenidad. Algo que debería ser fácil para un hombre casi veinte años mayor que esta mujer que había madurado tan deprisa—. Suelen ser machos que se han quedado solos al perder la batalla con otro macho dominante —proseguí—. Por tanto, este no es el lobo más fuerte. Sin la manada ya estará hambriento, debilitado y condenado a muerte. Además, tiene más miedo de ti del que tú le puedas tener a él.

—¿Apostamos?

Una sonrisa asomó tras el miedo. ¿Estaba asustada o me estaba tomando el pelo?

—La próxima vez nos llevaremos una Remington cada uno —dije cuando acabamos de meter las cosas en la mochila e iniciamos el descenso.

—Está prohibido cazar lobos —observó.

—En defensa propia se puede disparar a cualquier cosa.

—¿Estás seguro? —Se giró hacia mí en el sendero sin reducir la velocidad. Guiñó un ojo—. Si estás en el cadalso, condenado a muerte, ¿tienes derecho a estrangular a tu ejecutor? Si el rey te ordena que avances hacia los disparos de las metralletas del enemigo, ¿tienes derecho a disparar al rey?

Me limité a negar con la cabeza.

—Menuda preguntita, joder —dijo con voz fingidamente grave.

—Mira al frente para ver dónde pisas —le indiqué.

—Admite que piensas que ha sido una pregunta muy puñetera. —En aquellos ojos de peculiar colorido bailaba una risa.

—Opino —dije, y la empujé para que siguiera avanzando— que menuda preguntita, joder.

Su risa se deslizó por el delicioso aire cristalino, bajo el cielo otoñal cada vez más pálido.

Anochecía cuando Natalie se alejó en su coche.

Carl no estaba en casa. Seguro que estaba en el hotel, y podía suponer con quién.

Me quedé estudiando los planos hasta bien entrada la noche. Conocía las dimensiones de Zadra e intenté calcular cómo un aumento proporcional de todas las dimensiones de la montaña rusa podría influir en las leyes de la física. Estuve un rato dándole vueltas a las fórmulas, pero era consciente de que no tenía los conocimientos necesarios, así que antes de irme a dormir le mandé un correo electrónico a Glen Moore para preguntarle si podría hacerse. Y cuánto se incrementaría el coste.

Antes de quedarme dormido oí una nota larga y triste fuera. Pensé en el chorlito dorado, pero no era él. No era un perro. Tampoco un lobo. No es que hubiera escuchado lobos antes, pero el sonido era demasiado humano. Como una canción. Es probable que ya estuviera dormido cuando fue interrumpida por un grito helador procedente de Huken. Vi al cuervo posado sobre la hebilla del cinturón de Sigmund Olsen.

12

El domingo trajo viento y nubes bajas que se desplazaban a toda velocidad por el cielo. Jugábamos en casa otra vez. Carl explicó que el calendario estaba programado de manera que el F. C. Os jugara todos los partidos en su campo antes de noviembre y todos los últimos del otoño como visitante en la llanura, donde el riesgo de nevadas era menor.

Subí a la tribuna VIP detrás de Carl. Los banderines desplegados al aire. Me fijé en cómo Mari Aas lo miraba un instante, esbozando una escueta sonrisa, como si no hubiera reposado entre sus brazos unas pocas horas antes, en el Spa de Os. Lo suyo con Mari no era algo que Carl y yo comentáramos. Seguro que más por deseo mío que de él. Sencillamente, no quería formar parte de esa conjura, y él se había dado cuenta. Tal vez resultara más sencillo para Carl que nadie fuera partícipe del secreto, así podía imaginarse que solo sucedía en su cabeza. Al menos para Rita y para mí, años atrás, había sido de ese modo. Y para Shannon, claro. Sí, en el caso de Shannon todavía en ocasiones me pregunto si ocurrió de verdad o todo fue un sueño.

Había menos espectadores que otros días, tanto en la tribuna como bordeando el campo. El ascenso estaba asegurado y eso también se reflejaba en la alineación del equipo. Vi que Alex se quitaba el chándal, estaba claro que iba a jugar.

Antes de que el árbitro y los jueces de línea salieran al campo, el presentador ocupó el centro del césped con un micrófono inalámbrico en una mano y una tarjeta regalo en la otra. Había sido idea de Carl premiar con un tratamiento de dos horas en el spa del hotel al mejor jugador del Os en el partido anterior.

Carl me guiñó un ojo con complicidad y el presentador proclamó el nombre, la gente aplaudió y Kurt Olsen trotó hacia el círculo central.

—Esto se suma a la propuesta de contrato que recibió el viernes —me susurró Carl.

Kurt cogió la tarjeta regalo, pero en lugar de decir «gracias» y largarse, como era costumbre, agarró el micrófono. Se oyó un feo raspar del viento en los altavoces y el presentador giró a Kurt para que diera la espalda y protegiera el micrófono de la corriente.

—Supongo que es la primera vez que un entrenador es elegido mejor jugador —dijo—. Pero no podría estar más de acuerdo.

Hubo risas en la tribuna VIP.

—Tal vez sea una buena ocasión para comunicar al club y a vosotros, sus seguidores, que he tomado una decisión.

Carl sonrió entre dientes y se recostó con las manos a la espalda y la barriga al frente. Hasta ahora no había caído en la cuenta de que arrastraba más peso que esa dignidad de la que hablaba. Que tenía que echarse un poco hacia atrás para encontrar el punto de equilibrio. También pensé que era probable que esa fuera la silueta del anterior rey de Os, Willum Willumsen, a la edad de Carl.

—He concluido que mi trabajo en el club ha terminado —dijo Kurt—. Me encantaría seguir en este proyecto, pero como alguacil tengo otra misión, un cometido que por diversas razones me exigirá mucho en tiempos venideros.

En el campo solo se oía el silbido del viento y el golpeteo de los banderines.

—Esos dos ricachones de ahí me han hecho una propuesta de renovación de contrato. —Kurt nos señaló, y se oyó una risa solitaria en la banda que sonó a Erik Nerell—. Y es bien suculenta, faltaría más, se lo pueden permitir y yo soy un entrenador muy bueno, joder.

De nuevo fue Erik Nerell, el fiel discípulo de Kurt, quien se rio.

—Pero mi deseo y mi obligación me llevan a concentrarme por completo en mi trabajo como alguacil, y por ello debo pasar el testigo. Gracias por vuestra confianza y adiós. —Levantó la tarjeta regalo del spa y habló por encima de los aplausos—. No voy a tener tiempo para disfrutarla, así que otro tendrá que aprovecharlo. Alex estuvo bien en el último entrenamiento, ¡que vaya él a la sauna!

Observé que Carl, con el gesto helado, entrechocaba las palmas de las manos como si quisiera infligirles un castigo.

—¿Qué cojones hace ese tío? —siseó por entre la comisura de los labios.

—Está claro que se ha hecho con una bomba —susurré mientras también aplaudía—. Y ahora está marcando las distancias.

Carl asintió, entendía lo que quería decir. Kurt disponía de explosivos, pero antes de detonarlos debía salir de la habitación. Poner distancia entre nosotros, eliminar todo vínculo, nada de intereses comunes. La única explicación de su renuncia al contrato y la posibilidad de convertirse en una auténtica leyenda en Os era que habían encontrado algo entre los restos de los coches. Mejor dicho, tenía intención de convertirse en una leyenda, pero por otra vía. Ser el hombre que no solo iba a resolver el asesinato de su padre, sino un total de siete crímenes, siete asesinatos que Kurt Olsen había seguido investigando casi en solitario todos estos años. Así que seguí aplaudiendo. Porque merecía el aplauso, desde luego, este jodido guerrillero de trinchera, resistente, que no había desfallecido aunque pasaran las estaciones sin noticias del frente.

Rita se giró y levantó la vista hacia nosotros. En su mirada había algo que no había visto antes. Un odio frío y directo. Me atravesó el cuerpo como un maldito rayo gamma, y me recorrió un escalofrío. Por mucho que racionalices las causas por las que te odia una mujer que un día te abrió su corazón y su alcoba, no puedes escapar a la pregunta: ¿Tiene razón? ¿Eres ese monstruo repugnante, carente de alma, que ves que ella contempla? No puede haber sido siempre así si un día te amó o, por lo menos, le importaste. ¿Cuándo ocurrió? ¿En qué momento perdiste el contacto con tu humanidad? ¿Fue cuando viste el Cadillac en el que iba Shannon desplomarse por el acantilado? ¿Fue antes, al contemplar cómo desaparecía el Cadillac de mamá y papá? ¿O antes aún, cuando tenías doce años y te tapabas los oídos en la litera de arriba, intentando imaginar que estabas en otro lugar?

Entonces Rita se volvió hacia el campo y los equipos se prepararon para el saque de inicio del partido. Aún pensaba que el otro equipo tenía más motivos para intentar ganar que el nuestro, ya que se jugaban el descenso. Era el partido de siempre: el mejor, el más listo y fuerte, contra el más motivado.

En casa, tras el partido, preparé algo de pasta y, mientras comíamos, Carl y yo elucubramos sobre qué clase de bomba podía haber conseguido Kurt Olsen.

—Bueno —dijo Carl—. Si esa novia tuya de la KRIPOS dice que han hallado sangre y cabellos, y tú opinas que eso quiere decir que no estaban en un lugar lógico, podría ser que encontraran algo en el maletero de mi Cadillac.

Me di cuenta de que evitaba pronunciar el nombre de Shannon. Después de que Carl la matara a golpes, la había tirado al maletero y me había llamado para que lo ayudara. Por supuesto. Aún es un misterio para mí cómo logré mantenerme impasible cuando comprendí lo que había sucedido. Mi vida se desmoronó, pero fui capaz de no manifestarlo, tomar el control y decidir que debíamos sentarla al volante, empujar el coche por el precipicio y hacer que pareciera un accidente. «¿Otro accidente más en Geitesvingen?», había preguntado Carl. Yo había respondido que, con la estadística en la mano, casi la mitad de los coches que se salían de la carretera lo hacían en lugares donde ya había sucedido lo mismo, así que no era llamativo que hubiera tres accidentes en Geitesvingen en dieciocho años.

Clavé el tenedor en la pasta.

—Lavamos ese maletero tan a fondo que dudo mucho que encontraran algo ahí.

—¿Qué puede ser entonces?

Me encogí de hombros.

—Tal vez solo sean paranoias mías. A lo mejor solo encontraron unos cabellos sueltos y, cuando lo comprueben, verán que son de las víctimas, o tuyos o míos, y no habrá nada por lo que preocuparse. ¿Postre?

—¿Tenemos algo?

—Solo si tú has hecho la compra.

Nos miramos y nos echamos a reír.

Carl se acostó temprano, le había oído llegar tarde la noche anterior. A saber con quién se había compinchado Mari para tener una excusa. ¿Su amiga de la infancia, Grete Smitt? Esa sí que sería buena. O, bien pensado, ¿no fue lo mismo que hicieron las grandes naciones antes de 1914? ¿No se habían aliado con aquellos a los que más temían enfrentarse en una guerra? Me quedé pensando. ¿Se había asociado Mari con la versión de Os de la KGB? Porque era un auténtico logro mantener una relación como esa más o menos en secreto durante tantos años. ¿A lo mejor yo tenía algo que aprender?

Consulté mi correo electrónico y vi que Moore había respondido. Le gustaría venir, ver el solar y comentar el proyecto. Me explicaba que acertaba al creer que no bastaba con multiplicar todas las dimensiones por el mismo factor, que los costes marginales de construir una montaña rusa más alta y de mayores dimensiones no disminuían, sino que solían incrementarse. Le respondí que no había nada en mi calendario que no se pudiera ajustar, así que podía venir cuando quisiera, cuanto antes mejor.

Busqué canciones populares vinculadas a los pastos de verano, pero no encontré nada, así que le envié un SMS a Natalie para preguntarle por el título de la canción que había cantado.

Me respondió al cabo de un par de minutos.

«*¿Conoces a Kari Midtgard?*».

Encontré la canción en Spotify. Un tipo entrado en años, una grabación antigua, nada que me recordara al canto cristalino de Natalie. Vale, esta también tenía su espíritu, pero era otro.

Poco después entró otro mensaje.

¿En serio te interesa?

Descarté un par de respuestas ocurrentes («define "en serio"» o «solo me preguntaba si vive alguien entre este sitio y Nergard») y envié dos letras.

Sí.

No tuve más noticias.

Me acosté y leí un poco de *La montaña mágica* de Thomas Mann. Es una buena novela y un estupendo somnífero; llevaba dos años con ella y nunca había leído más de una página sin empezar a roncar. Por eso, cuando llegó el mensaje, ya estaba adentrándome en la noche.

Siento responder tarde, estaba con una llamada de las largas. Vente a un concierto en Notodden el miércoles si quieres más música folk hard core. Nos hace falta público.

Miércoles. Guardia de tarde. Respondí:

Me gustaría, pero trabajo en la gasolinera. Otra vez será.

Me respondió con un pulgar levantado.

Leí otra página de *La montaña mágica*. Y otra. Y una más. Suspiré, apagué la luz y me quedé parpadeando en la oscuridad. Me di la vuelta. Pensé que tampoco era extraño no poder dormir cuando acabas de comprender que el alguacil ha empuñado el hacha de guerra y puede que haya una bomba sin detonar.

Después, parece que me quedé dormido a pesar de todo.

13

La bomba estalló el martes por la mañana.

Eran las diez, estábamos dos de guardia y yo recogía papeles del suelo entre los surtidores, limpiaba las mangueras de la gasolina y cambiaba los rollos de papel y el agua con jabón. Oí como un coche reducía la marcha y el crujido de la gravilla sobre el asfalto, que desvelaba que había girado hacia la gasolinera. Me di la vuelta. El coche frenó y vi al hombre tras el parabrisas. Bajo un cráneo brillante y unos pocos pelos, me miraban fijamente unos ojos azules mortecinos. Las mejillas hundidas conferían a su rostro la forma de un reloj de arena; tenía pinta de estar enfermo. Es cierto que el hojalatero Moe siempre había tenido mal aspecto. Llenaba el depósito con tarjeta de crédito y nunca entraba en la gasolinera desde aquella vez que le había propinado una paliza en la cocina de su casa. Hundió aún más las mejillas, como si se estuviera preparando para escupir, pero para eso tendría que bajar la ventanilla de la vieja furgoneta, y habría resultado demasiado evidente. Optó por hacer sonar el motor, como si fuera una advertencia, levantó el pie del embrague y se incorporó a la carretera principal en dirección este.

Mientras lo seguía con la mirada sonó el teléfono.

Era Dan Krane, del *Diario de Os.*

Debo reconocer que me puse tenso al escuchar lo que me decía. Que había habido una filtración. Que iría en portada al día siguiente y que sería la primera noticia de la edición digital en menos de una hora. Que era un bombazo. Así lo describió. Que si quería comentar la noticia.

—Antes tendrás que decirme qué bomba es esa —respondí.

Mi cerebro intentó acelerar, predecir qué vendría a continuación, preparar a la velocidad del rayo una estrategia para responder. O mejor, no responder. Además de una explicación sobre por qué no quería pronunciarme. Había leído que con los nuevos avances tecnológicos la policía podía obtener resultados de un análisis de ADN mucho más rápido que antes, así que no debería de haberme sorprendido. Al fin y al cabo, había pasado más de una semana desde que levantaron esos coches. Más sorprendente aún era que la prensa nos localizara antes que la policía, claro, porque se supone que ambos querían una explicación de lo que fuera. La filtración ¿dónde se había originado? Kurt Olsen, por supuesto. De no ser así, la prensa de la capital habría tenido acceso a la información antes que el *Diario de Os*. Debería haber deducido que Kurt ya conocía hacia dónde apuntaban los resultados del análisis de ADN ayer, cuando anunció su dimisión como entrenador porque le corría prisa dejar de estar en nómina de los hermanos Opgard. Ni siquiera me extrañaría que Kurt lo hubiera escenificado a propósito, una filtración con el acérrimo enemigo de los Opgard y Krane como entusiasta aliado. Quería ver cómo nos retorcíamos bajo la mirada pública antes de que tuviéramos tiempo de refugiarnos en nuestros abogados. Se me aceleró el corazón, no puedo negarlo.

—El bombazo —dijo Krane en un tono que no dejaba traslucir satisfacción alguna, eso es innegable— es que se ha filtrado que el informe de la Dirección General de Carreteras que se publicará el miércoles concluye que el túnel de Todde no debe construirse.

—¿Qué? —exclamé sin necesidad de fingir mayor asombro que el que en realidad sentía.

—Según el informe, el túnel costaría mucho más que la cantidad que ha aprobado el Congreso. Aun así, no creen que pueda garantizarse la seguridad. En resumen, un bombazo que hará volar por los aires todo el proyecto Todde. Estoy haciendo unas llamadas para conocer las reacciones de los que están más directamente afectados. Como propietario de la gasolinera y de varios solares, ¿qué me puedes decir?

Solté el aire que tenía atrapado en los pulmones. Vi a Egil tras el mostrador, que metía tres bollos al precio de dos en una bolsa de papel y se la entregaba a un cliente satisfecho. Sus labios parecieron dar forma a unas palabras. El precio. Era una costumbre que había heredado de mí, de los tiempos en los que la gente aún pagaba en efectivo: decir el total en voz alta. Ahora que todo el mundo pagaba con tarjeta y veía el precio en el datáfono, yo había dejado de decirlo, pero Egil no. «Ciento sesenta y dos coronas», decía y, a veces, algún cliente malhumorado respondía «ya lo veo», pero Egil no se daba por aludido. Pues bien, con la carretera principal incólume, Egil seguiría teniendo trabajo en los próximos años.

Conseguí contestarle algo a Krane, no recuerdo con exactitud cómo lo expresé, pero me referí a puestos de trabajo y a que, si no se construía la circunvalación, al menos debería mejorarse la carretera.

—De eso ya hemos hablado con Jo Aas, y está de acuerdo.

Por supuesto que Aas había hecho aparición de nuevo. Él, que en su momento había hablado sin éxito con el ministro de Transporte sobre el excesivo coste de los túneles y la extinción de los pueblos, volvía a tener razón.

—Vi que la semana pasada se elevó a escritura pública que habías comprado el camping de Rita Willumsen —dijo Krane—. Ahí has tenido suerte con los tiempos, de pronto esa compra no parece tan absurda.

—¿Quieres decir que antes de este informe parecía una tontería? —pregunté en tono de broma para ver si Krane rectificaba, pero no lo hizo.

—Seis millones y medio de coronas son muchas, incluso estando el solar pegado a la carretera principal, pero ¿pagar ese precio por unos terrenos en medio de la nada? Podría decirse que es una idiotez. ¿Algún comentario sobre lo oportuno de la adquisición?

—No —respondí, agarré la manguera de un surtidor y la limpié de gasolina—. Dan, oye, me pillas trabajando.

—Comprendo —dijo Krane—. Llamaré a tu hermano, a ver qué tiene él que decir. Esto también conviene al Spa de Os.

—Conviene al pueblo entero —repliqué—. Y no digamos a tu periódico. Es un gran día. La verdad es que me impresiona que seas capaz de mantener un tono tan sosegado, Dan.

Krane rio entre dientes.

—¿Te impresio...?

No respondí. Se comía las terminaciones de las palabras, solía pasarle después de un par de tragos. Fue como si, por un instante, su risa resentida me hubiera entreabierto la puerta para que viera cuánto odiaba este pueblo. Este lugar que lo tenía prisionero; un cornudo con tres hijos y demasiado sentido de la responsabilidad para largarse sin más. O tal vez fuera por Mari, puede que su amor por ella lo tuviera atrapado. Porque el amor no libera, te aprisiona y anula tu voluntad. Yo había aprendido la lección, por eso lo mantenía a distancia. Si pensaba en ello, no podía evitar sentir cierta simpatía por Dan Krane. Caí en la cuenta de que tal vez hubiera creído que el túnel de Todde podría ser su vía de escape. Sin circulación, Os se marchitaría, el periódico cerraría, y Mari y él tendrían que mudarse para encontrar trabajo y un colegio para los niños. Esa era su salvación, el motivo por el que había aguantado hasta ahora. Era un pensamiento tan triste que me sentí tentado de terminar la conversación con unas palabras de ánimo, incluso amistosas.

—Hasta luego —dije, y colgué.

Fui al pequeño taller detrás de la gasolinera y me encerré. Crucé el foso de engrasado, pasé junto al tractor sin matrícula aparcado encima. En un estante descansaban, a modo de recordatorio, dos bidones viejos del disolvente industrial Fritz, de los que había intentado pensar cómo podría deshacerme. Me senté en el dormitorio que me había montado allí tiempo atrás. Llamé a Carl y le conté lo de la filtración, y que estaba claro que Geo-Data había escrito el informe que les habíamos pedido. Él también sonó bastante comedido. Sin duda los mercados ya habían descontado el beneficio, como suele decirse. Le advertí que Dan Krane le llamaría para pedirle una declaración.

—Tú y yo tenemos que hablar —dijo Carl.

—Claro, salgo a las seis.

—Mejor antes. —Había algo raro en su voz. Sonaba estresado—. ¿Puedes venir al hotel a la hora del almuerzo?

—Vale —respondí—. ¿Hay algún problema?

—Es solo que... estoy un poco sobrepasado.

Colgamos. Me quedé mirando las matrículas extrañas que había clavado en la pared. Basutolandia, África Ecuatorial Francesa, Johor, Honduras Británica. En ese instante caí en la cuenta de algo que no había pensado antes. Solo coleccionaba cosas que ya no existían. Que no guardaba una sola foto mía con Carl o con amigos, ni una. Que mis recuerdos se centraban en lo que ya no estaba.

Entré en la gasolinera.

Egil no tenía problema con que me escapara a la hora del almuerzo.

—Esta tarde te podrás ir antes, si quieres —dije.

Egil se encogió de hombros.

—Me quedo por aquí, no tengo mucho más que hacer últimamente.

—¿No?

—Me muero de aburrimiento en casa. Todo el mundo se ha mudado.

Con todo el mundo, Egil se debía de referir a los dos colegas con los que se había pasado la adolescencia jugando a videojuegos.

—Puedes hacer una guardia extra mañana por la noche, si quieres.

A Egil se le iluminó la cara.

—¿De verdad?

Sonreí.

—Cuenta con ella.

Salí de la gasolinera un poco antes del mediodía y decidí hacer una visita rápida al banco de camino al hotel.

Vendelbo vino a recibirme y me acompañó a su despacho.

—¿Te has enterado?

—Por supuesto —dijo—. Lo oí en la radio. Ya han comentado la noticia parlamentarios del Partido Laborista y del Partido Conservador. Dicen que, si las filtraciones del informe son correctas, habrá que volver a planificar una nueva autopista. En ese caso, estamos hablando de una circunvalación para dentro de quince o veinte años, o nunca. En la radio local, tanto Aas como Voss afirman que sin túnel la carretera tendrá que pasar por Os, no hay alternativa.

—En ese caso, a lo mejor resulta que te tienes que quedar aquí —dije.

—Yo estoy muy a gusto en Os. —Vendelbo sonrió.

—¿Puede que mi solicitud de un préstamo también tenga mejor aspecto? —pregunté.

—He pensado en esa posibilidad, sí. —Vendelbo se recostó en la silla y se llevó las manos a la nuca—. La gasolinera ya se ha terminado de pagar y no tiene cargas, ¿cierto?

—Cierto. —Hice el gesto espejo y crucé las manos en la nuca. He leído que imitar los ademanes de tu interlocutor es una forma inconsciente de expresar empatía, pero supongo que habrá excepciones a la regla.

—También es el caso del edificio de la calle Merkur —dije—. El local del Fritt Fall, el camping, el veinticinco por ciento del edificio en el que nos encontramos, las acciones del Spa de Os y mi parte del baldío de Opgard. Cero deudas.

—Bien. ¿Agendamos una reunión con la oficina principal?

En el hotel me avisaron de que Carl había almorzado, que estaba en la zona de spa. Bajé por la escalera a la recepción del mismo, donde una señora pintada como una puerta me dijo que Carl estaba en la sauna y que le habían dado instrucciones para que me dejara pasar cuando llegara. Le dije que solo lo haría si apagaba la música *mindful* que se deslizaba por los altavoces como melaza.

La mujer me sonrió, creyendo que era una broma, y me pasó una toalla.

Me desnudé en el vestuario y encontré a Carl en la sauna.

Al abrir la puerta, el vapor se arremolinó y durante un par de segundos vi a Carl desnudo en el banco más alto. La puerta se cerró a mi espalda y su silueta desapareció en la neblina blancuzca. Me senté un banco por debajo de él, intenté convencer a mi cuerpo de que no era peligroso respirar una humedad de casi el cien por cien y esperé. Oí que Carl inhalaba con un sonido rasposo.

—La ministra de Transporte dice en la web que no quiere pronunciarse hasta haber leído el informe completo.

—Parece sensato —dije—. Pero concluirá que el túnel de Todde ha muerto.

—Sí. ¿Cómo va la petición del préstamo?

Clavé la vista en el neblina sin responderle.

—Tranquilo, estamos solos —me aseguró Carl.

—Se arreglará —dije—. Luego le mandaré a Vendelbo los detalles del proyecto y el presupuesto. En cuanto actualicen la tasación de mis propiedades, nos reuniremos. Vendelbo ha pisado el acelerador y cuenta con que sea para principios de la semana que viene. Y la concesión del préstamo, la semana siguiente.

—¿Tan tarde?

—Le he dicho a Geo-Data que tardaré dos semanas en pagarles sus doce millones, y lo comprenden. ¿Qué te preocupa?

—¿Parezco preocupado?

—Sí.

Sabía que Carl no intentaría protestar, me conocía tan bien como yo a él.

—Alpin —dijo.

—¿Qué pasa con ellos?

—Se retiran.

—¿Qué?

—Dicen que sus ingenieros encontraron daños ocultos significativos como consecuencia del incendio.

—¿Qué clase de daños?

—No han sido muy precisos. Daños estructurales que a largo plazo pueden comprometer la seguridad de los cimientos, dijeron. Suficiente para que no se arriesguen a invertir.

—¿De verdad? —Me giré para mirar a Carl, pero estaba oculto entre los vapores.

—De verdad.

—¿Te lo crees? ¿No será que hemos encargado la falsificación de un informe técnico y nos dan en la jeta con otro?

Carl soltó una risa triste.

—No tendría problema en sospechar que hacen trampas. Al fin y al cabo, son franceses y, si hubiera utilizado el informe para regatear el precio de las acciones, lo haría. Pero dicen que no a la compra en su totalidad, punto.

—Pero si vamos a conservar la carretera... ¿A lo mejor cambian de opinión cuando lo sepan?

Se hizo un silencio.

—Si estás negando con la cabeza, no puedo verlo, Carl.

—No —sonó su voz—. No cambiarán de opinión.

—¿Por qué?

—Porque ya les había dicho que la carretera seguiría pasando por Os.

—¿Cómo?

—Sí, desconté ese efecto.

Era una de sus dos expresiones favoritas, importadas de sus estudios de Economía en Estados Unidos. Una era calcular a precio de hoy el valor de los futuros flujos de divisas. La otra era la expresión *preemptive strike*, algo que, según él, había aprendido de mí en las peleas de Årtun. Pegar el primero, atacar en cuanto creas que es muy probable que el contrincante esté pensando en agredirte a ti. Solté un gemido.

—Así que ahora los franceses andan por ahí sabiendo que alguien, probablemente nosotros, ha comprado ese informe.

—Se habrán hecho una idea, pero no les importa, Roy. Este es uno de cien proyectos hoteleros que están analizando, la mayoría de ellos en países más corruptos que Noruega.

Tenía el cuerpo empapado. No sabía distinguir el sudor del vapor, pero escocía por todas partes. Escocía donde no debía.

—¿Qué vas a hacer? ¿Cancelar la construcción del ala?

—Es demasiado tarde, los contratos están firmados y las penalizaciones por echarnos atrás tan cerca de la fecha de inicio de las obras nos hundirían.

—¿Entonces?

—Entonces pienso en ese préstamo que te van a conceder.

Por supuesto. Claro que estábamos otra vez en la misma situación. Carl la había liado y necesitaba que su hermano mayor lo salvara. Pero esta vez no iba a suceder. Se había acabado. Shannon, ella fue la última vez.

—Ese préstamo es para el parque de atracciones, Carl. Comprenderás que no puedo destinarlo a sacarte a ti de un apuro.

—¿Otro apuro, quieres decir?

—No lo he dicho. Pero vale. Otro apuro.

—Pero sabes que me lo debes.

Me giré, me quedé mirando el entorno algodonoso, dudando de si había entendido bien. Sí, yo cargaba con una deuda, una indemnización por la infancia que había tenido. Pero era yo, no él, quien pensaba así. Resultaba enfermizo. Parecía que Carl, la víctima, había medio aceptado medio reprimido el recuerdo de los abusos nocturnos que había sufrido en el dormitorio que compartíamos. Mientras que era yo quien no podía dejarlo atrás. Carl había recurrido a mi mala conciencia de manera más o menos intencionada, pero nunca había dicho abiertamente que yo le debiera algo. En su voz había una intensa amargura que tampoco le había percibido antes.

Habló y su voz ahora era suave, conciliadora. El Carl en modo seductor que yo conocía.

—Somos familia, Roy. El hotel es mío, el parque es tuyo, pero uno más uno es más que dos.

—Lo sé, pero...

—¡El banco no va a estar pendiente de a qué destinamos al dinero, joder! Mientras tengan garantías y tú pagues la cantidad principal y los intereses. Solo será temporal, un mes, como mucho dos, hasta que haya un nuevo inversor. Los dos interesados chinos a los que había dicho que no siguen pendientes. Puedo hacer que compitan por participar. Te prometo que te devolveré el dinero mucho antes de que tengas que pagar la montaña rusa. ¿Qué me dices, hermano mayor?

Es curioso cómo hay gente que te tiene tan pillado que, a pesar de que veas lo que están haciendo, a pesar de que hayas descubierto a diez kilómetros de distancia el truco que están intentando con la mano izquierda mientras creen que estás pendiente de la derecha, se salen con la suya. Porque tienen tu corazón en sus manos y da igual que esté en la derecha o en la izquierda.

—Lo pensaré —concluí.

—No te pido nada más. Esta noche llegaré tarde, pero podemos repasar los detalles mañana después del trabajo, ¿vale?

—Vale. Bueno, no, es que voy a Notodden.

—¿Ah, sí? ¿Y eso?

—A un concierto.

—¿Tú solo?

—No. Me comentó Natalie que a lo mejor me podía interesar.

Lo dije con un aire ligero, casual. O puede que no, puede que fuera tan casual que sonara a exageración. El caso es que no pude percibir ninguna reacción desde su escondite en el vapor.

—Pasadlo bien —se limitó a decir—. ¿Pasado mañana, entonces?

—Sí —accedí—. Tengo que volver al trabajo.

—Vale. Yo me quedaré un poco más.

Me giré al abrir la puerta, la mantuve así mientras la sustancia blanca se escapaba y pude asegurarme de que Carl estaba solo. Solo, desnudo y con una mirada que no fui capaz de interpretar. Es extraño cómo una persona con la que has vivido en la intimidad tantos años de repente te parece extraña. Piensas que será por la luz, que estás cansado, que se trata de tu hermano pequeño, alguien que no puede ocultarte nada. Hasta que caes en la cuenta de que ni siquiera estás al tanto de tus propios asuntos, joder.

14

—¿Te ponemos guapo para Natalie Moe? —dijo Grete Smitt mientras me masajeaba el cuero cabelludo.

Yo estaba algo indefenso, tumbado en su sillón mientras me lavaba la cabeza, y esperé que el sonido del agua corriente impidiera que las otras dos personas del salón de belleza oyeran la conversación. A Grete le iba bien, había contratado a una ayudante y yo sabía que había estado buscando otro local más apropiado junto a la plaza.

—El corte de siempre, sin más —dije—. No hace falta que me pongas guapo.

No sé si captó la ironía de la frase, ni cómo se había enterado de que Natalie y yo iríamos a Notodden esa noche, pero no tenía intención de preguntarle por ninguna de las dos cosas. Me envolvió el cabello en una toalla, me condujo a la silla que quedaba libre, me peinó el pelo aún mojado y empezó el trabajo con la famosa tijera japonesa Niigata-1000, de la que en algún momento de su monólogo contaría que había pagado por ella quince mil coronas.

—Tú no envejeces, Roy —dijo.

Me sorprendió un poco el cumplido. Observé mi rostro. En cierto modo tenía razón. Una nariz brutal e irregular, boca ancha, barbilla cuadrada, ojos hundidos y cabello oscuro de nacimiento, tupido, de esos que prometen no retroceder o, al menos, no del todo. ¿Sería asociarme con una mujer mucho más joven lo que le inspiraba ese comentario? Había algo en su entonación, algo que insinuaba una continuación de la frase que había omitido. Caí en la cuenta de qué era. *No como tu hermano Carl.*

Lo comprendí no tanto porque fuera cierto, que lo era, sino porque Grete seguía pillada por Carl. Años antes, un enamoramiento pegajoso e imposible había desembocado en que follara una vez con Carl cuando estaba borracho. Ahora quería acumular evidencias de que tenía mucha suerte por haber acabado junto a Simon Nergard. Claro que Simon Nergard era un idiota aburrido, pero precisamente por eso tenía razón.

—¿Tu hermano se va de viaje a sitios más cálidos? —preguntó.

—¿Por qué lo preguntas? —Me arrepentí inmediatamente de no haberme limitado a responder que no sabía.

—La semana pasada vino dos veces a darse rayos.

—¿Y? ¿No es bueno para la vitamina D?

—Sí, pero la gente del pueblo opina que los hombres que se dan rayos uva son maricas. Por eso solo vienen tres. El director del banco, Stanley Spind y Kurt Olsen. Todo el mundo sabe que a Kurt le van las mujeres. Pero en Os todos tienen pavor a parecer gais. Adrian trabajó aquí, ¿lo recuerdas?

Sí lo recordaba. Era un chico al que Stanley había conocido de vacaciones en Ibiza y que se había mudado al pueblo. Resistió ocho meses, que no es poco.

—Era un peluquero buenísimo, pero tuve que pedirle que se fuera. Hasta las mujeres se sentían incómodas porque las tocaba un gay.

No tenía ni idea de adónde quería ir a parar Grete Smitt, tampoco tenía ningunas ganas de saberlo, y cerré los ojos con la esperanza de darle a entender que no estaba interesado.

—Pero es gracioso que Kurt y Carl quieran tomar el sol juntos, ¿verdad? No es que sean amigos del alma desde que Kurt ya no quiere entrenar al equipo. ¿A ti qué te parece?

«Digo lo menos posible», pensé.

—Creo que se lo toman con filosofía —respondí.

—No me lo pareció cuando Carl salió de la oficina del alguacil ayer por la mañana —dijo—. Alguien me comentó que tenía pinta de estar enfadadísimo, maldijo y salió del aparcamiento derrapando.

Me concentré en respirar despacio. ¿Por qué cojones no me había limitado a pedirle a Julie que me recortara un poco el pelo en la nuca y por encima de las orejas en el cuarto trasero del Fritt Fall?

—Supongo que le haría a Kurt una oferta aún mejor y que él la rechazó.

El sonido del roce de la supertijera japonesa se detuvo. Estaba claro que necesitaba concentrarse para valorar esa explicación.

—Puede ser —dijo por fin. La tijera empezó a moverse de nuevo—. Hablando de ofertas... La semana pasada me llamó un peluquero de Notodden porque quería comprarme esta tijera, la Niigata-1000. ¿Adivinas cuánto estaba dispuesto a pagar?

Miré en el espejo el reloj de pared colgado detrás de mí. No tenía que recoger a Natalie en el hotel hasta las seis, por lo que disponía de tiempo. Todo el tiempo del mundo, en realidad. Un pensamiento que se había presentado de vez en cuando los últimos ocho años volvió a asomar su fea cabeza. Que me quedaba más tiempo del que deseaba tener.

Lloviznaba cuando salimos del pueblo. «Don't Go to Strangers» sonando en la radio. Como de costumbre, miré por el retrovisor al pasar el cartel de la comarca.

—So —dijo Natalie.

—¿Eh?

—Visto en el espejo es So. Por eso miras por el retrovisor, ¿a que sí?

No pude reprimir una sonrisa.

—Creí que era el único que lo había pensado.

—Pues ya ves que no. Siempre me alegraba cuando ponía So. Porque así sabía que me alejaba del pueblo.

Asentí. Dudé sobre cómo interpretarlo. Si quería decir que le habían pasado cosas desagradables después de que se mudara, cuando estaba de visita en casa. Esperaba que no fuera así. No solo por Natalie, sino por mí y Moe. Porque yo había prometido que lo mataría si volvía a ponerle la mano encima a su hija, y tenía intención de cumplir esa promesa.

—¿Qué música has puesto? —preguntó.

—J. J. Cale —dije—. Un tema de los años setenta.

—¿La letra dice «don't talk to strangers»?

—Casi.

—Mi tía solía decírmelo. Que no contara nada a los demás. —Durante unos segundos reinó el silencio en el coche. J. J. Cale y las escobillas a media velocidad—. Mi tía me llamaba «Callatalie». Había sufrido los abusos del abuelo. Me contó que tanto ella como mi padre los padecieron.

—¿Qué quieres decir? ¿Tu tía sabía que...?

—Sí. O se dio cuenta, sin duda.

Mi pulso se precipitó, había pisado el acelerador de manera inconsciente.

—¿Y lo único que hizo fue decirte que no se lo contaras a nadie?

Natalie se encogió de hombros.

—Si fuese tu familia, ¿estás seguro de que se lo hubieras contado a alguien?

Sentí que me miraba fijamente. No sabía qué responder y, en cualquier caso, se me había cerrado la garganta.

—Me dijo que se le pasaría —añadió Natalie—. Con el abuelo había sido así. Un día dejó de hacerlo, sin más. Nunca volvió a pasar y al cabo de unos años fue como si nunca hubiera sucedido, como cuando el cuerpo encapsula un objeto extraño.

—Bien —dije. Había dejado de pisar el acelerador—. ¿Es así? ¿Es como si nunca hubiera sucedido?

Ella negó con la cabeza.

—No. No es así. Pero ya no le tengo miedo.

—¿Por qué no? Sigue teniendo fuerza física suficiente para... —busqué otra palabra, hasta que comprendí que no tenía sentido seguir evitándola. La miré de reojo—: violarte.

Natalie ni siquiera pestañeó.

—Seguro —dijo—. Pero ya no me puede dirigir. Ha perdido el control. Y, desde que murió mi madre, también ha perdido el poco control que tenía sobre sí mismo. Es un hombre triste, Roy. Da vueltas por casa y..., no sé. Espera la muerte. No le odio. O sí, pero también le quiero. Sé que es una locura, y eso me enfurece. Que un hombre que no merece ni una de mis lágrimas me haga llorar porque me da pena. Porque quiero odiarlo, ¿entiendes? Mi cerebro lo odia, pero mi corazón me traiciona. ¿Lo entiendes?

Asentí. Porque sí lo entendía.

Conduje un largo rato en silencio. Dejamos que J. J. Cale siguiera a lo suyo, bajaron nuestras pulsaciones. Hasta que ella preguntó lo que yo sabía que tendría que llegar.

—¿Por qué lo hiciste?

—¿Lo de tu padre?

—Sí. Me refiero a que no eras el único que albergaba sospechas.

—¿No?

—No, pero fuiste el único que hizo algo. ¿Por qué?

—Será que soy un ciudadano responsable, ¿no?

Ella miró por la ventanilla. Había oscurecido y la lluvia arreciaba, no había nada que ver.

Entonces lo dijo. Bajito.

—¿No quieres contarlo?

Vi que mis nudillos empalidecían aferrados al volante. ¿No quería contarlo? Sí, supongo que todos queremos contarlo y que nos comprendan. Lograr que alguien nos ayude a volver a ser humanos, a soportar nuestra imagen en el espejo. Pero no había nadie a quien contárselo. Nadie que pudiera comprender. Nadie de quien estuviera seguro de que mantendría la boca cerrada.

—¿Roy?

Salvo Natalie, que ya había estado allí, que se jugaba su propio secreto familiar.

Tomé aire y por unos instantes dudé si mi voz aguantaría.

—Mi padre también era un abusador. —Ya estaba, lo había dicho. Inspiré de nuevo—. Por eso lo reconocí en tu padre. La vergüenza, cargaba con ella como si fuera un saco de arena húmeda.

—Supuse que sería algo así —dijo—. ¿Cuánto tiempo duró?

Dudé. ¿Debía contarle que la víctima había sido Carl, no yo? Que yo había sido el hermano mayor que fingía dormir en la litera de arriba, que había dejado que sucediera, porque creía que no podía hacer nada, que esas cosas pasaban en las familias y no se hablaba de ellas. No, no podía exponer a Carl, era su jefe, era su historia.

—Desde los doce años, más o menos.

—Igual que yo. ¿Y cuándo se acabó?

—Cuando mis padres se mataron en ese accidente de coche.

—Por cierto, vas a más de cien —dijo.

—Mierda —rezongué, y reduje la velocidad—. Gracias.

Me puso la mano en el brazo. Sentí su calor a través de la chaqueta y la camisa de franela.

—Soy yo quien tiene que darte las gracias. ¿Lo sabes, Roy? ¿Sabes que me salvaste la vida?

—Lo único que sé —dije, y sentí que deseaba que no quitara nunca la mano de ahí— es que me diste una nueva oportunidad de hacer lo correcto.

—Levantarte contra el abusador.

Asentí. Observé el dedo corazón derecho, que sobresalía un poco, sobre el volante. El resultado de un *preemptive strike*. En la cocina de Moe, cuando le di el ultimátum —que solo me callaría si mandaba a su hija lejos de casa—, el hojalatero tuvo tiempo de machacarme la primera falange del dedo con un martillo antes de que empezáramos a pelear. Pero acabó sollozando, en posición fetal, sobre el suelo de linóleo. La sangre corría como un riachuelo que se detenía al llegar al respaldo de las sillas volcadas. Y unos días más tarde Natalie se marchó a Notodden.

Quitó la mano. Subió el volumen. Yo descansé sobre el reposacabezas, fijé la mirada en la carretera, tan lejos como el haz de luz me permitía.

Oh, woman, when in doubt, call on me.

Era un concierto diferente, al menos no se parecía a nada que hubiera escuchado antes. El local no era grande. Una barra, unas mesas y un escenario provisional montado con módulos. El público estaba formado por unas cincuenta personas que parecían conocer a los que entraban en acción o ser familia. El primero en salir fue un chaval vestido con el traje tradicional de Hallingdal: chaqueta blanca, chaleco rojo, pantalón bombacho negro y medias blancas. Tocaba el violín de Harding y marcaba el ritmo con los pies con tal fuerza que hacía que se derramase la cerveza que había dejado sobre un taburete. Tras dos piezas de baile tradicionales hizo aparición otro joven vestido con el traje propio de Setesdal y un gran sombrero negro. Deduje, tanto por la reacción en la sala como por su magnetismo, que él era la estrella. Un tipo enorme con mirada de acero que, en sueco y con la voz afectada por la borrachera, anunció que iba a tocar un tema compuesto por el hombre que había sido su maestro. Se acomodó el violín al cuello, lo agarró por un extremo y le vi una cruz tatuada en el dorso de la mano. Contó, empezó a la de cinco y comprendí que iba a ser diferente. Tocaba con dureza, agresividad; tras un solo movimiento ya se reflejaba la luz del escenario en los hilos sueltos del arco. En lugar de marcar la secuencia contra el suelo, pisaba una caja de ritmos que sonaba como una sola nota del bajo de una guitarra y el de un tambor a la vez. Cerré los ojos. Era salvaje, grande y envolvente, tan familiar y a la vez tan novedoso como una chica con la que te has criado y que regresa al pueblo transformada, como otra persona, alguien a quien ahora, por fin, comprendes. O tal vez seas tú mismo, quizá tú eres quien, de manera imperceptible, fragmento a fragmento, has cambiado con los años, has adquirido la perspectiva necesaria para ver, contemplar y oír, comprender lo que has tenido delante toda la vida.

Miré de reojo a Natalie. Ella me miró también, brindó con su tercio de cerveza y yo alcé mi vaso de agua.

Subió a escena la banda completa. Tambores, contrabajo de dos cuerdas, acordeón y dos violines Harding. Tocaban alto, por así decirlo. Salvo los dos violines tradicionales, el resto era acompañamiento. Notas altas, invertidas y el bajo, dos ritmos divergentes que amenazaban con el caos pero volvían a encontrarse, como tres o cuatro notas que pueden fundirse en doce. Creías que iban a ir hacia la izquierda, salían por la derecha, y recuperabas el aliento solo para volver de inmediato a entrar en caída libre. Como en una buena montaña rusa de madera, percibías una armonía subyacente, un orden, un sentido.

El sueco lanzó el sombrero negro. Llevaba el pelo corto, salvo el flequillo. Era de un negro brillante, peinado a un lado y sujeto a un pendiente. Lo había visto antes, en fotos de músicos de folclore antiguos, lo llamaban «flequillo aguja». El sueco, con los ojos saltones, enseñaba los dientes y, en los momentos en los que tocaba con mayor intensidad, siseaba en dirección al público.

Al cabo de una hora, cuando creíamos, y estoy seguro de que algunos esperaban, que la banda hubiera acabado, el sueco llamó a Natalie a escena. Ella subió, agarró un extraño instrumento de viento con forma de caracola y casi tan largo como ella. Era el que había visto en el cartel de la puerta, una antigua ilustración del romanticismo nacional que representaba a una granjera tocando una cuerna en los pastos de verano. Había contemplado ese mismo dibujo en otra ocasión, los caracteres góticos en los que habían escrito «Músicos tradicionales de Hell», pero no recordaba dónde.

Natalie llevó los labios al extremo más fino y su pecho se elevó. Sopló. Fue como si identificara la larga nota triste, la que ella había reconocido en la excursión por la montaña. El canto del chorlito dorado. Tocó tres notas, una y otra vez en el mismo orden, en una repetición cada vez más sugerente. El sueco empezó a pisar la caja de ritmos despacio, en la misma secuencia. Entonces, Natalie cantó. La sala estaba en absoluto silencio, solo se oían la voz clarísima, casi llorosa, y el ritmo, como latidos lentos de un corazón persistente. Cerré los ojos otra vez. Maldije para mí. Porque ahora sí que había entrado en caída libre.

Tras el concierto toda la banda, junto con Natalie, se perdió de vista por una puerta trasera del escenario. Cuando reaparecieron la mayoría del público ya se había marchado. Natalie y el sueco se sentaron a mi mesa. Él se había quitado la chaqueta y la camisa blanca estaba tan empapada que se le pegaba a los musculosos pectorales. Dejó un termo en el centro de la mesa con un golpe.

—Roy —me presentó Natalie—. Este es Ola.

—Así que tú eres Roy —dijo el sueco, y me tendió la mano—. Ella tiene razón.

—¿Razón? —pregunté estrechándole la mano.

—En que te pareces a Leonard Cohen, aunque no eres tan guapo. ¿Un trago de *uddevall*? —propuso levantando el termo.

La cruz del dorso de la mano se onduló sobre las venas.

—¿Eso qué es?

Sonrió entre dientes. Aposté a que solo tenía un par de años más que Natalie, pero distinguí el brillo de varios dientes de oro.

—Carajillo.

—Gracias, pero tengo que conducir.

—Vale. —Llenó su vaso y el de Natalie—. ¿Qué opinas, Roy?

—¿De qué?

—De nosotros, claro. —Miré alternativamente a Ola y a Natalie. Ola soltó una risita—. De la banda. De la música, joder.

—Ah. —Pensé unos instantes—. Ha sido... intenso.

—¿Intenso? ¿Cómo el carajillo de *uddevall*?

—Como un Jimi Hendrix.

Ola asintió satisfecho.

—Bien. Eso es que lo has comprendido. —Bebió un trago largo del vaso—. O casi.

—¿Casi?

—Bueno, Natalie dice que parece que te interesa la música. Eres bastante mayor que nosotros, y noruego, así que creí que pillarías que hay una referencia más cercana.

—¿Sí?

—Oh, sí. Al fin y al cabo, estas dos cimas de la música folk noruega están muy vinculadas. La música folk y...

Se mantuvo a la espera, me observó expectante con cierto brillo bromista en la mirada intensa. Me exprimí el cerebro. Pero, no... Sí, un momento, el póster. Por fin había caído.

—Black metal —dije—. Burzum. El cartel de la campesina en los pastos de verano es la portada de uno de sus discos.

Ola se giró hacia Natalie.

—Tu amigo no está mal. Tengo que salir a vaciar, querida. —Apoyó la mano del tatuaje sobre la de Natalie, se levantó y fue hacia la puerta.

—¿Vaciar? —pregunté.

Natalie se echó a reír y bebió un trago de su cerveza.

—Es una historia del valle de Setesdal. No hace tanto que en las granjas más aisladas aún ofrecían alimentos y sangre a los dioses. Ola llama vaciar a vomitar.

—¿Lo hace a menudo?

—Antes de cada concierto y, a veces, también después. Antes es por los nervios. Después, por el agotamiento. Es un artista y se exige mucho.

—¿Quieres decir que vive de esto?

Ella sonrió.

—No, ya ves que no sería posible. Trabaja como sacristán aquí, en Notodden. Pero vive por y para la música. De niño tocaba la viola de arco en Bohuslän. Empezó a los cinco años.

—¿La viola de arco?

—Es algo así como la versión sueca del violín tradicional noruego. Se toca con una púa en lugar de con los dedos, pero solo tiene cuatro cuerdas. Durante unas vacaciones familiares en el valle de Setesdal, en un baile popular, descubrió el violín tradicional noruego. Ellos utilizan uno que llaman violín de aldea, que también tiene cuerdas subyacentes y es un precursor del violín tradicional. Se quedó embrujado. Encontró uno de los mejores maestros del valle de Setesdal y se mudó allí.

Asentí con un movimiento de cabeza.

—¿Y ahora es un sacristán seguidor de aficionados a quemar iglesias?

Ella rio.

—Ola solo escucha la música y los sentimientos. Todo lo demás lo considera una distracción.

Percibí la admiración en su voz, el brillo de su mirada. Había llegado el momento de volver a casa. Miré la hora.

—¿Te apetece hacer noche aquí? —dijo ella.

Alcé la mirada.

—¿Hacer noche?

—Vamos a salir de fiesta. Me quedo en casa de Ola. También hay sitio para ti.

Se me cerró el estómago.

—Tengo que volver, mañana a primera hora trabajo. Coge el autobús.

En cuanto las palabras salieron de mi boca me di cuenta de cómo habían sonado. Como si me debieran dinero y no me hubieran pagado, o algo así. Era demasiado tarde para tragármelas. Noté que quería decirme algo, aclararlo, asegurarme que no me había ofrecido pasar la noche solo para tener transporte a Os.

En lugar de eso se llevó la botella de cerveza a los labios deprisa, parpadeó y miró en otra dirección. La mano que había puesto en mi brazo en el coche no había sido más que eso, claro, una mano apoyada en un brazo. La conversación nos había dejado atrapados en un rincón, estábamos allí callados y, de repente, me vi con sus ojos, los de Ola y todos los demás presentes en el local: un tipo de mediana edad babeando por esa mujer que podría, exagerando un poco, ser su hija. No, ni siquiera babeaba, destilaba rencor mientras su novio había salido un momento. Joder, qué situación tan patética.

Cerré los puños bajo la mesa. ¿Cuál era mi problema? Lo que le había mostrado de mí era tan vergonzoso que, por unos instantes, me arrepentí de no haber estrellado el coche por el camino. No, ella no. Ella y Ola parecían dos personas capaces de hacerse felices la una a la otra. Además, iba a tener una nueva oportunidad en el coche, solo, de vuelta a casa. Me eché a reír.

Natalie me miró sorprendida.

—¿Qué?

—Nada, yo... Había pensado que podríamos aprovechar el trayecto en coche hasta aquí para hablar del lanzamiento de la montaña rusa y el parque de atracciones, ahora que parece que nos vamos a quedar con la carretera nacional. Pero resultó más agradable conversar sobre música e infancias. Salvo...

—... Por las infancias —dijimos a coro. Ahora era ella quien se reía.

Me puse en pie.

—Podemos comentarlo por teléfono el fin de semana —añadí.

Levantó los ojos hacia mí y en su miraba había algo, como si le hubiera dado una bofetada. Ojos de víctima, en cierto modo.

—Vale —dijo—. Gracias por venir. Conduce con cuidado.

Delante del local, camino del coche, vi que Ola discutía con el tipo del traje blanco típico de Hallingdal. Ola tenía las manos sobre los hombros del otro, y estaba lo bastante borracho para que diera la impresión de que se apoyaba en él. No me vieron.

Era la una y media cuando aparqué en el patio. El coche de Carl no estaba. Fui a la cocina, saqué dos cervezas y me senté en el jardín de invierno. Al cabo de diez minutos me deslumbraron los faros delanteros del BMW de Carl. Entró, había cogido una cerveza para él, y se dejó caer a mi lado.

—Es tarde —dije—. ¿Estabas celebrando lo de la carretera?

—Para nada —respondió—. Me he follado a Mari Aas. Otra vez.

Bebimos de las botellas con la mirada perdida en la oscuridad del exterior. Seguía lloviendo.

—No pareces sorprendido —dijo.

—Solo me sorprende que me lo cuentes. O, mejor dicho, que no me lo hayas contado antes. ¿Por qué?

—Porque quiero saber qué te parece.

—¿El qué?

—Que ella y yo seamos pareja. Pareja de verdad.

—¿Quieres decir que se divorcie de Dan?

—Sí.

—¿Ella quiere? Me refiero a los niños y todo eso.

—Sí. Dan Krane quiere irse de Os. Ella no.

—¿Y tú le vienes bien como marido y padre? —Levanté mi cerveza para brindar en dirección a la granja de Aas, que estaba en algún lugar por ahí abajo—. No está mal pensado por parte de Mari Aas, cambiar a uno de bajas prestaciones por el rey de Os. Y los tiempos, muy bien calculados, casi se va a poder mudar derechita a un palacio recién construido, pero con el plazo justo para elegir la decoración interior. Y a ti te va bien, porque no eres de los que viven solos.

—Déjalo ya, Roy. No es que Mari y yo no lo hayamos pensado antes.

—Vale. ¿Qué os retuvo?

Carl se encogió de hombros.

—Ha sido ella, supongo que es la suma de varios factores. Algo de orgullo porque le fui infiel en aquella ocasión, y todo el pueblo lo sabe.

—Jesús, de eso han pasado siglos.

—Sí, claro, pero es que creo que no confiaba del todo en mí. Empezamos a vernos cuando Shannon estaba viva, me ha visto ser infiel en dos ocasiones. Y los niños quieren a Dan, dice que es un buen padre. —Carl movió la cabeza y puso los ojos en blanco; no sé qué quería dar a entender—. O lo era. En eso también ha perdido enteros. —Se inclinó, apoyó los codos en las rodillas y entrelazó las manos alrededor de la botella—. Le he dicho que, si lo hacemos ahora que todo el mundo está hablando de la carretera nacional, pasará un poco desapercibido. Mari no quiere admitir que esas cosas le importan, pero claro que lo piensa. Esta noche parecía estar un poco más a favor.

—Por supuesto —dije—. Porque la carretera de pronto ha transformado Os en un lugar en el que podría quedarse con los niños, sabiendo además que Dan en ningún caso soportaría permanecer en un pueblo donde él y todos los demás saben que es un cornudo.

Carl me miró.

—¿Crees que lo sabe?

—Dan Krane también tiene ojos en la cara, Carl. Todo el mundo ve que el pequeño es hijo tuyo.

Carl volvió a mirar por la ventana.

—Vaya. Mierda —dijo en voz baja.

—Y ten cuidado, los cornudos son peligrosos.

—Sí, eso lo sabes tú bien.

Asentí con un movimiento de cabeza.

—Rita me dijo que la palabra tiene origen alemán, *Hahn-reh*. Si castraban a un gallo, solían cortarle los espolones y cosérselos a la cresta, así podían ver cuáles eran los que estaban castrados.

Los espolones cicatrizaban y se convertían en cuernos. Rita dijo que había que tener cuidado con esos cuernos. Sin esa prudencia, Willum nos hubiera matado a ti y a mí, antes de que yo lo matara a él.

—Amén —dijo Carl.

Por unos instantes sentí que había vuelto al coche con Natalie, hasta que me di cuenta de que era Carl quien había puesto la mano en mi brazo.

—¿Sabes qué, Roy?

—¿Qué?

—Eres el mejor hermano mayor que un idiota como yo podría tener.

Lo dijo con tal calidez y sentimiento que tuve que tragar saliva. Cuando dos vidas están tan imbricadas la una en la otra como las nuestras, es imposible sentir y ver todo en conjunto. Puedes fijarte en un detalle, puedes decir «recuerdas cuando» y por unos instantes solo existe ese hecho y las emociones que despierta.

—Bueno, supongo que soy igual de idiota —dije, y me di cuenta de que debería haberme aclarado la voz antes de hablar.

Se giró hacia mí.

—¿Qué ha pasado?

Resoplé. Bebí otro trago.

Él me apretó el brazo, y no apartó la mirada.

Se lo conté. Cómo había pasado aquella noche. Cómo había sido capaz de mentirme a mí mismo hasta que de repente me había dado cuenta de lo que estaba haciendo. O no, no de lo que hacía, sino de lo que sentía.

—Estás enamorado —exclamó Carl, y se echó a reír. Se balanceó adelante y atrás en la silla—. ¡Joder, Roy! Nunca te había visto enamorado.

Sus palabras fueron como una puñalada en el estómago. Parecía tan contento que no podía contarle la verdad de ninguna manera: que había estado tan enamorado de su mujer que me había mudado a Kristiansand solo para alejarme, que en uno de los peores momentos estuve a punto de saltar desde uno de los puentes de la ciudad.

Opté por intentar reírme.

—Ya se me pasará —dije.

—Vamos, tú puedes con ese violinista —me animó Carl, que abrió dos botellas y me pasó una.

—¿No me has oído? —dije—. No quiero derrotar a nadie. Es Natalie Moe, la hija del hojalatero. ¡Ayer era una cría! Me voy a quedar quietecito, castigado en el rincón hasta que se me pase.

Carl no se dio por vencido.

—¿El Ola ese tiene buena planta?

—No lo sé. Pero suena como Jimi Hendrix. Sería duro competir con él hasta para un guaperas como tú.

Carl esbozó una sonrisa satisfecha.

—Venga ya, Roy. Si estás mejor que nunca.

—Cretino. —Brindamos. Miré el reloj. Menos de cuatro horas para la hora de levantarme. Me reí—. El caso es que le ha dicho a Ola que parezco Leonard Cohen en feo.

—*Contradiction in terms* —clamó Carl.

—Camino de casa recordé esta historia. Finales de los años sesenta en Nueva York. Leonard Cohen es un canadiense de cierta edad que llega a la ciudad y se acerca a los jóvenes del ambiente de la música folk. Una de las muchachas es una mujer hermosa con guitarra y una voz fantástica, Joni Mitchell. Ha logrado tener una cita con ella, han cenado y vuelven al Chelsea Hotel cuando a su lado se desliza una limusina. Un cristal ahumado se baja y allí aparece Jimi Hendrix. A ella se le ilumina la cara. *«Hi, Jimi»*. Y él: *«Hi, Joni, you wanna go for a ride?»*.

—¿Y?

—¿Y? Pues que a tomar por culo «Suzanne Takes you Down» y «Hallelujah», aquí están «Purple Haze» y «Voodoo Child». Si yo fuera Leonard, habría apartado a Joni de un empujón y me habría sentado en la limusina con Jimi con la esperanza de que me follara a mí.

Carl echó la cabeza atrás, abrió la boca y se echó a reír. Escucharlo fue liberador. Era esa risa de Carl que dice que la vida no va tan en serio, coño. Ni el amor. Ni tampoco la muerte. Que te dice que aproveches los instantes que te den, que todo es temporal y que nada, absolutamente nada, es verdad, auténtico o duradero.

—¿Qué pasó? —dijo y se secó las lágrimas—. ¿Se fue con Jimi?

Hice memoria.

—No me acuerdo. Imagino que sí.

Fui a la nevera a buscar más cerveza. Iba a ser una noche muy larga.

15

El miércoles Glen Moore vino a Os en un coche alquilado.
Fui a buscarlo al hotel y lo llevé al camping. Estaba loco de
entusiasmo, y me dijo en inglés:

—Guau, Roy, ahora comprendo por qué quieres que el perfil de la montaña rusa armonice con la cordillera. ¡Y el lago!
¿Sabes qué? Creo que puede ser una obra de arte, da igual el
tamaño.

Hizo preguntas sobre las características del suelo y la posibilidad de adquirir los campos de cultivo colindantes, porque consideraba que el solar era pequeño. Respondí lo mejor que pude
e informé de las normas para la licencia y la gestión.

—Bueno, en cualquier caso—siguió Moore—. Visualmente
quedará estupendo, para los que monten, para los que se queden
mirando o para los que pasen en coche. Te aseguro que querrán
parar. Y montarse.

Estuvimos de acuerdo en ir al hotel a almorzar y mirar los
planos.

—¿Es temporada de caza? —preguntó cuando pasamos
junto a tres tipos vestidos de camuflaje sentados en sillas ple-
gables ante una de las cabañas. Dos de ellos sacaban brillo a
unas escopetas.

—Sí.

—¿Qué cazáis por aquí?

—Ciervos, sobre todo. Alces, algún corzo.

«A veces personas», pensé. Acababa de ver a Kurt Olsen pasar en su Land Rover. No había sabido nada más de la inspección de los restos de los coches siniestrados. Tal vez eso de los cabellos y la sangre resultara ser una falsa alarma. Sentí unas punzadas entre los omóplatos, como suelen decir en las novelas de Morgan Kane; la sensación de estar en el punto de mira de alguien.

Después del almuerzo nos cedieron una sala de reuniones y al entrar nos cruzamos con un grupo que salía, entre ellos Carl. Me dedicó una sonrisa cómplice, astuta. Comprendí el motivo al ver que Natalie estaba un poco más allá.

—Hola, Roy. —Sonrió.

Yo también sonreí. No la había vuelto a llamar después de Notodden. Debería haberlo hecho, claro, aunque solo fuera para decirle que no iba a centrarme en la comercialización hasta que el resto de los elementos hubieran encajado; un promotor que pudiera construir la montaña rusa y un banco dispuesto a concederme el préstamo. Podría haberme detenido allí mismo para darle el recado, pero fue muy repentino. Sentí que tenía encendidas las mejillas.

—Dime, ¿por qué todas las mujeres noruegas son tan condenadamente bellas? —quiso saber Moore cuando salimos de allí.

Me encogí de hombros y me libré de más preguntas.

Pasamos las cuatro horas siguientes inclinados sobre los planos, tanto los originales de Shannon como los de Glen Moore, de una montaña rusa de mayores dimensiones con el mismo perfil.

—Será la más grande del mundo hecha de madera—dijo—. Superará a Zator, pero solo por dos metros.

Aunque fuera de mayores dimensiones, dudaba que superara la velocidad máxima de Zator, de 121 kilómetros/hora. La explicación era que el frío implica una fricción mayor entre las ruedas y las vías. Creía que los efectos serían notables, aunque la resistencia del aire fuera algo menor aquí arriba en la montaña.

No sabríamos la velocidad exacta hasta que no estuviera terminada la montaña rusa.

—Estamos hablando de doce o trece millones de dólares —apuntó cuando salió el tema del precio. Yo le dije la verdad, que dependía de obtener un préstamo del banco local, que me exigirían un presupuesto que cuadrara y que, con una estimación realista de los ingresos, no iba a estar en condiciones de pagar el precio que mencionaba.

—Bueno. Veamos lo que podemos hacer. Todos los clientes argumentan que su proyecto es único, que deberíamos bajar el precio porque nos darán visibilidad. Es la primera vez que eso es cierto. Podría ser una montaña rusa muy especial, Roy. Me encantaría de verdad, de verdad, poder construirla.

Sonreí. Comprobé que acababa de regatear ¿o no?

Lo acompañé al coche; ya anochecía.

El estallido de un disparo rodó sobre nuestras cabezas, Ottertind nos devolvía el eco. Glen Moore miró por la ladera con los ojos entrecerrados.

—Esperemos que el cazador pueda ver a qué apunta.

«Esperemos», pensé yo mientras observaba cómo se alejaban las luces traseras en dirección al pueblo. Esperemos que el cazador sepa a qué dispara.

Carl y yo nos reunimos con el banco el viernes, dos días después de que se hiciera público el informe sobre la carretera principal y el túnel de Todde. Los medios ya habían dado tanta cobertura a la filtración que la noticia no generó grandes titulares. Se hicieron eco de los comentarios de algunos parlamentarios del comité de transportes del Congreso y nadie pareció querer cuestionar una conclusión basada en resultados objetivos. Como afirmó un representante del partido de centro Venstre: «Debemos recibir este informe con alegría, no con lamentos. Pensad en todos los millones que se ha ahorrado la sociedad».

En la sala de juntas de la caja de ahorros de Os las opiniones estaban divididas. Dos representantes de la oficina central en Notodden expresaron que era un día triste para toda la comarca, salvo para Os, mientras que Vendelbo citó al portavoz de Venstre.

Carl estaba inusualmente callado y pálido. Ya eran las once de la mañana, pero me había pedido que condujera yo. Explicó que Lewy, el jefe de AUB, había pasado a firmar los últimos contratos para la construcción del ala nueva y luego lo habían celebrado con una cena y una visita al bar.

—Esos lituanos tienen aguante —gimió.

Enseñé una presentación en Power Point del proyecto «Parque de atracciones de Os» que me había parecido más impresionante cuando lo revisé yo solo en la cocina de Opgard. Ni siquiera después de compartir las cifras objetivas de estimación de visitantes —cuando les mostré los números inflados por el incremento del tráfico en una carretera nacional mejorada que pasaría, literalmente, a tiro de piedra de la montaña rusa— percibí ningún cambio en sus rostros, tampoco en el de Vendelbo.

Carl también lo notó, claro, y supongo que por eso exageró un poco al tomar la palabra para defender cómo el tirón del parque de atracciones beneficiaría a otros clientes del banco, entre ellos el Spa de Os. Logró, como solía, contagiar algo de su entusiasmo, y vi que hasta los de Notodden asentían. Carl acabó de hablar, los banqueros hicieron preguntas y las expresiones pétreas volvieron. Señalaron que había diseñado la montaña rusa invadiendo parcelas vecinas de tierras de cultivo, y quisieron saber cómo iba a solucionarlo. Conté la verdad, que había hablado con los dos propietarios de las tierras y uno de ellos estaba dispuesto a vender si el precio lo convencía y, el otro, a arrendarnos las tierras por veinte años. Que había iniciado un diálogo con el Ayuntamiento sobre la recalificación de los terrenos y que, de momento, su reacción era positiva. Al fin y al cabo, estábamos hablando de algo que podía suponer un empuje para toda la comarca.

Vendelbo dio por acabada la reunión dándonos las gracias e informándonos de que nos darían una respuesta esa misma semana.

—Imbécil engreído —comentó Carl al meternos en el coche—. ¿Viste cómo disfrutaba?

—¿Vendelbo?

—Nos odia desde que nos hicimos con el control del F. C. Os y su mierdecilla de banco ya no tiene el logo en la camiseta. Hoy puede ofrecernos unos bollos, embutido en su traje barato, y sentir que, por una vez, tiene el poder que se merece.

—Creo que te equivocas —dije mientras giraba para salir del aparcamiento.

—¿Y eso?

—Vendelbo solo hacía su trabajo. Y yo no cumplí con el mío. No he estado a la altura.

—Qué tontería. Lo que pasa es que no tienen visión de conjunto.

—Nadie tiene visión de conjunto, Carl. No he estado al nivel y punto. Tú has hecho lo que has podido.

—Por supuesto, eres mi hermano.

—Gracias, pero que seamos hermanos es parte del problema.

—¡Joder! —Carl golpeó el salpicadero con la palma de la mano—. Un buen argumento lo es venga de donde venga.

Aparqué frente al restaurante del hotel y vi que ya era la hora punta del almuerzo.

—Parece que está bastante lleno —dije.

Carl suspiró.

—Es lo mínimo para justificar el gasto de tener un cocinero que ha ganado el Bocuse d'Or. —Abrió la puerta del copiloto—. Si Vendelbo te deniega ese préstamo, voy a prohibirle la entrada a la sauna.

—¿Crees que se tomará en serio esa amenaza?

—Ya lo creo.

—Vale. Y ¿Carl?

—¿Sí?

—Échate otro chorro de espray para el aliento antes de entrar, anda.

Se rio entre dientes y me hizo caso. Me dio una palmadita en la mejilla, se bajó y fue a toda prisa a la entrada. No es que tuviera que llegar a ninguna cita, era que —tal y como me había explicado— se aplica la misma regla para hacer negocios que para pasar por un callejón de Caracas sin que te atraquen: aparenta tener prisa.

—El resto de tu vida —dijo Stanley Spind con su acento sureño, y me observó desde el otro lado de su estrecho escritorio.

—¿Tengo que tomarme estas pastillas el resto de mi vida? —pregunté incrédulo, y me quedé mirando fijamente la receta que me tendía. Me había explicado que mis síntomas probablemente se debían más a mi carga genética que a un estilo de vida poco saludable.

—Tú y otros cien mil noruegos con el colesterol elevado —dijo—. Salvo que quieras morir de un infarto, por ejemplo, como otros cien mil...

—Gracias —le interrumpí, y lo miré directamente.

Me gustaba Stanley. Debajo de la bata de médico vestía una camisa hawaiana con calaveras y llevaba el cabello teñido de rubio. Por su aspecto parecía tener treinta años, pero era de mi edad.

—Además, deberías mejorar tus hábitos alimentarios y hacer más ejercicio.

—Creí que habías dicho que era de origen genético, no por mi estilo de vida.

—Sí, pero eso quiere decir que has de ser aún más estricto que...

—¿Otros cien mil noruegos?

—Exacto. Las pastillas las dispensan en todas las farmacias. La más cercana está...

—En Notodden. —Suspiré.

—Lo sé —dijo Stanley, y anotó algo en el ordenador. Se detuvo de golpe y me miró.

—Tu gasolinera está bajo control de la Dirección General de Salud Pública, ¿verdad?

—Sí.

—Os es demasiado pequeño para que alguien quiera montar aquí una farmacia, pero ¿sabes que puedes vender medicamentos en la gasolinera?

—Sí, claro, ya vendo algunas cosas sin receta. Paracetamol, la píldora del día después y eso.

—Me refiero a recoger recetas y hacer que te envíen los medicamentos desde las farmacias. Así la gente se ahorra el viaje a Notodden. Supone más trabajo, pero puede que salga rentable ahora que parece que no vamos a quedarnos despoblados. Se lo he propuesto al supermercado del economato Coop, pero no tienen suficientes empleados mayores de dieciocho años, o eso parece. Asle me ha prometido que el banco estaría encantado de conceder un préstamo a quien quisiera iniciar un punto de venta.

—Gracias, creo que no voy a exprimir más mi línea de crédito allí —dije, y noté que el teléfono me vibraba en el bolsillo. Doblé la receta, le di las gracias otra vez a Stanley, salí de la consulta y contesté al móvil en la sala de espera.

Era Julie, que llamaba para decirme que su hija se había puesto enferma y que ninguno de los suplentes habituales podía hacer el turno de tarde noche en el Fritt Fall.

—¿No puede hacerlo Erik?

—Él solo no, Roy. Un viernes no.

—Me encantaría mandarte a alguien de la gasolinera, pero el único que tiene edad suficiente para servir alcohol es Egil, y el fin de semana estará en una concentración de moteros en Kongsberg.

—¿Egil? Pero si no monta en moto.

—No, pero Børge y él tienen un club de moteros.

—¿Børge Lid? ¿Ese tiene el carnet de moto? Cuando se mudó estaba ciego de un ojo, como poco.

—Ninguno de ellos tiene carnet, pero Børge tiene una moto sin matricular.

—¿Y esos dos tienen un club de moteros?

—Lid & Evensen. El logo mola. ¿No lo has visto?

Julie se echó a reír. Había dejado de fumar en su primer embarazo, pero la nicotina se seguía apreciando en su risa afónica, desbordante y gozosa, que era un placer provocar.

—Puedo ir yo —dije.

—¿Tú?

—Puedo servir cervezas, cambiar el barril y manejar la caja registradora. Y hacer de DJ.

—Lo del DJ es cosa de Erik, no creo que te permita acercarte, pero gracias. Eres un cielo, Roy.

—Cielo es mi segundo nombre.

16

Erik estaba sentado a una de las mesas cuando entré en el Fritt Fall, y tenía delante el caballete con pizarra para la acera. Eran las siete, la clientela diurna se había ido a casa y la nocturna no se presentaría hasta dentro de un par de horas.

Me situé tras él y vi cómo trazaba algo con la tiza sobre la superficie. Ya había escrito: «DJ Erik Friday Night Live», con mucho cuidado y letras grandes. Ahora añadía: «Hits only».

—¿Qué te parece? —preguntó, e intentó ladear la cabeza. Digo intentó porque Erik tenía una cabeza tan pequeña y un cuello tan grueso y musculoso que ambos, cuello y cabeza, parecían ser un todo. Antes llevaba un corte de pelo a cepillo que había sido tan denso como el de Djokovik, el jugador de tenis, pero que ahora le clareaba. Era como el deshielo polar, uno ya no podía dar nada por descontado. Además, había empezado a teñirse el cabello, supongo que en un intento de conservar el tono amarillo pajizo juvenil, pero parecía espaguetis crudos.

—Muy bonito. Tienes un estilo propio, deberías pedir que le pongan tu nombre a ese tipo de letra.

—Bueno —dijo Erik—. Al menos no cometo faltas de ortografía.

Vi que se le contraía la piel de la nuca, como si se diera cuenta de que se había pasado. Me eché a reír.

—Uno cero a tu favor. Dime qué quieres que haga, jefe.

Por fin levantó la vista y me dedicó una sonrisa malhumorada e irónica.

—Creía que aquí el jefe eras tú.

—Dueño y jefe son dos cosas diferentes, ya lo sabes. —Le sonreí, pero sospeché que aquella noche podía ser larga.

Al principio fue bien. A las ocho y media empezaron a llegar clientes, y a las diez estaba lleno. Yo manejaba el grifo de cerveza y tenía mucho que hacer.

La labor de DJ de Erik consistía en pinchar sus temas seleccionados desde el teléfono. Y no mentía al decir que eran *hits only*. O, para ser más exactos, una mezcla de éxitos blandengues del tipo «Bombadilla Life» y otros indiscutibles como «Hungry Hearts» y el himno del lugar, «Free Fallin'».

Cada vez que tenía un momento libre iba echando un vistazo al bar. No sé cuánto tiempo fui capaz de engañarme pensando que no buscaba a nadie en particular. En cualquier caso, ella no estaba, y era mejor así.

Si quieres lograr que un local dedicado a la hostelería funcione en un sitio como Os, no puedes apostar por un tipo concreto de clientela. Tiene que haber de todo, unos y otros, como se suele decir, pero no pude evitar sorprenderme cuando Asle Vendelbo me pidió cuatro cervezas. No solo porque resultaba extraño ver al director del banco sin traje, sino también porque tiene mujer y dos hijos en casa. Lo seguí con la mirada hasta una mesa en la que dejó las cervezas ante tres chavales. Reconocí solo a uno, exaltado y no muy espabilado, al que llamaban Johnny Depp. Johnny porque se llamaba así, y Depp porque era *deputy*, el guardia del alguacil Kurt Olsen. Los chicos aceptaron las cervezas, pero no parecían estar interesados en charlar con Vendelbo. Se había sentado junto a Johnny, que se bebía la cerveza a grandes tragos. Vendelbo posó la mano en el hombro de Johnny, que la miró como si le hubiera cagado un pájaro. Se puso en pie, hizo una señal con la mano a los otros dos y se cambió de mesa.

Erik estaba recogiendo vasos vacíos por el local y aproveché para sacar su teléfono de debajo del mostrador, abrir Spotify y escribir «Hell Spelemannslag». Salió la banda, sin foto, eso sí, pero tenían ciento treinta y siete oyentes mensuales para sus once canciones. Seleccioné una, «Ihjælslått», subí el volumen del equipo de música y le di al play.

Los violines tradicionales se lanzaron al ataque y por un instante pareció que la imagen del bar se detenía como un fotograma en pausa. El resto de la banda se incorporó y, sí, se desencadenaron fuerzas infernales. Dejé un trapo encima del teléfono y volví al grifo, Erik llegó a la carrera.

—¿Qué coño haces? —gritó sobre las notas estridentes—. ¿Quieres que la gente se vaya corriendo?

—Pensé que estaría bien poner algo de música local y que no huela a naftalina.

—¿Naftalina? No hay nada que apeste más a rancio que la música de violín tradicional. Joder, ¿dónde está mi teléfono? —Buscó enloquecido bajo el mostrador, entre los vasos.

—Te lo encuentro en cuanto acabe de servir esta cerveza —dije.

Erik me miró furibundo.

Las piezas de Hell Spelemannslag solían durar entre dos y tres minutos, así que «Ihjælslått» tuvo tiempo de emitir su última nota antes de que volviéramos a la Creedence. Vacié el lavavajillas por segunda vez aquella noche y dije que me iba a dar una vuelta para recoger vasos.

Pasé junto a Vendelbo, que estaba solo. Coloqué la bandeja en la mesa y me senté.

—Mira quién es —exclamó Vendelbo con una sonrisa imperceptible. No parecía del todo sobrio.

—Bueno —dije—. ¿Qué comentaron los chicos de la oficina principal cuando nos fuimos?

Vendelbo hizo girar su vaso.

—¿Qué crees tú que dijeron?

—Que no tenían fe en el proyecto.

—Un parque de atracciones en una aldea de montaña, Roy. Estarás de acuerdo en que parece una idea que se puede ir al traste fácilmente.

—Vale —dije—. Pero no hace falta que crean en ello, lo que importa es que tengo avales suficientes.

Vendelbo no respondió. En camiseta y vaqueros aparentaba más edad, no le quitaban años. Pero no era eso lo que me chirriaba, había algo en la expresión de su cara.

—¿No es verdad? —añadí.

—Así es. —Bebió un trago de la pinta de cerveza—. No es verdad.

Sentí que mi inquietud iba en aumento.

—¿Qué me estás queriendo decir, Vendelbo?

El director del banco me miraba de frente. Sus ojos sí llevaban el traje puesto.

—Todo se reduce a la confianza, Roy. Seguro que no debería decir esto, pero el problema es que Carl parece formar parte del proyecto.

—¿Carl? ¿Por qué iba a ser un problema?

—El Spa de Os no ha cumplido con los pagos de la deuda con la puntualidad requerida, y la oficina principal considera que la contabilidad de Carl no aclara en grado suficiente qué ocurre realmente en la compañía.

Tragué saliva.

—Pero el Spa de Os y el parque de atracciones son dos empresas independientes.

—Como ya te he dicho —continuó, y recorrió el local con la mirada—, todo se resume en la confianza. Vosotros veis las dos empresas en conjunto, nosotros contemplamos la deuda en conjunto. Tal vez deberías probar en otro banco, uno que no tenga ya asumido el riesgo de un préstamo a Carl.

—Es que... ningún otro banco sabe valorar los bienes que tengo aquí, en Os.

—Serán más prudentes, eso por descontado, pero si les dejas tiempo, seguro que te harán una oferta.

—¿Cuánto tiempo?

—Ve a ver a varios y dales un mes o dos. No intentes meterles prisa; si lo haces, preferirán decirte que no.

—Pero no dispongo de un mes o dos.

—Claro que sí. Dijisteis que las obras no empezarían hasta la primavera.

—Sí, pero... —Tenía la boca seca. Esto era como una tormenta imprevista. ¿Qué coño iba a decir? ¿Que necesitaba doce millones para pagar un soborno en el plazo de dos semanas?

—Asle —dije, y me di cuenta de lo falso que sonaba cuando pronuncié ese nombre por primera vez en mi vida—, tú puedes convencer a los de la central de que somos de fiar. Hazlo, por favor.

Vendelbo negó con la cabeza.

—Supongo que podría, Roy. Pero el problema es que comparto su preocupación. No por ti, sino por Carl.

Lo observé, considerando la posibilidad de preguntarle si sabía algo más sobre mi hermano, pero lo dejé estar.

—¿Cuándo tomaréis la decisión?

—Se valorará en la reunión sobre créditos concedidos o no el miércoles.

—Vale —dije, y me puse en pie—. Te daré algo que te convenza antes de ese día.

Vendelbo me dedicó otra de esas sonrisas tristes y pálidas.

—Nada me produciría mayor satisfacción, Roy.

Bajé la mirada hacia él; en ese momento una parte de mí lo odiaba. Otra sentía pena por él, de tan solo y fuera de lugar que parecía ahí sentado.

El resto de la velada la pasé detrás del grifo sirviendo cervezas mientras mi cabeza daba vueltas. Si les mostraba a Halden y a Fuhr la grabación en la que aceptaban el dinero en efectivo en la habitación del hotel, podría asustarlos para que tuvieran cierta consideración con el plazo del pago. Pero sabían que yo tenía tanto que perder como ellos en caso de un escándalo por soborno, por lo que su paciencia tendría un límite. El informe auténtico ya debía de estar finalizado cuando me puse en contacto con ellos, estaría por ahí en algún cajón, a la espera. Les bastaría con afirmar que habían revisado los datos de nuevo, o algo así, y se habrían librado, no tendrían que temer que alguien inspeccionara a fondo el informe comprado. Tenía que hablar con Carl, debía comprender si de verdad todo estaba a punto de irse a la mierda.

—Una cerveza, tío Roy —balbuceó una voz ante mí, y fue premiada con risas por sus acompañantes.

Levanté la vista. Era Johnny Depp. Ahora sí que estaba borracho, y los ojos parecían nadarle en salmuera.

—*Sorry*. No podemos servir más alcohol a gente que ya está bajo sus efectos —dije con la esperanza, y sin ninguna base en mis experiencias previas, de que la cosa quedara así.

Johnny se echó a reír.

—¿Qué cojones hace pensar a mi tío que estoy borracho?

—Podríamos empezar por que creas que soy tu tío.

—Mío no, idiota. De uno de los niños de Aas.

Johnny buscó el apoyo de sus dos amigos. Los tres chavales esbozaron una sonrisa de satisfacción, pero ya no se reían, me miraban expectantes. El equipo de música reproducía «The Jean Genie», de David Bowie, había que reconocerle ese mérito a Erik, y la canción estaba llegando al final, donde se va construyendo un crescendo, como se suele decir.

—Ahora caigo —dije—. Haciendo memoria veo que no se puede descartar que sea tu tío.

Parecía que «The Jean Genie» iba a introducir un nuevo estribillo, pero justo entonces terminó de manera brusca, y en ese silencio que siguió Johnny me miró fijamente. Con las mandíbulas apretadas, abrió y cerró la boca, como un jodido pez de acuario.

—¿No dices nada, Johnny? —le pregunté—. Con un tiempo de reacción tan largo, tú también sospecharías que darías positivo en un control de alcoholemia, ¿verdad? ¿Te pongo una Coca-Cola? ¿No? ¿Coca-Cola Zero?

Johnny Depp meneó la cabeza despacio, la había agachado como si fuera a embestir a alguien, con las pupilas dilatas bajo los párpados.

—Como quieras —dije—. No te olvides de darle recuerdos a tu hermana.

Uno de sus colegas se despistó y soltó una risa, pero tardó poco en reprimirse.

Johnny me golpeó.

Yo tenía una mano en el grifo y con la otra sujetaba una pinta a medio llenar, pero no fue excusa suficiente. Los bailes de aldea en Årtun me habían proporcionado experiencia sobre cuándo un tipo hinchado de alcohol y hormonas va a perder el control. Vi por su postura que se preparaba para pegarme. ¿Por qué no di unos pasos para apartarme? Estaba viejo, lento y atontado, ¿era eso? Puede ser. Pero lo había presionado hasta que, en realidad, no tuvo elección, ¿no es verdad? ¿No le había provocado yo mismo? Sabía que con la barra entre nosotros y lo cortos que tenía los brazos Johnny Depp, la fuerza del impacto quedaría reducida, pero sería suficiente para que yo lo notara. Para que sintiera algo. Me pegó con más energía de la que había previsto. Saltaron chispas ante mis ojos, caí hacia atrás y de repente me vi de culo en el suelo con cristales rotos entre los muslos y cerveza espumosa empapándome los pantalones.

Alguien dio una voz de aviso. Apagaron la música y la gente se agolpó alrededor.

—¿Qué cojones pasa aquí? —gritó Erik, que se había abierto paso hasta la barra.

Me puse en pie con dificultad, me froté la barbilla y sostuve la mirada de pánico de Johnny. Los ojos ya no le nadaban en salmuera, de repente parecía estar del todo sobrio. A diferencia de Erik, había comprendido exactamente lo que iba a suceder. Ya veía el titular del *Diario de Os* iluminándole la cara: «Agente de policía bajo los efectos del alcohol agrede a un camarero». El número de testigos que hacía cola ante el grifo de cerveza evitaría que Dan Krane tuviera que guardarse dato alguno. Tal vez Johnny ya se veía pasando las páginas del periódico hasta los anuncios de puestos de trabajo.

—Nada —dije—. Me he tropezado, eso es todo. —Levanté la voz—. ¡Aquí no ha pasado nada, amigos! ¡Volved a bailar y beber!

Hubo alguna risa.

Erik fue al amplificador, detrás de la barra, y subió el volumen.

Uno de los colegas de Johnny le había puesto la mano en el hombro e intentó apartarlo, pero él se quedó mirándome. Me pasé las palmas de las manos por el pantalón para quitar los cristales y me incliné hacia él. Hablé tan bajo que solo él pudo oírme.

—¿Nos olvidamos de esto, Johnny? Así puedes seguir siendo Depp. Pero me debes una. Lo entiendes, ¿verdad?

Johnny siguió mirándome, con un parpadeo inexpresivo. Abrió y cerró la boca hasta que por fin fue capaz de dar forma a la frase principal, como suele llamarse.

—Eres un jodido enfermo.

Se sacudió la mano del amigo, se giró y fue hacia la puerta con paso inseguro. Miré el reloj. Todavía no era ni medianoche. Erik subió el volumen de «Macarena». Sí, iba a ser una noche agotadora.

Al salir, poco después de las dos, saqué el teléfono y vi que tenía dos llamadas perdidas. Una era de Carl. La otra, de un número que no tenía guardado en mis contactos, pero que aun así recordaba. Desde ese mismo número me habían mandado un SMS. *Llama. No importa que sea tarde.*

Llamé y me acerqué el teléfono a la oreja mientras cruzaba la plaza camino del coche.

—Hola —susurró Natalie, adormilada.

—Hola —dije—. ¿Te he despertado?

—Sí. ¿Dónde estás?

—En la plaza. Esta noche he trabajado en el Fritt Fall. Acabo de ver tu mensaje.

—Ah, vale. Solo quería... —se interrumpió con un bostezo. Me pregunté si susurraba porque había alguien más con ella, pero no tenía intención de preguntárselo—, saber si me enseñarías a cazar.

—¿Cazar? ¿Quieres decir animales?

Se quedó en silencio. Un silencio cargado de algo que me dio a entender que estaba sola.

—¿Natalie? —susurré yo también.

—Sí. No. Nunca lo he hecho.

—¿Y crees que yo sí? Solo dos o tres veces. Y caza menor.

—¿Caza menor?

—Liebres y aves. Esas cosas que te puedes comer en una noche.

Rio bajito. Oí una melodía a lo lejos, puede que de unos cascos.

—Desapareciste —dijo.

—Puede ser. —Me metí en el coche—. No sé si nos hacemos falta ahora mismo. Y tú estás ocupada.

—¿Ocupada?

—Con otro trabajo.

—Sí, así es —dijo despacio.

Tal vez me había equivocado, puede que lo que había en su voz no fuera sueño sino otra cosa. No estaba borracha, hablaba demasiado claro, pero tal vez estuviera colocada. ¿Marihuana? ¿MDMA? ¿Pastillas?

—Claro que puedo enseñarte lo poco que sé de caza —dije.

—¿Cuándo?

—¿Cuándo te viene bien?

—Tengo todo el fin de semana.

La manera empañada y lenta en que lo dijo hizo que sonara trascendente, como si no me ofreciera solo dos días, sino el resto de su vida. Tenía gracia, pero mi pecho empezó a latir con dulzura. Y yo que me había empezado a recuperar...

—Mañana —dije—. A las diez en el hotel, ¿vale?

—Vale.

Colgamos y apoyé la frente en el volante.

Maldita sea.

17

Era uno de esos días calurosos de octubre que a esas alturas del año nos llegan como un regalo inesperado. Unas nubes blancas cruzaban el cielo y, en el momento en que el sol desaparecía tras alguna de ellas, la temperatura se desplomaba. Por lo demás, la vieja estrella irradiaba calor de sobra.

Solo habíamos recorrido un kilómetro, pero Natalie y yo nos quitamos las chaquetas Goretex y las metimos en las mochilas. Yo había descolgado el rifle de la pared, encima de la puerta de la calle, y lo llevaba sobre el hombro con una correa. Caminamos mientras iba explicándole lo que sabía de la licencia de caza, que no era mucho, porque había pasado a ser obligatoria después de que yo debutara como cazador con siete u ocho años.

—Carl y yo deberíamos haber hecho la prueba, pero papá escribió a la junta diciéndoles que estábamos formados, envió una fotografía de Carl y de mí con las escopetas, junto a los cadáveres de dos cabras montesas, y nos libramos.

Natalie se rio.

Fuimos evitando los senderos, levantamos unas cuantas perdices, pero le expliqué que, aunque en teoría se pueden cazar pájaros con un rifle, íbamos en busca de liebres.

Había tan poco viento que pudimos hacer el primer descanso para beber café en un alto con vistas, sin ponernos las chaquetas.

—Tienes que aprender a disparar —dije después de que vaciáramos nuestras tazas.

Cargué el rifle y le mostré la postura tumbada. El agarre, apuntar, respirar, apretar el gatillo, no golpearlo.

Disparó. El estallido resonó y el eco regresó varios segundos después.

—¡Otra vez! —gritó.

Reí y volví a cargar el rifle.

—Ahora tienes que apuntar a algo —dije y señalé—. Imagínate que ese abedul enano de ahí es un nazi.

—¿O un comunista? —Entrecerró un ojo y apretó el gatillo despacio. Al tercer intento, después de que ella cargara sola la escopeta, el árbol entero tembló ligeramente.

—Tienes un talento natural. —Sonreí mientras Natalie lanzaba un grito triunfal.

Lo celebramos con otro trago de café.

—¿Crees que podría matar a alguien? —preguntó, y observó el altiplano mientras se calentaba las manos con la taza—. Quiero decir alguien real.

—¿Te refieres a matar a un inocente?

—No necesariamente inocente. Y tampoco en una guerra, ahí no toma una sus propias decisiones, ¿no? Hablo de decidir acabar con una vida.

—Supongo que dependería del motivo —dije—. Si crees que el mundo sería un lugar mejor sin esa persona, podría ser.

—Lo he pensado. Si tuviera la oportunidad de matar de un tiro a un par de mandatarios que hubieran infligido dolor a la humanidad, y que fueran a seguir haciéndolo, ¿sería capaz? Y ¿sabes qué? Creo que no. Podría desearlo, querer hacerlo, pero sería incapaz. ¿Y tú?

Chasqueé la lengua como si tuviera que considerar la pregunta.

—Es difícil saberlo.

—Sí, ¿verdad?

Parecía querer profundizar en el tema, como suele decirse, así que carraspeé y le pregunté si creía que su banda de música tradicional podría estar interesada en un bolo en el Fritt Fall.

Ella arrugó su rostro dulce y negó con la cabeza.

—Es una paradoja —dijo—. Cuanto más pequeño es un sitio, menos parece interesarle a la gente su propia música folk.

—Puede ser. Pero a lo mejor Ola estaría interesado en hacer algo por la música en el pueblo de su novia, ¿no?

Natalie se volvió hacia mí.

—¿Qué clase de caza has dicho que es?

—Caza de liebres.

—¿Es caza furtiva? —Sonreí. Ella también, se giró hacia el paisaje de nuevo—. Ola no es mi novio. Es uno de mis mejores amigos, somos como hermanos. No tenemos secretos, hemos visto lo mejor y lo peor de cada uno y nos seguimos queriendo.

—Es una pena. Me disteis la impresión de ser un buen matrimonio.

—¿Matrimonio? —resopló—. Ola ha dicho que solo tocará en mi boda si es el padrino. Pero no habrá boda.

—¿Por qué no?

Se encogió de hombros.

—Tú me liberaste, y quiero seguir así.

—Yo no te liberé —dije—. Lo hiciste tú.

—Vale, pero tú me abriste la puerta.

No respondí. Deslicé la mirada por la alfombra roja de brezo, y por un instante sentí que sus pensamientos eran los míos cuando dijo:

—Dios, parece un incendio.

Nos quedamos en silencio bebiendo cada uno de su taza. Luego, sin mediar palabra, nos pusimos en pie, agarramos las mochilas y seguimos avanzando hacia el interior.

Una hora después llegamos a una pequeña laguna junto a una arboleda de abedules de montaña y serbales. Lo cierto es que me pilló totalmente desprevenido cuando dijo:

—¿Un baño?

Encendimos una hoguera antes de desnudarnos. Nos dejamos la ropa interior puesta a pesar de que sabíamos que después tendríamos que ir desnudos bajo las otras prendas, porque esa hoguera no secaría el algodón grueso. Entré yo primero, vadeando. El agua estaba tan fría que al momento perdí la sensibilidad en las pantorrillas.

—¿Me puedo arrepentir? —pregunté.

—¡Ni hablar, joder! —gritó Natalie, que pasó veloz a mi lado y se lanzó al frente con los brazos extendidos. Desapareció y volvió a asomar unos metros más adentro.

Maldije por lo bajo y me tiré tras ella. Por unos instantes creí que iba a perder el conocimiento bajo el agua. Al salir a la superficie me encontré con Natalie, que nadaba con desesperación hacia la orilla, con los ojos muy abiertos y los labios ya teñidos de azul.

—¡Oh, no! ¿Esto era todo? —grité, y retrocedí con ella.

Nos cambiamos, nos secamos y nos sentamos casi dentro de la hoguera. Nos castañeteaban los dientes, nos abrazamos y nos frotamos en un intento de recuperar algo de calor. Ella escondió la punta de la nariz, que tenía helada, en mi cuello, y presionó la frente contra mi mejilla. Yo la rodeé con mis brazos sentí que nuestras respiraciones se acompasaban. Levantó el rostro hacia mí y me quedé mirando el interior de esos ojos de extraños colores. Continué mirándola, ella no apartó el rostro y esperé. La besé solo cuando fue la única opción que me quedaba. Ella abrió mi camisa de nuevo. Yo la suya. Se le erizó la piel, temblaba, al principio no supe si por frío o excitación. Pero cuando me desabrochó los pantalones y luego los suyos, lo supe. Se sentó encima de mí, las gotas de su cabello caían sobre mí como besos menudos. Quise decir algo, algo como que no hacía falta, que deberíamos dejarlo así, pero cuando tomé aire me tapó la boca como si hubiera visto la objeción en mi rostro.

—No uso anticonceptivos —susurró, se inclinó y me condujo a su interior con la otra mano mientras su respiración me escaldaba el cuello.

Sentí que era irreal y muy verdadero a la vez. El sueño de hacer el amor con Natalie me había atormentado día y noche, y ahora estaba en ese sueño. Pero no hacíamos el amor, follábamos. Como si necesitáramos deshacernos de algo, como si el uno fuera la medicina del otro.

El brezo me raspaba la espalda y ella se movía encima de mí, apoyando las palmas de las manos sobre mi abdomen. Veía su silueta recortada contra el cielo, los pechos oscilantes, los ojos cerrados, el rostro levantado, apartado. Éramos uno, como dicen, pero a la vez ella parecía estar muy lejos, muy sola. Como si quisiera estar sola. Su respiración se entrecortó y se fue acelerando. Comprendí que no debía interrumpirla, intenté seguir su ritmo, no interferir, solo reforzar con cuidado lo que hacía. Dejó escapar un gemido largo, tembloroso, iracundo. El cabello cubrió su rostro y se derrumbó sobre mí.

Permanecimos así, inmóviles. Las puntas de sus dedos tocaban las mías, pero no reaccionó cuando las acaricié. Quería rodearla con un brazo, pero no lo hice. Podía venir hacia mí cuando estuviera lista. Escuché cómo su respiración se calmaba por segunda vez. Un pájaro emitió una nota aflautada en algún lugar; sonaba como un mirlo. Recordé algo que había dicho en la primera conversación que tuve con Shannon y Carl, que los machos de las aves de montaña no cantan para las hembras, porque les parece una cursilada. Que prefieren construir nidos con los que impresionarlas.

«¿Hoteles?», había preguntado ella. «¿O gasolineras?».

«Parece que los hoteles funcionan mejor», dije en aquella ocasión.

Natalie se movió un poco.

—Oh, no —exclamó con una voz grave que imitaba la mía—. ¿Eso era todo? —Sonreí—. Seguro que eso es lo que estás pensando.

—No —dije rodeándola con el brazo—. No soy de mucho pensar, y esta ha sido solo la primera vez.

Noté que se extrañaba al oírlo y me arrepentí de haberlo dicho.

—Tranquila —la calmé—. Era solo un ofrecimiento. A mí esto me ha parecido bonito. ¿Vale?

Sentí que relajaba el cuerpo.

—Gracias —susurró, y me dio un beso en la mejilla.

Poco después se puso en pie y empezó a vestirse.

—Me vuelvo —dijo.

—¿Ya? —pregunté agarrando el pantalón.

—Sí, ya hemos pillado liebre.

Sé que pretendía sonar alegre, pero no nos reímos.

—Me iré sola. Tú sigue cazando.

—Por supuesto que iré contigo —dije, y abrí la mochila—. ¿No quieres que nos comamos antes el pícnic?

Natalie negó con un movimiento de cabeza.

—Tengo que acabar varias cosas pendientes de trabajo antes de la fiesta de los empleados. Y, si te parece bien, me apetece caminar sola por la montaña. ¿De acuerdo?

Debí de poner cara de asombro, porque se echó a reír.

—No me voy a perder, Roy. Me orientaré con la cumbre de Ottertind y llevo GPS. ¿Te parece bien o no?

—Claro que sí —respondí, no del todo convencido.

Ella no dijo nada más; se limitó a recoger sus cosas, me dio un beso en la mejilla y emprendió la marcha.

La seguí con la mirada, sentado junto a la hoguera. Me pregunté qué acababa de suceder. Qué había salido mal. Si el error había sido mío. O si ella prefería que las cosas fueran así. Contacto físico, pero con el menor grado de intimidad posible. Podría estar relacionado con su infancia, tan retorcida, sería raro que aquello no hubiera influido en su relación con el sexo. Llegué a la conclusión de que no servía de nada darle demasiadas vueltas, a lo mejor no le había gustado, sin más. O sí, pero no le habían quedado ganas de repetir en un futuro. O era así como se hacía ahora, después de pillar liebre.

Su silueta se fue haciendo cada vez más pequeña y la acabé perdiendo de vista tras un montículo.

Me serví más café.

La hoguera se consumió y el humo ascendió en volutas, de tan poco viento hacía.

Había pasado cerca de una hora y me había obligado a pensar en otra cosa, en cómo demonios iba a convencer a Vendelbo de que me concediera el préstamo. Entonces lo vi. Si no hubiese estado casi petrificado, o si no se hubiese interpuesto la laguna entre nosotros, seguro que no se habría dejado ver.

No lo había visto venir, apareció sobre una roca, junto a la orilla, a unos cien metros de la superficie inmóvil del agua. El pelaje, gris y negro en contraste con el rojo del brezo, las orejas erguidas sobre la robusta cabeza. Era el lobo. Estaba escuálido, pero era grande. Largas patas delanteras, pecho poderoso.

Nos contemplamos, ambos inmóviles. El rifle apoyado en el tronco de un árbol a dos metros de distancia y, a pesar de que el animal no podía comprender que eso me hacía menos peligroso, esa fue la sensación que tuve. Dos lobos solitarios en el mismo terreno. Mi tierra de baldío, su territorio de caza. ¿Pensaba? ¿Era capaz de eso? Si tenía suficiente hambre, puede que me sopesara como posible presa, pero lo dudaba. Creo que estaba intentando decidir qué clase de riesgo suponía yo. Después —como si hubiera concluido que no, que no iba a causarle problemas—, me mostró su flanco, fue al trote por la orilla y se perdió de vista en dirección contraria a Natalie.

Había echado agua a la hoguera y ya me marchaba cuando llegó rodando el estallido de un disparo. Provenía del lugar por el que se había ido el lobo. Tal vez iba tras la pista de la misma presa a la que el cazador había disparado.

Bajé hasta mi coche, aparcado junto al hotel, a plena luz del día. El Land Rover de Kurt se detuvo en paralelo a mi Volvo. Al acercarme vi que se abrían las dos puertas delanteras del todoterreno y que Kurt y Johnny se bajaban, ambos vestidos con pantalones vaqueros, pero equipados con las chaquetas reflectantes de la policía rural y una escopeta cada uno.

—¡Policía! —gritó Kurt y la palabra restalló entre los coches y las ventanas del restaurante—. Roy Opgard, ¡agarra el arma por los cañones y déjala en el suelo! ¡Ahora!

Por un instante creí que Kurt estaba de broma, o al menos que no lo decía en sentido literal, y estuve a punto de quitarme el rifle de la espalda para darles a entender que podía entregárselo sin que tuvieran que venir a cogerlo. Entonces comprendí por el lenguaje corporal de ambos que iban en serio. Que si movía el rifle podría proporcionarle a Kurt la excusa con la que llevaba años soñando. Hice lo que me decía, agarré el rifle por el cañón, me agaché y lo posé sobre el asfalto con cuidado. Me incorporé de nuevo.

—Deja caer la mochila al suelo y levanta las manos para que las veamos —gritó Kurt.

Obedecí. En el restaurante varias cabezas se volvieron hacia nosotros.

—¡Da cuatro pasos al frente, gírate y túmbate en el suelo boca abajo con la nariz tocando el asfalto! ¡Ahora!

Era absurdo. Esto no era el Bronx, estábamos en Os y era Kurt Olsen, un alguacil de piernas arqueadas, con unos pelos como una fregona al estilo de Boris Johnson y que sonaba igual que cuando daba órdenes a sus jugadores de cuarta división.

A pesar de eso, hice lo que me ordenaba. Di los cuatro pasos mientras veía una masa de rostros sorprendidos en el restaurante. Entre ellos Natalie, de pie entre dos mesas con una mano delante de la boca.

Me tumbé en el suelo, inspiré el polvo del camino; pensé que si seguía sus instrucciones al milímetro, no proporcionaría a Kurt una excusa para humillarme más de lo que conllevaba un arresto corriente. Me equivocaba, claro. Para empezar, se sentó sobre mi espalda como si fuera su poni, me dobló las manos y me las esposó. Después, como ya no podía levantarme sin ayuda, me agarró del cuello de la chaqueta y tiró hacia arriba. Mientras estaba allí sujeto por el cuello, vi un destello. Era Dan Krane. Estaba a cinco metros, entre los coches, y me apuntaba con una cámara. Dos destellos más.

—Gracias —dijo Dan, no sé si se dirigía a mí o a Kurt, bajó la cámara y comprobó el resultado en la pantallita. Todo ello mientras Kurt me tenía agarrado y seguía a la espera. Dan levantó la vista y le hizo un gesto a Kurt con la cabeza.

—Entonces nos vamos —dijo este, y me empujó en dirección al Land Rover, donde Johnny sujetaba la puerta trasera abierta.

El coche era alto, pero Kurt me puso la mano en el cogote, como si quisiera protegerme, supongo que para demostrarle al público presente que en Os la policía rural era profesional hasta en el último detalle. Seguro que le habría gustado que en Noruega fuera obligatorio leerme mis derechos.

Johnny lanzó la mochila y la escopeta al asiento trasero y ocupó el lugar del copiloto. Vi el destello del flash de Krane un par de veces más mientras nos alejábamos.

18

Al cabo de un par de minutos en silencio vi que Kurt me observaba por el retrovisor.

—¿Ni siquiera vas a preguntármelo, Roy? ¿Tan evidente es?

Me encogí de hombros y miré por la ventanilla. Se estaba nublando. Todo apuntaba a que iba a ser un fin de semana mucho peor de lo que se intuía esa mañana.

En la modesta comisaría rural, Johnny me quitó las esposas y me ordenó que me sentara en la pequeña habitación sin ventanas que cumplía la función de celda. Servía para almacenar archivadores y documentos que se apilaban contra las paredes. Johnny me trajo una taza de café y nuestras miradas se encontraron. Él fue el primero en apartarla.

Kurt entró y se sentó.

—¿Te parece bien que lo ponga a grabar? —preguntó, y dejó un teléfono sobre la mesa que ya estaba activado.

—Sí —dije—. Siempre que yo también tenga acceso a la grabación después.

—Por supuesto. —Kurt sonrió—. ¿Puedes decir tu nombre, fecha de nacimiento y dirección para que queden recogidos?

Hice lo que me pedía.

Kurt entrelazó las manos en la nuca y me dijo una fecha con su año.

—¿Te suena?

—Hace mucho, Kurt. Por entonces tú y yo estábamos al final de la adolescencia, pero puesto que eres tú quien me lo pregunta y ya que llevas intentando adjudicarme la desaparición de tu padre desde que eres alguacil, deja que apueste a que fue el día que se perdió, puede que la fecha en que apareció la barca vacía con sus botas dentro.

—¿Qué estabas haciendo tú el día que desapareció, Roy?

—Ya me interrogaste por eso aquí mismo hace ocho años, Kurt. Revisa tus anotaciones.

—Quiero que tú compruebes tu memoria. —Desde el momento de la detención frente al hotel, Kurt se había mantenido preocupantemente frío, lo que me advertía que disponía de buenas cartas. Al menos en ese instante vi que empezaba a mover la mandíbula para dejar soltar sentimientos reprimidos—. Y tu conciencia —añadió, con la garganta cerrada y voz metálica.

Me incliné un poco y hablé alto, vocalizando bien.

—En consideración a esta grabación, quiero hacer notar que hasta este momento del interrogatorio ni la persona que me está formulando las preguntas, el alguacil Kurt Olsen, ni nadie de esta comisaría, me ha informado sobre el motivo de mi detención, cuáles son mis derechos y si estoy obligado a contestar a cuestiones que no se refieran a mi identidad, cuánto tiempo quieren o pueden mantenerme detenido y si tengo posibilidad de contactar con un abogado.

Kurt rio entre dientes y miró a Johnny, que estaba apoyado en la pared.

—No te vengas arriba, Roy, que teníamos pensado mencionar todo eso.

—Comentario para la grabación —dije—. El alguacil Olsen confirma que ha iniciado el interrogatorio sin haber proporcionado la información referida.

Kurt se inclinó hacia delante, ya congestionado, y detuvo la grabación.

—No intentes hacerte el listo, Roy, este juego no lo conoces. Colabora o todo irá a peor para ti.

—Te oigo. ¿Vas a borrar la grabación o me la darás?

—¿Tú qué crees? —siseó.

No respondí.

Kurt cerró los ojos e inspiró profundamente. Julie me había contado que era el único hombre que había participado en las pocas horas de yoga que se impartieron en el sótano de la librería. A lo mejor era una técnica zen o algo así. Sí, seguro que había previsto cómo iba a transcurrir todo y quería que volviéramos al camino trazado. Puso el teléfono a grabar de nuevo y habló con voz aterciopelada.

—Podemos retenerte cuarenta y ocho horas porque el delito del que eres sospechoso conlleva una pena superior a seis meses. Después hará falta una vista en el juzgado de primera instancia para autorizar que se prolongue la detención. Puedes ponerte en contacto con familiares y con un abogado. En ningún caso estás obligado a contestar a las preguntas que te formulemos. ¿Queda claro?

—Sí.

—Estás detenido como sospechoso de haber asesinado o colaborado en el asesinato de Sigmund Olsen, en su día alguacil de la comarca de Os.

—Vale —respondí—. ¿Sigue tratándose de tu apolillada sospecha particular, Kurt, o hay alguna novedad en el caso?

Kurt apretó los labios en lo que podríamos llamar una sonrisa. Tuve un escalofrío y me preparé. Habían encontrado sangre y cabellos, eso había dicho Vera. No sonaba tan mal. Pero veía en Kurt que aquello no tenía buena pinta. O que sí la tenía para él.

—Los técnicos de criminalística tuvieron que buscar mucho, pero al final encontraron sangre en el Cadillac de tus padres —dijo Kurt—. Sangre y tres cabellos.

Me encogí de hombros.

—No podía esperarse otra cosa tras ese siniestro.

—Sí, pero lo encontraron en el exterior del coche, Roy. En concreto, apareció cuando desmontaron la matrícula trasera.

Sentí que se me contraía el cuero cabelludo. En un instante lo vi todo y comprendí lo que había sucedido. Era una catástrofe. Vi la boca de Kurt moverse mientras sentía que mi piel se retiraba de los ojos, las orejas, la boca. Sigmund Olsen había caído sobre el maletero del Cadillac, con la espalda doblada, y la cabeza había golpeado el coche, justo encima de la matrícula. La sangre se había deslizado detrás de la placa, había arrastrado unos cabellos sueltos y los había adherido alrededor de los tornillos. Y ahí esa jodida prueba de ADN había estado protegida, esperando pacientemente a que alguien fuera lo bastante riguroso para investigarlo. Alguien como Kurt Olsen. Su gesto era triunfal, habría soñado con ver mi careto cuando lo contara, por eso no fue capaz de callárselo.

—El motivo por el que tardamos un poco en averiguar que se trataba del cabello y la sangre de mi padre fue que no contábamos con su perfil de ADN ni otros restos del mismo. Por aquel entonces nadie pensó que debíamos guardar unos cabellos de una de sus chaquetas, por ejemplo, y todo se tiró o se mandó a la tintorería. Salvo una cosa. —Kurt levantó un dedo—. Mejor dicho, dos. —Sonrió entre dientes y me apuntó con el anular también—. Sus botas de piel de cocodrilo. Que tú mismo dejaste en la barca para que pareciera que se había ahogado por voluntad propia. No las tiramos, ¿sabes? Yo las usé como un homenaje al mejor alguacil que este pueblo haya tenido nunca, ¿cierto? Y nos ha venido muy bien, porque encontramos restos de uñas de los pies debajo de la plantilla. Suyas y mías.

Kurt sonreía con una intensidad casi salvaje. Supongo que mi cara cumplía con todas sus expectativas. Sentí una gran presión en la frente; si me apretaba los tornillos un par de veces más, me estallaría la cara.

—Ya sabíamos que mi padre estuvo en Opgard el mismo día de su desaparición, y ahora también sabemos que nunca salió de allí. Que acabó despeñado en Huken y su sangre llegó hasta el coche que había allí. En aquella ocasión tu hermano y tú dijisteis que lo visteis marcharse. ¿Qué me dices ahora, Roy?

Tuve que mover la mandíbula un par de veces antes de poder hablar.

—Digo que me gustaría llamar a ese abogado.

—El más cercano está en Notodden, tienen un total de dos abogados en su listado y estoy bastante seguro de que ambos estarán ocupados en sábado. Pero si quieres pasarte aquí sentado el resto del día y la noche y esperar a que alguien se desplace desde allí o desde Oslo, tú mismo. La alternativa es que respondas ahora a unas pocas preguntas y podrás marcharte.

—No.

Kurt me miró con ojos mortecinos.

—Bien —dijo por fin—. Tomamos nota de que te niegas a responder a preguntas sin la presencia de un abogado. Si firmas este documento, en el que aceptas presentarte a firmar cada quince días, puedes marcharte.

—No tiene lógica —dije.

—Estoy de acuerdo —respondió Kurt y se reclinó en la silla, cogió una cajetilla de tabaco arrugada del bolsillo del pantalón, sacó un cigarro con un golpecito y se lo introdujo entre los labios—. Pero mientras no haya peligro de destrucción de pruebas o yo sospeche que podrías huir del país, no hay ninguna razón para retenerte aquí.

Alargó una mano para cortar la grabación y me miró con dureza cuando interpuse la mía entre la suya y el teléfono.

—Opino que no es lógico que tenga que irme —sentencié—. Me habéis ido a buscar junto a mi coche, en el hotel, y exijo que me llevéis de vuelta.

Kurt me observó. Supongo que estábamos pensando lo mismo, que para los comensales del restaurante que habían sido testigos de mi detención podría parecer que la policía reconocía un error si me volvían a dejar en el mismo sitio al cabo de media hora.

—La solicitud está grabada —dije—. ¿Y bien?

El odio que destilaba la mirada de Kurt parecía una fuente de calor.

—Johnny —ordenó con los ojos clavados en mi frente.

Crucé el parking siguiendo a Johnny Depp. A mitad de camino hacia el coche me di la vuelta. Kurt estaba en los escalones de acceso al edificio. Había empezado a anochecer y vi el ascua rojiza del cigarro mientras nos observaba. Las luces del banco, el consultorio médico y la administración municipal estaban apagadas. ¿Tendría Kurt los resultados de los análisis de ADN desde hacía un par de días, pero había preferido detenerme en sábado porque sabía que resultaría complicado localizar a un abogado? Era evidente que se había puesto de acuerdo con Dan Krane con bastante antelación, ya se sabe que los padres con niños pequeños están muy ocupados el fin de semana. Kurt habría tenido la esperanza de sacarme algo, aunque no contaba con ello, pero había logrado lo que quería. Humillarme. Que todo Os supiera que yo era sospechoso. Poner en marcha los cotilleos de pueblo, que la infestación de larvas saliera de la madera y se asomara a la luz del día. Dar una nueva oportunidad a los que sabían algo sobre lo que había ocurrido, pero que en aquella ocasión no habían ido a contárselo al alguacil. Johnny abrió la puerta del copiloto de un viejo Honda Civic abollado.

Se encajó a mi lado con esfuerzo y arrancó el coche, que renqueó al ponerse en marcha acompañado de un pitido y un golpeteo inconfundibles.

—Deberías tener cuidado con eso —advertí.

—Solo es la correa del ventilador, que está floja —dijo Johnny, y salió a la carretera—. Lo apañaré.

—A lo mejor apañarías la correa del ventilador, pero ese sonido es de una correa de distribución gastada. Si se rompe, se cargará el motor entero.

Johnny me miró de soslayo como si quisiera comprobar que decía la verdad.

—Pásate por la gasolinera el lunes —le ofrecí—. Cambiaremos la correa en el taller. Será un momento.

Johnny volvió a concentrarse en la carretera.

—Esa escenita no fue idea mía —dijo—. Hemos ido a buscarte a Opgard, pero tu hermano ha dicho que te habías ido al hotel y entonces Kurt ha decidido que te esperáramos allí.

—¿Y Dan Krane?

—Kurt había acordado con Krane que tomaría fotos delante de la comisaría cuando llegáramos. Pero al hacerlo en el hotel, Kurt lo llamó y le dijo que mejor fuera hasta allí. Más dramático, ¿no?

Asentí. Fuimos un rato en silencio.

—Gracias —dijo Johnny—. Por no mencionar lo de ayer.

—Si fuera a denunciarte no sería con Kurt, sino a la comisaría de Notodden —dije.

Se removió en su asiento.

—¿Tienes intención de hacerlo?

Negué con la cabeza. No quería denunciar al chaval, seguro que había aprendido la lección. Y tenía otras muchas cosas en las que pensar. Pruebas de ADN. Natalie. Un chantaje y una inversión que estaban a punto de irse a tomar por culo. Suficiente para convertirme en un hombre desesperado, para que me agarrara a un clavo ardiendo. Tal vez por eso respondí con otra pregunta.

—¿Qué pasa contigo y con Vendelbo?

—No entiendo.

—Os invitó a una cerveza a tus amigos y a ti.

Johnny rio entre dientes. Dudó, pero debió de intuir que yo vinculaba la denuncia a la información que le pedía, que debía mostrarse dispuesto a cooperar.

—Quiere meterse en mis pantalones. Así de claro. No va a pasar, pero si quiere perseguirme con cervezas, cenas y préstamos, es asunto suyo, supongo.

—¿Préstamos?

—Bueno, no se hizo, ¿eh?

—Cuenta.

—A ver, el caso es que le enseñé una foto de un Porsche de segunda mano, hará un par de semanas. Un coche espectacular que está a la venta en Notodden. Y me dijo que me concedería un préstamo por debajo del tipo de interés de mercado.

Noté cómo mi pulso, que llevaba todo el día poniendo a prueba, se aceleraba de nuevo. ¿Sería este mi clavo ardiendo? Tragué saliva.

—Lo dijo por decir, supongo.

—No, no, iba en serio.

—¿Cómo lo sabes?

—Me mandó la oferta por SMS. Pagos muy modestos y un tipo de interés casi a cero. Dijo que podíamos firmar el contrato en el banco cuando ya estuviera cerrado al público. Que él apañaría una forma de pago que yo pudiera asumir. Pero pillé de qué iba y le dije que no. Me gustan las pibas, joder.

—Comprendo —respondí—. Y te ha mandado más SMS, ¿o qué?

—Y que lo digas. —Johnny rio entre dientes.

—¿Fotos también?

—No, no, Vendelbo está casado, no puede arriesgarse a que se sepa en el pueblo, ya me entiendes.

—Pero ¿esos SMS a lo mejor dejan claro lo que busca?

—Tendrías que ser bastante corto para no darte cuenta. —Johnny me observó con el rabillo del ojo, vi una sospecha en su mirada de idiota—. ¿Adónde quieres ir a parar?

—Al hotel —contesté.

Seguimos camino, pero había reducido la velocidad, como si estuviera alerta, a la espera de algo que llegaría sin saber qué era.

—Johnny —dije—. ¿Qué te parece si tú y yo hacemos un pequeño trato?

19

El domingo trabajé en la gasolinera. Eso ayudó a liberar mi mente de darle vueltas sin parar a la nueva prueba de ADN de la que disponía la policía y de que necesitaba conseguir ciento veinte millones de coronas, de los que doce corrían una prisa infernal.

El sábado por la noche Carl y yo habíamos hablado de Liv Goebbel, una penalista que mi hermano conocía de Oslo, con la que acordamos una reunión por Zoom el lunes. Goebbel era una señora de cincuenta y tantos años, vital y directa, a quien había conocido en una cena en el Spa de Os y que había despertado en mí una confianza inmediata, y eso que tengo el listón muy alto en esas cuestiones. Apareció en la pantalla con un escritorio ordenado, vistas al ayuntamiento de Oslo por la ventana que tenía a su espalda, risa de bebedora de whisky y una forma de hablar tan acelerada que me tuve que concentrar para no quedarme descolgado. Explicó que la policía, incluso sin las uñas de los pies, habría descubierto que la sangre era de Sigmund Olsen.

—Con los métodos de análisis de los que disponemos hoy en día, una gota de sangre de una mujer embarazada nos puede proporcionar no solo el perfil de ADN del feto, sino el perfil de ADN del padre de la criatura nonata. En este caso podrían haber recurrido al ADN de Kurt Olsen para demostrar que la sangre provenía de su padre.

Dijo que estaba sorprendida por que la policía no hubiera tomado declaración también a Carl, que parecía que solo iban a por mí. Preguntó por nuestras edades por entonces y, cuando supo que yo acababa de cumplir diecinueve años, mientras que Carl no tenía aún dieciocho, dijo que esa era la causa. Aunque la edad a partir de la que te pueden imputar es quince años, también se producía una marcada diferencia a partir de los dieciocho. Es difícil lograr que se procese y condene a un menor de dieciocho años; en un caso antiguo, era comprensible que concentraran sus esfuerzos en alguien a quien pudieran condenar. A mí.

La web del *Diario de Os* publicó un artículo breve sobre una detención tras el hallazgo de ADN en relación con un antiguo caso de desaparición, pero sin especificar cuál, mi nombre ni fotos del arresto. Goebbel lo atribuyó a las normas éticas autoimpuestas por la prensa, a que mientras me hubieran dejado en libertad y no se hubiera formulado una acusación, la sociedad no tenía necesidad de saber más. Carl y yo nos limitamos a intercambiar una mirada cargada de desesperación; estaba claro que la señora de Oslo no comprendía que todo, absolutamente todo el mundo en Os sabía desde el minuto uno a quién habían detenido y de qué era sospechoso. Que Kurt Olsen estaba a la espera de recibir una llamada de alguien que tuviera algo que contar.

Apenas había dormido, y fue una liberación que sonara el despertador a las seis de la mañana. El domingo era el día de más trabajo en la gasolinera, porque la gente que tenía cabaña de vacaciones en las laderas del valle y los huéspedes del hotel regresaban a sus casas. No solo necesitaban combustible, sino también comida y bebida para un largo trayecto en coche. En uno de los momentos de tranquilidad, Egil me habló de la quedada de moteros: había sido un gran éxito. Al preguntarle cómo se medía el éxito de una quedada de moteros, si por el número de participantes, dijo que eso era lo de menos, que lo importante era que los que se apuntasen lo pasaran bien.

—¿Más de lo que esperabas? —pregunté.

—¿Eh?

—Si dices que fue un éxito, supongo que lo habrás pasado mejor de lo que era esperable.

—Creo que contaba ya con tener éxito —dijo Egil.

Acababa de empujar por el mostrador cinco perritos calientes con ensaladilla de gambas cuando vi que entraba Natalie. Se había recogido el cabello bajo una gorra de camionero y llevaba puesta una sudadera que ponía «Tame Impala». Se situó junto al expositor de líquidos para el limpiaparabrisas; parecía cansada. Cuando se acabó la cola se acercó a mí.

—¿Qué puedo ofrecerte? —pregunté.

Me miró directamente a los ojos y sentí una punzada. Mierda.

—Dime qué tienes —dijo en voz baja.

—Bueno. —Cogí aire—. He tenido en oferta una carne de cabra correosa. Era vieja, pero diría que se conserva bien.

Se rio sin ruido con esos ojos derrotados.

—Diría lo mismo. Pero creo haber entendido que la confiscaron ayer. ¿Ha habido algún problema?

Me encogí de hombros.

—Hay quien cree que en la época en que tú naciste la cabra joven embistió con la cornamenta al viejo alguacil, y que este se cayó por el precipicio de Huken.

—¿Lo hizo?

Negué con la cabeza. Se abrió la puerta y entró un cliente. Egil estaba ocupado con los surtidores.

—Pero en todo caso había que descartar la carne —dije con la vista fija en el cliente—. Tendrás que buscar en otro sitio donde haya mercancía más fresca.

—¿Roy?

La miré, ella esbozó una sonrisa, pero se le desvaneció, como si no tuviera fuerzas para mantenerla.

—Perdona. —Intenté sonreír.

—No hay nada que perdonar, tienes que hacer lo que tú quieras, Natalie.

—Vale. —Inspiró, casi parecía que se ponía de puntillas—. Quiero... —Se contuvo. El cliente había cogido una lata de líquido para el limpiaparabrisas y se colocó justo detrás de Natalie—... volver a verte. Si tú quieres, claro.

La miré. Era tan hermosa como una de esas canciones que te dan ganas de llorar. No es que me diera miedo que me utilizaran, a veces no es malo. Pero las cosas se habían complicado demasiado, no sería capaz de manejar esta situación con todo lo que estaba pasando. El problema era que verla se asimilaba a recibir un chute de morfina en un cuerpo maltrecho, resultaba imposible no querer más. Me obligué a apartar la vista y me dirigí al cliente que estaba tras ella.

—Tenemos una oferta de tres latas al precio de dos.

—¡Anda! —exclamó el cliente tan contento, y antes de que tuviera tiempo de decirle que podía cogerlas al salir, ya iba hacia el expositor.

—Hablamos luego, Natalie. Cuando las cosas se hayan calmado un poco, ¿vale?

La miré de nuevo. Sus ojos estaban humedecidos y las pupilas, dilatadas y negras. ¿Iba colocada con algo o estaba llorando?

—¿Cuándo se habrán calmado las cosas? —preguntó. Tenía la voz tomada.

Tragué saliva.

—Dentro de cinco o seis... —empecé, sin saber si iba a decir días o semanas. Vi agrandarse una lágrima en las finas y cortas pestañas de uno de aquellos ojos de extraño color.

—Horas —dije—. Acabo mi turno y nos vemos en la puerta a las seis.

A las cuatro salí, recogí un poco alrededor de los surtidores y me acerqué a la nueva generación de macarras motorizados que habían aparcado sus coches tuneados, a ras del suelo o muy altos.

—Recoged las colillas —dije, y señalé los filtros de cinco cigarrillos sobre el asfalto.

—Vale, papá —soltó el tipo que iba al volante y fumaba. Se apoyó en el brazo desnudo que asomaba por la chaqueta vaquera de mangas cortadas. Un tatuaje rezaba *No Mercy*.

—Ahora —dije.

—Lo haremos cuando nos vayamos —respondió, y dio una calada compulsiva al cigarrillo.

—Ni hablar, quiero que esto esté limpio ya.

—Al irnos, papá. —Levantó la botella de Coca-Cola y sonrió entre dientes—. Somos clientes y pagamos, ¿no?

Le saqué el cigarrillo de la boca antes de que tuviera tiempo para reaccionar. Lo tiré al asiento trasero y una chica y un chico dieron un grito y se apartaron.

—¿Qué cojones haces? —berreó el conductor.

—Así sabrás qué pienso al respecto —dije, y seguí mi camino, acercándome al quitamiedos y la cuesta que descendía hacia el lago Budalsvannet. Saqué el teléfono y llamé a Asle Vendelbo.

—¿Sí?

—Creo que tengo lo necesario para que me concedas el préstamo —dije.

—¿Eres tú, Roy?

—Sí. Desde la última vez que hablamos ha aparecido una nueva propiedad, algo que puedes tomar como seguridad del préstamo. ¿Te parece bien que me pase mañana temprano?

—Son buenas noticias —dijo, sin que pareciera estar disimulando entusiasmo alguno—. Pero tengo entendido que estás en el punto de mira de la policía por algún motivo, ¿no?

—Un malentendido —respondí—. Podemos comentar eso y otros aspectos mañana. ¿Te viene bien a las diez?

—Creo que mañana va a resultar algo complicado, Roy.

—Algo complicado es mejor que muy complicado. Por cierto, Johnny Depp te manda recuerdos.

Se hizo un silencio.

—¿A las diez? —insistí.

Vendelbo carraspeó y respondió:

—Siempre que nos baste con media hora, máximo.

—Apuesto a que nos llegará con menos.

Colgamos. El punto débil. Había dado con él. ¿Tenía el corazón lo bastante duro para aprovecharlo?

Me giré para volver a la gasolinera. El tipo del chaleco vaquero se había bajado del coche. Me esperaba. Cambiaba el peso de pierna, daba saltitos. Un tipo pelirrojo de otro coche se acercó y le susurró algo al oído. Miró incrédulo al pelirrojo, después a mí. Se apresuró a acercarse a su coche y el del chaleco vaquero abrió la puerta para volver a meterse en el suyo.

—¡Eh, eh, tú! —grité—. ¡Las colillas!

Me observó, incluso a diez metros pude ver cómo le subía y bajaba la nuez, se puso en cuclillas y limpió el asfalto. No dudé que el pelirrojo acababa de contarle que yo era el que habían arrestado ayer, sospechoso de haber asesinado al viejo alguacil.

—¡Bu! —Fue lo único que susurré al pasar a su lado, pero dio un bote y se le volvieron a caer las colillas.

Claro que tenía el corazón lo bastante duro, joder.

A las seis en punto salí de la gasolinera.

Natalie esperaba junto a mi coche, temblando y cruzada de brazos. Me extrañó un poco porque no hacía nada de frío.

—¿Llevas mucho rato esperando? —pregunté.

Negó con la cabeza.

—Parece que tienes frío. ¿Damos una vuelta en coche?

Ella ladeó la cabeza.

—¿Eso hacías cuando eras joven?

—Claro. Si tenías el carnet y un coche, ya eras alguien.

Ella se echó a reír.

—¿Hacías de conductor mientras los demás bebían y ligaban con mujeres?

—¿Tan evidente es?

—Puede ser. ¿No hay algún sitio donde podamos estar solos? Mejor a cubierto, si puede ser.

—Bueno, si no tienes nada en contra del olor a grasa de motor...

Abrí la puerta del taller y caí en la cuenta de que la última persona que había estado allí, aparte de mí, había sido Shannon.

Nos acomodamos en la habitación en la que había vivido varios años. Yo ocupé la butaca, Natalie se sentó al borde de la cama. Estaba pálida y temblorosa y encendí la potente estufa que había utilizado en los inviernos. Puse en el tocadiscos el único álbum bueno de Lou Reed, *Transformer*, y preparé té. La miel llevaba al menos diez años en el armarito de encima de la placa, pero como la miel es como el asesinato, que no prescribe, añadí tres cucharadas colmadas al brebaje hirviente y se lo puse delante.

—Parece que te estás poniendo enferma —dije.

—Estoy enferma —asintió bebiendo un traguito—. Gracias. ¿Qué es eso? —Señaló la pared.

—Matrículas de países que ya no existen. Mi tío las coleccionaba, unas cuantas ya estaban aquí cuando me hice cargo del taller. Otras las he conseguido yo.

—Basutolandia. —Leyó en voz alta una de las placas.

—Ahora Lesoto —dije.

—¿Lesoto?

—Un reino microscópico en Sudáfrica. Parece ser que muy bonito. Está en las montañas, en los picos más altos nieva.

—Un poco como este lugar. Un reino en la montaña. ¿Quién es el rey?

Cogí una bolsita de la caja de tabaco de mascar.

—¿Aquí o allí?

Sonrió y levantó la taza de té.

—Sabes cosas muy extrañas, Roy.

—No recuerdo el nombre del rey —dije—. Subió al trono tras la muerte de su padre en un accidente de coche.

—¿Ah, sí?

—Salía de su granja, iba a comprobar cómo estaba el ganado, y se salió de la carretera, cayó por un barranco. Hay quien cree que alguien había manipulado el coche, que fue un atentado.

—¿Tú qué crees?

Me encogí de hombros.

—Son teorías conspiranoicas. El caso es que ahora es el hijo quien ocupa el trono.

—¿Cómo se llama?

—No lo sé.

—¿Lo buscamos en Google?

—¿O lo dejamos en suspenso?

—En suspenso me va bien —respondió—. ¿Quieres besarme?

Esta vez fue completamente diferente. Lento, tierno, paciente, una exploración. Al encontrarnos seguíamos con una intensidad contenida, a fuego lento. Tuve que detenerla un par de veces, y lo comprendió. Dos bailarines que por fin dieron con su ritmo, su onda, hasta que llegó el momento de aumentar la frecuencia.

Llegó sin hacer ruido. Después lloró con fuerza, pero en silencio, sobre mi hombro. Bebimos más té. Di la vuelta al disco e hicimos el amor otra vez. Vimos la película antigua con la que había debutado Peter Jackson, *Mal gusto*, que habíamos descubierto que nos flipaba a los dos. También estábamos de acuerdo en que nos gustaba la palabra «flipar».

Fui a la gasolinera a buscar una pizza congelada, que calentamos en el horno.

Ya hacía calor en la habitación, pero Natalie no dejó de entrechocar los dientes. No tenía fiebre, al contrario, al rodearla con los brazos noté su cuerpo empapado de sudor frío.

—¿Qué enfermedad tienes? —pregunté.

—¿Tú qué crees?

—Creo que es síndrome de abstinencia.

Ella asintió.

—¿Qué te metes?

Se encogió de hombros.

—Tengo mis límites, pero dentro de ellos soy flexible.

—¿Eso qué quiere decir?

—MDMA, anfetas, cocaína. Microdosis de ketamina cuando estoy depre. Hierba para dormir. Ayahuasca cuando hay y la puedo pagar. Pero nunca metanfetamina, morfina o heroína.

—¿Cómo de enganchada estás?

—No estoy enganchada. Es más un hábito, no sé si me entiendes. Cada vez que empiezo tengo que desengancharme, pero soy capaz. Como ahora, en un día o dos estaré mejor.

—¿Por qué vuelves a empezar?

Infló las mejillas, dejó salir el aire.

—Buena pregunta. Porque me aburro. Porque estoy deprimida. Porque detiene el tráfico de mi cabeza un rato.

—¿Me estás diciendo que la ayahuasca para el tráfico?

—Al menos cambia el tipo de circulación.

—¿Dónde lo consigues?

—Tengo que ir a Notodden.

—¿A ver a Ola?

Me miró un rato, como si quisiera asegurarse de que podía fiarse de mí, luego asintió.

—¿Cómo lo has adivinado?

—¿Ola? Bueno, es un tipo al que le va el black metal y toca el violín, ¿no?

Sonrió y negó con la cabeza.

—Error. Los chicos que se dedican al black metal son disfuncionales, pero disciplinados y rectos, esforzados frikis de pueblo. Son los músicos de folk los que viven la vida al ritmo de rock and roll. Y mueren por culpa de ello. Así ha sido siempre. Llevo encima un frasquito de ipecac por los chicos del grupo folk. Sí, sobre todo por Ola, que es quien toma más pastillas.

—¿Un frasquito de qué?

—Jarabe de ipecacuana. Induce el vómito a lo bestia. Eso sí, tienes que tomarlo en la hora siguiente a la sobredosis, si no, estás vendido. —Se calló un momento—. ¿Te asusto?

—¿Asustarme?

—Tomo drogas, soy víctima de abusos, sufro depresiones. La vida es más fácil si evitas a gente como yo.

—Ah, ¿lo dices por eso? No, no pasa nada. Yo también arrastro un par de problemillas. —Saqué la pizza del horno, la puse en un plato y empecé a cortarla. Oí que Natalie se cambiaba de sitio.

—¿Y si descontamos los abusos a los que te sometió tu padre?

—¿No te parece suficiente? —pregunté sin darme la vuelta.

—Sí, pero hay algo más, ¿cierto?

—Bueno, podría ser. Supongo que siempre hay algo más.

Corté la pizza en seis trozos y la dejé en su regazo con dos platos. Me acurruqué a su lado bajo la manta.

—Si es que puedes comer —dije y señalé la pizza con un movimiento de cabeza.

—Puedo —asintió—. Tú cuéntame.

—Quería decir...

—Sé lo que querías decir, pero quiero saberlo.

Arranqué una porción. Parecía aferrarse al resto con hilos de queso blanco, que no quería, o no podía, soltarse. Di un mordisco y mastiqué mientras ella me miraba y esperaba. Tomé aire un par de veces.

—Moshoeshoe segundo —dije.

—¿Qué?

—Ese era el nombre del rey de Lesoto. El hijo mayor se llama Letsie tercero. Hubo muchas especulaciones sobre cómo pudo pasar, pero ninguna conclusión definitiva. Papá también solía llamar a Opgard su reino. Él era Moshoeshoe y yo Letsie, el que se hizo cargo de la granja, pero había una diferencia.

Natalie cogió una porción de pizza.

—¿Cuál?

—Yo no creo que Letsie matara a su padre.

20

Yo tenía dieciocho años, Carl no había cumplido los diecisiete.

Le había prometido que no permitiría que papá volviera a abusar de él, que lo mataría. Papá también lo sabía, lo había visto en mis ojos y le dio la bienvenida, es probable que ansiara que yo lo liberara de la cámara de tortura que llevaba en la cabeza. Esa noche había venido a nuestro dormitorio y en ese momento estaba en el granero. Golpeaba una y otra vez el saco de boxeo y sabía que yo estaba detrás de él. Había sacado la escopeta de perdigones, estaba apoyada en la pared, cargada y lista, yo solo tenía que dispararle a la cabeza, de cerca, y dejar la escopeta a su lado. El alguacil, Sigmund Olsen, concluiría que era el método más habitual de suicidio para los hombres de la región. Pero no pude. No pude, joder. Por mucho que lo odiara, él era yo y yo era él.

Siguió pasando.

Hasta la noche de ese mismo año en que Carl y yo estábamos en el viejo Volvo que me había regalado el tío Bernard, aparcados delante del jardín de invierno. Ante nosotros, el Cadillac en el que iban papá y mamá, bajando hacia la curva de Geitesvingen. Sabía lo que iba a suceder. Me había llevado media hora soltar el tornillo que sujeta el árbol de la dirección a la cremallera, perforar el tubo del líquido de frenos por dos sitios y recogerlo en un cubo. No había contado con que mamá fuera en el coche con él, pero eso también podía considerarse justicia poética. Había fingido no saber lo que pasaba, y no había querido escucharme las veces que intenté avisarla. Amaba a papá más que a Carl y a mí, puede que fuera una anomalía desde el punto de vista biológico, pero era así. Yo la comprendía, asumía la enormidad de la vergüenza, porque yo tampoco se lo conté a nadie más. No me habría parecido injusto si me hubieran impuesto a mí la pena de muerte que yo infligí a mi madre.

Dejamos de oír el crujido de la grava bajo los neumáticos y aún recuerdo que mi corazón latía con tanta fuerza que creí que se haría oír en el silencio. La luz roja de los frenos me observaba, como un testigo mudo. Desapareció. Cien metros de caída libre. Rememoro el golpe sordo del coche que impactaba contra el fondo de Huken, sorprendentemente bajo, tanto que mi primer pensamiento fue que podrían haber sobrevivido. Que dentro de poco aparecería papá trepando por el borde a cuatro patas, ensangrentado, no muerto, con esa ira en la mirada con la que también se odiaba a sí mismo. Seguimos allí sentados mucho rato, hasta que estuvimos del todo seguros.

—Hiciste lo que tenías que hacer —susurró Natalie.

Había tardado mucho en contárselo, había respondido a sus preguntas y abierto un par de viejas cervezas que sabían bien. No protesté cuando lio un porro para, como dijo, hacer más llevadero el mono. Se había hecho de noche sin que encendiéramos la luz.

—Sí, hice lo que debía —dije—. Y volvería a hacerlo. —Imité su voz, como ella tenía por costumbre imitar la mía—. ¿Te asusto?

Intuí su sonrisa en la oscuridad. Pasó la mano por mi pecho desnudo, la mejilla, el cabello, la nuca.

—No —dijo—. Solo me pregunto una última cosa.

—¿Sí?

—¿Cómo sabes que puedes fiarte de mí?

Yo también sonreí.

—¿Quién te ha dicho que lo haga? Pero estás desnuda y puedo ver que Kurt Olsen no te ha pegado un micrófono con cinta aislante, y sin una grabación sería tu palabra contra la mía.

Me golpeó de broma.

—No digas tonterías. ¿Y si tomo algo, algo más que esto... —levantó el porro—... y me voy de la lengua? No es que vaya a pasar, pero no puedes estar seguro.

Me encogí de hombros.

—Algún riesgo habrá que correr en la vida.

No veía el color de sus ojos, solo el blanco y la silueta de su cabeza, del cuerpo. La oscuridad era tal que, si hubiese querido, podría haber imaginado que era Shannon. No quise. No me hacía falta.

Se inclinó para besarme. Sabía a hierba, a cerveza y a Natalie. Respondí a su beso, no porque me excitara, sino porque sentía curiosidad por si ella se excitaba. Su beso se intensificó y reaccioné al instante.

—Maldita sea —maldije, y la solté.

—Lo sé —dijo, y se echó a reír.

Sacudí las migas de pizza del edredón, me puse en pie y lavé el plato vacío bajo el grifo.

Allí de pie, dándole la espalda, me pregunté en qué situación me había metido. ¿Había confesado un asesinato a modo de declaración de amor? ¿Había puesto mi destino en sus manos para demostrar algo? ¿O estaba haciendo lo mismo que había hecho papá? ¿Había apoyado la escopeta de perdigones en la pared, cargada y lista para disparar, le había dado la espalda con alguna esperanza de que ella aprovecharía la oportunidad? Puede ser. Puede que no. Porque solo le había contado mis dos primeros asesinatos.

Pudieron levantar los cadáveres de papá y mamá del desfiladero, pero dejaron el Cadillac allí; habría resultado demasiado caro y peligroso intentar sacarlo. No le había contado a Natalie que cuando Sigmund Olsen sospechó que no había sido un accidente fortuito y fue a Opgard con intención de revisar el coche, Carl lo había empujado. Ni le había hablado del matón a sueldo, de Willumsen, ni de Shannon y el bebé.

Retiré las manos cuando me di cuenta de que el agua del grifo estaba ardiendo.

21

—Basta de hablar del tiempo —terció Asle Vendelbo mirando el reloj como si quisiera recordarme que disponíamos de media hora como mucho—. Dijiste que había aparecido un nuevo activo.

—Cierto —respondí, y contemplé la plaza por la ventana.

El tráfico de la carretera nacional que atravesaba Os un lunes de octubre por la mañana era más bien escaso. Pero había tráfico. Esperé a que formulara la pregunta.

—¿De qué clase de activos estamos hablando?

Volví la mirada a Vendelbo, sentado al escritorio sobre el que descansaba una foto de familia, y vi cómo unía las romas yemas de los dedos. La chaqueta del traje le quedaba corta de mangas. No sé por qué los directores de sucursales de banco de pueblo optan por trajes de peor calidad que los de ciudad; que yo sepa, el sueldo es similar. ¿Es para que los paletos crean que el director de su banco está más próximo al pueblo llano? ¿Que un traje de Ermenegildo Zegna resultaría cómico, casi un insulto, para un cliente corriente en Os?

—Estamos hablando de un valor intangible, eso que llaman valor llave o fondo de comercio.

—¿*Goodwill*?

—Sí. La parte de los activos del balance que es inmaterial.

—Sé bien lo que es el *goodwill* —dijo Vendelbo—. Pero resulta un cajón de sastre para todo lo que no es un activo fijo, inmovilizado. ¿De qué clase de *goodwill* estamos hablando? ¿Una marca? ¿Una buena reputación? ¿Una patente?

—Buena reputación —respondí.

—¿Quieres decir que tienes una o más ofertas de compra de la gasolinera que superan de manera significativa el valor de los inmuebles?

—No —musité.

Vendelbo suspiró profundamente. También me dio la impresión de que sentía cierto alivio. Cuando llegué, a las diez y cinco, tenía el labio superior perlado de sudor, me había conducido directamente al despacho, donde había café listo, y había hablado de temas banales. Supongo que albergaba alguna sospecha, que se preguntaba de qué iba esto. Ahora parecía sentirse más seguro.

—En ese caso, la existencia de ese tipo de valores en la compañía es solo una suposición. El banco no concede préstamos en base a un *goodwill* procedente de una buena reputación, eso puede esfumarse de un día para otro. En especial si... —Se quedó callado.

—¿En especial si...? —le animé a seguir.

Vendelbo se enderezó tras el escritorio. Fijó la mirada en mí de un modo que creería cargado de autoridad.

—En especial si el propietario de la empresa es sospechoso de algo a ojos de la policía. Pero, como ya he dicho, en ningún caso podemos atribuir valor económico a una cuestión reputacional.

—¿Aunque no se trate de mi buena reputación?

—¿Perdón?

—¿Aunque no sea mi buena reputación sino la tuya la que puedo aportar?

Tragó saliva y su voz ascendió al mismo tono que cuando llegué.

—¿Qué quieres decir con eso, Roy?

Deposité mi teléfono ante él y señalé.

—Esto son correos electrónicos y mensajes de texto que has enviado a un joven caballero. Que quieras montártelo con un tío por ahí solo os atañe a tu mujer y a ti, pero podría darse el caso de que ella no estuviera informada. Si es así, si le reenviara esto, puede que tuvieras que reemplazar ese retrato familiar.

Parecía que en el rostro de Vendelbo se hubiese encendido una luz de freno roja. Miraba fijamente a la pantalla del teléfono.

—Peor que lo de tu matrimonio podría ser que tu carrera profesional también se fuera a tomar por culo. —Fui pasando los mensajes en la pantalla y le di tiempo a Vendelbo para que leyera sus propios textos antes de proseguir—: No deberías haber hecho esa oferta por escrito, Asle. Me has informado con tal detalle de las normas que sigue el banco para conceder préstamos que hasta yo puedo ver que esto no se sostiene. Atraer a un joven que te gusta utilizando el dinero del banco para ofrecerle un préstamo con tipos de interés muy por debajo de los del mercado, ¿cómo llamaríamos a esto? ¿Corrupción? ¿Malversación? No soy un hombre de gran vocabulario, pero estoy seguro de que la oficina principal dispondrá del término adecuado. Dan Krane y el *Diario de Os* fijo que lo encuentran.

Vendelbo había levantado la vista y me miraba fijamente. De repente su voz, afónica por completo, resultaba irreconocible.

—¿Qué quieres?

Asentí despacio, consulté mi reloj de pulsera.

—Aún disponemos de veinte minutos para comentar los detalles sobre lo que habrá que hacer —dije—. La versión abreviada es que quiero un préstamo de cien millones y que me lo tienen que conceder en el plazo de una semana. Si lo consigues, no me veré obligado a utilizar esa tecla.

Señalé el icono de reenviar y me recosté en la silla. Esperé. Observé a Vendelbo, que miraba al infinito y respiraba con fuerza por la nariz. Finalmente carraspeó y preguntó:

—¿En qué tipo de interés estabas pensando?

—De mercado —respondí entrelazando las manos sobre la tripa—. Los de Opgard no regateamos.

Al cruzar la plaza me di cuenta de que Natalie me había llamado.

—Hola, cariño —respondió cuando le devolví la llamada.

Era broma, claro, pero sus palabras me reconfortaron—. ¿Trabajas esta noche?

—No —dije.

—Si quieres, puedo preparar una cena tardía.

—Encantado.

—¿A las siete?

—Perfecto. ¿Llevo algo?

—¿Como qué?

—Una botella de vino, por ejemplo.

Se echó a reír.

—¿Estás hablando de ir en coche hasta el monopolio estatal de bebidas alcohólicas?

—¿No tienes fe en que pueda tener algo por casa?

—¿Me equivoco?

—Sí.

—¿Sí?

—Y no. Le cogeré prestada a Carl una de las suyas.

Su risa me cosquilleó la oreja.

—Gracias, pero para mí no, Roy. Esta noche beberé agua.

—Comprendo.

—¿Sí?

—Proponer lo del vino fue mala idea. Ayer me avisaste de que a partir de hoy te abstenías de todo.

—Para mí el punto intermedio no funciona. ¿Te gusta la trucha?

—¿De pesca propia?

—Sí, del mostrador refrigerado del súper.

—Así es como nos gusta el pescado, de piscifactoría, manso y bien muerto. Si comes suficiente, los antibióticos te curan la clamidia. —Sabía que me estaba pasando con mis chistes malos, pero mientras provocara esa risa, seguiría con ellos.

Colgamos y me detuve un instante para admirar el arte de Erik con la pizarra antes de entrar en el Fritt Fall.

—¿La sopa *colifría* de Erik? —pregunté en la barra.

Este levantó la vista del periódico.

—Sopa de coliflor fría.

—¿Porque está rica o porque te gusta el juego de palabras?

—¡Está buena! —Sonrió entre dientes—. Pero también es un juego de palabras que mola, ¿a que sí?

—¿Cómo va el negocio? —pregunté, y recorrí el local con la mirada. Diez clientes. Doce, si contaba con los dos viejos que rellenaban la quiniela de las apuestas a las carreras de caballos.

—No va mal. ¿Adivina qué caja hicimos el viernes?

—Buena —dije—. Pero es que tuviste al mejor para tirar las cervezas.

—¡Es por los éxitos musicales! —exclamó Erik—. Sé que te crees por encima de muchas de esas canciones, pero dan en la diana, joder. Solo hay que encontrar la categoría que gusta a todas las edades, ambos sexos y las cuatro orientaciones sexuales que tenemos en Os. —Erik enseñó los dientes de oro en una sonrisa aún más amplia y esperanzada, pero no le pregunté de qué cuatro orientaciones hablaba. Ya le había oído contar ese chiste antes y, aunque no lo recordaba, sí sabía que no necesitaba escucharlo una vez más—. Por cierto, nos hemos puesto en contacto con la Dirección General de Carreteras para que pongan una de esas señales azules y blancas con cuchillo y tenedor en la carretera, ahora que ofrecemos un menú completo. Esperamos robarte algunos de los clientes que compran comida en la gasolinera.

—De nada. —Sonreí—. Si el cartel recuerda a los conductores que tienen hambre, los dos nos beneficiaremos. ¿Fue idea tuya o de Julie?

Erik me miró asombrado.

—Buena pregunta. Diría que la idea fue nuestra.

Asentí con el lento movimiento de cabeza característico de Os. O sea, idea de Julie.

—Está bien tener ideas —dije—. E iniciativa. Hace falta para aumentar los beneficios. También he venido por eso. —Erik Nerell me miró alerta. No era de extrañar, estaba acostumbrado a que cuando se me ocurría algo no fueran buenas noticias para él—. He revisado los resultados trimestrales. El problema no son los costes variables, sino los fijos, en su mayoría los costes salariales de los empleados fijos.

Vi en la mirada de Erik que aquello era lo que temía. Porque el Fritt Fall solo tenía dos empleados, es decir, él y Julie. Y Julie trabajaba muy bien y además estaba embarazada, así que yo ni podía ni quería prescindir de ella.

—Aún no he hablado con Julie —dije—. Quería comentarlo antes contigo.

—¿Comentar qué? —Su voz ya tenía un eco duro de desesperación e ira.

—Voy a ofrecerle que se haga socia del Fritt Fall a cambio de reducir su salario fijo. Así estaremos en el mismo barco vaya bien o mal. Creí que sería una oferta interesante ahora que la carretera principal va a seguir pasando por aquí.

Erik Nerell parecía apretar la mandíbula hasta casi machacarse las muelas.

—¿Y yo? —preguntó con voz áspera.

—Pensaba hacerte la misma oferta —dije.

—¿La misma? —Me miró incrédulo, como si contara con que los detalles de «la misma» dejarían al descubierto que para nada era igual, que sería un ofrecimiento de mierda.

—Que Julie, tú y yo seamos propietarios de un tercio cada uno.

Erik entrecerró los ojos, pero no como lo hacía Natalie, no por curiosidad, sino porque era desconfiado de cojones.

—¿Quieres que te compremos una parte?

—No —sentencié—. Os voy a dar un tercio a cada uno gratis. A cambio de que os bajéis el sueldo un quince por ciento. Si nos basamos en los resultados de los dos últimos semestres, Julie habría tenido un incremento de sus ingresos del veinticinco por ciento y tú, del veintiocho.

—¿Yo ganaría más con ello que Julie?

—Su sueldo es más alto que el tuyo, para ella un recorte del quince por ciento es más que para ti. Y recibiríais el mismo porcentaje de los beneficios del negocio.

Erik Nerell parecía no saber qué pensar.

—¿Por qué... harías eso?

Abrió los brazos con las palmas hacia arriba.

—Como ya dije, tengo fe en que todos vayamos en el mismo barco, en darle a gente con iniciativa y creatividad la propiedad de lo que hacen. Lo que es bueno para ellos es bueno para mí. Como la sopa *colifría*. Como «Bombadilla Life».

Erik se echó a reír. Paró y pensó unos instantes. Sacudió la cabeza y volvió a reírse.

—Hay que joderse.

Los dientes de oro lanzaron un destello. Sabía cómo se sentía. Igual que cuando por fin pude comprar la gasolinera en la que había trabajado tantos años. Era como si lo mío por fin fuera mío de verdad. Es el campesino que llevamos dentro, queremos la propiedad, tener tierras, pisar suelo propio, a ser posible hacernos con más, es una jodida enfermedad. Ahora había resurgido en Erik, fue como si viera al demoniaco granjero asomarse a sus ojos.

—Pero claro —dije—. Ir todos en el mismo barco quiere decir que si uno naufraga, los demás también se van a pique. Hay que apoyarse.

—Por supuesto —asintió Erik con un aspecto algo ausente, mientras contemplaba el local con ojos nuevos, con la mirada calculadora del propietario que estima gastos e ingresos.

—Por ejemplo, vas a ayudarme a recordar algo que sucedió el invierno que yo tenía diecisiete años. Tú tendrías unos quince.

—¿Eh? —dijo Erik y me miró de nuevo—. ¿Esto está relacionado con que Kurt te llevara a la comisaría en vísperas del fin de semana?

Asentí.

—Ya sé que Kurt y tú sois colegas...

—Bueno, tanto como colegas... —se apresuró a decir Erik—. Más bien tiene la costumbre de acudir a mí cuando necesita ayuda para algo. Y sabe que siempre estoy dispuesto a echarle una mano porque la licencia para servir alcohol depende de que él nos respalde a mí y este sitio, ¿no?

—Pero también sabrás que Kurt no ha sido capaz de aceptar que su padre se quitó la vida ahogándose, que siempre ha defendido esa teoría de la conspiración en la que nos involucra a Carl y a mí, ¿verdad?

—Cierto, hace unos años quiso descolgarme en Huken para que inspeccionara el coche.

—Ya ves. Por eso debes ayudarme a mí para ayudarlo a él a reconstruir lo que ocurrió cuando mi viejo atascó el coche en el ventisquero de nieve cerca de la granja de Nerell. Entonces tú tenías quince años.

Erik me miró interrogante.

—¿Eso hizo tu padre?

—Sí. ¿No lo recuerdas?

Se rascó aquel pelo de color espagueti.

—Así de primeras, no.

—No es de extrañar. Ha pasado mucho tiempo, y tampoco fue un acontecimiento muy dramático. Pero deja que te lo recuerde paso a paso y veremos si vuelve a tu memoria. Ya se sabe que esa clase de recuerdos de infancia es lo que tienen, solo hace falta refrescarlos.

Erik tenía la boca entreabierta y parecía muy concentrado. Después asintió despacio, muy despacio.

—Puede ser —dijo.

22

—Todo empezó a los doce años —dijo Natalie—. Cuando me vino la regla. No sé si hay alguna relación. He intentado preguntárselo a mis amigos psicólogos, porque no suelo contarle a nadie lo que pasó en casa aquellos años. Y dicen que sí que hay una causa biológica. Pero los psicólogos son como los futurólogos, aceptan toda clase de esquemas fáciles y contextualizan. En este caso la relación causa efecto debería haber sido al revés. No es buena idea, desde un punto de vista biológico, dejar embarazada a tu propia hija. Papá también lo comprendía. Por eso iba a tu gasolinera a comprar la píldora del día después cuando creía que no había tenido el cuidado suficiente.

Se acomodó mejor sobre mi brazo. Su cama era tan estrecha como la que tenía yo en la gasolinera, pero en esa fase tan inicial de nuestra relación cualquier ancho de cama de más de un metro habría sido espacio desaprovechado.

—Parece ser que hasta que cumplí los doce años era una chica extrovertida y alegre —dijo—. Después me volví callada, sombría, nadie quería acercarse a mí. Era la que no se juntaba con nadie. Ni los profesores ni otros adultos me preguntaron nada.

—Con Carl pasó lo mismo —comenté—. Mejor dicho, cuando un día se despertó una leve sospecha, sospecharon de mí.

—Ya ves —asintió—. Pero me parece complicado afirmar que los adultos deberían haber comprendido esto o lo otro, la mayoría de nosotros pasamos por un cambio de personalidad a esa edad. Puede que yo hubiera sido así, aunque no hubiese sufrido abusos. No creo que sea el caso, pero no estoy segura. Puede que yo sea así. Lo mismo pasa con las drogas.

—¿Sí?

—En esos años descubrí el alcohol. Si hubiera sido más fácil de conseguir, habría bebido aún más. Me pegaba a chicos mayores que tenían acceso a alcohol destilado en casa. Supongo que por eso cogí fama de golfa. Solo era verdad en parte. En todo caso, drogarse y ser promiscuo es un comportamiento típico de las víctimas de abuso, pero no puedo saber cómo habría sido yo en otras circunstancias. A lo mejor me gusta drogarme y follar por ahí.

—¿Lo haces?

Inspiró profundamente.

—No. Antes de esta última racha llevaba un año sin meterme nada, así que está claro que prefiero estar sobria. Me he acostado con ocho chicos. Contándote a ti. No sé con cuántas habrás estado tú, pero en el ambiente en el que me muevo ocho me convierten en una mojigata.

—Ocho son más que con las que me he acostado yo, pero supongo que no son muchos —dije.

—Vale, nueve si contamos a mi padre.

Nos quedamos en silencio unos segundos y luego no pudimos contener las carcajadas.

—¿Te parece absurdo que podamos hablar de ello con tanta distancia? —inquirió.

Negué con la cabeza.

—Creo que es la única manera en la que soportamos hablar de ello.

—Es extraño —dijo—. Es como si habláramos de algo que sucedió en un universo paralelo, como si fuera un sueño o una pesadilla. Después encuentras pruebas de que fue real. Las bragas que ha desgarrado, su olor en tus sábanas...

Se calló, tal vez notó que me ponía rígido. Sintió la ira repentina, infinita, que siempre se despertaba en mí ante imágenes como esa. La sola visión de la litera de nuestro cuarto podía acelerarme el pulso.

—¿Va todo bien? —preguntó.

Aspiré el aroma de su cabello, y mi pulso se calmó. Un coche hizo sonar el claxon en la plaza. Su apartamento estaba en el primer piso de Meierigården. El dormitorio, al igual que el salón, tenía muy pocos muebles y las paredes desnudas. Como el de alguien absorbido por el trabajo desde el primer día, sin tiempo ni interés en ocuparse de cómo vivía. O alguien que no tenía planes de quedarse.

—Soy yo quien debería preguntar si va todo bien —dije—. Continúa.

—Vale. —Me besó en el hombro—. Después de irme de casa pasé mucho tiempo preguntándome cómo había podido suceder durante tantos años. Por un lado, mi padre podía hacer lo que quisiera, claro. Vivíamos solos en una granja, yo era hija única y mi madre ya había enfermado y pasaba la mayor parte del tiempo en la cama. Teníamos muy pocas relaciones sociales y ningún vecino o familiar que pudiera interferir. Aun así, yo lo sabía. Mi caso no era como el caso de la chica abusada que conocí en Notodden, que me contó que su padre le había hecho creer que ella también lo deseaba. A pesar de que sabía que no era verdad, seguí cargando con esa vergüenza. Mi padre intentó hacerme a mí lo mismo. Seguro que para que fuera más dócil y para asegurarse de que no iba a contárselo a nadie. No lo consiguió. No fue esa la razón por la que no avisé a nadie. Tenía miedo, pero no por mí. Tenía miedo de lo que pudiera sucederle a él. ¿No es una locura? ¿Que te preocupes por una persona a la que odias más que nada en el mundo?

—Sí —dije—. Pero esa es la definición de la familia, ¿no?

—A veces me leía la Biblia en voz alta, pasajes sobre los hombres de Dios que tienen relaciones sexuales con miembros de su familia. Abraham con su hermanastra, Lot con sus hijas, etcétera. Papá era el creyente de la familia, pero había desistido de cristianizarme. Recurría a esas historias para convencerme de que no arderíamos en el infierno.

—Parece que quería convencerse a sí mismo más que a ti.

—Puede ser. El caso es que intentaba crear una imagen en la que lo que hacía estaba bien. O, al menos, no era del todo monstruoso. Tenía que vivir con ello.

—Sí —dije metiéndome bajo el labio una bolsita de tabaco de mascar—. Hay que hacerlo. Hasta que uno decide que no, que no tiene que hacerlo.

Escuché la noche otoñal, el viento que movía las hojas caídas y la hermosa melodía a dos tonos del rugido de un motor acelerado y dos ruedas aullantes que quemaban goma.

—¿Tu padre y la escopeta de perdigones apoyada en la pared? —preguntó.

—Para castigarlo debería de haber dejado que siguiera viviendo con su conciencia. Pero tuve que hacerlo. Para salvar a mi hermano pequeño. Así visto, fue más una eutanasia asistida que un asesinato.

El coche ya no estaba. Imaginé que era un Volvo, con dos chavales a bordo, que ahora irían a ciento veinte por la autopista, camino del límite de la provincia, alejándose de Os. Entonces respondí a la pregunta que ella no me había hecho.

—Mi madre..., no lo sé. Sí, la condené a muerte por no hacer nada. Pero fue como si ella ya supiera lo que iba a suceder. Fue esa noche cuando decidí acabar con papá: me había llevado el cuchillo de caza a la cama y solo me quedaba esperar a que entrara. Vino, pero puede que se oliera el peligro. El caso es que se dio la vuelta. Entonces oí el llanto por la tubería de la estufa de la cocina. Bajé y allí estaba mamá. Nunca mencionamos una sola palabra sobre lo que papá hacía con Carl, pero esa noche recitó, como si fuera una oración: «Tú lo sabes, Roy, sabes que quiero tanto a tu padre que no puedo vivir sin él. Si tuviera que elegir entre salvar tu vida y la de Carl o la suya, lo elegiría a él. Debes saberlo, esa es la clase de madre que soy».

—¿Crees que hubiera elegido ir junto a tu padre en ese coche?

Parpadeé, intentando ver algo en la oscuridad.

—No lo sé. Se nos da bien creer aquello que nos beneficia. Me pasa como a ti con tu padre.

—Roy —dijo pegándose a mí, desnuda y cálida—, no vuelvas a mencionar a mi padre en la misma frase que a ti. ¿Vale?

—Vale.

Se fue al baño y al encender la lámpara de la mesilla de noche para buscar mis calzoncillos vi un par de manchitas de sangre en la sábana. Natalie se echó a reír al verme.

—¿Tiene gracia?

—La cara que has puesto —dijo, y me dio un beso en la frente—. Ni que me hubieras matado. A veces sangro un poco después del coito, no es peligroso ni excepcional.

Nos tapamos con el edredón y volvimos a acurrucarnos. Nos quedamos escuchando los sonidos que llegaban del exterior, por si había algún cambio.

—Oye —dijo—, ¿estuviste en Cracovia?

—¿Cracovia?

—En tu viaje a Polonia. Dijiste que está muy cerca del parque de atracciones. Dicen que el centro histórico de Cracovia es fantástico.

—Eso me dijeron. Pero, bueno..., como viajé yo solo no me apeteció. Inspeccioné el parque de atracciones y me volví en el primer vuelo disponible.

—¿Qué te parecería una escapada de fin de semana?

—¿Quieres decir tú y yo?

—Sí. Descansar un poco de Os. ¿No te hace falta a ti también?

—Puede ser —dije.

—Me encantaría ir este mismo viernes, pero es la fiesta de los empleados en el trabajo. Lo consulté y también hay vuelos directos baratos desde Oslo en sábado.

—¿Te refieres a este fin de semana?

—¿Por qué no?

Volví a parpadear en la oscuridad. Ella y yo, juntos. Nada menos que en Cracovia. Sí, joder. ¿Por qué no? No era un error tan grave, ¿no? No, no lo era. De hecho, era un acierto total.

23

El miércoles por la tarde recibí la llamada de Asle Vendelbo que había estado esperando. Habían evaluado mi solicitud de préstamo. Y me lo habían concedido.

Comentamos brevemente cuestiones prácticas sin hacer ninguna referencia al otro aspecto del acuerdo. No había motivo para preocuparse, estábamos juntos en ese proyecto. Si le contaba a alguien lo que sabía de Vendelbo, se intuiría que lo había utilizado como medida de presión para que me concedieran el crédito, y caería con él. Me llamó la atención su manera de hablar conmigo por teléfono, como si se tratara de un préstamo corriente. Sí, incluso fue capaz de felicitarme en un tono cordial. Puro teatro. Como si sospechara que la línea pudiera estar intervenida.

No se me había ocurrido antes que el motivo por el que Kurt Olsen me había detenido era para asustarme, ver cómo respondía yo. Que me espiaba con la esperanza de que hiciera algo que dejara al descubierto que encubría un asesinato. No tenía intención de proporcionarle un caso de chantaje como propina.

Por eso tampoco llamé a Bent Halden desde mi teléfono, sino que pedí prestado el de Egil.

—¿Sí?

—Buenos días, Halden, llamo del taller mecánico de Os. Su coche está listo. ¿Dónde quieren que se lo entregue?

Se hizo un silencio en el que oí la voz de Jon Fuhr de fondo, parecía estar acabando otra llamada telefónica.

—Un momento —dijo Halden con un evidente temblor en la voz—. Te voy a pasar con el otro propietario del vehículo.

Oí que el terminal cambiaba de manos y la voz de Fuhr.

—Debemos vernos —sentenció—. Hay que revisar las condiciones de la entrega. Para estar seguros.

—Bien —respondí—. ¿En el hotel de Notodden?

—No, en algún punto de la autopista. Te enviaré la localización. Mañana a las cinco. ¿Podrás?

—¿A las cinco de la mañana?

—Tenemos la agenda hasta arriba de reuniones y, además, apuesto a que así estaremos más tranquilos. Tráete el teléfono al que te enviaré las coordenadas. ¿Te parece bien?

Permanecí a la escucha. Como si las ondas sonoras de la red telefónica pudieran aclararme qué estaba pensando Fuhr.

—De acuerdo —dije, y colgué.

Llamé a Carl para contarle que la cuestión del préstamo se había solucionado. Pegó tal grito de alegría que tuve que apartarme el teléfono de la oreja.

Conduje hasta Opgard por la tarde y en la cocina me encontré a Carl sonriente, descorchando una botella de champán.

El tapón salió disparado al techo y él llenó dos copas verdes que, según papá, habían sido el regalo de bodas más absurdo de la historia y solo se habían usado en una ocasión. No con motivo de mi nacimiento o el de Carl, sino cuando compró el Cadillac.

Di unos sorbos mientras él bebía a tragos.

—Vale —dijo Carl—. He hablado con la junta y este es el plan: Tú vas a comprar la totalidad de las acciones de la ampliación de capital por cincuenta millones de coronas, a quinientas coronas la acción.

Casi me atraganto con el champán.

—¿Comprar? Pero, si habíamos hablado de un préstamo, joder. Un préstamo de corta duración.

—Sí, sí, tranquilo. Al comprar las acciones recibirás una opción de venta que te da derecho, aunque no obligación, a revenderlas al Spa de Os, dentro de seis meses, por quinientas diez coronas cada una. Esos seis meses nos proporcionarán tiempo más que suficiente para lograr nuevos inversores. Las diez coronas de diferencia son para hacer frente a los intereses que pagarás al banco y un poquito más. Eso quiere decir que, por mucho que se depreciaran las acciones, podrías revendérnoslas sin pérdidas. Y si ascendiera su valor por encima de quinientos diez, te las podrías quedar si quisieras.

—No puedo, dentro de seis meses necesitaré ese dinero para construir la montaña rusa.

—Lo sé y, puesto que no puede decirse que haya demanda en el mercado de las acciones del Spa de Os, tenemos previsto en cualquier caso emitir las acciones a quinientas coronas y recomprarlas a quinientas diez. ¿Vale?

Hice girar mi vaso.

—¿Como si fuera un préstamo que le hago a la empresa, sin más?

—Exacto. No ganarás mucho, pero tendrás el treinta por ciento de las acciones durante seis meses y un puesto en la junta.

—Eso es un treinta y seis por ciento si contamos con las acciones que ya tengo. Con ese volumen debería ser el presidente del consejo, ¿no?

Carl se echó a reír.

—Creo que podremos estar seis meses sin cambiar de presidente, parece que Jo Aas está haciendo un buen trabajo. ¿Tú qué crees, hermano mayor?

Chasqueé la lengua. En realidad no me gusta el champán, pero este sabía mejor que otros que había probado. Levanté la copa.

—¡Te quiero! —gritó Carl, y chocó su copa contra la mía haciéndolas rebosar.

Metimos una pizza precocinada en el horno, le conté mi conversación con Halden y Fuhr y mi opinión al respecto. Carl asintió y llamó a Goebbel, dijo que le iba a mandar unas cosas.

Nos zampamos la pizza sentados a la mesa de la cocina. Carl se quejó de que se estaba bebiendo el champán él solo.

—Tengo que coger el coche —dije.

—¿El coche? Tienes toda la noche para metabolizarlo si vas a encontrarte con Fuhr a las cinco de la mañana.

—Me voy en un rato, voy a pasar la noche en casa de Natalie.

Arqueó la ceja.

—¿En serio? ¿Tres noches seguidas? ¿Es buena en la cama?

Me encogí de hombros y agarré uno de los bordes de la pizza que Carl tenía por costumbre dejarse.

—Nos vamos a ir a pasar el fin de semana a Cracovia —dije.

—¿Ah, sí? ¿Vais a volver a la montaña rusa?

—No, solo...

—¿Solo?

—Pasear por el centro histórico. Beber vino. Comer bien.

—¿Tú?

Se echó a reír. Pero parecía que algo le había ocurrido a su risa esos días, pues ya no transmitía esa alegría despreocupada que la hacía tan contagiosa. Había sucedido antes de la detención, no era ese el motivo de su agobio. ¿Era por Mari Aas y las dudas sobre si dar el paso de convertirse en pareja? ¿Era por la construcción de la casa, todas las cuestiones prácticas que tenía que resolver y los constantes retrasos? Tal vez solo fuera el trabajo, el esfuerzo diario de mantener las apariencias a la vez que mejorar los resultados antes de que los números rojos en la contabilidad fueran demasiado evidentes.

Podría habérselo preguntado, claro. ¿Por qué no lo hice? ¿Se había interpuesto algo entre nosotros que me lo impedía? No, qué va. Así que se lo pregunté.

—¿Qué te preocupa, Carl?

Me miró pensativo.

—La suma —dijo—. La suma de todo. Ya sabes a qué me refiero, solo hay que ver cómo te afecta la presión también a ti.

—¿Cómo?

—Pues pensando que Kurt Olsen nos tiene intervenidos los teléfonos. Eso es pura paranoia, y se contagia a todo.

Asentí.

—Tienes razón. Hay que mantener la cabeza fría. Ser prudente sin entrar en pánico. —Miré el reloj y me puse en pie.

—¿Ya te vas?

Parecía que la frase se le había escapado, el tono era más suplicante de lo que pretendía. Miré los grandes y bonitos ojos de mi hermano, y por un instante pensé en la posibilidad de llamar a Natalie y decirle que esa noche a Carl le hacía falta mi compañía.

Era como si pudiera verlo de pie en el jardín de invierno detrás de mí cuando salí del patio en coche, con el rostro teñido de rojo por las luces. En eso pensaba al frenar antes de llegar a la curva de Geitesvingen.

Después de hacer el amor, entre los brazos de Natalie dormida, la voz de papá se había quedado dándome vueltas en la cabeza: «Somos una familia. Solo nos tenemos los unos a los otros. Amigos, novios, vecinos, gente del pueblo, el Estado. Todo eso es una ilusión, no vale una mierda el día que de verdad te hace falta. Cuando llega ese momento, son ellos contra nosotros, Roy. Nosotros contra absolutamente todos los demás».

24

Me desvié de la autopista en el área de descanso que indicaban las coordenadas. Eran las cinco menos cinco y todavía estaba oscuro. Los faros de mi coche atraparon a Jon Fuhr cruzado de brazos y apoyado en el único vehículo que había. No era el mismo de la otra vez, se trataba de un Suzuki Across. La luz me permitió ver el logo de la empresa de alquiler de coches Bislet. El sitio estaba bien escogido, rara vez paraban vehículos por aquí. Tal vez porque el lugar tenía algo de desierto y claustrofóbico a la vez. Laderas verticales de piedra negra que obstaculizaban la visión por tres flancos y un pedregal tras el quitamiedos que lindaba con un lago pequeño y feo. Tal vez porque en veinte minutos se llegaba a Os, donde el área de descanso disponía de quiosco, una bonita vista al lago y surtidores de gasolina.

—¿Y bien? —dije al bajarme del coche y mirar por el escarpado talud donde la luna se reflejaba en la superficie negra e inmóvil del agua—. ¿Halden no ha querido acompañarte?

—No hacía falta —respondió Fuhr rascándose la barbilla. Le habían salido un par de granos desde la última vez que nos vimos.

—Solo quería darte el IBAN y el número de cuenta para ingresar el dinero.

Me pasó una hoja. Un cuervo graznó sobre la ladera mientras yo la leía.

—¿Dos cuentas de las Islas Caimán? —pregunté.

—Totalmente anónimas. Supongo que para los dos es mejor así.

—Supongo que sí.

Doblé la hoja por la mitad para guardármela en el bolsillo trasero del pantalón.

—Me tienes que devolver el papel —dijo Fuhr—. Es para que hagas la transferencia ahora.

—¿Ahora?

—Habrás traído el móvil, ¿no?

Me quitó la hoja de las manos. Tenía la luna a la espalda, así que no pude escudriñar la expresión de su cara. Me froté las manos, hacía frío.

—¿Por qué tanta prisa?

—Porque eres sospechoso de asesinato y dudo que puedas transferir el dinero cuando estés en chirona.

—Vaya —dije—. ¿Quién te ha contado eso?

—Gente del lugar que trabaja en el túnel de Todde. O, mejor dicho, trabajaban. Si es cierto que la policía te está investigando, el riesgo de que también descubran este caso es mucho mayor. Bent opina que deberíamos dejarlo, rechazar el dinero y mandar un informe rectificado. Pasar de esas amenazas tuyas de tirarnos por la ventana de un hotel o lo que sea.

—Ya, ¿porque pensáis que no tenéis nada que temer si estoy entre rejas?

Fuhr no respondió. Siguió con la mirada un camión que pasó de largo.

—Bueno —dije—. La razón por la que Halden no ha venido es que me tenéis miedo. Pensasteis que si soy un asesino, podría liquidaros de un tiro ahora que ya habéis presentado el informe y así ahorrarme los doce millones de coronas.

Fuhr se encogió de hombros.

—Y también librarte del riesgo de que revisáramos el informe, que es bastante frecuente.

—¿Es una amenaza?

—No, es para motivarte.

Fuhr recolocó el peso sobre ambas piernas. Estaba preparado, no podría sorprenderlo para dejarlo K. O. como la vez anterior. Tampoco parecía estar asustado. Los granos podrían ser señal de que había aumentado el consumo de anabolizantes e incrementado su nivel de testosterona. ¿Sería por eso? ¿O iba armado? Sí, joder, eso era. Algo asomaba por la cinturilla del pantalón, bajo la cazadora de piloto. Podría tratarse de otra cosa, pero supe que era una pistola. Mi corazón se aceleró.

—Vale —dije con la esperanza de que Fuhr no pudiera notar que estaba asustado—. No tenemos por qué discutir cuestiones irrelevantes. —Saqué el teléfono—. Solo tengo que teclear y tendrás el dinero.

—Son muchas teclas —opinó Fuhr—. Son dos transferencias, así que vamos a sentarnos en tu coche.

—¿Dos?

—Has visto que son dos cuentas. En una cuenta vas a ingresar seis millones, en la otra nueve.

—Si no calculo mal, eso son quince.

—El precio ha subido, Opgard. Ya te he explicado que desde que tienes detrás a la policía el riesgo que asumimos es otro.

—¿Seis a la cuenta de Halden y nueve a la tuya, supongo?

—Vamos, sentémonos en tu coche.

Tragué saliva. Reinaba un silencio total, después del camión no había pasado ningún otro vehículo. Fuhr vio que dudaba y dejó caer los brazos, como alguien que está a punto de desenfundar un arma.

Sentí su mirada vigilante mientras me acomodaba tras el volante. Fuhr se deslizó en el asiento del copiloto. Una idea loca se me pasó por la cabeza. Como aún no había sacado la pistola, pensé que, si arrancaba, cerraba las puertas, bajaba la ventanilla de mi lado y me precipitaba al otro lado del quitamiedos, el coche se llenaría de agua antes de que él tuviera tiempo de reaccionar y yo podría salir por la ventanilla de mi lado. Ya he dicho que solo fue una ocurrencia loca, pero la idea de atacar debió de manifestarse en mi lenguaje corporal o algo, porque cuando me volví hacia Fuhr, en efecto, había sacado una pistola. Y no era nada bonita.

—No intentes nada, Opgard. Limítate a transferir el dinero, y que yo lo vea. Luego nos iremos cada uno por nuestro lado y no volveremos a hablar nunca más. ¿Te parece bien?

Asentí con la mirada clavada en el cañón de la pistola. Una boca fruncida que prometía una muerte rápida y relativamente dulce. Si me hubiera visto ante ella dos semanas antes, habría tenido miedo, como ahora, pero de alguna desoladora manera, también le habría dado la bienvenida. Sin embargo, las cosas habían cambiado. No porque me hubieran concedido un préstamo de cien millones, o porque tuviera un camping y una carretera nacional, sino porque tenía dos billetes de avión por menos de mil coronas para viajar a Cracovia.

—Pensándolo mejor —dijo—, desbloquea el teléfono y pásamelo.

Hice lo que me pedía. Estuve atento a cómo manejaba el teléfono con una mano y no me perdía de vista. Me devolvió el terminal. Vi que había borrado el mensaje de texto con las coordenadas que me había enviado.

—Comprendo —dije.

—¿Qué es lo que comprendes?

—Cuál es tu plan.

—Te lo acabo de contar.

—Sí, eso de que no volveríamos a hablar si era cierto.

Me puso la hoja con los números de cuenta en el regazo.

—Déjate de milongas y empieza a teclear, Opgard.

No me moví. Me limité a observar el papel.

—¡Ahora! —gritó, y me presionó la sien con el cañón de la pistola.

—Dudo que me vayas a pegar un tiro antes de que haga la transferencia —dije—. Después, sin embargo...

Pasó un autobús. Volvimos a quedarnos en silencio. Solo se oía la respiración de dos hombres en un estrecho habitáculo; aún respiraban.

—¡Teclea! —me siseó Fuhr en la oreja.

—Teclea tú —dije, y le tendí el teléfono.

—¿Qué?

—¿No recuerdas lo que te dije en Notodden, Fuhr? Si vas a tender una trampa, tienes que asegurarte de que la trampa no sea más tonta que la presa.

—¿De qué coño hablas?

—Tu plan, porque estoy bastante seguro de que es idea tuya y no de Halden, es reunirte conmigo en un lugar desierto, sin testigos, donde no se te pueda localizar. Por eso vienes en un coche de alquiler y por eso estoy bastante seguro de que has dejado el móvil en casa. ¿Correcto? —Fuhr no respondió, se limitó a presionarme con más fuerza la sien con la pistola—. Por supuesto, borras de mi teléfono el mensaje con las coordenadas que un policía podría haber encontrado, si no fuera tan evidente que se va a tratar de un suicidio. Porque resulta muy obvio que un tipo al que están a punto de pillar por un viejo asesinato haya escogido la salida más fácil. Todo típico de un hombre solitario. Antes del amanecer, en un lugar desierto, en su coche, con pistola. Por cierto, tengo la sensación de que has dado con el ángulo adecuado para el disparo, Fuhr. Supongo que has conseguido una pistola cuyo origen sería imposible rastrear. ¿A través de alguna banda criminal? Deduzco que fue estando en una cuando te condenaron por agresión, ¿no?

Oí que Fuhr aflojaba la mano que agarraba la pistola, como si hubiera hecho tanta fuerza que empezara a tener agujetas. Alargó la mano libre y me metió algo en el bolsillo de la chaqueta.

—¿Qué es eso?

—Tu carta de suicidio, Opgard, para que no haya lugar a dudas. Pero no es demasiado tarde. Si haces la transferencia, nadie tiene que morir.

—Oh, sí. ¿Crees que soy tonto? No has escrito esa nota de suicidio para amenazarme, sino porque la vas a usar. De hecho, lo único que me mantiene con vida ahora mismo es no haber transferido ese dinero.

—Hay cosas peores que un tiro en el cráneo, Opgard.

Me eché a reír.

—Mira, has enseñado la patita, Fuhr. ¿Te refieres a un poco de tortura? ¿Con el gato? ¿Con una navaja? Pero entonces ya no parecería un suicidio, ¿no?

—¡Que te jodan! —Parecía que los granos se le hincharan de sangre—. Como no hagas la transferencia te voy a matar y después mataré a...

Su respiración me rozaba la oreja y el habitáculo olía a lo que, según las películas americanas, era miedo, testosterona o adrenalina. O todo a la vez.

—¿Vas a matar a quién? —pregunté—. Porque ese es el problema. Puede que me detengan por asesinato y, así visto, no tengo demasiado miedo a morir ahora mismo. A la vez, no hay nadie a quien puedas matar que me importe más que yo mismo. Es triste, claro, pero en este momento lo considero una suerte.

Tragó saliva, recuperó el control de su respiración. Sobre sí mismo y sobre la situación, o eso creería.

—No lo entiendes, Opgard. Lo mejor es que nos des el dinero. Lo segundo mejor es que desaparezcas, que todo este asunto se esfume, que volvamos a donde estábamos antes de que tú aparecieras. ¿Entiendes? Por eso, si no empiezas a teclear, te pegaré un tiro dentro de cinco segundos. Si transfieres el dinero, habrá alguna posibilidad de que no te pegue un tiro. ¿Por qué vas a correr ese riesgo, eh?

—Prefiero hacerte una oferta —dije—. Algo que solucionará la situación en beneficio de los dos.

—¿Y bien?

—Accede a mi correo electrónico —dije señalando el teléfono con un movimiento de cabeza—. En los mensajes enviados. Vete al primero, el que va dirigido a Liv Goebbel. Y ábrelo.

Me quedé mirando al frente, con la pistola en la sien y el sonido de las teclas del teléfono, la vista clavada en la ventanilla, hacia la oscuridad. ¿Me equivocaba o se insinuaba algo de luz gris en el cielo negro del otro lado del lago? En cualquier caso, sabía que Fuhr estaba leyendo el correo electrónico que yo había mandado la noche anterior.

Hago también referencia a nuestra conversación telefónica. En caso de fallecimiento, o si estoy desaparecido más de tres días, autorizo por la presente a Liv, como mi abogada, a acceder al enlace adjunto, abrir el vídeo y hacer llegar su contenido a las autoridades pertinentes. Atentamente, Roy Opgard.

Pasaron unos segundos antes de que se oyeran nuestras voces en la habitación 333 del hotel Brattrein. Fuhr lo escuchó entero, incluido mi resumen final.

La presión de la pistola cesó y lo miré. Tenía la cabeza baja y la vista clavada en la pantalla del teléfono.

—La buena noticia —dije— es que los Opgard no regateamos. Así que por supuesto que transferiré doce millones, porque eran doce, ¿verdad?

Fuhr no apartó los ojos de la pantalla, se limitó a asentir con un movimiento de cabeza tan lento que cualquiera diría que era de Os.

—Bien, en ese caso estamos empatados —dije—. Dame el teléfono para que lo hagamos ya.

Debería haberlo visto venir, pero parece que había perdido el instinto de saber cuándo alguien pierde los papeles. Fuhr me golpeó. Utilizó la pistola y me bailaron chispas ante los ojos cuando me dio en la frente. La sangre me entró en el ojo y noté en la lengua su sabor metálico.

—Así —dijo Fuhr—. Ahora estamos empatados.

Cuando Fuhr se alejó en su coche, me quedé sentado, sintiendo cómo se me regularizaba el pulso poco a poco. Metí la mano en el bolsillo de la chaqueta y saqué la nota que había en su interior. Había escrito en mayúsculas, seguramente para que no intentaran compararlo con mi letra:

«NO PUEDO CON ESTA VIDA. ADIÓS. OPGARD».

Breve y conciso. Sí, en cierto modo me impresionó, porque se parecía bastante a como me habría expresado yo mismo.

—Parece que un ciempiés se está paseando por mi cabeza —dije ante el espejo que sostenía Stanley Spind.

—Desde luego no te va a hacer falta una careta para Halloween —respondió Stanley, y recogió sus útiles de costura—. Y, solo para tu información, Roy, no me trago eso de que te has tropezado con el marco de una puerta.

—No se me ha ocurrido nada mejor —dije, y me pasé las puntas de los dedos por los puntos que me acababa de dar en la frente.

—No te los toques —advirtió Stanley, que se situó detrás de mi silla y empezó a vendarme la zona—. Por cierto, ¿de qué va esa historia de tu arresto?

Stanley era de fiar, no tenía motivos ocultos que yo supiera y estaba bendecido con una total indiferencia por las intrigas que apasionaban al resto de los lugareños. Iba de frente. Decía lo que pensaba sin dudar, del mismo modo que preguntaba lo que quería saber, sin más. Como ahora, ya que, como forastero inmigrante, no estaba tan al tanto de los cotilleos como los nativos.

—Bueno —dije—, ¿lo incluyes en tu obligación profesional de mantener la confidencialidad?

—Si quieres.

—Encontraron unos restos de sangre del viejo alguacil en el Cadillac de mis padres. Kurt intenta relacionarlo con los que seguimos vivos. No le gusta el relato de que su padre se suicidó.

—Comprendo —dijo Stanley—. Eso es lo que hacemos, nos contamos historias que se amolden a nuestros deseos. Seguro que tú también lo haces, Roy.

Me encogí de hombros.

—Todos queremos ser el héroe de nuestra propia historia, ¿o no?

—Supongo que tienes razón. Bien, ya está. Os por fin tiene su primer vecino con turbante. —Stanley sujetó el vendaje con un par de ganchos y volvió a su mesa—. ¿Cómo te va en el amor, Roy?

Sonreí.

—¿No tienes pacientes esperando?

—Claro, por eso te lo pregunto.

—¿Y eso? —dije mientras descolgaba mi chaqueta del perchero de la pared.

Entrelazó las manos en la nuca y sonrió entre dientes.

—Es mi revisión del estado de salud en modo acelerado. Si la gente está enamorada, suele estar sana.

—¿Ah, sí? ¿Tienes datos estadísticos de fiar?

—Solo datos anecdóticos, pero convincentes. ¿Quién es la afortunada?

No pude reprimir la risa.

—¿Me estás diciendo que se lo ves a la gente?

—Lo veo en la tensión arterial, el pulso y el blanco de los ojos —dijo.

—En ese caso, puede que sea al contrario. La gente saludable se enamora con más facilidad.

—Podría ser —asintió.

—¿Y qué hay de ti y el amor, Stanley?

—Ya veremos, el fin de semana me voy de excursión a una cabaña. —Anotó algo en un papel y me lo pasó—. Para el dolor, si te hiciera falta.

Miré la receta.

—Oye, quiero saber una cosa, ¿es cierto que se puede hacer una prueba de paternidad durante el embarazo?

—Claro. El perfil de ADN del bebé se ve en células que se detectan en una muestra de sangre con un sencillo análisis.

—Qué maravilla.

—¿Verdad?

Al salir me encontré con el hojalatero Moe allí sentado. Tenía la mirada clavada en una revista. Supongo que habría oído mi voz en la consulta.

Pisé el pedal de la papelera niquelada y dejé caer dentro el pesado condón. Tuve un escalofrío cuando la tapa se cerró.

—Tu cabeza reluce en la oscuridad —dijo Natalie cuando regresé al dormitorio.

—El hombre invisible.

—¿Qué?

—Solo se ve el vendaje. Si me lo quito, soy invisible y puedo hacer contigo lo que quiera.

—Me parece a mí que ya haces lo que te da la gana con el vendaje puesto.

Me deslicé al calor de la cama, Natalie me dio la espalda y sacó el trasero. Le besé la nuca y lanzó un alegre gemido.

—¿Puedo preguntarte algo?

—Te diría que sí, pero cuando empiezas así no estoy muy segura —dijo, y echó los brazos atrás para acercarse más.

—Puede esperar —respondí—. O, mejor dicho, lo podemos olvidar.

—No.

—Sí.

—Ahora es demasiado tarde. Venga.

—Yo...

—¡Dispara!

—¿Alguna vez has estado embarazada?

Fue como si alguien hubiera cortado la corriente. Me soltó.

—No lo sé —dijo tras una larga pausa.

—Sé que tomabas la píldora del día después, pero ¿alguna vez estuviste segura?

La almohada crujió cuando negó con la cabeza.

—¿Has pensado en ello? En tener hijos.

Noté que se ponía rígida.

—No, no —me apresuré a añadir—. No te estoy proponiendo nada, solo tengo curiosidad.

Se quedó muda. Mucho rato. Y me arrepentí de habernos adentrado en ese terreno escabroso.

—Sí.

—¿Sí? ¿Has pensado en tener hijos?

—No, lo supe. —Se volvió hacia mí—. Supe que estaba embarazada. Una vez.

—De...

—Sí, de él.

—¿Él lo sabía?

—Sí. Fue él quien me mandó al médico. Para que... —buscó otra palabra, pero desistió enseguida—: me lo quitara.

—¿Recuerdas si te hicieron un análisis de sangre?

Me miró.

—No, ¿adónde quieres ir a parar, Roy?

—No lo sé —dije, me tumbé bocarriba mirando al techo—. De verdad que no lo sé.

En el silencio algo pareció cambiar en el ambiente de la habitación. Como si alguien se hubiera metido en la cama entre nosotros, sin haber sido invitado. Supe que debía echarlo de allí a patadas, cuanto antes, no podía darle tiempo a instalarse. Debía decir algo. Tragué saliva.

—Te quiero —dije.

—¿Qué has dicho? —En su voz había auténtico asombro.

Carraspeé y contesté:

—Perdona que no vocalice. Es una frase que no he pronunciado mucho. He dicho que...

Sus labios sobre los míos callaron el resto.

—¡Uf! —exclamé muy serio cuando acabó de besarme.

—Ay, perdona. Tu frente...

—Bueno, no duele tanto —dije acercando su cabeza a la mía otra vez.

—Ponte... —susurró al cabo de un rato.

—Ya no quedan —dije.

—Quiero tenerte dentro, pero con cuidado. Estoy ovulando.

—Ah, no, no me fío de ninguno de los dos. Esperemos a Cracovia, se supone que los preservativos son más baratos en Polonia.

Su cuerpo empezó a agitarse.

—Entiendo que llores de alegría —dije—. A mí también me gustaría follarme.

Se dejó a caer a mi lado, aún sacudida por la risa. El mejor público que he tenido.

—¿Te ríes porque te hace gracia o porque aprecias mis esfuerzos?

—Digamos que es una combinación de ambos factores —dijo y me acarició la mejilla.

Al cabo de un rato se giró y me susurró al oído:

—No se puede decir eso al cabo de solo dos semanas, ¿lo sabes? Pero vale, yo también te quiero.

Antes de quedarme dormido pensé que las cosas se arreglan. Joder, vaya si se arreglan.

Pero, claro, eso fue ese día.

Dos días después todo había dado un vuelco.

25

A las seis de la mañana del sábado la niebla era densa. Además, una fina capa de nieve cubría la carretera de bajada de Opgard, pasando por delante de Nergard e, incluso, la plaza del pueblo. La previsión era de temperaturas por encima de cero, a lo largo del día se fundiría, pero me alegré de haber puesto los neumáticos con pinchos para no tener que conducir hacia el aeropuerto a dos por hora.

En general, en los últimos días los acontecimientos se habían sucedido a una velocidad de mierda.

Desde que la asamblea general de accionistas aprobara la ampliación de capital, una apresurada reunión de la dirección bastó para darme el visto bueno como comprador y el importe, cincuenta millones de coronas, ya estaba abonado: las acciones eran de mi propiedad. Al menos durante seis meses, hasta que se las revendiera. Había leído despacio y al detalle el acuerdo de emisión de las acciones y la opción de compra. Todo parecía estar en orden, pero, claro, es fácil acojonarse ante cantidades tan importantes.

Estaba delante del edificio de Meierigården y observaba mi reflejo en la ventanilla. Comprobé que el flequillo me tapaba la mayor parte de la cicatriz, tras haberme quitado el vendaje, esa misma mañana. Volví a tocar el timbre de Natalie.

La había llamado por teléfono antes de salir de casa y, al no obtener respuesta, no descarté que estuviera durmiendo, que hubiera llegado tarde de la fiesta del personal del hotel. Carl me había despertado al entrar estrepitosamente a las tres de la madrugada y cuando me marché, roncaba a tope. Me preocupó más que tampoco la despertara el timbre. Lo había oído una vez desde su casa, un día que ella había salido a comprar el desayuno, y hacía tanto ruido como la campana del recreo de un colegio.

Miré el reloj.

Las posibles respuestas a la pregunta «¿Qué cojones ha pasado?» daban vueltas por mi mente, pero las descarté todas, salvo una. Que hubiera tenido una recaída y que estuviera ahí dentro medio muerta por una intoxicación alcohólica o anestesiada por alguna droga. Así que ignoré olímpicamente que aquello, sin duda, podría servir para alimentar unas cuantas buenas historias entre los cotillas del pueblo y llamé a la puerta del vecino. Oí desde la calle que allí también tenían un timbre potente.

Al cabo de un rato escuché una voz somnolienta en el altavoz cascado de encima del timbre. Expliqué la situación, que parecía que Natalie no se despertaba y que teníamos que llegar a tiempo a coger un vuelo. El vecino sonó escéptico, seguramente porque yo había dicho mi nombre y hoy en día la gente lo asociaba a «sospechoso de asesinato». Pero cuando dije que Natalie había estado en una fiesta comprendió la situación y, tal y como uno podía suponer en Os, habían intercambiado juegos de llaves de sus apartamentos, por si acaso.

Subí al primer piso, el vecino había tenido tiempo de ponerse un pantalón de chándal dado de sí y una camiseta con la inscripción «Don't Suck» y estaba listo para abrir la puerta.

Se quedó en el descansillo mientras yo entraba. No sé qué esperaba encontrarme, pero estaba vacío. La cama hecha. Y, claro, entonces caí en la cuenta de otro par de alternativas. Pero no me cuadraban.

Salí al pasillo de nuevo y lamenté haberle molestado, le dije que seguro que daría con ella en otro sitio.

Conduje hasta el hotel.

La chica de la recepción me dijo que había estado de guardia toda la noche y no había ido a la fiesta del personal, pero que sí había visto a sus colegas ir y venir. Por supuesto, sabía muy bien quién era yo, el hermano de su jefe y accionista del hotel. A pesar de eso, dudó un momento cuando le pregunté cuándo se había ido Natalie Moe. Le mostré el billete de avión que llevaba su nombre, le expliqué que había ido a recogerla a su casa y no la había encontrado allí. La joven se sonrojó y dijo que Natalie se había ido temprano de la fiesta, sobre las nueve y media, si no se equivocaba, y que había cogido un taxi. Solo podía imaginarme por qué se estaba sonrojando, así que pregunté antes de pensarlo demasiado.

—¿Sola o con alguien?

—Sola —respondió la chica.

—¿Sobria?

Ella infló los carrillos y me miró con pena.

—No.

Vale, eso quería decir que se había ido con alguien. ¿Un amante? ¿Una amiga?

—¿Y no sabes adónde?

—No.

—¿Qué taxi era?

Empezó a tocar la pantalla, seguramente para ver si había algún pedido registrado.

—¿Coche rojo o blanco?

—Rojo.

—Con eso me vale..., gracias.

Salí y llamé a Dagur. Contestó al segundo tono. Le pregunté adónde había llevado a Natalie Moe.

—Lo lamento, Roy —dijo en su versión cantarina de nuestro dialecto—. Eso no puedo decírtelo.

—Me importa una mierda a quién haya ido a ver, Dagur, solo quiero saber si está bien.

—Lo entiendo, pero tengo obligación de preservar la confidencialidad.

Resoplé.

—Claro que no.

—Que sí, que hay mucha gente que no lo sabe, pero tenemos obligación de preservar la confidencialidad.

—¿Cómo?

—Que si te digo algo me arriesgo a una sanción y a perder la licencia. *Sorry*, pero si quieres información sobre los clientes, tendrás que pasar por Kurt. Ahora tengo que colgar.

La llamada se cortó.

—¡Joder!

Había tirado el teléfono, lo recogí y vi que una esquina de la pantalla había estallado. Pasé el pulgar por el desperfecto y me preguntaba qué podía hacer a continuación cuando el teléfono se iluminó. En un primer momento creí que había activado la pantalla al rozarla, pero noté que vibraba y vi que era Natalie quien me llamaba. Fue como despertar, por fin, de una pesadilla.

—¿Sí? —grité casi, o grité, sin más.

—¿Roy? —Se la entendía bien, pero sonaba frágil, sin duda—. Lo siento mucho.

—¿Dónde estás? ¿Va todo bien?

—No voy a ir a Cracovia, Roy.

—No hay problema. ¿Dónde est...?

—Pienso que tú deberías ir.

Me callé.

—Piensas... ¿Por qué iba a irme yo solo?

—Porque... porque yo no puedo ir contigo.

Escuché con atención para saber si había gente a su alrededor o algo que pudiera darme una pista de su paradero.

—Entiendo que las cosas se torcieron ayer —dije—. A veces pasa. Pero podemos hacer el viaje en otra ocasión, no hay problema. De verdad.

—Sí —respondió—. Sí hay un problema. —Noté que estaba a punto de echarse a llorar. Tal vez por eso me entraron ganas de llorar a mí también.

—Si estás bien, no ha pasado nada —dije—. Tengo el coche aquí mismo, deja que vaya a recogerte.

—No —negó con decisión. Demasiada.

—Vale —respondí—. Vale. Parece que ahora mismo lo que menos necesitas es que yo te dé la lata. ¿Es así?

Ella no contestó. Dejé escapar el aire de mis mejillas, soné como un jodido pelele.

—¿Natalie? Llámame cuando te encuentres mejor. O... llámame, sin más.

—¿Roy?

No me gustó cómo había pronunciado mi nombre, como preámbulo de algo que me iba a gustar aún menos.

—¿Sí? —me obligué a responder.

—No podemos seguir viéndonos.

Tragué saliva. De repente parecía que no me había despertado de la pesadilla.

—¿Por qué no? —pregunté con voz débil—. Dijiste que me... —No terminé la frase.

—Olvídate de que dije eso, Roy. ¿Vale? Olvídalo todo. Ha sido un error, un error mío. ¿O. K.?

—Pero...

—No hay pero que valga, Roy. Voy a colgar.

—¿Hay otro? ¿Es eso?

Oí que dudaba.

—Es mejor que digamos que es cosa mía, ¿vale? No es nadie de quien vayas a tener noticias por ahí.

—Si no es alguien importante para ti, me da igual, Natalie. Lo digo en serio. Soy un adulto, sé que estas cosas pasan. Podemos hablarlo.

—¡No! No, no podemos, Roy. Lo siento.

—O no hablarlo. Podemos...

—¡Escúchame, Roy!

Caí en la cuenta de que si alguien podía ponerse a berrear al teléfono, ese era yo, pero no tenía ganas.

—Escucho.

Ella inspiró dos veces, con fuerza, temblorosa.

—Tienes que prometerme una cosa, Roy.

—¿Sí?

—No me busques. ¿Lo prometes?

Tragué saliva una y otra vez. Moví la lengua, coloqué los labios y las mejillas para decir esas dos miserables palabras:

—Lo prometo.

Cobarde. El cobarde que Ibsen describía en la obra que Rita Willumsen me había leído una y otra vez aquel verano. «Aslaksen es un cobarde, un tipo débil, no hay en él un ápice del valor de un hombre».

—Gracias —dijo Natalie y colgó.

Me quedé en el aparcamiento, de pie. Me di cuenta de que estaba en el mismísimo lugar en el que había caído de rodillas cuando Kurt Olsen me arrestó. Tuve ganas de arrodillarme de nuevo. ¿De verdad estaba sucediendo aquello? ¿Qué clase de cabrón quería jugar conmigo de este modo? Pensé que este debía de ser el castigo. El castigo por siete asesinatos.

—¡Hola! ¿Tú no ibas a coger un avión? —preguntó Egil al verme entrar en la gasolinera.

—Cancelado —respondí y fui a la trastienda.

—¿Por la niebla?

Abrí las manos en un gesto que podía interpretar como quisiera.

—Voy a hacer un poco de trabajo administrativo —dije—. Dame una voz si necesitas ayuda con algo.

—Vale. —Egil me miró como si yo fuera una bomba que temía que estallara en cualquier momento.

El trabajo siempre había funcionado a modo de antídoto de la melancolía. Como suele pasar con la mayoría de los medicamentos, no curaba la enfermedad, solo aplacaba los síntomas. Mientras pudiera ocupar la mente con tareas físicas, como limpiar el taller, o mentales, como revisar la contabilidad, tendría menos capacidad para darle vueltas sin descanso a asuntos del corazón, como suelen llamarlos.

En la trastienda colgué mi chaquetón marinero junto a la cazadora de cuero de Egil. Llevaba dos tibias cruzadas rodeadas por «Lid & Evensen M. C. Club» en letras góticas. Me senté al estrecho escritorio, que casi se doblaba bajo el peso de pilas de documentos, aparté a un lado muestras de productos y la cafetera defectuosa y empecé a pasar las hojas con las cifras de los últimos trimestres que no me habían cuadrado. Estaba desconcertado. No es que yo fuera un gran conocedor del ser humano. No, creo que la mayoría diría que Roy Opgard es un hombre sencillo y práctico que busca soluciones sencillas y prácticas. Puede que ese fuera el problema, no era capaz de comprender el funcionamiento de la mente, ni del corazón, de la gente como Natalie.

Descarté la contabilidad trimestral.

No era verdad que no lo comprendiera. Me pasaba lo mismo que con la lectura, era disléxico y a veces leía mal, pero sabía leer, joder. ¿Qué se me escapaba en este caso? Si Natalie se había drogado y había pasado la noche con otro, uno con el que no tenía intención de mantener una relación, ¿qué más daba? Se avergonzaba, eso era evidente. Puede que interpretara el hecho de serme infiel... ¿Infiel? Joder, ¡si ni siquiera nos habíamos definido como pareja! En cualquier caso, puede que opinara que una cana al aire durante una borrachera era un acto semiconsciente, un síntoma de que no estaba preparada para una relación cercana como la que iba camino de entablar conmigo. ¿O qué? No, pasaba lo mismo que con las cifras del trimestre, ¡no cuadraba! Podría haberse sentado con tranquilidad a explicarme que esto, estar conmigo, no era lo que quería. No hacía falta montar un drama y pegar gritos histéricos al teléfono.

¿Qué había ocurrido? Cuando dijo que ella también me quería, ¿no iba en serio? No es que yo me lo creyera, es que lo había sentido. Pero, en ese caso, el resto no encajaba, no salían las cuentas.

Cerré los ojos y apreté la mandíbula. Me obligué a dejar de pensar. Abrí los ojos, agarré la contabilidad, puse el dedo en la primera columna. Tomé aire. Y empecé a buscar el error.

Eran las diez y casi había acabado de revisar los tres últimos informes mensuales cuando me quedé helado. Tenía la puerta abierta y entre el mostrador y yo solo había una pared fina; oía cómo Egil atendía a los clientes. En ese momento distinguí una voz que me resultaba familiar. La de Natalie. No oí lo que dijo, pero sí un golpecito sobre el mostrador y la voz nítida y alta de Egil.

—Trescientas catorce coronas.

Solo hay un producto en venta en la gasolinera que cueste trescientas catorce coronas, y lo tenemos detrás del mostrador. La píldora del día después, EllaOne.

Me aferré al borde de la mesa y cerré con fuerza los ojos y la boca. Me agarré como si necesitara sujetarme, como si estuviera bajo el agua y la corriente me quisiera arrastrar al exterior, hacia ella, donde abriría la boca y diría algo, pero solo saldrían burbujas de aire y Natalie me miraría fijamente mientras me ahogaba ante sus ojos. Solo al oír la campanilla de la puerta anunciando que había salido pude boquear para tomar aire y me di cuenta de que había contenido la respiración.

Me quedé tumbado sobre el escritorio hasta que me recuperé. Lo bastante para poder levantarme, salir a la tienda y ponerme un café. Junto a la máquina me quedé mirando la calle. En efecto, la nieve se había derretido, pero la niebla seguía siendo densa. Tuve tiempo de ver la espalda de Natalie en el sendero peatonal, cabizbaja, vistiendo una parka que le quedaba muy grande y que no había visto antes. ¿O sí? Después se perdió en la niebla. Egil miraba absorto algo en su teléfono.

—La manguera del surtidor número dos no está bien colgada.

—Yo me encargo —dijo, y me miró de reojo.

Su rostro parecía imperturbable, como si acabara de venderle a Natalie Moe una barra de pan y un litro de leche en lugar de la píldora del día después. Tampoco era de extrañar. No le había contado que iba a ir con alguien a Cracovia, y tampoco había oído por ahí que entre Natalie y yo había algo. O eso, o daba por descontado que la píldora del día después se debía a que ella y yo nos habíamos despistado, tampoco era para tanto. En cualquier caso, volví a la trastienda, me senté y seguí trabajando. Todavía no había dado con ese jodido error. Un poco antes de las doce sonó una voz con acento islandés en el mostrador.

—¿Me han dicho que Børge y tú estuvisteis en una quedada motera?

—Sí —dijo Egil—. Surtidor uno. Setecientas sesenta coronas.

—Espero que fuera gente pacífica. En Islandia es una salvajada. Hell's Angels, Bandidos, Outlaws, va todo el mundo.

—¿En Islandia? ¿Y eso por qué?

—Todo el mundo quiere ser el rey de algo, ya lo sabes. ¿Ya tienes moto?

—Aún no, hay muy pocas en venta.

—Cierto. ¿A lo mejor podías pensar en comprarte la mía? Desde que inauguraron el hotel paso tanto tiempo en el taxi que casi no puedo dedicarme a la moto. Te haría buen precio.

—¿Sí? La he visto, claro, pero ¿está en buenas condiciones?

Dagur empezó a dar una explicación que prometía ser larga.

Salí por la puerta de la trastienda al patio que separa la gasolinera del taller, donde estaba aparcado mi Volvo. Rodeé el edificio principal y me acerqué al Mercedes rojo que había frente al surtidor número uno. Eché un vistazo a la gasolinera y vi la espalda de Dagur antes de acomodarme en el asiento del conductor.

No es que sea un genio de los ordenadores, pero he cogido taxis en Os y he visto que las carreras que han hecho aparecen en la pantalla que llevan bajo la radio. Toqué la pantalla y enseguida se activó. *Voilà*, ahí estaban las carreras de la noche. Con lugar de recogida, kilometraje y precio. Había varias con origen en el Spa de Os, pero solo una sobre las nueve y media, a las 21.23, para ser precisos. Los kilómetros indicaban que había sido un trayecto más largo que el del Spa de Os a la granja Meierigården. Pero no adónde había ido. Toqué el renglón de esa carrera para ver si aparecían más datos, y así fue. No especificaba el destino, sí la información del pago.

Natalie Moe no había pagado el taxi.

Tuve escalofríos.

Tras el número de la tarjeta de crédito figuraba el nombre, Anton Moe. El hojalatero. El padre. Y caí en la cuenta de dónde había visto antes esa parka. La llevaba puesta Anton Moe.

Las náuseas fueron tan repentinas que estuve a punto de vomitar de verdad. Abrí la boca, era incapaz de respirar por la nariz. Cerré los ojos y los abrí de nuevo, pero no, si era un sueño, seguía atrapado en él. Toqué la pantalla para volver al inicio y me bajé del coche.

—¡Vaya! ¡Esto sí que es dar buen servicio! —gritó Dagur al salir de la gasolinera, unos segundos más tarde. Pasé la esponja mojada por el parabrisas.

—Hay que atender bien a los buenos clientes, ya sabes.

Eché un poco más de agua y pasé la escobilla. Dagur se colocó a mi lado.

—Siento no haber podido ayudarte esta mañana, Roy. ¿Se solucionó?

Dagur tenía una barba poblada y una mirada castaña y bonachona. No es que se pueda presuponer que todos los islandeses sean buena gente, pero yo no había conocido a ninguno que no lo pareciera. Puede que influyera que solo fuesen tres.

—Arreglado —dije—. Natalie se emborrachó en la fiesta y no entendía nada cuando se despertó en casa de su padre.

Dagur se echó a reír.

—Sí, pensé que era mejor que la llevara allí.

—¿Tú pensaste que era lo mejor?

—Ya sé que vive en Meierigården, pero consideré que en el estado en el que estaba era más seguro que estuviera con alguien que se pudiera ocupar de ella.

Lo miré.

—Eso fue muy considerado por tu parte, joder, Dagur.

Me dedicó una cálida sonrisa.

—Solo faltaría. Vivimos en un pueblo pequeño y cuidamos los unos de los otros, ¿no es cierto?

—Cierto —dije—. Tengo entendido que Anton salió a recogerla, pagó el taxi y la ayudó a entrar en casa.

—Eso es —confirmó Dagur—. La pobre estaba fatal, yo también tuve que ayudarla un poco. Pero no le echó la bronca, le echó una mano, como debe hacer un buen padre. Buen tipo ese Anton. Yo...

Dagur se calló, como si acabara de caer en la cuenta de la confidencialidad debida.

—Bueno, bueno —dijo—. Gracias por el lavado.

Se metió en el coche y yo coloqué las escobillas en su sitio. Arranqué un trozo de papel y lo pasé por el cepillo limpiacristales mientras veía el Mercedes rojo alejarse en dirección a la plaza.

Siete asesinatos.

Llevaba siete asesinatos sobre mi conciencia.

Había tenido la esperanza de que ese fuera el tope.

26

—Tengo que dar con ese maldito error —dije.

—¿Y eso? —Egil me observó desde el mostrador, yo rellenaba mi taza de café en la máquina.

—Me está volviendo loco. Así que me voy a meter en la trastienda, voy a cerrar la puerta y no quiero que me molesten, pase lo que pase. ¿Queda claro?

Egil parecía sorprendido, pero asintió con un movimiento de cabeza. Antes de ir a la trastienda subí la música ambiente un poco más.

—Esta es buena —mentí.

Cerré la puerta con llave y me puse el chaquetón. Iba a guardar el teléfono en el cajón cuando vi que tenía una llamada perdida de Kurt Olsen. Dudé un instante. Solo uno. Salí por la puerta trasera y fui al taller, al banco de engrasado. Detrás del tractor estaba la bicicleta con la que había pedaleado hasta Opgard en mi juventud. A veces habíamos cronometrado lo que Carl llamaba el Tour De Opgard. Aún iba en bicicleta en verano a alguno de los mejores sitios para bañarme junto al lago de Budalsvannet. ¿O no? La verdad es que no podía recordar cuándo había sido la última vez.

Cogí una tenaza de las herramientas de la pared, un par de guantes, y le corté la cadena a la bicicleta mientras rememoraba la conversación que había tenido con Moe en aquella ocasión, en su cocina, cuando le hice la promesa sobre lo que le haría si volvía a tocar a su hija.

—¿Cómo habías pensado matarme?

—Tal vez a golpes. Bastante bíblico, ¿no?

Me cubrí los nudillos con una bayeta de pulir, enrollé la cadena alrededor de la mano y cerré el puño. Sí, resultaba muy bíblico.

Guardé la cadena en el bolsillo del chaquetón, salí a la niebla, me metí en el coche y arranqué haciendo sonar el motor lo menos posible para que Egil no me oyera. Me desvié donde aún está el antiguo punto de recogida de las lecheras, hice un cambio de sentido y me dirigí al oeste. Crucé la plaza y, a través del velo de niebla, vi que había luz en las ventanas del segundo piso de Meierigården. Unas horas antes, cuando había ido a buscarla, la luz estaba apagada.

Perfecto, así Natalie no estaría en la línea de fuego. Continué hacia el oeste.

Me iba bien que hubiera una niebla densa como la leche. Con esta visibilidad no era fácil que alguien pudiera afirmar que era mi coche el que habían visto pasar. Por otro lado, estaba esa llamada de Kurt. ¿Qué querría ahora? No dejaba de ser mala idea matar a alguien en el mismo momento en que la policía intentaba ponerse en contacto conmigo. Puede que eso hiciera que me controlara. O tal vez fuera que, de repente, recordé lo que papá solía decir cuando me enseñó a boxear: «El que se cabrea, ya ha perdido». Esa era una de mis ventajas cuando en las fiestas de los pueblos me enfrentaba a los tipos que querían darle una paliza a Carl porque había intentado ligar con la chica equivocada. Ellos estaban iracundos y yo, tranquilo y templado.

Ahora era yo el que estaba cabreado.

Reduje la velocidad. Me dije que tenía que pensármelo. Iba a ser muy difícil irme de rositas tras un asesinato si conducía mi coche hasta la casa de ese tío y lo mataba a golpes, por mucha niebla que hubiera. Más en un pueblo en el que había un solo tipo que ya era sospechoso de asesinato.

Fui aún más despacio.

En el mismo barco.

Exacto. Podía castigar a Moe del mismo modo que la última vez, solo que con más dureza. Le podía hacer daño de verdad. Un cadáver no se podía defender, pero Moe tendría que hacerlo si no quería que se supiera que violaba a su hija. A pesar de que tenía la certeza de que debía mantener la cabeza fría, no era capaz de dejar de imaginar a Natalie inconsciente en la cama, con el vestido enrollado a la cintura y su padre encima. Visualizar cómo se despertaba por la mañana, sola, se miraba y comprendía lo que había sucedido. Lo que había sucedido otra vez. Solo que en esta ocasión se culpaba a sí misma. Sí, el peso de la culpa era tan grande que era incapaz de mirarme a los ojos o contarme lo que había sufrido. Se consideraba mercancía dañada, indigna del amor verdadero y limpio de alguien. ¿Cómo podía saberlo yo? Porque yo también era mercancía dañada.

Me di cuenta de que iba muy deprisa y levanté el pie del acelerador.

—El que se cabrea ha perdido —susurré para mí mismo, e intenté eliminar esas imágenes—. Hazle daño ahora, podrás matarlo más adelante.

La granja de Moe estaba en los campos de cultivo llanos, a tres o cuatro kilómetros al oeste de la plaza, en la parte alta de la autopista. Giré y fui despacio por la carretera de gravilla que llevaba a la casa principal y el granero. Con tanta niebla y varios cientos de metros de tierra de cultivo de distancia, hasta el vecino más próximo podía dar por descontado que no habría testigos.

Dejé el coche entre la casa y el granero y me bajé.

Había luz en la ventana de la cocina y la furgoneta estaba aparcada en el granero, que tenía la puerta abierta de par en par. Estaba en casa, no había duda.

Subí la escalera y llamé a la puerta.

—¿Buscas a alguien, Opgard?

Me di la vuelta despacio.

Moe, con esa cabeza con forma de reloj de arena, estaba en la puerta del granero. Natalie tenía razón, el rifle de su padre era un Remington. Lo sostenía a la altura del pecho y me apuntaba a mí.

—Te estoy buscando a ti —dije—. No creí que me vieras llegar.

—No, pero el sonido viaja bien en la niebla, ya lo sabes. Además, creo que buscas a la Natalie, no a mí.

—Solo a ti —dije—. Teníamos un trato, ¿te acuerdas?

—Solo sé que vas tras ella —apuntó. Su voz crujía aguda, como goznes sin engrasar, y su cabello ondulaba a pesar de que no soplaba el viento—. Ahora entiendo por qué estabas tan empeñado en alejarla de casa, la querías para ti ya entonces, solo tenías que esperar a que creciera un poco, como las cabras en el pasto de verano, que cumpliera los veinte. —Se adelantó unos pasos entre la luz sin matices de la niebla—. ¿No es cierto, Opgard?

—No —dije afónico.

—Claro que sí —repuso—. Pero Natalie es una chica lista, así que eso no va a pasar. ¿Y sabes qué? Estoy harto de ir mirando a mis espaldas, preguntándome qué será lo siguiente que se te ocurra. Eres un puto asesino, eso he oído.

Tragué saliva. Que te apunten con un arma te afecta a nivel fisiológico, y esta era la segunda vez en muy poco tiempo.

—Venga —dijo Moe y señaló la puerta del granero con un movimiento de cabeza—. Vamos a entrar ahí.

No me moví.

—Como quieras —sentenció, y me apoyó el rifle en la mejilla.

Bajé por la escalera.

—Entra ahí —me ordenó apartándome de la entrada para estar a una distancia de seguridad de mí. Supongo que recordaba mi rápido derechazo de la última vez.

Entré y me coloqué junto a la furgoneta.

—Más al fondo —me indicó, y señaló con el cañón de la escopeta.

Hice lo que me decía. Me acerqué al que había sido el corral de los cerdos. Moe me adelantó, él estaba en el interior, yo daba la espalda a la luz del día. Me di cuenta de que pensaba hacerlo, joder. Tenía intención de pegarme un tiro. Sentí la boca tan seca que tuve que hacer dos intentos antes de que me saliera la voz.

—¿Cómo piensas que vas a poder explicar esto, Moe?

—Eso déjamelo a mí —dijo—. Cuando encuentren a un asesino celoso que ha entrado aquí navaja en mano, comprenderán que ha sido en defensa propia.

Lo que decía tenía sentido. Solo necesitaba colocar el cuchillo en mi mano, por eso se había situado frente a mí, para que pareciera que lo había acorralado en un rincón, que no le había dejado elección. Ladeó un poco la cabeza para ver justo por encima de la mira y entrecerró el otro ojo. Era difícil fallar a dos metros de distancia. Supuse que estaba apuntando con cuidado para darme en la cabeza y así asegurarse de que me quedara tirado en el mismo sitio en el que caía, para que a los técnicos de criminalística les resultara lo más fácil posible reconstruir la secuencia de los hechos. El dedo presionó el gatillo.

Me apuntaba a la cabeza y yo estaba a contraluz, no pudo ver que metía la mano en el bolsillo, agarraba la cadena y tiraba de ella. Dejé caer el brazo por el costado y lo miré de frente. Sabía que la cadena de una bicicleta de ciento dieciséis piezas mide ciento cuarenta y ocho centímetros, que mi brazo derecho mide setenta centímetros totalmente extendido, y que por eso no importa mucho la longitud del cañón de un Remington 700 BDL. Se oyó un estrépito cuando la cadena se enrolló alrededor como un látigo. Bajé el brazo de un tirón. El rifle salió volando de las manos de Moe a la vez que sonaba el disparo y, antes de que cayera al suelo, ya había comprendido que la bala me había dado en la pantorrilla.

He leído que no duele demasiado que te peguen un tiro, también que no hay que creerse lo que uno lee sobre que no duele tanto. Debo decir que esto dolía muchísimo, pero no tanto como para no ser capaz de acercarme la cadena y el rifle antes que Moe, que cayó de frente.

Lo que pasó después no lo tengo muy claro.

Recuerdo que Moe corrió hacia la puerta, yo debí de olvidarme del dolor de la pierna, porque fui tras él. Poco después estábamos tirados en el suelo a un lado de la furgoneta. Me subí sobre él, me senté en su pecho y le atrapé los brazos con las rodillas, saqué el trapo de pulir, me enrollé la cadena de la bicicleta alrededor de una mano y empecé a golpearle. Al principio no lo hice con mucha fuerza, pero fui entrando en calor. Después se abrió un agujero negro. Recuerdo mirar hacia abajo y ver una cara, si es que aquello se podía considerar una cara; es increíble cómo destroza y desgarra ese tipo de cadenas. Parecía la cara de Dog, y pensé lo mismo que entonces. Que tenía que acabar con el sufrimiento de ese desgraciado. Dog gimió antes de que lo matara, y Moe también soltó un gimoteo. La rabia cegadora se esfumó, le seguí pegando no para hacerle más daño, sino para detenerlo. Le pegué y le pegué hasta que ya no hubo más que golpear, hasta que sentí los tablones del suelo de debajo de su cabeza contra mis nudillos.

Después hubo un fundido en negro.

Solo recuerdo que observé desde arriba a Moe, que había dejado de respirar, y que la pierna me dolía una puta barbaridad. Vi el agujero de la bala en la pernera y, al girarme, que tenía el zapato empapado de sangre. Rebosaba por el borde y los tablones sin tratar del suelo la absorbían. Eso me despertó. Porque era mi sangre la que estaba en el que ahora era el escenario de un crimen, y eso suponía veinte años de cárcel.

El instinto de huir tiraba de mí y yo intentaba desoír los consejos de la amígdala y hacer caso a lo que me dijera el resto del cerebro. Me advertía que tenía elección. Mandarlo todo a la mierda, salir corriendo de allí y que me atraparan después. O quedarme, pensar de forma constructiva, hacer lo que fuera preciso y arriesgarme a que me pillaran *in fraganti*. Era cierto lo que había dicho Moe, que el sonido viaja bien en la niebla, y era indudable que los vecinos más cercanos habrían oído ese disparo. Si no venían ellos en persona, Kurt Olsen se presentaría cinco o diez minutos después de recibir su llamada. En resumen: si me escapaba, el resultado sería una catástrofe garantizada. Si me quedaba, una catástrofe probable. Elegí esta última opción.

Miré a mi alrededor. Moe tenía un banco de carpintero y una buena selección de útiles en la pared y, probablemente, en la caja de herramientas que había en el suelo. Empecé por coger un rollo de cinta aislante, levantarme la pernera del pantalón y enrollar el agujero sangrante de la pierna con varias vueltas de adhesivo. No había agujero de salida, así que la bala se tenía que haber detenido en el hueso. Volví a observar la pared de las herramientas. Martillo, tenazas, serruchos. Junto a ellas había apilados cuatro neumáticos y encima había un gato. Moe mismo, o el cadáver de Moe, me recordaba a uno de esos cuadros de Picasso que me había mostrado Rita Willumsen, esos donde la cara tiene todos los muebles cambiados de sitio. Rita dijo que Picasso había recurrido al surrealismo para pintar con más realismo que la realidad misma. Y así era esto: surrealista y jodidamente real a la vez.

Comprendí lo que tenía que hacer. Pintar un cuadro. Un cuadro que pareciera más real que los hechos enfermizos recién acontecidos.

27

El lienzo ya estaba casi terminado.

Miré el reloj mientras me alejaba conduciendo de la granja de Moe. Habían pasado cuarenta minutos desde que había matado al hojalatero Anton Moe y la niebla todavía era densa. Por suerte, ya que el pronóstico del tiempo era que levantaría a lo largo de la jornada. Tenía otra llamada perdida de Kurt Olsen. Ocho minutos después pasé por delante de la gasolinera, realicé un cambio de sentido frente al punto de recogida de la leche, regresé, me desvié desde la carretera principal y me deslicé detrás de la tienda de la gasolinera, fuera del campo de visión de Egil. Salí, sentí que el dolor irradiaba desde el pie izquierdo, miré hacia la peluquería de Grete y rogué que tuviera demasiado que hacer en sábado para estar todo el rato asomada a la ventana.

Abrí la puerta del taller, cogí uno de los bidones del disolvente industrial Fritz, dejé caer la cadena de la bicicleta en el interior y puse la tapa a medias, para que no explotara cuando se iniciara la reacción química. No sabía cuánto tardaría en disolverse el metal, al fin y al cabo, los huesos y articulaciones del viejo alguacil habían tardado muchos días en desaparecer del todo. Puesto que tampoco estaba muy seguro de eso de la reacción química, puse el bidón en la pala del tractor y lo elevé lo más posible. Salí, eché la llave y me colé con sigilo por la puerta trasera de la gasolinera, me desabroché el chaquetón marinero, me sacudí la humedad de los hombros, abrí la puerta de la tienda y entré. Fui al expositor de medicamentos y cogí un envase de paracetamol.

—¿Lo has hecho? —me preguntó Egil y levantó la mirada del teléfono.

A pesar de que dudaba mucho de que Egil fuera a comunicarme con esa calma y frialdad que me había pillado, tengo que reconocer que me dio un vuelco el corazón.

—¿Encontraste el error? —añadió.

—Puede ser —dije—. Tengo que irme.

Me abroché la chaqueta mientras iba hacia la puerta.

—Por cierto, el alguacil ha preguntado por ti.

Me quedé paralizado. Si Kurt Olsen había estado allí, habrían llamado a la puerta, descubierto que faltábamos tanto el coche como yo, y mi coartada se habría esfumado.

—Le dije que estabas aquí, pero que andabas liado —dijo Egil—. Me ha pedido que te diga que le devuelvas la llamada.

Respiré con cierto alivio.

—¿Solo ha llamado?

—Sí.

—Bien. Hablamos.

—Cojeas —dijo Egil.

—Esta mañana me he pegado un tiro en el pie —contesté.

Egil rio entre dientes y volvió a concentrarse en la pantalla del teléfono.

Salí, di la vuelta al edificio, me metí en el coche del que acababa de bajarme, me tragué cuatro paracetamoles a palo seco y arranqué. Me había librado de la llamada de Olsen por los pelos y Grete era una testigo potencial, claro, pero si lograba rematar el cuadro, era posible que no necesitara una coartada.

Nueve minutos después me detuve en el patio de Opgard. El coche de Carl no estaba, habría ido al hotel. Entré a trompicones en la cocina, abrí el cajón de las medicinas y al cabo de cinco minutos me había vendado la pierna, que ya estaba muy inflamada. Cogí la Remington de la pared del anexo, la cargué, abrí la trampilla y bajé la escalera del depósito de patatas, frío y húmedo; la altura bajo el techo era de metro y medio. Cerré la trampilla para aislar aún más el sonido y, en la oscuridad, pegué un tiro a uno de los sacos de leña que almacenábamos allí.

Al salir vi que la niebla se había disipado, solo unos pocos jirones bailaban sobre el cielo azul. Joder, era demasiado tarde.

Me asomé al otro lado de la casa principal y en el valle la niebla seguía siendo espesa.

Fui cojeando lo más deprisa que pude hasta el coche.

Me detuve en la carretera principal, a la altura de la granja de Moe; seguían sin verse ni el granero ni las casas vecinas. Bajé la ventanilla y presté atención. Silencio, nada indicaba que ya hubieran saltado las alarmas.

Conduje despacio por el camino de grava y me detuve en el patio. Entré en el granero, pasé junto a la furgoneta y junto a Moe sin mirar el cadáver, mi corazón latía desbocado.

Al salir, cuando me iba a meter en el coche, me quedé mirando la casa principal. ¿Había tocado el pomo? Me acerqué cojeando y froté el bronce con la manga. Lo giré, la puerta estaba abierta, claro, no había razón para que no fuera así. Dudé un momento. Entré. En la pared de la escalera que subía al primer piso había un bordado enmarcado. Lo leí.

«¿De qué le sirve a un hombre ganarse el mundo entero si ha de pagarlo con su alma?».

Miré hacia el lugar donde debió de suceder, y empecé a subir los escalones. Había dos dormitorios, con una cama deshecha en cada uno. Aparté el edredón, primero de la cama de matrimonio y después de la individual. No había sangre en ninguna de las sábanas. Pero podía haber ocurrido abajo, en el salón, qué sabía yo, se podía haber despertado en el sofá en plena noche y haber ido al dormitorio por su cuenta. Cerré los ojos y lo pensé. Pensé que era una pena que ya hubiera asesinado a Anton Moe, porque ya no podría hacerlo una vez más.

Cuando abrí los ojos la luz del exterior era mucho más intensa.

Al cabo de dos minutos estaba de nuevo en la autopista.

Sentía un doloroso latido en la pierna. La consulta médica cerraba los sábados, llamé al número particular de Stanley Spind. Una voz de mujer me informó de que el teléfono estaba apagado o fuera de cobertura y recordé que ese fin de semana iba a ir de excursión a una cabaña.

El asfalto húmedo brillaba, el sol se abría paso entre la niebla y al cabo de cien metros, de repente, nuestro pueblo apareció bañado en haces de luz que asomaban entre las nubes, exactamente igual que en las imágenes de Jesús arriba, en la capilla. Hubiera contemplado tanta belleza si no fuera porque estaba desesperado y dudaba que pudiera redimirme.

Carl no estaba en su despacho.

—Ahora mismo tiene un masaje —dijo el chico que se había hecho cargo de la recepción.

Bajé cojeando al spa y pasé por delante del mostrador sin dar explicaciones a la chica que lo atendía. Encontré a Carl después de invadir otros dos cubículos donde estaban en pleno masaje. La persona tumbada bocabajo en la mesa de masajes tenía una toalla en el culo y la cara incrustada en un agujero, pero reconocí los lunares de la espalda de mi hermano pequeño.

—Déjanos solos —le dije a la masajista, que me miraba indignada.

—*Please leave, sir...* —empezó, pero Carl la interrumpió.

—*It's ok, Petra, just continue.* Roy, no habla una palabra de noruego. ¿De qué se trata y por qué no estás camino de Cracovia?

Me dejé caer en una silla, me incliné y hablé a la nariz y la barbilla que asomaban por el agujero en el bajo de la camilla.

—Lo de Cracovia se ha cancelado —dije—. Natalie no ha querido ir.

—¿No? Pues suele ser bastante fácil de convencer.

Dudé. Pero era difícil saber qué quería decir, puesto que, como ya he mencionado, veía poco de su cara y la voz suena extraña cuando tienes a alguien apoyado en la columna vertebral mientras hablas.

—Kurt me está buscando —dije—. No sé qué quiere exactamente, pero no creo que sea casualidad que lo haga en sábado. Creo que sería buena idea ponernos en contacto con Goebbel.

—Vale, hazlo.

—Es tu abogada.

—Ahora nos representa a los dos. Tú llámala.

—Gracias.

—¿Gracias? Pero, por Dios, Roy, ¿te estás ablandando?

—Puede ser —dije—. Solo quería comentarlo contigo antes.

—Podrías haber llamado sin más para darme el recado.

—Ya dijimos el otro día que debemos ser un poco prudentes con el uso del teléfono.

—Eso dijiste. ¿No estás un poco paranoico?

—Un poco de paranoia no viene mal —apunté y me levanté para irme, pero opté por hacer esa pregunta que había decidido pasar por alto—. ¿Qué has querido decir con eso de que Natalie suele ser bastante fácil de convencer?

Carl no respondió. La masajista le apretó la zona lumbar y él movió el culo de lado a lado como un perro que saluda con el rabo.

—Petra —su voz retumbó contra las losetas del suelo—, *take a break and leave us alone for a minute, ok?*

La masajista salió y Carl se sentó en el banco. Se le cayó la toalla. Me pareció que había engordado un par de kilos desde la última vez que lo había visto desnudo.

—Estás pálido, ¿algo va mal?

—Tengo algo en el pie, eso es todo.

—Vale. Para empezar, Natalie es un rollete, ¿no?

—¿Rollete? ¿Por qué crees eso? Iba a irme con ella a Cracovia, joder.

—Pues eso es lo que se hace con un rollete. Un fin de semana, billetes de avión baratos de quinientas coronas, alcohol asequible y folleteo. Si es algo serio, la llevas a París o a Nueva York, ¿no?

Lo observé fijamente. Había algo perruno en su mirada que despertó en mí una profunda inquietud, y quiero decir aún más profunda que la que ya tenía.

—¿Qué estás intentando contarme, Carl?

—No es que estéis juntos, ¿no? No tienes la exclusiva, quiero decir.

—Ve al grano, Carl. —Oí que me temblaba la voz. Lo sabía, ya lo sabía.

—¿Al grano? —dijo con una sonrisa bobalicona y culpable—. El grano es que..., bueno, me la follé en la fiesta de ayer.

Tragué saliva. Era más de lo que podía asumir, no eran palabras, solo sonidos.

—Dime que no es verdad, Carl.

—No es verdad —dijo. Soltó un hondo suspiro—. Pero sí, es verdad. Bebimos un par de copas de más y..., bueno, sucedió.

—¿En la fiesta? ¿Cómo puede ser?

—La fiesta fue en un hotel, así que no faltan las oportunidades. Supongo que ese fue uno de los problemas.

—¿Dónde y cuándo?

—La suite nupcial estaba libre —dijo—. Era temprano. ¿Sobre las nueve? El caso es que después vació el minibar y estaba tan borracha que le propuse que pasara allí la noche mientras yo volvía a la fiesta. Supongo que intuyó que podía provocar un escándalo e insistió en volver a casa; pedí en la recepción que llamaran a un taxi.

Estaba vacío, hueco. Sin fuerzas, ni sentimientos, ni propósito, ni ideas ni ganas de seguir con esta vida.

—Supongo que quería irse a casa para no perder el vuelo a Cracovia —susurré.

—Puede ser, pero a mí no me dijo nada de eso —comentó Carl—. No te mencionó en ningún momento, así que pensé..., bueno, en realidad no pensé gran cosa. Lo siento de veras, Roy, porque veo lo mucho que te afecta.

Bajé la cabeza, me quedé mirando al suelo. La pantorrilla estaba tan inflamada que presionaba la pernera.

—Lo estás, ¿verdad?

—¿Estoy qué?

—¿Apenado?

—Supongo que sí.

—Debe de dolerte muchísimo.

No respondí, me limité a levantar la mirada hacia él, el rostro a la luz y su voz, pero fue como oír a un extraño. Él también parecía buscar algo en mí; lo encontró. Al menos asintió con un movimiento de cabeza como si así fuera.

—Dime qué puedo hacer para arreglarlo —dijo.

—Da igual. La he perdido. —Tragué saliva, no pronuncié las palabras que se abrían paso: «Ahora también te he perdido a ti».

Subí a la recepción y pedí la llave de la suite nupcial. Dije que quería verla para unos amigos que estaban pensando en celebrar su boda en el hotel.

El chico consultó la pantalla del ordenador.

—Aún no la han limpiado —dijo.

—La veré como esté —insistí y alargué la mano. Cuando vi que dudaba, añadí—: Soy el propietario del treinta y seis por ciento de las acciones.

La puerta de la suite se cerró a mi espalda con un sonido suave.

El sol entraba a raudales y se reflejaba en las sábanas blancas de la gran cama con dosel, pensada para felices recién casados. Había tanta luz que tuve que entrecerrar los ojos, pero aun así vi las manchitas rojas de sangre en la sábana al apartar el edredón. Abrí el minibar. Era evidente que lo habían vuelto a llenar y había bebidas suficientes para que al menos una persona que ya fuera borracha pudiera quedar semiinconsciente.

Bajé a la recepción, devolví la llave y cogí el coche para regresar a Opgard.

Eran las cuatro de la tarde, el todoterreno de Kurt Olsen giró hacia el patio de Opgard y Johnny y él se bajaron.

Tras volver del hotel me había cambiado el vendaje y revisado los medicamentos que teníamos en el cajón en busca de algo para el dolor. Encontré una bolsa de pastillas color verde oliva contra la ansiedad, algo que Carl había tomado tras la muerte de Shannon, cuando mi mirada se tropezó con un envase de Tramadol que le habían recetado tras una operación de apendicitis. Tomé tres comprimidos, y me provocaron tal somnolencia que tuve que obligarme a levantarme del sillón para abrir la puerta a Kurt y Johnny.

—¿Por qué no contestas al teléfono? —preguntó el alguacil con un cigarrillo entre los labios.

—¿Es un deber ciudadano? —respondí agarrándome con fuerza al marco de la puerta.

—No, pero si lo hubieras hecho y te hubieras presentado en la comisaría, nos habrías ahorrado a todos esta repetición de la jugada.

—¿Vas a arrestarme otra vez?

—La vez anterior fue solo un interrogatorio.

—¿Y esto?

—Es una detención.

Kurt cambió el peso del cuerpo de pierna.

—Si quieres, puedes llamarlo un arresto.

—¿Por qué motivo?

No sabía qué iba a responderme y, de hecho, en ese momento y lugar, me importaba una mierda, era un alivio acabar con todo. Poner punto final. Rematar.

Kurt sacudió la ceniza del cigarrillo.

—Descubrimos que tenías billetes para un vuelo a Cracovia.

—Sí. ¿Y qué?

—¿Y qué? —me imitó—. Si no fueras disléxico, tal vez habrías visto que en el documento que firmaste en la comisaría dice que cualquier intento de salir del país será considerado como un incumplimiento del deber de presentarse a firmar. Eso ya es un delito en sí mismo, Roy. Hará que sea mucho más fácil que nos concedan la jodida prisión provisional.

No me apuntaron con un arma ni tampoco me esposaron, pero cuando entramos al trote en la comisaría comprendí al instante que esta vez íbamos en serio.

28

Nada más llegar a la comisaría me llamó la atención que Kurt y Johnny parecían haberla ordenado para la ocasión. Habían trasladado la mesa de la celda al centro del pequeño despacho y ya había dos personas allí sentadas. Gilliani, con sus gafas de empollón, y una mujer compacta y pálida a la que no había visto antes, pero que llevaba colgada del cuello una tarjeta identificativa de la policía judicial, KRIPOS, similar a la de Gilliani.

Sí, iba en serio, esa gente no se traslada de la capital a Os un sábado porque sí. Además, había un tipo con un traje que podría haberle prestado Vendelbo.

Kurt apartó una silla para mí.

—Confieso —dije y me dejé caer.

—¿Qué confiesas? —preguntó la mujer robusta, y puso en marcha una pequeña grabadora que estaba sobre la mesa.

—Decidlo vosotros —respondí bostezando.

Bostezar puede ser un indicio de que tienes sueño, pero —como te explicará cualquier aprendiz de psicólogo— también puede ser un reflejo nervioso, muy frecuente en los perros.

En mi caso se debía a un exceso de Tramadol.

—No es recomendable que decidan ellos —dijo el hombre del traje estilo Vendelbo.

—¿Quién eres? —pregunté.

—Soy el segundo y último de la lista de abogados de oficio a los que llama la policía cuando necesitan uno en Notodden y alrededores.

Era difícil deducir de su cara de perro de presa si intentaba resultar gracioso. Lo que parecía seguro era que lo habían sacado de la cama después de que el día anterior estuviera de fiesta, de eso no quedaba duda. Vale, entonces éramos dos con ganas de irnos a dormir. El tipo sacó un cuaderno.

—La primera pregunta es si aceptas que sea tu abogado defensor.

—¿Debería?

Esbozó una sonrisa.

—Puedo irme ya, si quieres. Me pagan por hora, incluido el tiempo de desplazamiento, y hay otras cosas que preferiría hacer hoy.

Kurt Olsen carraspeó.

—Di que sí, Roy, solo los delincuentes profesionales rechazan el abogado que les proporciona la policía.

Miré a Gilliani, que asintió con un movimiento de cabeza casi imperceptible.

—Pues vale —dije—. ¿Estoy detenido por haber reservado un billete de avión a Cracovia o porque tenéis alguna novedad?

—Mejor déjame a mí... —empezó a decir el abogado, pero levanté la mano y, sorprendentemente, se calló.

—Tenemos más que suficiente —dijo Kurt—. La KRIPOS puede confirmar que la sangre que se encontró detrás de la matrícula pertenece a mi padre. ¿Cierto?

Se giró hacia la mujer, que asintió con tanto énfasis que su coleta rubia botó alegremente de arriba abajo.

—En efecto, se ha hallado sangre del anterior jefe de la comandancia de la policía rural, sí.

—¿Je-fe-de-qué?

—Jefe de la comandancia de la policía rural.

Miré a Kurt, que parecía incómodo.

—Ya no se dice alguacil —dijo.

—No era una denominación respetuosa con la igualdad de género —dijo la compacta—. En todo caso, la sangre...

—Así que has perdido el título de tu padre —la interrumpí sin apartar los ojos de Kurt. Estaba claro que me había mentido, habían encontrado algo más. ¿Pero qué?—. Eso no se lo has dicho a nadie, Kurt. En el letrero de la calle sigue poniendo DESPACHO DEL ALGUACIL.

—Lo vamos a cambiar —siseó Kurt entre dientes—. ¿Vas a contestar a nuestras preguntas o no, Roy?

—Debo protestar, si mi cliente...

—¡Cállate! —exclamamos Kurt y yo a coro sin dignarnos a mirar siquiera al leguleyo.

—Adelante, pregunta —dije.

—¿Qué relación dirías que tenías con tu padre? —preguntó la mujer.

—¿Mi padre? ¿Qué tiene que ver con esto?

—Preguntamos porque también tenemos dudas sobre ese accidente.

—¿Sí? ¿Cuáles?

Gilliani carraspeó.

—Los de criminalística hemos encontrado un par de fallos técnicos anómalos en el coche que no pueden deberse al impacto causado al salirse de la carretera. Puesto que tú en aquel tiempo eras aficionado a la mecánica...

—Error. Era mecánico —interrumpí. Aunque solo fuera porque necesitaba unos instantes para pensar. Esto era lo que Kurt no quería contarme. Por supuesto que no solo habían revisado el Cadillac en busca de restos de sangre.

Gilliani, molesto, se ajustó las gafas.

—No sé cuál es la diferencia, pero, como ya he dicho...

—La diferencia —dije— está en que es una profesión. Cuando alguien te pregunta a qué te dedicas ¿respondes que juegas a policías y ladrones?

Gilliani miró al abogado con gesto de hartazgo, como si le pidiera ayuda para mejorar mi comportamiento.

—Bueno —dijo al fin—, encontramos dos perforaciones en el tubo del líquido de frenos y una barra de volante que se había soltado de lo que llamamos árbol de levas. Según..., eh, el mecánico con quien lo hemos consultado, podría haber sido la causa de que tu padre y tu madre no pudieran tomar la curva de la granja. ¿Qué tienes que decir al respecto?

Asentí con un movimiento de cabeza. Despacio, mucho rato.

El abogado con resaca hizo lo que pudo por interpretar la situación y le pareció oportuno inclinarse y soltar una perla.

—Mi cliente no tiene por qué contestar a preguntas basadas en hipótesis.

—No, de hecho, no tiene que responder a pregunta alguna si no quiere —dijo la mujer chata sin apartar los ojos de mí.

Bostecé. Eso hice. No pretendía provocarles, sencillamente mi cerebro necesitaba más oxígeno. Una vez conseguido, me recliné en la silla.

—Escuchadme, amigos. Hoy ha sido un día muy largo. Así que dejad que sea lo más escueto posible. Tal y como interpreto esta situación, el algua..., perdón, el jefe de no-sé-qué Olsen me detuvo y procedió a soltarme para poder vigilarme con la esperanza de que el miedo me llevara a cometer alguna imprudencia que revelara que maté a su padre. Puesto que, para su disgusto, no ha sido así, utiliza ese billete de avión a Cracovia como excusa para pedir prisión provisional para ver si, una vez que lleve un tiempo encerrado, me derrumbo. Para incrementar la presión, vosotros aparecéis con la hipótesis de que también habría tenido algo que ver con la muerte de mis padres. ¿Me equivoco? No, no respondas, Kurt, era una cuestión retórica, como dicen. Por eso tengo la siguiente propuesta. Os voy a proporcionar, aquí y ahora, un testigo que hará que la sangre del coche tenga una explicación del todo plausible, carente de dramatismo. Además, confesaré sin reservas que maté a mis padres. ¿Qué os parece?

Cinco jetas me observaron durante unos segundos que se hicieron muy largos, hasta que la coleta de la mujer compacta empezó a bailar otra vez. Asentía.

Erik Nerell estaba sentado a mi lado, observando la grabadora de la mesa.

En circunstancias normales, Kurt y los agentes de la policía científica le habrían tomado declaración sin la presencia de terceros, pero Erik había insistido en que yo estuviera para, según dijo, ayudarle a recordar los detalles. Cuando Kurt se negó en rotundo, Erik se dirigió a los dos representantes de la KRIPOS y aseguró que, si querían escuchar lo que tenía que decir al respecto, sería conmigo presente. Si no, a tomar por culo.

Y aquí estábamos: Erik, el abogado y yo a un lado de la mesa, Kurt y los dos KRIPOS al otro.

—Cuéntalo tú —dijo Erik—. Y ya diré yo si es así como lo recuerdo o no.

Vi que Kurt iba a protestar y me apresuré a tomar la palabra.

—Fue el invierno anterior a que mis padres se mataran en el accidente de coche —empecé—. Papá y yo habíamos salido a dar una vuelta en coche y estábamos muy cerca de la granja de los Nerell. Era una curva abierta y no íbamos deprisa, pero el volante tenía una holgura y los frenos no iban bien. Papá lo sabía desde el mismo día en que le compró el Cadillac de segunda mano a un precio inflado a Willumsen, ese ladrón relamido. En cualquier caso, nos salimos de la carretera y fuimos a parar a un ventisquero de nieve con el culo por delante, vaya. No hubo daños, ni personales ni en el vehículo, pero no conseguíamos volver a la carretera. Entonces llegaron Erik y su padre, que nos habían visto, y ayudaron a empujar el coche desde la parte trasera. Casi lo logramos, pero las ruedas se hundieron en la nieve y el padre de Erik acabó por ir a buscar el tractor para remolcarnos.

Ahí me detuve un instante para dar tiempo a que Erik asintiera y dijera que sí, que así había sido.

—A lo mejor deberíamos dejar que lo contara Nerell —dijo la mujer.

Erik me miró inseguro. Yo asentí y él se secó las palmas de las manos en el pantalón antes de empezar a hablar.

—Pues nada, así fue. Que el alguacil, o sea, el viejo alguacil, pasó en coche y se detuvo. Cuando oyó que mi padre había ido a buscar el tractor, dijo que solo hacía falta un empujoncito de nada para que ese trasto volviera a la carretera. ¿No fue así, Roy?

Erik me miró y yo tomé la palabra antes de que me interrumpieran de nuevo.

—Sí. Respondimos que ya lo habíamos intentado, pero entonces el alguacil dijo que solo era cuestión de empujar en el lugar adecuado y hacer fuerza. Supongo que quería demostrar que era más fuerte que el padre de Erik, así que se colocó detrás del coche, agarró el parachoques, nos dio órdenes a los jóvenes sobre dónde debíamos ponernos y le dijo a papá que acelerara con cuidado. Papá siguió sus instrucciones y el alguacil empujó todo lo que pudo, hasta pegó un berrido. Y el coche se movió, no te creas. Pero entonces el alguacil resbaló. Sería por las botas esas de piel de serpiente, las suelas eran muy resbaladizas, ¿no? El caso es que se dio con la cabeza en la matrícula. Sangró y todo. ¿Te acuerdas, Erik?

—Desde luego.

Miré de frente a Kurt.

—¿A lo mejor te lo contó cuando llegó a casa?

—No —dijo Kurt—. Y tampoco tenía ninguna herida en la frente.

Me encogí de hombros.

—Supongo que no fue una escena de la que un alguacil fuera presumiendo en casa. Y el corte era en el nacimiento del cabello. ¿Verdad, Erik?

Erik asintió.

—Hace mucho, no es fácil acordarse, supongo que podría ser.

—Tu padre tenía mucho pelo, ya lo sabes —dije, y miré a Kurt—. Puede que no vieras el corte.

Di por terminado el duelo de miradas con Kurt y observé al resto.

—El padre de Erik logró subir el coche a la carretera con el tractor. Todo acabó bien. Bueno..., en aquella ocasión acabó bien.

Los del otro lado de la mesa y del lado correcto de la ley intercambiaron miradas. La mujer susurró algo en el oído de Gilliani antes de observarme de nuevo.

—¿La confesión que nos habías prometido, Opgard?

—Creo que se deduce de lo que he contado.

—¿Cómo?

Me encogí de hombros.

—Yo era mecánico de coches. El coche de mi padre estaba en tan malas condiciones que era peligroso conducirlo. Y no me tomé el tiempo necesario para hacer algo al respecto. Claro que fue culpa mía.

La habitación se quedó en silencio. La mujer carraspeó y dijo:

—¿Eso es todo lo que tienes que confesar?

—A mí me parece mucho.

Miró de reojo a sus colegas.

—¿Tienes alguna explicación de por qué no reparaste el coche?

Me encogí de hombros.

—Mi única excusa es que nunca me lo pidió. Por lo demás, supongo que puede decirse eso de en casa del herrero... Sí, pero en este caso el herrero... era el hijo..., bueno...

—Gracias, comprendo —dijo, recogió los papeles que tenía delante, como si fuera una señal inconsciente de que debían marcharse con el asunto sin resolver. O tal vez no fuera ese su punto de vista, tal vez eran tan profesionales que consideraban que habían hecho una labor que había librado de sospechas a un hombre inocente. Podría ser, pero eso no era lo que pensaba Kurt Olsen. Nos fuimos y él se quedó hundido en la silla, con la mirada perdida en el infinito.

Fuera había oscurecido. Erik se ofreció a llevarme a Opgard.

—Bien hecho ahí dentro —dije cuando nos metimos en el coche, que estaba aparcado al otro lado de la plaza.

—Lo he hecho lo mejor que he podido —contestó—. ¿Cuándo crees que estarán los papeles de mi participación en la propiedad del Fritt Fall?

—La semana que viene —respondí levantando la vista hacia Meierigården. En su dormitorio estaba la luz encendida.

29

Esperé en el jardín de invierno con dos comprimidos de Tramadol encima y seis cervezas delante.

No sabía muy bien qué esperaba.

¿Una llamada de Natalie?

¿Que Carl volviera a casa?

¿Un mensaje informándome de que Anton Moe había aparecido muerto?

¿O que la KRIPOS y Kurt se presentaran en el patio con la luz azul dando vueltas y me arrestaran por uno o varios de los ocho asesinatos de los que ahora era culpable o cómplice?

Abrí la primera cerveza e hice un resumen de la situación.

Natalie me había dejado y era evidente que aquello tenía que ver con haberse follado a mi hermano. Yo no podía saber con seguridad cuál era la causa y cuál la consecuencia, si había decidido dejarme y por eso le había parecido oportuno acostarse con Carl. O si había ocurrido tal y como me lo había contado mi hermano y ella opinaba que, por ese motivo, no podía seguir saliendo conmigo. A lo mejor pensaba que Carl no me diría nada, que si ella y yo no nos veíamos más, habría podido guardar el secreto. El papel que había jugado el alcohol para ella no era una excusa, al contrario, había fallado a varios niveles.

No era ninguna sorpresa que Carl, borracho, se hubiera llevado a una tía cualquiera a una habitación de hotel a follar. Resultaba más difícil aceptar que hubiera entrado en mi territorio. ¿Rollete? Sabía que yo estaba enamorado hasta las trancas. ¿Por qué tuvo que acostarse precisamente con ella? ¿Él también estaba enamorado de Natalie? No, me habría dado cuenta, era mi hermano y nos conocíamos demasiado bien.

¿O no?

Yo había estado con Shannon a sus espaldas y no se percató, y no soy precisamente un actor de Oscar.

Abrí la segunda cerveza.

Puede que resulte extraño que me doliera más pensar en lo de Natalie con Carl que en el hecho de que acababa de asesinar a un hombre inocente. Bueno, inocente no era. Vale, juzgué si podría vivir con ello, y sí, podía. Tal vez sea la única ventaja de cargar con siete muertos previos, que ya no eres tan sensible.

Claro que me podrían pillar por este último, siempre hay algo que se te pasa cuando vas a borrar tu rastro. Como que el viejo Olsen sangró en el coche cuando se cayó por el precipicio de Huken o que yo había perforado el tubo del líquido de frenos y aflojado el volante. Pero estaba solucionado. Todo se había solucionado.

Erik tenía su participación en el Fritt Fall.

Halden y Fuhr tenían sus doce millones.

Asle Vendelbo y Johnny Depp habían obtenido mi promesa de mantener la boca cerrada. Casi me entraron ganas de reír, porque me recordaba al título del único libro que había visto leer a mi padre, allá por los años ochenta. *El arte de la negociación*. Que un autor tan loco como este llegara a ser presidente era un error. Vamos, como si fuera el rey de América. Se ve que rara vez llega la persona más adecuada a la «Mansion On the Hill».

Hablando de la parte que le correspondía a Erik, no había informado a Julie de que ella también tendría un tercio. Cogí el teléfono y marqué su número.

Ella soltó un «hola» en medio de un bostezo.

—Perdona, ¿ya te habías acostado?

—No, no —dijo—. Ayer trabajé hasta tarde, solo estoy un poco cansada.

—Creí que ayer librabas.

—Sí, pero Carl me preguntó si me podía hacer cargo del bar del hotel. Tenían la fiesta de personal y quería que los empleados pudieran participar.

—Comprendo. Oye, tengo una propuesta para ti.

—¿Ah, sí? *In a good way*, espero.

—He dicho propuesta, ¿no?

—Sí, claro, pero también lo llaman propuesta de prejubilación al informarte de que sobras.

Me eché a reír. Pensé que, a veces, salvo Carl, Julie era la única persona con la que podía pasar horas en la misma habitación sin que me agotara su compañía.

—¿Vas a trabajar mañana? —inquirí.

—Afirmativo. Abrimos a las once, como la iglesia.

—Me pasaré.

Colgamos. Me acabé la segunda cerveza y pensé en tomarme una tercera. Había buscado Tramadol en Google y decía que, al tratarse de un opiáceo, no era buena idea mezclarlo con alcohol. Vale, a lo mejor debería concederme un Tramadol más e irme a dormir. No estoy seguro, pero creo que eso fue lo que hice, porque los sueños que tuve esa noche debieron de ser consecuencia de los opiáceos. Vi a Shannon en una silla, intentando liberarse, pero no podía porque dos clavos enormes le atravesaban los muslos. Gritaba y tendía los brazos para coger un bebé que estaba en la silla vecina mamando del pecho de Natalie, quien, a su vez, estaba sentada en el regazo de Carl. A este se le había caído la toalla, estaba desnudo, y movía las caderas mientras cantaba una canción infantil. De repente, el bebé entonó con voz grave de bajo: «*¿Conoces a la moza Kari Midtgard de Tinn, que no deja pasar al chavalín?*».

Vi que el bebé tenía la cara de un anciano. Tardé un poco en darme cuenta de quién era, tuve que reírme, aunque quisiera llorar. El viejo era yo.

30

Las campanadas resonaban por el valle.

«Café en la iglesia y perdón de los pecados», rezaba el cartel del caballete, ante la puerta del Fritt Fall.

—Cojeas —fue lo primero que me dijo Julie cuando entré.

—Tengo una bala en la espinilla —contesté, y miré el local vacío—. ¿Abrir a las once no es demasiado pronto?

Se inclinó sobre el mostrador.

—Sí, claro, pero es que me pone nerviosa estar en casa esperando. ¿Te has hecho un esguince, o algo?

—O algo, sí —respondí—. Mi oferta es que os haré titulares de un tercio del negocio a cada uno, a Erik y a ti. Eso a cambio de que te reduzcas el sueldo un quince por ciento y te comprometas a llevar la gestión al menos dos años más, sumados a posibles bajas maternales y circunstancias similares.

Vi su mirada sorprendida y, a continuación, cómo empezaba a hacer cálculos a tope.

—Con eso saldría ganando —dijo al poco tiempo—. Salvo que hundamos el negocio, claro. Y si logramos explotar el potencial que tiene, como tengo previsto, voy a ganar mucho más.

—Pues hazlo —sentencié.

Julie se echó a reír, salió de detrás del mostrador y me dio un abrazo enorme.

—Gracias —dijo y se enjugó una lágrima.

—¿Gracias? Lo hago para que tú y Erik trabajéis a tope y forrarme yo también.

—Lo sé, pero gracias de todas formas.

—La semana que viene arreglaré los papeles —dije mientras Julie me servía un café —. ¿Cómo fue la experiencia de volver a trabajar en el bar del hotel?

—Lo de siempre. ¿No es extraño? Nuestra generación lleva una vida muy distinta de la de nuestros abuelos. Vestimos de otro modo, comemos otras cosas, leemos y vemos nuevas creaciones. Pero bebemos exactamente igual. Vamos al bar y nos cogemos una cogorza. Igual que hace cien, no, ¡mil años mínimo!

—Así visto es un negocio estable. ¿Mucha gente borracha el viernes?

—Pues sí, la verdad.

Bebí un sorbo de café. Sostuve la taza delante de la boca y pensé dar otro sorbo para preparar la pregunta que iba a hacer, pero no me dio tiempo.

—¿Viste a Natalie Moe por allí?

—¿Natalie? Sí, claro. Se ha convertido en una mujer espectacular. ¿La has visto?

Miré los grandes ojos azules e inocentes de Julie. Estaba claro que los rumores sobre Natalie y yo no la habían alcanzado aún.

—Sí —dije—. Me ha ayudado un poco con un proyecto. ¿Iba igual de borracha que los demás?

Julie dejó su taza, miró al aire y pareció morderse el interior de la mejilla.

—No, igual no.

—¿Más?

—Sí. Y no.

—¿No?

—No sé lo que bebería en la cena, pero en el bar pidió agua. Y parecía estar completamente sobria. Luego, al cabo de media hora, iba grogui. Como si se hubiera tomado una pastilla o algo.

La cabeza le colgaba, parecía que se iba a caer del taburete. Si no llega a ser Natalie, tendría que haberle pedido que se marchara del bar, ¿entiendes? Pero no es la primera vez que veo algo así y pensé que tendría algún problema con las drogas. Menos mal que Carl intervino antes de que tuviera que hacerlo yo.

Maldije para mis adentros. Joder, por favor, esto no.

—¿Qué hizo?

—La ayudó a salir a la pobre. Pregunté por ella más tarde y alguien me dijo que habían visto a Carl tratando de meterla en un taxi. Tu hermano es un buen hombre.

Asentí despacio, di las gracias por el café y salí cojeando.

Me quedé junto al coche mirando hacia el apartamento de Natalie. No había luz, pero ¿se movía la cortina?

A diferencia del coche de Carl, el mío tenía el cambio manual, por eso fui haciendo muecas cada vez que tenía que pisar el embrague con el pie malo.

Dudé entre volver a Opgard o pasar por la gasolinera para ver cómo iban las cosas. De vez en cuando uno puede dejar que sea el cuerpo quien tome esa clase de decisiones, y eso hice. Optó por la tercera alternativa, el hotel. Podría haber fingido que no sabía por qué, pero sí lo sabía.

Aparqué saltándome las normas, en la misma puerta, entré cojeando en la recepción y pregunté dónde estaba el almacén de mantenimiento. Es probable que me reconocieran, al menos señalaron hacia el final de un pasillo y me dejaron avanzar renqueante sin hacerme preguntas. Abrí una puerta ancha con el letrero de «Almacén», y me vi en un gran espacio que parecía un garaje, donde había una docena de carritos. Eran altos y tuve que estirarme mucho para poder meter los brazos. Saqué una funda de edredón blanca.

—*Can I help you, sir?*

Me di la vuelta y miré a la mujer que me había hablado. El acento parecía de Europa del Este y su gesto, más severo que su tono.

—*I'm looking for an ear...* —Intenté recordar la palabra en inglés.

—Entiendo un poco de noruego —dijo la mujer. Era corpulenta, parecía fuerte, tenía esa autoridad natural de la gente que está segura de su papel, daba igual en qué lugar de la jerarquía se encontrara.

—Un pendiente —apunté—. De mi amiga. Cree que lo ha perdido en la cama. Tiene unos pinchos y se ha enganchado en la sábana. Si te parece bien, revisaré los carritos que tengan sábanas.

—Hay sábanas en todos los carritos.

—¿En todos? —Los conté deprisa. Once. Podría ser una tarea titánica encontrar lo que buscaba.

—¿Cuándo estuvo aquí? —preguntó la mujer. Su gesto pétreo había desaparecido y ahora era lo contrario. Vivo, expresivo.

—Antes del fin de semana.

—Lo siento, pero sábanas se recogen *every morning*.

—Nor Tekstil de Skien —dije—. Pero solo vienen en días de diario. Y mi amiga se alojó en la noche del viernes al sábado.

Me miró.

—¿En qué habitación?

—La suite nupcial.

—¿Es tu nueva esposa o tu novia?

Sonreí, ella me devolvió la sonrisa y suspiró. Después señaló:

—No es seguro, pero probable sea uno de esos tres carros. Vuelvo dos minutos, voy a *check*.

Había llegado al fondo del segundo carrito y ya había pasado por una sábana en la que la huésped había tenido la regla, o al menos esperaba que fuera eso. Encontré la sábana con las pequeñas manchas de sangre. No llevaba navaja, pero hacía mucho que no me cortaba las uñas, así que raspé la sangre con ellas.

—*Did you find anything?*—preguntó en inglés la mujer, que regresó cuando yo echaba la sábana en el carrito otra vez.

—Me temo que no.

—*I spoke with my girls now, they haven't found anything, I'm sorry.*

—Los pendientes no eran muy caros. Le compraré otros.

La mujer esbozó una sonrisa irónica.

—*And maybe be a little more gentle next time?*

Al llegar a Opgard me saqué la sangre de debajo de las uñas con un palillo y la dejé caer en una cajita de tabaco de mascar vacía de la marca Berry. Después llamé a Vera Martinsen.

—Hola —dijo, y se echó a reír.

—¿Eh?

—Gilliani me ha contado la cara que se le puso a Olsen cuando supo cómo había ido a parar esa sangre detrás de la matrícula.

—Kurt no se rinde nunca.

—Te lo dije cuando nos vimos, deberías denunciarlo a Asuntos Internos para que valoren si se trata de acoso.

—Lo sé, pero me preguntaba otra cosa. Bueno, dos. La primera es si me han intervenido el teléfono.

—No.

—¿No? ¿Puedes afirmarlo así, sin más?

—Nos consultaron la posibilidad de obtener un permiso para hacerlo, dejo que adivines quién. El caso es que respondimos que hace falta bastante más para lograr una orden judicial que autorice la intervención de un teléfono. Más de lo que hay en este caso. ¿Qué era lo otro?

Se lo conté.

Al colgar, noté que los dolores se habían intensificado. En la web decían que el Tramadol era muy adictivo y que había riesgo de sobredosis. Al cabo de unos minutos no pude más y volví a abrir el cajón de los medicamentos. Consideré la posibilidad de tomar también una de las píldoras de color verde oliva. Sabía que podían funcionar como pastillas para dormir, pero preferí tomarme otro Tramadol.

Me arrastré al primer piso, hasta el dormitorio. Mientras me quitaba la camiseta, miré por la ventana. La casa de Opgard está demasiado lejos del precipicio de Huken para ver todo el pueblo, pero divisaba el alto de Kongsgården a lo lejos. Había luz en la casa, Carl estaría allí. Puede que estuviera inspeccionando las obras, o que se hubiera llevado a Mari para enseñársela. Seguro que ella le daba instrucciones sobre lo que debía hacer. Si estaban allí, ¿se le pasaría a Carl por la cabeza que hacía menos de cuarenta y ocho horas que había engañado a la mujer con la que estaba hablando de la decoración de las habitaciones de los niños? Y con una de sus empleadas, la mujer de la que su hermano estaba enamorado. Pensé que tal vez estuviera junto a los grandes ventanales ahora mismo, observando las luces de Opgard. Que podría mandarle un mensaje en morse con la cortina. Decirle con puntos y rayas que ya había perdido bastante, que no quería perderlo a él también. Que intentaba odiarlo, pero que era cierto que la sangre es más espesa que el agua y no solo eso, sino más espesa que el bien y el mal. La familia es un bando de la guerra que no has escogido, sino que te han depositado en él. Yo no quería nacer aquí, joder, ni ser un maldito Opgard. Pero así fue, y eso soy.

Sonó el teléfono.

Era Stanley.

—Acabo de volver de la excursión a la cabaña y no he visto tu mensaje hasta ahora. ¿Te has pegado un tiro en el pie?

—Sí.

—¿No has ido al hospital de Notodden?

—Me duele demasiado. Llevo un vendaje.

—Dios mío, Roy. Llego a Os dentro de una hora, ¿puedes esperarme en la consulta?

Stanley observaba mi pierna mientras yo, tumbado en la camilla, miraba al techo.

—Has tenido una suerte increíble —dijo.

—Sí, eso mismo me parece a mí.

—La bala se detuvo en el peroné, y no parece que el hueso esté astillado. De hecho, puedo ver la bala. Vamos a llevarte a Notodden, que te hagan una radiografía y extraigan el metal.

—¿De verdad? Si ves la bala, ¿no puedes hacerlo ya?

Stanley soltó una carcajada, hasta que se dio cuenta de que lo decía en serio.

—Si estuviéramos en una isla desierta, claro que lo haría, Roy, pero queremos minimizar el riesgo de infección y, para eso, es más seguro ir a un hospital.

—No quiero.

—Lo entiendo, pero...

—Quiero decir que me niego. O sacas ahora mismo esa bala o en casa cogeré unas pinzas, las calentaré con un mechero y lo haré yo.

Stanley me miró pensativo.

—¿Eres consciente de las posibles consecuencias de una infección?

—Claro que sí —dije—. Amputación y pensión de invalidez. ¿En qué quedamos?

Stanley suspiró con ganas.

—Bien —añadí—. Y nada de anestesia, gracias.

Stanley arqueó una de aquellas cejas bien depiladas.

—¿Seguro?

Lo pensé.

—Rectifico. Toda la anestesia que tengas.

Ahí vuelve a fundirse todo en negro. Es posible que no le hubiera informado de mi ingesta de Tramadol, y que en combinación con lo que él me dio, me quedara K. O. El caso es que no recuerdo gran cosa, hasta que oí un tintineo metálico, abrí los ojos y le dije a Stanley que sonaba exactamente igual que en esa peli del oeste en que Doc deja caer la bala de la pinza a un cuenco metálico.

Stanley se limitó a reír y me mostró el cuenco de metal con la bala ensangrentada. Me vendó, me recetó más analgésicos y me dio la baja con instrucciones de no conducir. Él me acercaría a casa.

Le dije que era un detalle por su parte, pero que llamaría a Dagur, que su vocación era transportar enfermos.

Cuando salí de la consulta con muletas, vi la punta candente de un cigarrillo en la oscuridad, junto a la comisaria de la policía rural.

—Buenas noches —dije.

—Buenas noches. —Kurt se apartó de la pared en la que había estado apoyado y dejó caer el cigarrillo. Las chispas volaron por el asfalto arrastradas por el viento, luego aplastó la colilla con el tacón de la bota—. ¿Qué le ha pasado a tu pie?

—Un accidente doméstico con arma de fuego. Dime, ¿estas son horas de oficina normales o me estás siguiendo?

Rio con dureza unos instantes.

—¿Por qué iba a hacerlo?

—Por ejemplo, porque estás empeñado en demostrar que he matado a alguien.

Kurt bufó.

—Eres un jodido asesino, Roy. ¿Te acuerdas de ese videojuego de la entrada del bar viejo, Kaffistova? —Señaló el Fritt Fall, al otro lado de la plaza, con un movimiento de cabeza—. ¿Ese en el que un asteroide explotaba delante de tu nave espacial y tenías que evitar el impacto de los fragmentos? Al principio era fácil, pero cuando ibas subiendo de nivel, llegaban cada vez más juntos y seguidos, y al final ya no había manera.

—Lo recuerdo bien —dije—. Yo sacaba muchos puntos en ese juego, ¿verdad?

Kurt negó con la cabeza.

—Nadie se acuerda de eso, Roy.

El Mercedes de Dagur se deslizó ante mí. Dejé las muletas en el asiento trasero y dije por encima del hombro:

—Pregúntale a Rita, creo que ella sí se acordará.

El taxi arrancó y por el retrovisor vi la llama del encendedor con el que Kurt se prendió otro cigarrillo.

31

Encontraron a Anton Moe el lunes por la mañana, y antes de la hora del almuerzo todo Os estaba informado.

Se me había pasado por la cabeza que fuera Natalie quien lo hallara, claro, pero según Grete Smitt, había sido un vecino a quien le extrañó que Moe no hubiera ido a la iglesia ni izado la bandera el domingo, y tampoco se había ido de viaje, puesto que las luces de la casa estaban encendidas.

—Fue espantoso —dijo Grete, y se llevó las manos a las mejillas como si fuera ella quien hubiera descubierto el cadáver. Estaba en la tienda de la gasolinera y Egil, Simon Nergard y yo éramos su público—. Tenía la cabeza reventada.

—No me extraña —apuntó Simon—. Esa furgoneta pesa dos toneladas como poco. Lo raro es que estuviera debajo del coche para cambiar los neumáticos.

—Supongo que quiso comprobar el estado de los bajos aprovechando que tenía levantada la furgoneta con el gato —dejé caer.

—Vale, pero ¿cómo es posible darle una patada por accidente a un gato que está soportando dos toneladas de peso?

Hice un gesto con las manos abiertas.

—No creo que empujara el gato, sino que movería el coche de un lado a otro. Por ejemplo, pudo tocar el eje de la rueda sin ver que el gato estaba inclinado.

—Joder —dijo Egil e hizo una mueca—. Y luego le cae el eje en plena cara.

—No debió de ser bonito —se lamentó Grete y soltó un hondo suspiro—. Kurt tuvo que llamar a Natalie para que pudiera identificar a Anton.

—¿Por qué? —se me escapó.

Los otros tres me miraron. Me humedecí los labios.

—Que yo sepa, en los últimos ocho años Kurt lo ha visto con más frecuencia que ella.

—Cierto —dijo Grete—. Y a Anton le habían quitado un testículo, así que podrían haberlo identificado por eso.

Ahora todos la mirábamos fijamente.

—¿No lo sabíais? —dijo Grete fingiendo sorpresa—. Anton tenía cáncer.

Pasaban las horas del lunes y no podía evitar pensar en cómo estaría Natalie. Sí, había prometido que no me pondría en contacto con ella, pero ¿una muerte en la familia no quedaba por encima de eso? ¿A lo mejor ella tenía la esperanza de que la llamara? Era más probable que yo albergara la esperanza de ello, pero ¿era capaz de imaginar no hablar con Natalie nunca más? Y, en caso contrario, ¿no era precisamente este el momento oportuno?

Sobre la una me llamó Vera Martinsen.

—He podido hablar con el laboratorio y, como ya te dije, prefieren una muestra de orina. Pero podrán hacerlo. Quieren saber si hace falta una prueba cromática o si es suficiente con una prueba inmunológica.

—¿Cuál es la diferencia?

—La segunda es más rápida y sencilla, si estás buscando una sustancia concreta.

—Así es —asentí, y le expliqué cuál.

—Vale —dijo—. Pero, antes de hacerte este favor, tengo que estar segura de que no tendrá consecuencias para mí, Roy.

—Te lo prometo —respondí—. Esto no tiene nada que ver con el asunto en el que anda metido Olsen.

—Confiaré en ti.

—Hazlo —dije con la esperanza de transmitirle mi convencimiento, y colgué.

Hubo un flujo permanente de clientes y cada vez que un todoterreno se detenía ante un surtidor, yo levantaba la vista pensando que sería Kurt. Pero no vino. Hasta las cinco, cuando oí un motor que solo podía ser de un Land Rover. Se bajó y se perdió de vista, estaría dándose una vuelta por los alrededores de la gasolinera. Apareció de nuevo y se acercó con paso lento y oscilante a la puerta, con las piernas más arqueadas que nunca. Entró y se colocó delante del mostrador con los pulgares enganchados a la hebilla del cinturón, como el sheriff que estoy seguro cree ser.

—No podemos seguir viéndonos así, Roy.

Me pregunté cuánto tiempo llevaría ensayando esa frase.

—Tengo que hacerte unas cuantas preguntas aquí o en la... —dudó de si seguir hablando.

—Comisaría —dije yo—. Aquí va bien.

Esbozó una sonrisa.

—Supongo que habrás oído que han encontrado muerto a Anton Moe.

Asentí. Vi que Kurt esperaba que yo hiciera algún comentario al respecto, así que me abstuve. Kurt cambió el peso de pierna.

—En relación con esto, quiero saber dónde estabas el sábado a las diez y media.

En el silencio se oyó que tiraban de la cadena del cuarto de baño de los empleados y una puerta que se abría.

—¡Egil! —llamé.

Se acercó arrastrando los pies.

—Egil, ¿dónde estaba yo el sábado a las diez y media?

Me miró, posó los ojos en Kurt y volvió a mí. Se rascó la oreja.

—Estabas aquí, ¿no?

—El jefe de la policía local quiere una respuesta firme —dije.

—¿Quién?

—Kurt.

—Ah, vale. Vamos a ver... Sábado por la mañana. Sí, estabas aquí. ¿No te acuerdas? Estuviste en la trastienda intentando encontrar el error ese en la contabilidad.

Quise interrumpirle ahí, pero estaba lento.

—Cerraste la puerta y pediste que no te molestara —dijo Egil, claramente satisfecho por poder añadir detalles superfluos. Maldije para mí.

—¿Y no le molestaste? —preguntó Kurt.

—Lo intenté —dijo Egil—. El contador de uno de los surtidores falló y él no contestaba, así que salí yo para arreglarlo.

Kurt enarcó una ceja y me miró.

—Auriculares —me justifiqué, señalándome las orejas—. Resulta que J. J. Cale y la contabilidad casan de cojones.

Kurt asintió.

—¿Puedo ver la trastienda?

—Si quieres... —respondí intentando aparentar indiferencia.

Kurt esbozó una leve sonrisa y volví a tener esa sensación de que escondía algo, un jodido as en la manga, como suele decirse.

—Sí que quiero.

Entré en la estrecha trastienda primero, ayudándome con las muletas. Me detuve de espaldas a la puerta trasera y señalé el escritorio cubierto de papeles.

—Como puedes ver, llevo bastante retraso con la parte administrativa.

A Kurt eso no le interesaba, se asomó por encima de mi hombro.

—¿Adónde lleva esa puerta?

—¿Esta?

—Es la única que hay. —Me puso la mano en el brazo hasta que casi tuve que desplazarme. Giró el pomo y la abrió—. Vaya,

vaya. Ahí está tu coche. —Parecía muy satisfecho—. ¿Te parece que tú y yo salgamos a tomar un poco el aire, Roy?

Posé las muletas en el asfalto húmedo con mucho cuidado.

El cura salió del lavado de coches en su vehículo, no nos vio y se alejó. Kurt baileteaba satisfecho sobre las suelas de sus botas de piel de serpiente mientras se encendía un cigarrillo.

—Vaya, esa coartada no valía gran cosa —dijo—. Hasta parece tan evidente que podría surtir el efecto contrario. ¿Qué crees que pensará el jurado cuando el fiscal pregunte a Egil cuántas veces has echado la llave de esa trastienda en todos estos años, o no has respondido si te daba un grito para pedirte ayuda y diga que solo ha sucedido una vez? Precisamente el día que asesinaron a Anton Moe.

—¿Asesinato? —Disimulé un bostezo—. Creí que le había aplastado su furgoneta.

—Eso dicen algunos —comentó Kurt, y dio una calada al cigarrillo mientras golpeaba suavemente las ruedas de mi Volvo—. Yo también lo creí al principio. Hasta que hablé con el vecino y me contó que la última señal de vida que había recibido de la granja fue un disparo que se oyó el sábado a las diez treinta. El vecino pudo informar de la hora con tanta precisión porque estaba escuchando la radio y el estallido le impidió oír el comienzo de la serie esa sobre las dinastías reales, ya sabes.

—*Sorry*, esa me la he debido de perder.

—Entonces me pregunté: ¿a qué se le dispara un sábado a las diez y media de la mañana?

—¿Corzos?

—Eso fue lo que creyó el vecino —dijo Kurt—. Estamos en temporada de caza y parece que los corzos vienen a pastar a los campos de por aquí, sobre todo antes del amanecer. Hace cuatro años el vecino cazó un corzo desde la ventana de la cocina, eso contó.

—Misterio resuelto.

—No del todo —replicó Kurt, y dio otra calada al cigarrillo—. Esa mañana la niebla era espesa, no había visibilidad. Ya sé lo que vas a decir, que el corzo pudo acercarse a la casa. Pero para poder ver al animal, a esas horas la distancia tendría que haber sido de menos de cincuenta metros, y a esa distancia no se falla. Y no hay cadáver.

Me encogí de hombros.

—A lo mejor no fue un disparo, igual el estallido lo provocó otra cosa.

Kurt negó con la cabeza.

—En la pared del fondo del granero había colgado un rifle Remington. Lo comprobé. Huele por lo menos una semana después de que lo disparen, y no había duda. Lo habían disparado hacía poco. —Kurt dobló ligeramente las rodillas mientras se balanceaba, como si se lo estuviera pasando de fábula—. Así que uno empieza a preguntarse qué motivo pudo tener para disparar. Si, por ejemplo, pudo ser para defenderse. Contra alguien que haya supuesto un peligro para él.

Miré el reloj.

—¿Podríamos acelerar un poco, Kurt?

Soltó una carcajada.

—Si quieres. ¿Buscamos un sitio donde estemos seguros de que no nos van a molestar?

—¿Por qué?

—Ahora lo comprenderás.

Señalé el taller con un movimiento de cabeza.

—Bien —dijo Kurt y aplastó el cigarrillo con la bota.

Abrí con la llave y entré el primero en la nave del taller, apoyé las muletas en la pared, junto a la bicicleta, empujé una silla hacia él y me senté en la otra. Kurt se quedó de pie delante de la bici.

—¿Cadena rota? —preguntó poniendo la puntera en el lugar donde faltaba.

—Me hizo falta para otra cosa.

—Ah, sí. He visto que las utilizan para fabricar tenazas.

—Exacto —dije, y me estremecí. Tal vez porque el arma del crimen, o al menos lo que quedaba de ella, estaba en la pala, a menos de un metro de altura sobre su cabeza. O tal vez porque caí en la cuenta de que lo que realmente buscaba, el cadáver de su padre, se había desintegrado en la misma pala. O tal vez porque era un lugar muy frío y húmedo.

—¿El fuego o la sartén? —preguntó Kurt, y miró alrededor, todavía de pie, como si quisiera hacerse con el lugar antes de tomar asiento—. Difícil elección, ¿verdad, Roy? —Se repantigó en la silla, se cruzó de brazos y sonrió entre dientes.

—No —dije—. Sartén.

—¿Ah, sí?

—Menos letal que las llamas vivas.

—Bien —asintió Kurt—, en ese caso, vamos a la sartén. —Se metió la mano en el bolsillo, sacó el puño cerrado y lo abrió. En la palma tenía un pequeño trozo de metal—. ¿La reconoces?

—¿Debería?

—Esa bala ha estado incrustada en tu pierna.

—Madre mía —dije cambiando de postura—. ¿Cómo la has conseguido?

Kurt sujetó la bala ensangrentada entre el índice y el pulgar y la observó con detenimiento.

—Cuando el vecino dijo que había sonado un disparo, recordé que tú afirmabas haber tenido un accidente doméstico. Y recordé otro par de cosas. Como esa vez que entraste en tromba para acusar a Moe de haber abusado de su hija.

Yo también me acordaba. El lugar en el que había «entrado en tromba» era el solárium de Grete, y todo lo que pude ver mientras desvelaba mis sospechas fue el humo del cigarrillo que escapaba entre los paneles de la cabina de sol. Y que Kurt lo había descartado por completo. Prosiguió:

—Poco después Moe se paseaba con una herida en la cara y tú tenías una mano lesionada. ¿Te crees que no fui capaz de sumar dos y dos, Roy? —Estuve tentado de responder a eso, pero me abstuve—. Así que esta mañana he llamado a Stanley. Le expliqué que se trataba de un caso de asesinato con peligro de reincidencia, y que por tanto estaba obligado a informarme. Le pedí que buscara la bala en la basura y ¡*voallá*!

No comenté su deficiente francés y le pregunté qué quería decir con eso de peligro de reincidencia.

—¿No ves la tele, Roy? Por eso son peligrosos los asesinos en serie como tú. —Kurt cerró el puño en torno a la bala—. Los dos sabemos que, si envío esta bala y el rifle de Moe a la policía científica, las pruebas de balística verificarán que el proyectil de tu espinilla provenía de la escopeta de Moe. Eso te sitúa en el escenario del crimen a la hora en que Anton murió. Y podría ayudar a explicarnos un par de cosas.

—¿Como qué?

—Como que no me parece que las lesiones del rostro de Moe encajen del todo con el eje de esa rueda. Que hay cortes recientes en el suelo, como si alguien hubiera utilizado un cuchillo o un cepillo de carpintero. Crees que has sido listo, Roy, pero en realidad no es nada complicado reconstruir lo sucedido. Fuiste a buscar a Moe, él intentó defenderse con el rifle, pero solo logró pegarte un tiro en la espinilla antes de que lo mataras a golpes con algo, se ve que esta vez no ha sido con los nudillos desnudos, puesto que parece que tienes las manos intactas. Has eliminado tu sangre y la de Moe lijando el suelo y has preparado el escenario para que pareciera un accidente. ¿Me acerco a la verdad? No hace falta que respondas, Roy, la cuestión es..., ¿cómo habías dicho? ¿Retórica?

Kurt abrió la mano de nuevo.

—Esta bala equivale a veinte años de cárcel para ti, Roy, por eso es la sartén. Te queda el fuego. —Me miró hasta que hice lo que él quería y le pregunté de qué podría tratarse—. Que confieses haber asesinado a mi padre. Que lo empujaste por el precipicio de Huken y después dejaste una barca vacía con sus botas dentro para que pareciera que mi padre era un miserable suicida. ¿Vale?

Me miró como si necesitara asegurarse de que lo entendía. Carraspeé y dije:

—Suena familiar.

—Sí, ¿verdad? Accidentes fingidos, ese es tu... —buscó la palabra correcta.

—*Modus operandi* —propuse.

Negó con un movimiento de cabeza.

—Tu método —afirmó.

—Vale —dije—. Pero lo que quiero decir es que tu fuego y tu sartén parecen bastante similares.

—No, no. Para empezar, es una circunstancia atenuante que solo tuvieras dieciocho años cuando mataste a mi padre. Además, la pena es menor cuando el delito se cometió hace mucho tiempo. Te caerá un máximo de cinco años.

—Tú... ¿qué te llevas a cambio?

La mirada de Kurt se enfrió.

—Limpio el nombre de mi padre.

Asentí y dije:

—Así que lo que estás proponiendo es...

—Un trato. Que confieses el asesinato de mi padre a cambio de que yo tire esta bala al lago Budalsvannet.

Mis movimientos de cabeza eran tan lentos que casi no se percibían.

—Entonces —dije—, Natalie Moe nunca sabrá quién mató a su padre, porque tú consideras más importante recuperar el honor de tu familia, o algo así.

Casi podía sentir el frío que emanaba de la mirada de Kurt.

—No vas a recibir una oferta mejor, Roy. ¿Qué me dices?

Me rasqué la barbilla. Desde que Natalie se había quejado de que mi barba de cinco días raspaba, me afeitaba a diario. Hasta el sábado. Ahora me picaba.

—Sé que quieres ser un genio de las negociaciones, Kurt, como con el camping. Pero es que no te acaba de salir.

—¿Ah, no? —dijo con voz inexpresiva.

—La mejor manera de cerrar un trato es asegurarte de que el otro se juegue lo mismo que tú.

—Eso hacemos. Tú reduces la condena, y yo a cambio vengo a mi padre.

—Escúchame bien, Kurt. Digamos, de manera del todo hipotética, que yo he cometido los dos crímenes. En el mismo momento en que haya confesado el asesinato de tu padre, ya no tendrás ninguna razón para tirar esa bala y me condenarán por los dos. Y al revés, si empezamos por deshacernos de ese proyectil, no tendré motivo alguno para confesar, y tú habrás perdido los dos casos que nos ocupan. Lo que tienes que hacer es equilibrar el terror, generar una situación en la que el naufragio de una de las partes arrastre a la otra. Pero, claro, eso exige una capacidad mental que...

Esta vez lo vi venir, pero no hice nada por impedirlo. Kurt no me pegó, se lanzó sobre mí. Me agarró el brazo y la muñeca, los retorció hasta que el dolor me obligó a arrodillarme y bajar la cabeza al suelo mientras él se colocaba a mi espalda y me siseaba al oído:

—No voy a dejar que me dé lecciones un jodido paleto disléxico con un arma en una mano y una manguera de gasolina en la otra, ¿te enteras?

—Entiendo —gemí por la comisura de los labios que tenía pegada al gélido hormigón del suelo.

—¿En qué quedamos?

—Sartén —dije.

—¿Eh?

—¡Sartén! Eh, tú, estás pegándole una paliza a un tipo que está de baja.

Me soltó y logré ponerme de pie.

—¿Prefieres que te condenen por el asesinato de Moe? —Kurt se colocó la cazadora vaquera como si fuera una blazer de las caras.

—No voy a confesar un delito que no he cometido.

—Como quieras. Te vas a arrepentir, Roy. Porque encontraré las pruebas de que también mataste a mi padre.

—En ese caso te saldrás con la tuya, ¿no? —dije quitándome la mugre de la mejilla—. No es que venga a cuento, ni nada, pero esa frase del surtidor en una mano y el arma del crimen en la otra me ha impresionado un poco. Muy sofisticado, sin duda.

Me lanzó la última de esas miradas asesinas y se dio la vuelta. Los pasos resonaron presurosos y enfadados por la nave. La puerta se cerró con un estruendo a sus espaldas, yo me derrumbé en la silla.

Saqué el teléfono y escribí un mensaje.

Mis condolencias.

Lo borré, resultaba demasiado frío incluso para Roy el Terrible. El texto que escribí a continuación no era mucho mejor: *Acabo de saber lo de tu padre. Llámame si quieres hablar.*

¿Qué podía hacer yo? ¿Confesar que había tenido intención de hacer daño a su padre porque estaba seguro de que la había violado mientras estaba indefensa, y había acabado matándolo? ¿Qué bien haría eso? Lo único que podía hacer era ofrecerme a estar a su lado si me necesitaba, ¿o no? Si odiaba todo lo que estuviera relacionado con el apellido Opgard, no tenía por qué contestarme.

Lo envié.

32

Mi mente necesitaba un descanso.

Me concentré en cuestiones prácticas. Las tareas diarias y rutinarias de la gasolinera, hablar con mi contable en Notodden y redactar, firmar y enviar la documentación que recogía el reparto del Fritt Fall en tres participaciones. Había transferido cincuenta millones del préstamo del banco al Spa de Os y, con la emisión de las nuevas acciones, había pasado a ser el mayor accionista particular, con un total del treinta y seis por ciento. Carl se ofreció a convocar una asamblea general para que me otorgaran un lugar en la junta, pero respondí que no era necesario, ya que solo iba a tener las acciones durante seis meses y, en todo caso, tendría que acatar las decisiones de la mayoría del consejo, que seguía las instrucciones de Carl al dedillo.

Puede que estas distracciones apartaran mi mente de manera momentánea de Natalie y las bombas que estaban a punto de estallar a mi alrededor, pero no me aliviaban el dolor de la pierna. No podía dormir, aunque tomara una dosis importante de analgésicos.

Decidí probar una de las píldoras verde oliva de Carl, y esa noche dormí como un lirón.

Sabía que automedicarme de esa manera implicaba el riesgo de volverme dependiente, pero es que era demasiado eficaz.

Al cabo de tres días decidí dejarlo, pero estuve despierto hasta las cuatro de la mañana, así que bajé a la cocina a tomar una más, que me dije sería la última. Solo recuerdo que estaba en la cama y Carl me sacudía de un lado a otro.

—Llaman de la gasolinera preguntando dónde te metes —dijo en voz tan alta que comprendí que le había costado despertarme. Agarré el teléfono de la mesilla. Seis llamadas perdidas de Egil y una de Vera.

—¿Qué les has dicho? —pregunté mientras me ponía los pantalones.

—Que estás de baja. Egil dice que no sabía nada.

—No encontré a nadie que se hiciera cargo tan rápido —dije. Planté los dos pies en el suelo con cuidado—. Además, la pierna está mucho mejor.

Llovía, ese calabobos constante que nos llega cuando no ha descargado todo en la costa oeste. Mi cabeza seguía dando vueltas, pero llamé a Vera de todas formas.

—Que te den —escupió antes de que yo tuviera tiempo de decir hola.

—¡Eh! ¿Por qué?

—Me prometiste que no lo relacionarían conmigo. Ahora me entero de que balística está comprobando una bala que ha salido de tu pantorrilla en relación con un posible caso de asesinato. ¿Eres consciente de la clase de problemas en las que me puedo ver metida si se sabe que te ayudo?

—Joder. Cuando hablé contigo no sabía que Kurt se iba a obsesionar con un accidente doméstico que tuve con nuestro rifle.

—¿Cómo que un accidente doméstico?

—Había limpiado el arma e iba a probar el gatillo, olvidé que había una bala en la recámara.

—¿Y te dio en la pantorrilla?

—Estaba tumbado en el sofá con las piernas en alto.

En el denso silencio que siguió intenté escuchar si se tragaba la historia o no. Al final carraspeó.

—Me ha llegado la respuesta del laboratorio.

—¡Bien! ¿Han encontrado algo?

—Nada de alcohol, sino flunitrazepam. Más conocido como Rohypnol, o *hypp*. No sé si te suena.

La cabeza seguía dándome vueltas.

—Sí —dije—. ¿Eso no lo toman los drogadictos?

—Hace mucho que no se puede comprar en la farmacia. El Rohypnol se vende en la calle, como las anfetaminas o la heroína. ¿Seguro que no es drogadicta?

—¿Seguro que es una mujer?

—Estos análisis lo desvelan casi todo.

—Creí que habías pedido el análisis más básico.

—A veces te dan más de lo que has pedido, Roy.

—¿Qué quieres decir?

—Gilliani me dijo que habías reservado un viaje a Polonia con una mujer y, lo que son las cosas, me dolió un poco. Tú y yo no fuimos nunca a ninguna parte.

—¿Te duele un poco menos si te digo que no fue idea mía?

—Un poco. ¿La sangre es suya? ¿Quieres saber si consume?

—La última vez que hablamos me dijiste que no querías saber para qué era el análisis, y así no verte involucrada.

—Sí, cierto. No lo quiero saber. Esta conversación se acaba aquí.

—Ok. Gracias, Vera. *I owe you.*

—*Love you?*

—*Owe you.*

—Para nada.

—Sí.

—Pues vale.

Nos echamos a reír y colgamos.

Llamé al hotel. Localicé a la misma mujer con la que había hablado en el almacén de mantenimiento y le pregunté por las rutinas de llenado de los minibares.

Cinco minutos más tarde estaba en mi puesto en la tienda, le di las gracias a Egil por quedarse a pesar de que yo me hubiera retrasado tres horas y le dije que le daba el domingo libre, con sueldo. Sonrió satisfecho y cogí el teléfono, que me vibraba en el muslo. Leí el nombre de la pantalla. Tuve frío y calor a la vez.

—Hola —dije mientras iba a la trastienda.

—Hola —respondió Natalie—. El entierro es hoy.

—Lo sé.

—¿Me podrías acompañar?

El sacerdote pronunció las palabras de bienvenida con la solemnidad que las circunstancias exigían.

Había tenido tiempo de pasar por casa para ponerme el traje negro, pero no pude planchar la camisa. Mi aspecto, en segunda fila, no era del todo inapropiado. Mi presencia sí, claro: asistía al entierro del hombre que había acabado aquí por mi culpa. Natalie se había reunido conmigo delante de la iglesia y acordamos que no me sentaría en la primera fila con ella y la poca familia que tenía, sino justo detrás.

Tuve tiempo de mirar alrededor mientras el sacerdote recitaba la plegaria inicial.

No se podía decir que hubiera acudido todo el mundo. En el funeral de Willumsen, por ejemplo, hubo más gente. Y en el del viejo alguacil, a pesar de que no había nada que enterrar. Pero más que en el de mamá y papá, y mucha más que en la ceremonia en honor de Shannon, que al fin y al cabo era una recién llegada. Sí, puede que yo no pintara nada allí, pero ya casi se había convertido en una tradición. Salvo en el caso del matón danés, había asistido a los entierros de todos los que Carl y yo habíamos mandado a la sepultura.

Estaban presentes el viejo alcalde Jo Aas, Grete Smitt y Kurt Olsen. Vi también a Julie.

El sacerdote anunció que el hermano del fallecido quería pronunciar unas palabras. Un hombre delgado de la primera fila se puso de pie y se acercó al púlpito. Su elegía fue breve y nada sentimental. La leyó de un folio que temblaba tanto que se oyó por el micrófono. La impresión que dejó fue que Anton Moe había sido un tipo honesto y muy trabajador, que no se hacía notar y cuyo único deseo había sido sostener a su familia y contribuir al bienestar del pueblo. Parece que también era más divertido de lo que mucha gente imaginaba. Su hermano contó, a modo de ejemplo, que una vez le había robado un sándwich de su almuerzo a Anton y este le había dado un golpe en la nuca con un sacudidor de alfombras ligero y le había advertido que, si le hubiera quitado el de jamón, le habría atizado con un leño. Los presentes se rieron con educación. No sé por qué esa anécdota, contada con torpeza, me conmovió. Tal vez porque sucedía entre hermanos. Tal vez porque daba testimonio de amor, un cariño por su hermano que yo también recordaba haber sentido alguna vez, en otro tiempo. Por mi hermano pequeño, ese del que me habían encomendado cuidar, pero al que no lograba proteger de papá. Ese al que había querido tanto, eso creía, y de manera desinteresada, hasta el día en que comprendí que siempre había condiciones.

La primera vez fue cuando me di cuenta de que pegaba palizas a Shannon con regularidad.

La segunda, cuando me robó mi parte de los pastos falsificando mi firma.

Fue entonces cuando pasé de ser un asesino a planificar la muerte de mi hermano.

Pero el hombre propone y Dios dispone, según dicen.

El mismo día en que íbamos a llevar a cabo el plan, Carl se enfrentó a Shannon diciendo que era imposible que él fuera el padre del hijo que esperaba, discutieron y la mató con una plancha.

Después ocurrió lo que aún no he podido comprender.

Como siempre que se veía envuelto en un lío, Carl pidió ayuda a su hermano mayor, sin saber que yo estaba implicado. No concibo por qué no le negué mi ayuda en esa ocasión. Iba contra natura. O tal vez no. Puede que sea tan sencillo como eso que solía decir papá de que la sangre es más espesa que el agua. Al menos cuando todo lo demás se ha perdido. Puede que permanecer unidos ante el mundo sea la bendición de la familia, pero también es su maldición, joder. El caso es que ayudé a Carl a hacer aquello que se ha ido convirtiendo en mi especialidad, conseguir que un asesinato parezca un accidente o un suicidio.

¿Me había arrepentido alguna vez de haberlo salvado? Es como preguntarle a alguien si se arrepiente de haber devuelto el golpe la primera vez que le pegaron un puñetazo en la nariz. No había elección, estaba ya programado de antemano. Puede que, finalmente, no hubiera sido capaz de matar a Carl en aquella ocasión. Incluso cuando manipulé los frenos del coche de papá, lo hice movido por la fidelidad.

Fidelidad a mi hermano pequeño, que me suplicaba que parara a nuestro padre; fidelidad a papá, que también me había pedido que le pusiera fin cuando había sacado la escopeta de perdigones para que yo lo matara. ¿Podría ser distinto esta vez? ¿Sería capaz de anteponer a alguien a mí mismo y a mi familia?

Oí el roce de ropa y a mi alrededor se oscureció un poco; comprendí que el sacerdote había empezado a leer la Biblia y yo también me puse de pie. Poco después sonaron las campanas y el ataúd salió en volandas a la lluvia.

—Gracias por venir —dijo Natalie, que se había colocado a mi lado al abandonar el cementerio tras el entierro.

—Solo faltaría —respondí, y me cambié el paraguas de mano para que la resguardara a ella también—. ¿Cómo estás?

Se cruzó de brazos y se encogió como si tuviera frío a pesar del abrigo.

—No muy bien. Estoy de baja.

—No es de extrañar, habiendo perdido a tu...

—No es por mi padre. Es por lo que pasó en la fiesta del personal.

—¿Sí? —Vi que Kurt y Rita se metían en el Land Rover y se marchaban—. Me has dicho que no quieres hablar de ello y lo entiendo, pero sigo preguntándome qué pasó.

—Yo también.

—¿Tú también?

—No recuerdo nada, Roy. O casi nada.

—Sí, es el efecto del Rohypnol, ¿no?

—¿Qué?

—Tenías flunitrazepam en la sangre.

Se detuvo y me miró fijamente.

—¿Cómo sabes...?

Nos interrumpieron dos personas que se acercaron a darle el pésame. Yo seguí camino del aparcamiento. Natalie volvió a ponerse a mi lado.

—Casi contaba con que había sido eso —dijo.

—¿Sí?

—A veces conseguíamos *hypp* en Notodden, reconocí los síntomas. Como lo de no recordar nada de nada. Pero yo no llevé droga a la fiesta, así que tuve que comprársela a alguien o me la dieron.

—O alguien lo echó en tu vaso de agua.

Ella sonrió.

—No estamos en Oslo, Roy. Nadie te echa droga en la copa en Os.

—Sí, esa noche hubo uno que sí.

—¿Quién?

Le abrí la puerta del copiloto de mi coche y ella se sentó. Yo me puse al volante. El agua se deslizaba como lágrimas por el parabrisas mientras veíamos cómo los últimos asistentes al funeral se iban alejando en sus vehículos.

—¿Quién? —repitió.

—Carl.

Me miró incrédula.

—Tuvisteis relaciones sexuales —dije—. ¿Lo recuerdas?

Ella negó despacio con la cabeza sin apartar la vista de mí.

—Supongo que por eso las llaman las pastillas *forget-me* —dije.

—Pero sabía que me había acostado con alguien en la fiesta —apuntó—. Cuando me desperté tenía sangre y semen en las bragas. Perdona por los detalles.

—Seguro, porque también había sangre en las sábanas de la suite nupcial. Ahí fue donde encontré la sangre que analizaron.

—¿Cómo sabes que fue Carl?

—Me lo contó.

—¿Te lo contó?

—Salvo que te había echado droga en la bebida. Mintió y dijo que los dos ibais borrachos cuando acabasteis en la suite nupcial.

—¿Cómo sabes que no fue eso lo que pasó? Podría haberme drogado sin que él notara la diferencia entre si iba colocada o borracha.

—Puede ser. Pero el caso es que mintió cuando dijo que habías vaciado el minibar de la suite. Supongo que así explicaba por qué tuvieron que ayudarte a subir al taxi. Porque no tenías restos de alcohol en sangre...

—Puede que empezara a beber del minibar después de tener relaciones.

—No. Lo he comprobado con el hotel. No repusieron el contenido del minibar ni el sábado ni el domingo. Estaba intacto.

Natalie sopló sobre el parabrisas haciendo que se empañara.

—Vale, así que mintió sobre que yo había bebido —dijo—. Pero eso no quiere decir que el resto fuera mentira. ¿De dónde iba él a sacar Rohypnol? Ya casi no se consigue ni en la calle.

Metí la mano en el bolsillo y sostuve ante ella una de las píldoras verde oliva de Carl.

—Tú tienes.

—Yo no. Son de Carl. Hace ocho años le prescribieron Rohypnol. Para la ansiedad y para dormir.

—Eso no se lo ha dado ningún médico —dijo Natalie—. Hace una eternidad que dejaron de recetar Rohypnol. Le hubieran mandado otra cosa.

—Puede ser. No quería ir al médico

—¿Por qué no?

La miré. ¿Qué podía responder? ¿Que un hombre que acaba de asesinar a su esposa no quiere despertar sospechas contándole a su médico que no puede dormir, que tiene ansiedad? ¿Que prefiere comprar lo que necesita a través de un intermediario en Oslo?

—Olvídalo —dijo ella—. Lo comprendo. Fue él. Fue Carl.

—No creo que te acabes de dar cuenta —solté—. Creo que ya habías comprendido que era él cuando hablaste conmigo a la mañana siguiente.

Ella no respondió.

—¿No es así?

Ella parpadeó deprisa, como si yo hubiera pegado una palmada delante de su cara.

—Recuerdo que iba borracho y que flirteó conmigo en el bar después de la cena —dijo—. Y que me resultó incómodo.

—¿Porque es tu jefe?

Puso los ojos en blanco.

—Porque es tu hermano, bobo. Cuando vi el semen en las bragas pensé, por descarte, que solo podía haber sido él.

—¿Por eso decidiste no verme más? ¿Creías que habías tomado drogas y que habías acabado teniendo sexo consentido con mi hermano?

—No sé qué piensas de mí, pero no sería la primera vez que me pasa algo así. Salvo por lo de que fuera el hermano de alguien. Y es la primera vez que he estado con otro cuando tenía una relación con un hombre.

—Sí que lo era, ¿verdad? —dije y la miré de reojo—. ¿Una relación?

—¿A ti no te lo parecía?

—No conozco las reglas, pero sí, para mí lo era.

—Bien. Para mí también.

Nos miramos. Largo rato. Sabía que, si intentaba besarla ahora, me detendría. Para empezar porque acababa de enterrar a su padre, desde donde nos encontrábamos se veía la tumba. Luego, porque había pasado menos de una semana desde que tuvo el semen de mi hermano en su interior. Por último, porque había demasiada información que había que procesar antes. Solo yo estaba lo bastante enfermo para desearlo ahora. ¿O no? Sí, sin duda.

—¿Qué sugieres que haga ahora? —preguntó.

—¿Tú qué crees?

—Que o denuncio a tu hermano a la policía o me busco otro trabajo, un lugar donde esté segura de que no lo volveré a ver.

—Vale.

Ella gimió.

—¿Qué quieres decir con «vale»?

—Quiero decir que tú decides.

—Pero, maldita sea, Roy, eres tú el que me está contando esto, eres tú quien tiene toda la información.

—Y ahora la tienes tú. —Respiré profundamente un par de veces—. ¿Pretendes permitir que un violador te obligue a abandonar tu pueblo y te quite la vida que deseas?

Miró pensativa al frente. La lluvia era más intensa.

—¿Me apoyarás si lo denuncio?

Apreté las manos sobre el volante.

—Me gustaría hacerlo, Natalie. Pero si lo denuncias a Kurt Olsen, lo mejor que puedo hacer por ti será mantenerme alejado.

—Lo entiendo —dijo enseguida—. Va a por ti. Lo comprendo.

—Tienes la información que he conseguido. Cuéntaselo como si la hubieras obtenido por tu cuenta y deja que él lo compruebe. La sangre, las pastillas, el minibar. Todo.

Asintió. Agarró la manilla de la puerta. Se detuvo.

—¿Por qué?

—¿Por qué qué?

—¿Por qué echas a tu hermano a las fieras? Al fin y al cabo, es...

—Al fin y al cabo, es la familia que me queda —terminé la frase—. Bueno...

—¿Bueno?

—Algunas familias son un virus y deberían haberse eliminado hace mucho tiempo.

Me miró como si reprimiera un escalofrío. Se bajó del coche y desapareció bajo la lluvia. Mis palabras parecían haberse quedado en el coche como un eco. Yo también tuve un escalofrío.

33

Recibí los primeros planos de Glen Moore y Rocky Mountain Constructions. Solo eran especificaciones técnicas basadas en los originales de Shannon, pero era tan bonito y emocionante que me resultó difícil apartarme de ellos.

Moore también me escribió que esa mujer tenía que haber sido un talento de las matemáticas, porque en la carrera de Arquitectura no se especializaban en Física y, a pesar de eso, todo tenía las dimensiones correctas. También me pasó un cronograma, el plan de pagos y una propuesta de contrato basado en el trabajo que la empresa RMC había llevado a cabo en Polonia. A primera vista parecía razonable, pero tenía una cita con los abogados del hotel para revisar los aspectos legales. No había riesgo de que se rompiera la negociación, aunque había que reconsiderar algunas de las cláusulas y además incluir un par de las nuestras.

En el debate sobre la carretera nacional había dejado de tratarse el informe y el túnel de Todde, y se había enfocado en trazados alternativos. Todos ellos, los probables y los que tenían menos posibilidades de ser elegidos, implicaban la conservación y mejora del trayecto que pasaba por Os.

Natalie me llamó para invitarme a cenar.

—¿Segura? —pregunté.

—No —dijo ella—. Pero podemos empezar por ahí.

—Me refería a lo de la cena. Dices que no sabes cocinar.

—Prepararé algo sencillo.

—O puedo ir y ayudarte.

—¿Eso quiere decir que prefieres hacer algo complicado?

Colgamos y me hice la misma pregunta, porque era lo que parecía, joder. Me duché, me vestí y me peiné como si fuera una primera cita.

—Has dejado las muletas —dijo ella al abrir la puerta.

—No me sentía identificado —respondí.

Fue muy generoso por su parte recompensarme con unas risas, pero de todas formas me encantó.

—No, gracias —dijo al ver la botella de vino que había traído.

—Sin alcohol —apunté.

Arrugó la nariz.

—Estará malo, ¿no?

—Seguramente. Pero estoy considerando venderlo en la gasolinera. Ya sabes...

—¿Gente desesperada de las cabañas que no llegó a tiempo al monopolio estatal de bebidas alcohólicas?

—Ciertamente.

Volvió sobre el tema cuando comimos su lasaña, sorprendentemente buena, y bebimos el vino que, en efecto, era malo.

—Eres la única persona que utiliza esa palabra en Os.

—Carl y yo —dije—. Es por mamá. Trabajó como ama de llaves en la ciudad antes de venir aquí.

—¿Por eso Carl habla con acento de la capital?

—Empezó a hacerlo cuando estudiaba en Mineápolis. Dijo que era para que le entendieran mejor el resto de los estudiantes, que casi todos eran de Oslo o del distrito acomodado de Bærum.

Y porque el noruego estándar resultaba más sencillo para Shannon, que había empezado un curso para aprender el idioma.

—Chorradas.

—Bien dicho, nativa.

Sonrió.

—No digo que yo sea una excepción, pero ¿por qué nunca estamos satisfechos con ser quienes somos?

—Mmm, ¿es una pregunta?

—Si tienes una respuesta, sí.

—Deja que lo intente —respondí—. No estamos satisfechos porque siempre sentimos que nos falta algo. Por eso imitamos a los que creemos que están completos, que se bastan ellos mismos. Nos vestimos, hablamos, comemos y deseamos igual que ellos, y buscamos lo mismo que ellos.

—Como los modelos —dijo—. Un deseo mimético.

—Vaya. —Levanté mi copa—. Has leído a René Girard.

—No, pero tuvimos un profesor de marketing al que le interesaba mucho el tema. Eso de que queremos lo que admiramos, lo que tienen nuestros modelos, a quienes seguimos. ¿Crees que fue por eso?

Intuí adónde quería ir a parar, aun así, pregunté.

—Carl —respondió ella—, ¿me quería porque era tuya?

Pensé en Shannon.

—Creo que no es tan sencillo.

—¿Por qué no? Eres el hermano mayor. El ejemplo al que seguir.

—Era al revés.

—¿Al revés?

—Él tenía lo que yo deseaba, aunque fuera el pequeño. Iba mejor que yo en el colegio. Era encantador, guapo, le caía bien a todo el mundo, podía salir con quien él quisiera. Tenía a quien quisiera.

—¿Tú querías lo que él tenía?

Me encogí de hombros.

—¿Todavía es así? —quiso saber ella.

Bebí un sorbo de vino malo.

—Puede que uno madure con los años, que esté más satisfecho con quien es y con lo que tiene. Así que no, no quiero lo que él tiene.

—¿No? ¿No quieres su hotel? ¿Su nueva casa? ¿No quieres ser el rey de Os?

—¿Quieres tú?

—¡No! —Se echó a reír. Después, como si hubiera recordado de qué estábamos hablando, volvió a ponerse seria. Bajó la vista y empujó la comida del plato con el tenedor—. Si tu hermano está acostumbrado a conseguir a la mujer que quiere, ¿por qué va a por la que está con su hermano?

Me encogí de hombros una vez más.

—Porque estaba borracho y tú eras la chica más atractiva de la fiesta.

—Entonces, él, que puede estar con quien quiera, ¿tuvo que echar droga en mi vaso de agua para follar?

No respondí.

—Fuiste tú quien dijo que no era tan sencillo. Y ahora intentas simplificarlo.

Suspiré y miré por la ventana. Había empezado a anochecer mucho antes.

—No lo sé, Natalie. A lo mejor ni él mismo lo sabe. Tal vez sea una variante de la cleptomanía.

—Me lo vas a tener que explicar.

—A lo mejor es una especie de pulsión. Otros se enganchan al juego, él busca la emoción de hacer algo que sabe que no solo lo llevaría a prisión, sino al ostracismo más absoluto.

Natalie tenía aspecto de no estar nada convencida.

—Vale —dije—. Hablando de cárcel, ¿has...?

Ella asintió.

—Antes de ayer fui a la comisaría de la policía rural, pero no he tenido noticias de ellos.

—¿Hablaste con Kurt Olsen?

—Sí, me aconsejó que esperara a denunciar hasta que él hubiera investigado un poco. Era por mi bien, eso dijo.

—¿Y ahora?

Ella se encogió de hombros.

—Dijo que quería comprobar que lo que le daba era suficiente. Que una denuncia que no prosperara podía hacerme quedar mal. Lo entiendo. La gente piensa en mujeres que quieren salvar su reputación diciendo que ha sido una violación, o vengarse porque un hombre ya no quiere saber nada de ellas. ¿Cambiamos de tema? Necesito...

—Encantado —dije.

Apartó un poco la silla de la mesa. Se sentó de manera que la viera entera. Me miró de esa forma. Empujé mi silla. Me crucé de brazos.

—¿Qué te ha parecido la lasaña? —preguntó y parpadeó con pereza.

—Como ya he dicho, estaba... muy buena.

—Solo lo has comentado dos veces.

—Ya van tres —dije despacio.

—No cuenta, te lo he tenido que pedir.

—Vale. ¿Cuántas veces hay que decir que estaba buena?

—Cuatro del plato principal, dos del postre.

—¿Eso es que hay postre?

—Sí —dijo, y se subió a gatas al sofá con el trasero apuntando hacia mí. Giró la cabeza y me miró con los ojos empañados.

—Muy... —murmuré, y tuve que humedecerme los labios—... buen postre.

Volví a casa pasada la medianoche, porque no había llevado una muda de ropa para ir al trabajo al día siguiente. Carl estaba en el jardín de invierno bebiendo cerveza.

Desde la cocina lo avisé de que me iba a dormir, pero me llamó.

—¿Qué pasa? —respondí y me quedé en la puerta.

—Kurt se pasó por el hotel —dijo sin apartar la vista del paisaje—. Esa jodida zorra está pensando en denunciarme.

—¿Zorra?

—Natalie Moe. Afirma que la drogué con una de esas sustancias para violar que llaman Rohypnol. Como si yo tuviera de eso.

—¿No tienes? ¿Pero no fue eso lo que conseguiste en Oslo aquella vez que tuviste ansiedad e insomnio?

—¿Eso era Rohypnol? Puede ser, pero ahora no tendría efecto.

—Qué va. Hace poco leí que la mayoría de los medicamentos son eficaces años después de la fecha de caducidad que figura en el envase.

—¿Ah, sí? —Me miró. De nuevo vi ese elemento desconocido en sus ojos, pero que, a la vez, me recordaba a algo. Caí en la cuenta de lo que era. Esa mirada que podía dedicarle a papá en la mesa del desayuno, vulnerable y a la vez dura—. Pues entonces hice una tontería. Cuando tiré esas pastillas, hace mucho.

Me limité a asentir y supe que, si miraba en el cajón, la bolsa de las pastillas habría desaparecido. Supongo que no había descubierto que faltaban unas cuantas.

—¿Qué dice Kurt? ¿Estás metido en un lío?

Carl se encogió de hombros.

—Kurt va a por mí, claro, sobre todo ahora que no ha podido pillarte a ti. Pero reconoce que haber mandado a analizar una sangre que contiene Rohypnol no demuestra nada, solo que en algún momento lo ha tomado. Eso no es ninguna novedad, de hecho, tiene una condena por posesión de drogas.

—¿Ah, sí?

—¿No lo sabías? Alégrate de no tener nada más que ver con esa tía, Roy. No, no tengo ningún problema, esa denuncia no va a ninguna parte.

—¿Le contaste a Kurt que te acostaste con ella esa noche?

—¿Estás loco? —Carl rio sin ganas—. No es que sea un delito follármela, pero creo que no voy a complicar las cosas reconociéndolo. Diré lo mismo que le conté a Kurt, que iba borracha, que me aseguré de que pudiera descansar en la suite nupcial y eso es todo. El resto es su palabra contra la mía. Bueno, ni eso, porque ha admitido que no recuerda una mierda de lo ocurrido.

—Entonces ya está. Todo solucionado.

Carl bebió un trago de la botella.

—Si la policía te pregunta qué te he contado de lo que pasó, no dirás nada, ¿a que no?

Ladeé la cabeza.

—¿Tú qué crees, hermanito?

Carl esbozó una sonrisa.

—Que no. Sabemos tanto el uno del otro que se desencadenaría una guerra nuclear sin cuartel, ¿verdad?

No respondí. Él se giró del todo para mirarme.

—Qué bien vestido vas. ¿De dónde vienes?

—De una cena.

—¿Con quién?

Lo pensé. Pasaron varios segundos.

—Con unos que están pensando en comprar la gasolinera —dije.

—¿Qué? ¿Tienes intención de venderla?

—No —dije y bostecé—. Pero quise saber cuál era su oferta. Siempre es interesante conocer el valor real de las cosas. ¿No crees?

Carl pareció algo perplejo.

—Buenas noches —dije, me di la vuelta y me marché.

34

Erik y yo analizábamos el cartel que había empezado a grapar a la pared, junto a la puerta del Fritt Fall.

—Es como si ya hubiera visto esa foto antes —dijo.

—La has visto —confirmé.

—¿El grupo de violinistas folk de Hell? No puedo decir que me suenen de nada.

—Así está bien, me vale con eso.

—Aceptaron tocar por cinco mil coronas y un porcentaje de la entrada —dijo Erik—. Con eso sí que me vale a mí.

—Veremos, a lo mejor vienen más de lo que crees.

—Sería un plus. Lo considero un gasto para recalcar que el Fritt Fall es *the happening place* en Os.

—¿En competencia con...?

—Mmm... La capilla. La peluquería solárium de Grete. La gasolinera.

Clavé las últimas grapas. Me di la vuelta e iba a entrar cuando vi a Natalie cruzar la plaza desde Meierigården. Me quedé observándola. Se había recogido el cabello en un moño y llevaba los brazos cruzados sobre un grueso jersey gris, como si la luz uniforme y metálica de la mañana le diera frío. Vestía un par de vaqueros ceñidos, muy lavados, y sus caderas oscilaban como una de esas bombas de petróleo americanas. De boca grande, casi ansiosa, con labios suaves que yo había besado y estaba loco por besar de nuevo. Ese leve temblor placentero que recorría su cuerpo cuando nos tumbábamos muy juntos, desnudos. El mismo que llegaba poco después de que me susurrara al oído con voz contenida, pero rendida: «Me corro». Pegada a mí con la dulzura de una gata, como si hubiera llegado su turno de penetrarme, para que fuéramos uno. De repente vi algo abrupto en su manera de caminar, como la primera vez que anduvimos por la montaña. De cerca tenía los ojos enrojecidos. Se detuvo a cierta distancia.

—¿Qué ocurre? —pregunté.

—Ha llamado Kurt Olsen.

—¿Y?

—Dice que no tengo bastante para que una denuncia prospere.

—¡Eso es una tontería!

—Dice que ha hablado con Carl y que su versión es que solo me ayudó para que pudiera tumbarme un rato y recuperarme. Kurt dice que sería su palabra contra la mía, y ni siquiera eso, puesto que no recuerdo una mierda de lo sucedido.

—¿No recuerdas una mierda? ¿Esas fueron las palabras que empleó?

—Sí.

Sacudí la cabeza de lado a lado y di un paso para darle un beso en la mejilla, pero me detuve cuando levantó una mano hacia mí.

—¿Qué sucede?

—Kurt me contó una cosa más.

—¿Sí?

—Dijo que no cree que la muerte de mi padre fuera un accidente.

—¿No?

—Cree que lo mataron a golpes. Que fue una persona a quien antes había herido de un tiro para defenderse. —Me miró con los ojos enfebrecidos mientras se abrazaba a sí misma con tanta energía que parecía que llevara una camisa de fuerza—. Dice que muy pronto dispondrá de la prueba.

Tragué saliva y asentí.

—Prefiero saber la verdad por ti antes que por Kurt Olsen, Roy. ¿Mataste a mi padre?

Debería haber previsto que me haría esa pregunta, por supuesto, pero no estaba preparado. Tomé aire para mover las cuerdas vocales, para emitir un sonido que aún no sabía en qué consistiría. Porque no sabía si sería capaz, si tendría aguante para seguir mintiendo. A otros, tal vez, pero no a ella, no a la chica a la que acababa de ver cruzar la plaza mientras pensaba que, maldita sea, esa de ahí ha sido capaz de lograr lo que yo creía imposible, me ha enamorado.

Solté aire, pero no produje sonido alguno.

Sus ojos se llenaron de lágrimas.

—Comprendo —susurró—. Papá me contó que te tenía miedo. Yo le dije que no había motivos, que habíamos dejado todo eso atrás. Ahora comprendo que tenía razón.

—Natalie... —Di otro paso al frente, pero ella retrocedió varios pasos.

—No quiero volver a verte. Nunca.

Se dio la vuelta y volvió por donde había venido. Vi que su espalda se agitaba. Después echó a correr. Solo cuando la puerta de Meierigården se cerró a su espalda, cerré los ojos y susurré todas las maldiciones que vinieron a mi mente.

La junta del consejo de dirección de Spa de Os, S. A. tuvo lugar por la tarde en la sala grande de reuniones del hotel. Nunca había asistido a una, pero se desarrolló más o menos como había imaginado.

En realidad, si bien los miembros del consejo deben elegirse en una junta general de accionistas, el presidente, Jo Aas, explicó que, puesto que el miembro que representaba a Alpin se había retirado antes de terminar su mandato y la oficina principal, ubicada en París, no insistía en estar representada, podían elegirme miembro para el tiempo restante.

Me senté al fondo de la mesa y escuché mientras iban tocando los puntos de la agenda del día. Carl y Aas eran quienes más hablaban, los demás asentían y parecían estar de acuerdo. Había buen ambiente y ninguna pregunta de tono crítico. Puesto que me habían elegido antes de que tuviera tiempo de ver la contabilidad, solo tuve acceso a los totales de los gastos corrientes y al balance, que se presentaron en la reunión y parecían aceptables, y deduje que por eso nadie cuestionaba nada. Algunas partidas hubieran requerido más detalle del que Carl proporcionaba. Me fijé en que los gastos de mantenimiento se habían incrementado de manera significativa en el último año, sin que yo recordara haber visto que se hiciera nada extraordinario en el hotel. Cuando planteé unas preguntas muy básicas sobre la valoración de algunos activos, si el porcentaje de amortización era el correcto y demás, Carl se mostró más harto que receptivo, por así decirlo.

—Eso lo confirmarán el contable y el auditor cuando emitan las cuentas anuales, ahora no —afirmó. Como si no fuera él quien controlara cómo se presentaban las cifras en los informes. Tal vez no fuera así, al menos ninguno de los presentes parecía sospechar que hubiera nada fuera de lo normal.

De camino al aparcamiento, Jo As me llevó aparte.

—Solo quería darte las gracias por tomar cartas en el asunto, Roy.

Me quedé mirando al hombre alto y extremadamente delgado que caminaba hacia su coche, un Opel que parecía haber tenido siempre y que nunca había sufrido fallo alguno, que yo supiera. Todos tenemos defectos y errores ocultos, pero Aas y su coche representaban algo consistente, algo en lo que confiar.

¿A qué cartas se refería? Tomar cartas en el asunto era algo que se hacía cuando las cosas pintaban mal, ¿no? Yo solo había aportado capital para posibilitar la expansión del negocio, nada más.

Me metí en el Volvo, esperé y arranqué cuando Carl se acomodó en el asiento del copiloto.

—¿Qué quería Aas? —preguntó.

—Decirme que se alegra de que participe —dije, y di marcha atrás mirando por los retrovisores, aunque todo se viera en la pantalla del salpicadero. Fuimos en silencio mientras la emisora de radio local hablaba de la carretera nacional.

—Por cierto, ¿te comenté que tuve una charla con Goebbel sobre Natalie? —quiso saber Carl.

—No.

—Dijo que, en caso de que se abriera una investigación policial, yo no tendría nada que temer. Pero que, si Natalie avisara a la dirección de la empresa y otras empleadas aportaran historias similares, sería peor.

—¿Hay peligro de eso?

—¿Otras? —Carl negó con la cabeza—. Hubo un par de jóvenes, recién contratadas, cuando trabajé en Canadá y supongo que podría decirse que ocupaba una posición de poder con respecto a ellas, pero en aquel tiempo no se pensaba en eso. Por cierto, acabo de tener noticias de un caso interesante que ocurrió en Bergen hace un par de años. Dos miembros de la dirección se enamoraron de la misma mujer, una recepcionista joven, y la cortejaron. Ya sabes, invitaciones, flores, SMS insinuantes y demás. Uno de ellos tuvo éxito, se casó con ella y ahora está al frente del hotel. El otro fue despedido por acoso sexual y se pegó un tiro poco después. Resultó que los SMS que sirvieron de base para el despido se parecían mucho a los que le enviaba el que le gustó, con quien acabó casándose.

Pasamos por delante de Nergard y reduje la marcha para empezar a subir las cuestas.

—¿Y la moraleja es?

—Que sale rentable ser el atractivo —dijo Carl—. Conocer a tu público.

—No creo que sea tan sencillo. El acoso tiene que ver con el contexto, no solo con el contenido literal de un SMS o exactamente con qué parte del cuerpo de la empleada haya tocado el jefe.

—Seguro que no es tan sencillo, claro —dijo Carl—. Pero para el que se quedó sin empleo y sin reputación, con la pistola en la mano, sí lo fue.

Esa noche salí a dar una vuelta en coche yo solo. Siempre me ha tranquilizado tener un volante entre las manos, observar las curvas de la carretera que me resultan familiares, oír que el motor está en buenas condiciones, escuchar que J. J. Cale no lo está, pero lo lleva bien. Sin embargo, esa noche los nervios se negaron a calmarse. Me obligué a no pensar en Natalie, me acordé del hombre de la pistola. Y de Carl. Tal vez por eso de repente me vi frente a Kongsgården, la lujosa residencia que se estaba construyendo. Había estado allí con Carl cuando estaba buscando una parcela, pero no tengo una buena explicación de por qué no había vuelto desde entonces. Me había invitado a ir, por supuesto, pero siempre había puesto alguna excusa, algo importante o una minucia que me lo impedía, y además no corría prisa, argumentaba yo, la casa no iba a irse a ninguna parte.

Aparqué detrás de una mezcladora de cemento. Me di luz con la linterna del móvil y me abrí paso entre montones de tablones de madera y pilas de ladrillos.

La puerta principal estaba cerrada, rodeé la casa hasta la fachada que daba a Os y encontré una ventana del sótano semiabierta. Entré a gatas. Olía a polvo de cemento y aislante. Recorrí las habitaciones a medio terminar, una a una. Eran muchas, tantas que la casa parecía demasiado grande, incluso para una familia de cuatro miembros. Acabé en la planta superior, donde colgaba una sola bombilla encendida a no menos de seis o puede que siete metros sobre mi cabeza en la parte más alta. La luz no llegaba a iluminar las paredes, solo pude intuir la entreplanta y recurrí al móvil para hacerme una idea de las dimensiones de la estancia. Supuse que albergaría el salón, el comedor y, a juzgar por las tomas eléctricas, la cocina que llegaría de Alemania. Por la habitación había repartidas herramientas, taladradoras, serruchos, lijas y un banco de carpintero con una sierra. Todo llevaba el mismo logo de AUB que había visto en el ala nueva del hotel. El lado de la habitación que daba a Os era de cristal del suelo al techo y tenía una gran terraza. Me quedé mirando, era una casa fantástica.

Fría, impersonal y espectacular. Puede que alguien frío considerara que tenía personalidad. No por eso era menos increíble.

Allí de pie caí en la cuenta de que Carl debía haber pensado que la casa le proporcionaba no solo unas vistas privilegiadas de Os, sino que Os tendría una vista perfecta de Kongsgården, su residencia real. La altura de la construcción no respondía a ningún propósito práctico; su única finalidad era que los de allí abajo tuvieran a Carl Opgard elevándose hacia el cielo en su campo de visión. La prueba material de quién era el rey de Os. Sentí una repentina melancolía. Recordé el texto del bordado en casa de Moe. *¿De qué le sirve a un hombre ganarse el mundo entero si ha de pagarlo con su alma?*

Puede que no fuera una cuestión que preocupara gran cosa a Carl, él siempre había sido el más duro de nosotros dos. Sí, fui yo y no él quien utilizó el cuchillo para acabar con el sufrimiento de Dog, pero fue una acción necesaria, incluso caritativa. Cuando se trataba de hacer lo necesario para dominar el planeta, Carl era el hombre elegido, el duro.

Pagarlo con su alma.

¿Lo había comprendido cuando no fui capaz ni de mentir ni de contarle la verdad a Natalie? ¿Que se trataba de una elección imposible? ¿Que la verdad me la arrebataría al instante, pero que la mentira surtiría el mismo efecto solo que más despacio, con mayor sufrimiento? Así visto era casi una liberación que llegara la fase siguiente, la de la tristeza, esa en la que todo parece carecer de sentido y de valor, porque así ni siquiera la pérdida del ser amado importaba demasiado.

Sentía que esa fase se aproximaba.

Observé el cable que sujetaba la bombilla. Parecía bien anclado al techo.

Sonó el teléfono.

Consideré la posibilidad de no cogerlo. En la pantalla vi que era Vera la que llamaba.

—¿Sí?

—Hola. ¿Estás solo?

—Sí, eso me parece.

Dudó, pareció que iba a pedirme más detalles, pero siguió hablando:

—Ha llegado el resultado del análisis de balística.

—¿Y?

—No consiguen relacionar la bala de tu pierna con el rifle que había colgado en el granero de Moe.

—¿No lo consiguen?

—Siempre hay una posibilidad de que ese sea el origen. He hablado con Gilliani y está de acuerdo en que parece que el alguacil está inmerso en una batalla personal. A Kurt Olsen se lo dirá de manera que..., bueno, de manera que no tenga excusa para empeñarse en que, teóricamente, haya una probabilidad de que nos estemos equivocando.

Vi una luz al fondo del lago Budalsvannet.

—Gracias, Vera.

—Solo siento alivio porque me contaste la verdad. Perdona que dudara de ti.

—No te preocupes.

—Suenas... ¿triste?

—¿Ah, sí? Bueno, será por la época del año. *Dark season*. Tú y yo estamos deseando que llegue la primavera y aniden los pájaros. Gracias de nuevo. *I love you*.

—¡Eh! Ahora has dicho...

—Oyes lo que quieres oír, Vera, ya sabes que para eso hay un diagnóstico.

—Calla la boca.

Colgamos y eché una última mirada alrededor antes de escabullirme por el mismo camino por el que me había colado en Kongsgården.

35

—Sí hablo inglés —respondió el hombre al teléfono en este idioma, y parecía casi ofendido.

—Disculpe, señor Gerard —dije—. No estaba seguro, porque... —me contuve.

—¿Porque soy francés? —preguntó en un tono provocador.

Busqué sin mucho afán una respuesta diplomática y caí en la cuenta de que, en el fondo, me daba igual.

—Sí.

El otro se echó a reír.

—Estoy tan ocupado como usted, imagino, mister Opgard. Así que ¿cómo puede ayudarme?

Dudé de si era un desliz idiomático o una tomadura de pelo.

Le conté que, de momento, era propietario del treinta y seis por ciento de las acciones del Spa de Os, que había ocupado su puesto en el consejo de la empresa como representante de Alpin, y le expliqué mi duda. Gerard escuchó. Cuando acabé, me propuso que hiciera un viaje a París. Me preguntó cómo tenía la agenda.

—Si la tuviera, estaría vacía.

Gerard soltó otra carcajada y me propuso una fecha y una hora.

Colgamos. Era mi segunda llamada al extranjero del día. La primera había sido a Vilna, donde me hicieron esperar un cuarto de hora hasta que la recepcionista de AUB me pasó con Lewi Wirkus. Fui al grano y le conté que había revisado los comprobantes de la contabilidad del Spa de Os y había aparecido una factura de AUB por tres millones de coronas por el concepto «Preparativos». ¿Podría Wirkus especificar de qué se trataba exactamente? Resultó que el tiempo de espera había sido para nada.

—No solemos dar información de este tipo, pero en general especificamos los comprobantes de la manera en que el cliente quiera —respondió Lewi Wirkus—. Si tiene más preguntas, hable con nuestro cliente. —Y colgó.

Entonces llamé a París.

Ese era el segundo paso. Faltaba el tercero. El más pesado. Estaba muy cansado, pero no había manera de evitarlo, de pasarlo por alto. Había una vía de escape, siempre la hay.

Salí de la gasolinera, me acerqué al talud, me coloqué una dosis de tabaco de mascar bajo el labio y contemplé el lago Budalsvannet, la nieve recién caída que le había puesto un gorro a la cumbre de Ottertind. Allí, a cielo abierto, con el sol otoñal haciendo lo que podía, llegó deslizándose la oscuridad. La oscuridad de verdad. La insoportable. El pensamiento siempre había estado allí, encapsulado, hacía mucho tiempo que no se agitaba. Pero ahora no solo se movió; se puso de pie y se colocó ante mí y tapó el sol. Saludé con un movimiento de cabeza a ese gigante invisible, como si hubiéramos llegado a un acuerdo.

Me encerré en el taller, me acerqué a la pared de las herramientas. ¿Cómo poner punto final? Mi imaginación era el único límite. Entré en mi estudio y observé las matrículas. Mejor dicho, observé una, la de Barbados, que me había regalado Shannon. Abrí un cajón, saqué la caja de terciopelo rojo. Pasé el dedo por la fina alianza de oro que había comprado en Kristiansand. Tenía previsto pedirle matrimonio durante el viaje, en el trayecto de Os a Barbados. ¿Podríamos haber tenido ella, yo y nuestro bebé la vida que habíamos planificado? ¿Las cosas hubieran sido distintas o allí también nos habrían alcanzado las sombras? Lo desconozco, solo sé que la oscuridad no era tan densa hasta que murieron Shannon y nuestra hija. Si algo hubiera podido devolverles la vida, habría renacido como el hombre que era antes del parricidio, antes de convertirme en un alma fría y depresiva. No es que me pareciera a papá; me había convertido en él.

Cerré los ojos.

Los abrí de nuevo, me saqué el móvil del bolsillo y lo dejé en el poyete de la ventana. Salí, cerré con llave a toda prisa y regresé a la tienda. Egil estaba limpiando los hornos, bendito sea el chaval.

—Egil, ¿puedes hacerte cargo del chiringuito el resto del día?

—Por supuesto.

—¿Crees que podría coger prestada esa barca de tu tío, la del lago Gudimvannet?

—Claro que sí. Pero no puedo garantizar que no tenga escapes de agua.

—Entonces me voy a pescar.

—¿Pescar?

—Necesito tiempo para pensar.

Egil puso gesto interrogante, como suele decirse. Seguramente porque lo único que me había oído decir sobre pescar era que no tenía ni idea.

Conduje hasta Opgard y consideré las dos opciones. El rifle de la pared del anexo o lo que quedaba de Tramadol y el Rohypnol del cajón de los medicamentos. Opté, por varias razones, por las pastillas. Era más práctico, yo me evitaba cargar con la escopeta, y el tío de Egil no tendría que lavar la barca después. La razón de más peso era que con el rifle me arriesgaba a que balística hiciera otro análisis que solo traería problemas a los que dejaba atrás. Calculé el peso del Tramadol y el Rohypnol con la mano. Había leído que una dosis de seis gramos del primero se consideraba mortal, y aquí tenía, como poco, el doble.

Volví a la carretera nacional y fui en dirección este, pasé por delante de la gasolinera y aparqué el coche en el claro del bosque. Era el lugar donde Rita Willumsen solía dejar su Saab en los tiempos en que yo fui su joven amante y nos citábamos en la cabaña de los pastos de verano.

Me tomé dos comprimidos de Tramadol y eché a andar. Iba sorprendentemente rápido y ligero. El pie estaba mucho mejor, lo que resultaba algo molesto, puesto que dentro de poco no me serviría para nada. Al cabo de veinte minutos llegué a la cima. El aire estaba inmóvil, el pequeño lago Gudimvannet no tenía ni una arruga en la superficie y reflejaba el cielo azul como si fueran un todo. Di con la barca de plástico verde del tío de Egil, que estaba bajo el mismo árbol que la barca roja de Willumsen, la empujé al agua y salté dentro. Estuve a punto de perder el equilibrio, sería por el Tramadol. Conseguí enganchar los remos y me impulsé hasta el centro de la laguna. Observé la superficie del agua del mismo modo que hacía ocho años me había asomado a un puente y considerado esta opción. La diferencia era que esta vez la decisión ya estaba tomada. Además, había tenido suerte, porque en el bolsillo de la chaqueta aún llevaba la nota de suicidio ya preparada, de manera que no me arriesgaba a cometer mis faltas de ortografía de disléxico.

«NO PUEDO CON ESTA VIDA. ADIÓS. OPGARD».

Funny.

Desenrosqué la tapa del bote de Tramadol y miré dentro. Caí en la cuenta de que no había pensado en que necesitaría agua para tragarme todo eso. Miré alrededor, encontré un recipiente para achicar agua, lo hundí en la laguna, me vacié el bote en la boca y bebí. Me sentí como si me pasaran una cadena por la tráquea, pero entró todo.

También me tragué los Rohypnoles que quedaban en la bolsa.

Me tumbé sobre los tablones del fondo de la barca, que el sol había caldeado, y cerré los ojos. Ahora que la suerte estaba echada, di la bienvenida a la oscuridad de mi mente, aunque sentí un

momentáneo atisbo de terror cuando pareció que mi peor enemiga me iba a traicionar. Entonces hizo acto de presencia. Grande, negra y aplastante. Lo mejor del dolor es saber que un día
cesará.

El sueño y la sensación de estar anestesiado debieron presentarse poco a poco, porque cada vez que abría los ojos el sol había
cambiado de lugar. Es decir, eso fue lo que pensé, pero podría
ser que solo fuera que la barca se había girado.

Se hizo el silencio en mi interior. Después se fundió en negro, de un modo placentero.

Atravesé un paisaje llano y desierto, salpicado de coches des-
guazados. Debían haber llovido del cielo, no sé de dónde podían haber salido si no. Unos tenían el morro clavado en la
tierra, aplastados como acordeones, mientras que otros estaban
de lado y algunos tenían el techo hundido. Había coches nuevos
y viejos, algunos oxidados, otros con la pintura brillante. A varios les habían quitado las ruedas, como si hubieran salido de
rapiña unos asaltadores de tumbas.

A gran altura había pájaros detenidos en el aire, pero no cantaban ni graznaban. De repente oí un estruendo a mi espalda.
Me di la vuelta y vi un coche oscilante, de canto, envuelto en
una nube de polvo, comprendí que acababa de caer. Volvió el
silencio. Buscaba a alguien, pero me percaté de que había olvidado a quién y por qué. Me rendí, me tumbé en el suelo reseco
y duro y cerré los ojos. Algo volaba por el aire. No me moví,
me quedé esperando a que el coche me diera. El zumbido cambió, pasó a ser un lamento triste y prolongado que subía y bajaba. Abrí los ojos y me encontré en el agua. No, estaba en un
pequeño vagón de una montaña rusa. Flotaba en el agua montado en un vagón de montaña rusa. Me levanté para ver de
dónde procedía el sonido. En la orilla había una chica, no estaba
muy lejos. Iba vestida con un traje regional y tocaba una cítara
drone. Dejó el instrumento y anduvo hacia mí. Caminaba sobre
el agua. No, el agua le llegaba por las rodillas. Ahora por la cin-

tura. Pero seguía avanzando, como si se negara a hundirse más o tuviera poderes sobrenaturales.

Me dejé caer otra vez, era tan agradable la caricia del sol en el rostro...

Algo cubrió el sol, hacía frío.

—Roy.

Era mi nombre y alguien me estaba llamando.

—Roy.

Si no hacía caso, a lo mejor desaparecería.

—¡Roy!

La voz se dirigía a mí, eso lo entendí. Pero no quería regresar al lugar del que procedía, quería quedarme aquí.

Me empujaban de un lado a otro, alguien movía el vagón.

Abrí un ojo. Era Natalie.

—¡Roy! ¿Qué has hecho?

Intenté pronunciar la frase: «He destrozado a golpes la cabeza de tu padre», pero la boca no me obedecía.

Se fue la luz.

36

La luz había vuelto con tal intensidad que la atisbaba a través de los párpados cerrados. Oí murmullos y entreabrí un ojo. Estaba rodeado del color blanco; las paredes, las cortinas, las sábanas, la ropa de dos de las tres mujeres que estaban a pie de cama con las cabezas juntas. Cerré el ojo. Capté palabras como «veneno» y «composición», me recordaron a las tres brujas sobre las que Rita me leía en voz alta, las que le preparan una sopa a Macbeth y predicen que será rey.

Abrí los ojos muy a mi pesar.

—Está despierto —afirmó una de las brujas de blanco.

—¿Roy? —dijo la otra. Pude enfocar su cara más o menos, pero no la reconocí—. Soy la doctora Helgesen. —Sonrió—. ¿Sabes dónde estás y lo que ha sucedido en las últimas horas?

Iba a negar con la cabeza, pero caí en la cuenta de que sería menos doloroso decir que no.

—Tampoco sé qué día es hoy —dije.

—Has estado dormido durante dieciocho horas —explicó mientras pasaba la mirada por los papeles que tenía sujetos con una pinza metálica a una plancha de plástico—. Te hemos hecho un lavado de estómago aquí, en el hospital, y te he hemos dado carbón activo.

—¿Cómo... he llegado a parar aquí?

—Te ha traído ella, tu novia.

—¿Novia?

La mujer de blanco sonrió y señaló a la tercera bruja, la que no iba de blanco.

—Eso dice.

Enfoqué a la tercera. Era Natalie. Se acercó a mí, agarró algo que había sobre el edredón. No comprendí que era mi mano hasta que mi cerebro, con cierto retraso, sintió el calor de la suya. La doctora siguió perorando, pero solo me enteré en parte, toda mi atención estaba puesta en Natalie. Tenía los ojos brillantes, una sonrisa temblorosa.

—Os vamos a dejar un rato a solas —dijo la doctora Helgesen.

Sin apartar la vista de Natalie ni soltarle la mano, oí que la puerta se cerraba. Se sentó al borde de la cama.

—¿Novia? —pregunté.

—Era más práctico —dijo—. Si no, hubieran empezado a llamar a tus allegados, pero puesto que solo tienes uno y no me apetece tratar con él... —Abrió la mano libre.

—Vale —asentí—. Pero ¿cómo...?

—¿Cómo qué?

—Cómo todo. ¿Y por qué?

—Bueno. —Miró al infinito como si necesitara un par de segundos para dar forma a su relato—. Ayer me llamó Kurt Olsen. Dijo que al principio habían sospechado que mi padre le disparó a alguien en la pierna en defensa propia. Pero que resultó que la bala alojada en la espinilla de esa persona no provenía de su escopeta. Ahora creen que el disparo que oyeron los vecinos sería de mi padre cazando un ciervo. O un lobo.

—¿Lobo?

—Eso dijo Olsen. En todo caso, han descartado la teoría de que mataran a mi padre a golpes, lo consideran un accidente. Me alegré tanto, Roy. Porque no murió asesinado, pero, sobre todo, porque no eres un asesino. —Tragó saliva y me miró—. ¿Puedes perdonarme por haber creído eso de ti?

—Por supuesto —dije—. No me extraña que lo pensaras.

—Debería haberlo sabido. Es solo que tenía una sensación de..., sí, de que así era como acabarían las cosas entre vosotros dos. Te condené. Y resulta que eres inocente. Después de la llamada de Kurt Olsen fui derecha a la gasolinera para pedirte perdón. Para preguntarte si tú..., si querrías volver conmigo, aunque yo te hubiera traicionado. Pero no estabas, Egil dijo que te acababas de ir a pescar. Salí e intenté llamarte. No obtuve respuesta. Otra vez, y lo mismo. Pero vi que algo se iluminaba en una de las ventanas del taller. Me acerqué y vi tu teléfono en el alféizar. Y me preocupé.

—¿Por qué?

—Porque parecía estar tan... abandonado. Es que no hay motivo para dejar un teléfono en el poyete sucio de una ventana como esa, menos aún olvidarlo allí. Era algo que yo también hubiera hecho si quisiera...

—¿Si quisieras?

—Desaparecer.

Carraspeé, le agarré la mano con más fuerza.

—¿Y entonces?

—Entonces le pregunté a Egil adónde habías ido y me contó lo de la barca verde y me enseñó el lugar en Google Maps.

—Así encontraste el sitio. ¿Cómo llegaste hasta la barca?

—Me entró un poco de pánico y fui vadeando.

—Así que eras tú. Creí que estaba teniendo una alucinación. —Me eché a reír—. Bueno, supongo que también lo era. Y entonces...

—Me subí al barco contigo. Un bote de pastillas vacío rodaba por los tablones del fondo. Vi que era Tramadol y comprendí el resto. Así que saqué el ipecac...

—Joder. ¿Eso para las sobredosis que llevas encima?

Sonrió.

—Conseguí que te tomaras casi todo.

—¿Vomité?

—Como Robert en *Mal gusto*. El tío de Egil va a tener que lavar la barca, por así decirlo.

—Joder. ¿Y entonces?

—Remé hasta la orilla y conseguí llevarte hasta el camino.

—¿Era capaz de andar?

—No.

—¿Tú...?

—Más o menos, sí.

—Joder.

—En serio, deberías hacer algo para ampliar ese vocabulario tuyo.

Asentí. Los ojos se me cerraban.

—Pasará un psiquiatra para hablar contigo antes de que te den el alta —dijo—. ¿Qué le vas a decir?

—¿Sobre qué?

—Sobre cuándo tienes intención de intentar suicidarte otra vez.

Negué con la cabeza. No me dolió tanto como esperaba.

—No habrá otra vez.

Esbozó una sonrisa.

—Eso decimos todos.

—Lo digo en serio. Me salvaste la vida, y no va a resultar inútil. Quiero decir que mi vida no vale para mucho, pero seguiré viviéndola.

—¿Por qué?

—No temas, Natalie, no me tomé esas pastillas porque tú me dejaras. No es responsabilidad tuya, ¿de acuerdo?

—No creía que lo fuera. En todo caso, no me apetece tener un novio con tendencias suicidas.

Observé su mano que acariciaba la mía. Respiré hondo.

—La única vez que he estado cerca de hacer algo así fue hace ocho años. Me parece que dos veces en cuarenta y tantos años no son muchas. Si hacemos la media, tendré setenta años la próxima vez que lo intente, y para entonces puedo haberla palmado por otra causa.

Ladeó la cabeza.

—¿Eso te parece un buen argumento para convencerme de que apueste por ti?

—Es lo mejor que se me ha ocurrido con las prisas, y sigo estando tan colocado que podrías darme un poco de tregua.

Asintió con un movimiento de cabeza y se puso de pie.

—He quedado con Ola para comer. Luego volveré. A lo mejor te dan el alta y podemos llevarte a casa.

Le solté la mano cuando no me quedó más remedio.

—¿Novio? —pregunté—. ¿Lo soy?

—Aún no. —Sonrió.

—Vale. ¿Qué haría falta?

—Un viaje a Cracovia.

Lo pensé un poco.

—Creo que quiero elevar la apuesta.

—¿Elevar?

—¿Qué te parece París?

37

—Es nuestro precio —dijo Gerard.

—De acuerdo —respondí.

—¿De acuerdo?

—Los Opgard no regateamos.

El hombre al que Gerard había presentado como su abogado experto en finanzas se inclinó hacia su jefe y le susurró algo en la oreja. Al desplazar el cuerpo dejó a la vista la Torre Eiffel en el ventanal. No estoy familiarizado con París y seguramente las oficinas de Alpin estaban en un lugar muy exclusivo, pero había empezado a tener la sensación de que se veía esa jodida construcción de hierro estuvieras donde estuvieras. Natalie y yo la habíamos contemplado desde la habitación del hotel, y hasta me había exigido que nos vistiéramos para abrir la puerta al supuesto balcón de nuestra habitación para observar la tan cacareada torre.

—¿Qué es lo que no te gusta de la Torre Eiffel?

—Las luces esas de encima —respondí—. Interfieren en la navegación de las aves migratorias que van de África a Os. Mierda de torre.

Se echó a reír y yo me di por satisfecho.

—¿Cómo es que sabes tantas cosas, tú que dices que no has estado en ninguna parte?

—Leo. Supongo que es mi manera de viajar.

—Mejor menciona algo que te guste de esta ciudad —exigió.

—Vale, esto.

—¿Esto?

—Los balcones franceses. Surgieron en París para que la gente que no tenía jardín pudiera plantar flores. En Inglaterra los llaman «Juliet balconies», porque bajo uno de ellos está Romeo cuando declara su amor a Julieta. Me parece muy bonito.

Se quedó en silencio y después preguntó:

—¿Eso lleva algún mensaje subyacente?

—Para nada —dije.

Asintió moviendo la cabeza con lentitud digna de Os.

—¿Nos desnudamos y follamos?

—Desde luego.

Fue como si me llegara un eco de la noche anterior cuando Gerard me miró y dijo:

—Es todo suyo.

—*Good* —dije yo.

Nos dimos la mano y el abogado de Gerard empujó por la mesa los papeles que tenía que firmar. Miré la primera página y arqueé una ceja.

—*Sorry* —se apresuró a decir Gerard—. Hay una copia en inglés también, pero la política francesa es que todo el comercio con Francia se haga en francés. En realidad, la política francesa es extender el idioma por todos lados.

—¿Por qué? —pregunté mientras leía la versión inglesa.

—¿Por qué? Orgullo, celos y dominación mundial, por supuesto. ¿Acaso hay otros motivos?

Gerard me acompañó hasta el ascensor.

—Ahora que hemos firmado —dije—. ¿Puede explicarme por qué ha vendido?

—¿Aparte del precio, quiere decir?

—No creo que fuese por el precio, mister Gerard.

—Tiene razón, mister Opgard. Fueron las cuentas. No nos gustaban. O, siendo más preciso, no nos gustaba hacer las cuentas. Conocí a su hermano en Toronto, es un hombre listo. Quizá demasiado listo.

Se abrió la puerta del ascensor, entré, me di la vuelta y me despedí del francés con un movimiento de cabeza. Era probable que su traje hubiera costado cinco veces más que el mío, comprado en Notodden, seguramente en la misma tienda que el de Asle Vendelbo. No sé si fue solo por el traje, pero me di cuenta de que Gerard creía que había estafado al hermano mayor de pocas luces, uno del norte. Pero no sabía que yo había vendido algún que otro coche de segunda mano del taller, que en el mismo momento en que entré en la sala de reuniones había percibido que estaban ansiosos por vender, que el precio que había pagado por el quince por ciento del Spa de Os era casi un treinta por ciento menos de lo que había estado dispuesto a desembolsar.

Mientras bajaba en el ascensor pensé en lo que Gerard había dicho sobre lo que nos impulsaba. Orgullo, celos y dominio universal. Intenté pensar en otras razones. Sin éxito.

Al día siguiente Natalie y yo alquilamos un coche y fuimos a Plailly, al norte de París, para visitar el parque de atracciones de Astérix. Se acercaba el final de la temporada y nos habíamos abrigado bien, pero había bastante gente para el frío que hacía. El parque era mucho más pequeño que Disneyland Paris, aun así, había nada menos que siete montañas rusas, y yo tenía intención de probarlas todas. Estaba especialmente emocionado con la Tonnerre Deux Zeus, que, al menos antes de la reforma, era considerada la mejor montaña rusa de madera del mundo. Natalie no tenía tantas ganas como yo. O, mejor dicho, no estaba demasiado emocionada.

—¿Tengo que montar? —preguntó mientras observábamos desde un lago la cima de una pista con forma de corazón y un vagón salía lanzado hacia nosotros entre gritos de histeria.

—No tienes que hacer nada —dije—. Haz lo que quieras.

—Contigo haría casi cualquier cosa —contestó y se apoyó en mí.

—¿Ah, sí? —Tuve que echarme hacia atrás para ver cómo el vagón ascendía justo por encima de nuestras cabezas—. ¿Te casarías conmigo?

Me tiró del brazo.

—¡No bromees con el matrimonio!

Me eché a reír.

—*Sorry*, solo me lo preguntaba.

—No, estás comprobando por adelantado si te diría que sí. Porque tienes planes de grabar la petición de matrimonio en la cima de la montaña rusa de madera y publicarlo en YouTube.

—¿Eso quiero hacer?

—Eso espero.

—Vale, me has descubierto.

Se echó a reír.

—Sí, claro.

Suspiré.

—Si quieres saberlo, tendrás que venir conmigo.

Se giró, echó la cabeza atrás y la apoyó en mi hombro. Miró al cielo.

—Si quieres saberlo, tendrás que venir conmigo —repitió despacio.

Del mismo modo que la ristra de vagones iba por los raíles allí en lo alto, mi pensamiento se deslizó por la idea que había planteado. Si la montaña rusa de Os ya no era solo un monumento en honor de Shannon, sino mi catedral particular, ¿por qué no pedir una promesa de matrimonio en la cima cuando estuviera terminada? Al fin y al cabo, el rey Sigurd Jorsalfare se casó en la catedral que él mismo había hecho construir en Oslo. Ese pensamiento me mareó, los vagones descendieron a toda velocidad y lo descarté todo, claro.

Desde el parque de atracciones fuimos directamente al aeropuerto Charles de Gaulle. Mientras esperábamos en la sección, más bien cutre, de salidas con destino a Escandinavia, llamé a Jo Aas, le informé del paquete de acciones que acababa de comprar y le pregunté cuánto tardaría en convocar una junta extraordinaria de accionistas del Spa de Os. Dijo que todos los que tuvieran más de un diez por ciento de las acciones podían exigir que se convocara y que debía hacerse en el plazo máximo de un mes, y me preguntó por qué corría tanta prisa.

Se quedó en silencio cuando se lo dije.

—¿Lo has hablado con Carl? —preguntó Aas por fin.

—No.

—¿Estás seguro de querer hacerlo, Roy?

—¿Tienes algo que objetar?

—Mucha gente puede verse perjudicada.

—A corto plazo, tal vez. A medio plazo, la empresa y la sociedad local saldrán fortalecidas. ¿Estás de acuerdo?

—Aquí el peligro es que el pez pequeño se coma al grande, Roy. Creo que estaría bien que tú y yo nos viéramos para hablar de ello cuando vuelvas a casa.

—Te he preguntado si estabas de acuerdo porque siento curiosidad por saberlo, Jo, no porque vaya a cambiar de opinión.

Me pareció notar que el viejo rey de Os daba un respingo en la silla cuando no solo le contradije, sino que me dirigí a él por su nombre de pila. Pero no dijo nada. Era listo, un político pragmático, intuía que iba a cambiar la dirección en la que soplaba el viento.

—Como quieras —dijo—. También hay otra posibilidad, claro.

—¿Cuál?

—Dejar que la junta directiva se ocupe de todo. No sé exactamente por qué quieres echar a Carl, pero si fuera la junta la que lo hiciera, sería más fácil lavar la ropa sucia en casa, por así decirlo. Tendríamos más libertad a la hora de comunicar al mundo los cambios en la dirección.

—¿Estás diciendo que podemos adornarlo para que a Carl le resulte menos humillante el despido?

—¿No es eso lo que queremos?

Vi el coche de Shannon deslizarse hacia Geitesvingen, vi a Natalie inconsciente en la cama con dosel de la suite nupcial.

—¿Oye? ¿Roy? ¿Sigues ahí?

—Tengo que colgar, vamos a embarcar. Sí, dejaremos que la junta se ocupe de todo.

38

Era más de medianoche cuando llegué a casa.

Carl se giró en la mecedora y me vio en la puerta del jardín de invierno.

—¿Qué tal París?

—Genial. ¿Vienes a dar un paseo?

—¿Caminar, ahora? ¿Adónde?

Creo que había heredado de papá esa idea de que no tenía sentido moverse, quemar energía, si no ibas a hacer algo. Boxear dando golpes a un saco de arena tenía un pase, era entrenar para algo que harías un día. Pero pasear o salir a dar una vuelta con el coche solo para conducir no lo podía comprender.

Carl se puso su abrigo camel y botas de agua.

Yo fui abriendo paso por el brezo, a zancadas a la luz de la luna, y Carl me alcanzó sin aliento. Al cabo de un cuarto de hora de marcha me detuve en un montículo. Desde allí veíamos más abajo las luces del hotel brillando en la noche.

Esperé a que Carl llegara a mi altura.

—¿Recuerdas este lugar? —pregunté.

Asintió mientras recuperaba el resuello.

—Desde aquí os mostré a Shannon y a ti dónde quería que se construyera el hotel.

—Antes de eso —dije. Carl negó con la cabeza—. Ibas a demostrarle a papá que no eras un blandengue incapaz de quitarle la vida a nada. Te llevaste su escopeta de perdigones y a Dog. Cuando una bandada de perdices levantó el vuelo, tú estabas a unos pocos metros y te cargaste la escopeta al hombro, ¿no fue así?

Carl asintió.

—Hice lo que papá nos había enseñado, esperé hasta que pudiera saludar con el sombrero y luego disparé.

—Solo que no fuiste capaz de apretar el gatillo.

Carl se encogió de hombros.

—Supongo que pensé que eran seres vivos. Que estaban juntos y formaban una familia.

—Así que bajaste la escopeta de perdigones y disparaste.

—Para que lo oyerais. Pensé que papá estaría en el patio, que vería la bandada de perdices y que también me oiría disparar.

—Pero le diste a Dog.

—Le di a Dog.

—Entonces viniste corriendo a la granja para buscarme. Solo a mí. No querías que nadie más lo supiera. Solo querías que yo fuera a solucionarte el problema.

Carl asintió.

—Sacrifiqué a Dog con el cuchillo, te hice el trabajo sucio —dije—. Después le contamos a papá que habías sido tú que, al fin y al cabo, habías asumido tu responsabilidad y hecho lo necesario tras tu error.

Carl cambió el peso de pierna, vi que se estaba impacientando.

—Ya te he dado las gracias, Roy. ¿De qué va esto? ¿Quieres que lo haga una vez más?

—No, no me debes nada.

—Puede que una vez estuviera en deuda contigo, pero, cuando construí ese hotel en nuestras tierras de baldío también te convertí en un hombre rico. Sin eso...

—No me hubiera podido permitir comprar la gasolinera.

—Ni ninguna de las otras propiedades.

—Cierto.

—Es tarde y hace frío, Roy. ¿Vamos al grano y volvemos a casa?

Asentí.

—Me toca sacrificar algo por ti otra vez. Puesto que tú no lo vas a hacer solo.

Carl se limitó a mirarme.

—En París compré acciones —dije.

Carl levantó la barbilla. Conocía ese gesto, quería decir que ya lo entendía.

—Mis acciones del hotel son, exactamente, el cincuenta y uno por ciento. Puedo liquidar o, al menos, destituir, al director. Igual que en el caso de Dog, me agradecerás que lo haga.

Estábamos tan blancos a la luz de la luna que era imposible saber si Carl había empalidecido aún más. La primera pregunta que me hizo era la que cabía esperar.

—¿Por qué?

—Porque has hecho que Lewi Wirkus facture al Spa de Os trabajos que AUB ha realizado en tu casa. Has hecho que lo llamen «Preparativos».

—Eso no —interrumpió Carl—. Pregunto por qué crees que te daré las gracias.

Tomé aire.

—Tarde o temprano alguien habría cuestionado esas facturas, Carl. Si no hubiera sido alguien de la dirección, sería la asamblea general o, aún peor, Dan Krane. Vendelbo lo intuyó. Gerard también. Pero Gerard es un hombre de negocios, pragmático. Entre hacer que te echaran o vender las acciones antes de que el escándalo las hundiera, por supuesto que eligió esto último. Debes alegrarte de eso. Siendo yo el accionista mayoritario y, de momento, la única persona que conoce estos hechos tan desagradables, podemos quitarle dramatismo a tu renuncia y decir que necesitas tomarte un descanso y que me dejas el timón a mí, pero que no descartamos que te reincorpores más adelante.

—¿Tú vas a ser el gerente?

—Y presidente de la junta. Me ocuparé de que el contable corrija el que sin duda es un error de facturación de AUB y que se cobren al destinatario correcto, a ti personalmente. Supongo que tendrás que vender algo para hacer frente a más de tres millones. Puede que lo más sencillo sea vender acciones del Spa de Os, por si puedo asumirlas a un precio superior al que pagué por las acciones de Gerard. Digamos que te ofrezco un veinte por ciento más. Por lo menos, te estoy dejando elegir.

Carl temblaba con una risa silenciosa.

—Eres de lo que no hay, Roy.

—¿Y eso?

—Me robas el hotel y tienes el desparpajo de contármelo como si me estuvieras haciendo un favor.

—¿No es lo que estoy haciendo?

Carl me puso el dedo índice frente a la jeta.

—¿Qué crees que pasará si voy a ver a Vendelbo y le informo de que cincuenta millones del préstamo que te ha concedido para la montaña rusa se han gastado en otra cosa? ¿Qué crees que ocurriría?

—Creo que Vendelbo se alegrará un huevo de que el dinero haya ido destinado a un proyecto menos arriesgado. El Spa de Os con carretera mejorada, un ala nueva y sin ti como consejero delegado es el sueño del banco hecho realidad. Me dará las gracias, Carl.

Vi que comprendía que tenía razón, por eso me sorprendió un poco su reacción. Se echó a reír otra vez. Debía ir más borracho de lo que había creído en un principio.

—Lo he estado pensando —dijo—. ¿Por qué no te hacía papá a ti lo que hacía conmigo? Tú eras el mayor, tuviste esa edad antes que yo.

—Tú eras el que se parecía a mamá —respondí—. Tal y como era cuando se enamoró de ella.

—Imbécil. Fue porque siempre te tuvo un poco de miedo. Comprendió que, si te tocaba, aunque acabaras de entrar en la adolescencia, lo matarías. Llevas en tu interior a un asesino despiadado, Roy. Y mira por dónde, acertó.

—Yo diría que se equivocó —apunté—. Soy un asesino piadoso. Valora la propuesta que te he hecho, la junta se reúne dentro de dos semanas.

Empecé a caminar de vuelta a Opgard. Cuando iba por la mitad del recorrido me di la vuelta. La silueta de Carl emergía del mismo punto de la montaña, como si estuviera admirando su hotel desde allí.

Pasé los diez días siguientes con Natalie, en su apartamento. Estábamos juntos cada momento que me dejaba libre el trabajo de la gasolinera. Dormíamos, veíamos películas, leíamos, hacíamos el amor y conversábamos. Yo soy un tipo callado, y jamás en mi vida había pronunciado tantas palabras y frases como en esos días, ni siquiera Shannon me había provocado tal verborrea como Natalie.

Aunque a veces, lo mejor era mantener la boca cerrada. Por ejemplo, al acompañar a Natalie al cementerio para que depositara una flor sobre la tumba y, para mi sorpresa, ver que se le escapaba una lágrima. Me moría de ganas de preguntarle qué pesaba más, si un padre abusador merecía que llorara por él, pero me abstuve. Tal vez porque yo había sentido la misma pulsión esquizofrénica. Tal vez porque temía que si agredía verbalmente a su padre lo notaría, oiría en mi tono de voz que de manera indirecta estaba justificando un asesinato. «Descanse en paz», esa era la frase grabada en su lápida gris. En mis pesadillas más recientes no lo hacía, pero si él y los demás que yacían en el cementerio de veras estaban en paz, los envidiaba. Sí, hubo días en los que felizmente me hubiera cambiado por uno de ellos. Pero había pasado bastante tiempo desde la última vez.

Natalie y yo dábamos paseos por la montaña y hablábamos de la vida, del futuro y de lo que nos rodeaba. Además de la gestión del negocio. No tanto del parque de atracciones como del Spa de Os. Al fin y al cabo, yo había estado muy pendiente de lo que hacía Carl y opinaba que, en principio, no era tan distinto de llevar una gasolinera. Natalie, por su parte, sabía más de gestión hostelera que yo, además de tener una comprensión intuitiva de las grandes líneas maestras a largo plazo en la dirección de un negocio.

—Delegar —decía no menos de cinco veces por paseo.

Le había explicado que conocía el significado de esa palabra, pero ella la repetía de todas formas. Decía que eso es lo que hace une directive (me había sonado muy raro la primera vez que lo dijo, pero incluso yo había interiorizado la palabra) debía confiar en su equipo. En eso consistía dirigir, en ser une entrenadore que explicaba a los jugadores cuál era su misión y por qué eran una parte importante de la estrategia si querían ganar el partido. Después, le líder debía permanecer en la banda, no podía disputar el partido.

—Si los jugadores se abrazan enfervorecidos al marcar un gol, sabrás que has cumplido con tu papel. No ganan por ti, sino por ellos mismos. Quieren que el Spa de Os sea un lugar en el que estén orgullosos de trabajar.

—Me da la sensación de que deberías darles a los empleados una de esas charlas inspiracionales.

—Claro, lo haré el día que sea directora general —dijo, y sonrió astuta al ver que yo enarcaba una ceja.

—¿Y qué harás mientras tanto?

—No lo sé. —El dialecto de Os había empezado a recuperar algo de terreno en su habla—. Pero ahora mismo sé lo que quiero.

—¿Qué?

—Que volvamos a casa deprisa, nos quitemos la ropa y follemos.

La noche en que Hell Spelemannslag tocó en el Fritt Fall, el local estaba llenísimo. También es cierto que últimamente estaba muy concurrido, daba igual qué día de la semana fuera o qué música hubiera prevista. El caso es que fue una locura, como si la música del violín tradicional, el de Hardanger, fuera lo que todo el pueblo hubiera estado esperando. Ola, el que llevaba el flequillo enganchado en el pendiente, hizo equilibrios de pie sobre el monitor de sonido mientras el violín lloraba, gemía y gritaba, y había hecho que el público se levantara desde hacía un buen rato. Johnny y sus colegas estaban agolpados frente al escenario, de veinte centímetros escasos de altura, como si de un concierto de Satyricon se tratara.

Ola sacudió la cabeza para liberar el flequillo y regó a los presentes, recién convertidos, con gotas de sudor bautismal y vi —me había tomado unas cuantas cervezas, pero estoy segurísimo— que Egil y Børge sacaban la lengua para pillar algo.

Natalie salió a escena, se colocó al borde del escenario con su cítara drone y observó a sus vecinos, que nunca la habían visto así, como alguien que puede exigir un total sometimiento y lograrlo. Se hizo un silencio sepulcral allí donde la gente, unos segundos antes, había estado a punto de perder la cabeza. Cantó, sentí que un brazo me rodeaba la cintura. Era Julie, con la otra mano agarraba a Alex. Se puso de puntillas y me susurró a la oreja:

—Qué suertudo eres, yo también me lo montaría con esa.

Eran casi las dos de la mañana cuando por fin se vació el local, solo quedábamos Julie y Alex, Erik Nerell, la banda y yo. Compartimos, salvo Julie y Natalie, una botella de coñac, y Erik casi lloraba de felicidad. No porque hubiéramos batido el récord de recaudación, puesto que no era el caso, sino porque todos nosotros, y sobre todo él en realidad, habíamos contribuido a proporcionar a la gente de Os una experiencia que tardarían mucho en olvidar. Sí, toda la vida, afirmaba Erik con total convencimiento. Volvió a darme las gracias por haberle dado otra oportunidad. Me abrazó y recordé las palabras de Natalie sobre animar equipos de fútbol y sobre dejar que la gente se sienta partícipe, que era algo importante.

De vuelta a casa fui apoyándome en Natalie.

—¿Crees que debería haberme mantenido sobrio en solidaridad contigo? —pregunté con dificultad.

—No —dijo—. Me alegro de ver que Roy Opgard también puede perder un poco el control.

Resumiendo: durante diez días fui ridículamente feliz. No tengo mucha experiencia con esa clase de alegría, pero imagino que se vio reforzada por el hecho de que el sol no brillaba en un cielo exento de nubes. Al contrario, había nubes enormes, de un negro azulado, amenaza de tormenta por todas partes. Es en esas circunstancias cuando sabes disfrutar del calor, ¿no? Comprendes que vives de prestado, que debes exprimir cada segundo, que al cerrar los ojos y notar que hace un poco más de calor es porque el sol asoma por el filo de una nube. Sus rayos tienen otro ángulo y te enfocan como si atravesaran una lupa. En unos instantes el sol desaparece, la temperatura se desploma y, en un firmamento como el mío, se desencadena una tormenta infernal.

Ahí estaba yo, bajo el cielo soleado, con una felicidad desesperada, frenética, cuando Carl me llamó y me pidió que pasara por el hotel. No sabía qué quería, pero conozco cada matiz de su voz, como él seguro que identifica los míos, y en ese mismo momento empezó a bajar la temperatura.

Una hora después, en su despacho, se desató una tormenta infernal.

39

Carl estaba tras su escritorio.

—Toma asiento.

Somos hermanos y no nos andamos con tantos miramientos. Comprendí que era una introducción, una advertencia de que iba a comunicarme algo serio.

Me senté a la vez que él se ponía de pie.

Sin duda se trataba de un asunto grave.

—¿Te gusta este despacho? —inquirió mientras daba unas palmaditas al alto respaldo de su silla de director. Prosiguió sin esperar respuesta—: A mí también.

Se acercó a la ventana.

—Disfruto de las vistas a las tierras de baldío de mi propiedad. Me gusta que me suban el almuerzo del restaurante si lo pido, o que me hagan un hueco en el spa si necesito un masaje. Me gusta la mezcla de responsabilidad y libertad que me otorga un cargo como este. Me gusta el respeto que me proporciona. Me gusta el poder. El poder de hacer cosas buenas. Cosas buenas para mí, para mis empleados y para Os. Me gusta tanto, Roy, que he decidido quedármelo todo. —Se giró hacia mí—. La última vez que hablamos dijiste que me dabas elección. Fue un error, por supuesto, y no me dejaste alternativa. Me vi obligado a hacerlo.

—¿Hacer qué?

Carl sonrió, pero en su mirada había culpa y resignación. La había visto antes, era la mirada con la que contó que había disparado a Dog. Que había empujado al viejo alguacil por el despeñadero de Huken. Que había matado a Shannon a golpes. Tragué saliva.

—¿Qué pasa, Carl? Dime qué has hecho.

—He acordado con Kurt Olsen que le contaría todos los detalles sobre cómo mataste a mamá y a papá, cómo hiciste que pareciera que Sigmund Olsen se había suicidado ahogándose y que Willum Willumsen se había pegado un tiro.

Clavé mis ojos en él mientras intentaba entender lo que acababa de decir. Porque no encajaba. Ya he dicho que soy poco hábil leyendo, pero soy bastante bueno haciendo cálculos y estas cuentas no salían, no cuadraban.

—¿Estás dispuesto a admitir que mataste al viejo alguacil solo para que yo no ocupe este despacho? —quise saber.

—Testificaré que fuiste tú quien mató a Sigmund Olsen. Kurt ya me ha dicho que me cree. Todo el que haya estado en algún baile en Årtun sabe que, de nosotros dos, el violento eres tú.

Cerré los ojos y apreté la mandíbula hasta que me rechinaron las muelas.

—¿Estás diciendo que ya has hablado con Kurt de esto?

—Así es.

Respiré por la nariz con tanta fuerza que se oyó silbar el aire.

—Consigues que me condenen y entonces ¿qué? Perderás tu puesto en el mismo momento en que se descubra tu estafa.

—Pero no será el caso —dijo Carl—. Puede que tampoco te condenen a ti.

Abrí los ojos de nuevo.

—¿Qué? ¿Cómo va a pasar eso si ya has hablado?

Una sonrisa amplia y sincera ocupó su rostro.

—Un interrogatorio policial y una declaración en un juicio son dos cosas diferentes, Roy. Una denuncia falsa se puede retirar, puedo decir que me sentí presionado por Kurt o que solo quería tomarle el pelo y vengarme un poco por la persecución a la que nos ha sometido todos estos años. Puedo retractarme ahora mismo, Roy, con las siguientes condiciones: no convocarás a la junta y conservaré mi puesto. Y tú personalmente, y sin que nadie lo note, pagarás esa factura de tres millones de coronas. Si se descubriera el error más adelante, podemos echar la culpa a AUB y argumentar que ya está todo solucionado.

Asentí con un movimiento de cabeza. Me sentí al borde del desmayo. Carl había seguido el consejo que nos dio nuestro padre sobre el boxeo, que para golpear a tu oponente con la mayor fuerza posible has de atacar cuando esté avanzando.

—Te veo afectado, hermano mayor. Pero creo que deberías considerarlo como un favor. Al menos te doy elección.

Solo fui capaz de seguir asintiendo, como uno de esos jodidos perros que los viejos solían llevar en la bandeja trasera del coche.

—Sé cómo te sientes —dijo Carl—. Quedaremos empatados y podremos empezar de cero. *Team Opgard*. ¿Qué me dices?

—¿Empatados?

—Sí, yo sabía que estabas enamorado de Natalie Moe. Sabía lo mucho que te dolería enterarte de que me la había follado. Pero tuve que hacerlo. Así quedamos igualados en eso también.

Le miré fijamente.

El imbécil de Roy Opgard cayó en la cuenta.

Carl no había drogado a Natalie para acostarse con alguien, claro que no. Lo había hecho para vengarse de mí. Eso solo podía significar una cosa.

Que lo sabía.

—¿Cómo...? —empecé a preguntar, pero tuve que aclararme la garganta.

—Kurt —dijo Carl—. Vino a verme porque quería que declarara contra ti en el juicio sobre lo de su padre, a cambio de librarme de cualquier cargo por mi implicación. Dijo disponer de información que enfriaría nuestro amor filial, así lo expresó. Porque no solo habían analizado la sangre del viejo alguacil Olsen bajo la matrícula del coche de papá, también la de Shannon, del coche que conducía ella. Estaba embarazada, eso ya lo sabía. Lo que no tenía claro era que por la sangre de la embarazada también se puede saber quién es el padre. ¿Tú lo sabías?

Asentí, empezaban a dolerme las cervicales.

—Fantástico, ¿verdad? Tan fantástico como que el padre eras tú. Tú, Roy, mi propio hermano, te habías follado a mi esposa y no habías dicho ni pío. —Ladeó la cabeza—. Me he preguntado qué planes de futuro teníais Shannon y tú. ¿Mantenerlo en secreto para que yo alimentara y educara al hijo del cuco como si fuera mío?

Tragué saliva. No me pareció que pudiera contarle que nuestros planes habían ido más allá.

—Kurt estaba seguro de que así enfrentaría a los dos hermanos. Y es cierto. Le dije que consideraría su propuesta. Y lo hice, Roy. Podía abandonarte a merced de la jauría de lobos, vengarme y, de paso, dejar de vigilar mis espaldas y preguntarme si Kurt Olsen me pisaba los talones.

Supe qué era lo que me había extrañado de la mirada desconocida que me había dedicado. La que en su día recibió papá. Una mezcla de odio y también culpa por lo que sabía que iba a hacer.

—Al principio pensé que bastaría con follarme a Natalie Moe —dijo—. Quería ver tu dolor, ver cómo se te partía el corazón, y esperaba que me bastara con eso. ¿Y sabes qué? Fue suficiente. Podría haberme detenido ahí, Roy. Pero entonces empezaste esta guerra atómica y, como decía papá de una tercera guerra mundial, solo vale una cosa.

—La venganza —apunté.

—La venganza —repitió Carl—. Bombardear hasta que todo el mundo, en especial los comunistas, regresen a la edad de piedra.

No pude evitar sonreír.

Carl se acomodó en su silla de director.

—¿Qué me dices, hermano? ¿Nos asociamos tú y yo para dejar a Kurt Olsen sin su triunfo? ¿Quedamos en que nos hemos propinado dos buenos golpes en los riñones, pero que lo dejamos ahí? ¿En que yo sigo llevando el hotel y tú te quedas con tu parque de atracciones y tu princesa, nada menos?

Nos contemplamos. No sé qué vería él, pero yo veía al hermano pequeño con el que había jugado y peleado, discutido y competido, protegido cuanto pude y consolado cuando le hizo falta. Cada vez que los dos lo necesitábamos. De noche, papá venía y se volvía a marchar, y yo bajaba a la litera de Carl, me pegaba a él y lo rodeaba con mis brazos hasta que dejaba de llorar. Él, que se levantaba por la noche creyendo que yo estaba dormido para abrir mi cartera del colegio, donde buscaba la redacción que tenía que entregar al día siguiente y corregía todas las faltas de ortografía, mientras yo fingía no darme cuenta. Él, que bailaba con todas las chicas guapas de Årtun, de manera que yo tenía que intervenir y dar una paliza a novios celosos y pretendientes.

—¿No aceptaron la denuncia de Natalie por eso? —pregunté—. ¿Kurt Olsen te estaba protegiendo por ser el testigo estrella del único caso que le importa de verdad?

—Ah, no. No creo que Kurt le dijera a Natalie nada que no fuera cierto: la mayoría de las denuncias por violación acaban sin sentencia.

—Exacto. —Me acaricié la barbilla.

Carl se inclinó sobre la mesa y me tendió la mano derecha.

—¿Nos damos la mano para quedar en paz, hermano?

Mi mano siguió deslizándose sobre la piel suave, todavía no me había acostumbrado al afeitado diario. Una idea extraña se me pasó por la cabeza. Que al estrechar la mano que me ofrecía, la piel cálida y rugosa de la palma del único superviviente de la dinastía Opgard me resultaría más familiar y segura que la piel de mi propia barbilla. Carraspeé.

—Sí, recuerdo bien lo que papá repetía de la venganza y la guerra mundial —dije—. Opinaba que el día que nos bombardeáramos hasta volver a la edad de piedra, habría que llevarse a todos los demás para que pudiéramos continuar la batalla en igualdad de condiciones, con hachas de sílex.

Carl me miró inseguro, la mano colgando en el aire como una frase sin terminar. Me puse de pie.

—Ve a darle tu testimonio a Kurt, Carl. Yo me vuelvo con mi hacha de sílex.

Oí el sonido de su silla de director, como si se estuviera columpiando. Cerré la puerta a mis espaldas.

40

Esa tarde, consciente de que la tercera guerra mundial había comenzado y de que todos saldríamos perdiendo, le preparé un ragú a Natalie. No la imitación noruega, sino un verdadero *Labskaus* alemán. No la variante simple que servían en alta mar, con carne barata y galletas reblandecidas, sino el que comía hasta la gente más elegante de Hamburgo y Bremen, el que mamá había aprendido a cocinar cuando era ama de llaves, con carne de buey en salazón, arenques, patatas, remolacha, perejil y especias. Natalie iba por la tercera ración cuando le pregunté, aunque no hiciera falta, si le gustaba. Se limitó a reírse y señaló mi plato.

—La pregunta sería si te gusta a ti.

—Sí, claro. Lo que pasa es que no tengo hambre.

—¿Algo va mal?

—Tanto como mal... Supongo que siempre hay algo que va mal —respondí, porque la mejor mentira es no mentir.

—¿El trabajo?

—El trabajo —confirmé y seguía diciendo la verdad, desde un punto de vista formal, ya que también se trataba del puesto de director del hotel.

—Si me lo quieres contar, te escucho.

—Gracias, cariño, pero no hay mucho que contar. —Había tomado prestada esa expresión suya, «cariño», que repetía cada vez más. Al principio, la había pronunciado como lo hacía ella, como una broma amorosa, con cierta distancia irónica, pero la ironía se notaba cada vez menos.

—Comprendo. —Suspiró—. La cuestión es que necesito proporcionarle a mi cerebro algo que hacer, tanto ocio me está poniendo de los nervios.

Aparté el plato.

—Y yo noto que necesito que a mi cerebro le dé un poco el aire. Voy a darme un paseo y luego iré a ver a Erik. ¿Compro alguna cosa de paso?

—A estas horas solo estará abierta la gasolinera, y queda un poco lejos, con esta lluvia.

—Un poco, sí. —Le di un beso en la frente y salí a la lluviosa noche.

Me subí la capucha del anorak bajo un aguacero constante, crucé la plaza, y enfilé el sendero peatonal y ciclista que llevaba a la gasolinera. Un poco más adelante vi a una mujer bajarse de un coche, un Skoda híbrido, familiar y sensato. Reconocí el coche, pero no a la mujer, y pensé que era un sitio extraño para bajarse, pues no había ni casas ni nada. Cuando esta se incorporó con prisa al sendero y echó a andar en dirección a la plaza y a mí, y el Skoda siguió en el mismo sentido, comprendí de qué iba la cosa. El coche pasó primero y tras las escobillas en movimiento vi que Dan Krane tenía los ojos clavados al frente, como si yo, un testigo de lo suyo, fuera a desaparecer si no miraba. La mujer se aproximó y la reconocí a ella también, era la del acento de Europa del Este que me había ayudado a buscar las sábanas en el almacén del hotel. Saludé con un movimiento de cabeza, pero ella mantuvo el gesto pétreo, aunque con cierto color en las mejillas, y miró al frente.

Lo que atisbé no era felicidad, ni siquiera una felicidad robada. Esos dos no podían haber parecido más solitarios si me los hubiera encontrado a la deriva en pleno océano.

Me llevé el placer culpable de Natalie de la gasolinera, una tableta grande de chocolate con leche de marca tradicional, y regresé. Fui contando mis pasos y decidí que tenía que tomar una decisión antes de llegar a los trescientos treinta y tres. ¿De verdad que Carl testificaría contra mí en un juicio? Era difícil imaginarlo. Si era una amenaza vana, lo que estaba considerando, un golpe preventivo, podría ser un error catastrófico. Trescientos treinta y uno. Estaba frente al Fritt Fall. La lluvia había dibujado líneas negras en el cartel de la calle, entre las letras de tiza de Erik.

Estaban todas emborronadas.

Entré.

Erik repitió mi pregunta.

—¿Qué clase de colegas somos? Bueno. Él era de esos que decidían y nosotros íbamos detrás. Los de la pandilla admirábamos a Kurt, por lo menos de niños. En parte porque era el hijo del alguacil, creíamos que en su casa pasaban cosas más interesantes que en las nuestras. Y porque era el mejor jugador de fútbol con diferencia, el mayor talento que Os hubiera visto nunca, según decía la gente. Pero, sobre todo, porque tenía esa manera de ser tan superior.

Erik me sirvió más café. Había dejado que Alex se ocupara de la barra mientras nosotros nos sentábamos a la mesa que estaba junto a la puerta, donde no nos podía oír. Bebí un sorbo, sabía que Erik podía tardar un rato en llegar al grano.

—Era el mejor y lo sabía demasiado bien, eso era. No era el más listo, no fue ninguna lumbrera en el colegio, pero en cuanto sonaba el timbre, se convertía en el número uno en todo. También fue el primero en gustar a las chicas. Les atraía lo seguro que estaba de sí mismo. Y luego tenía el pelo rubio, denso y abundante como una gavilla de trigo. Kurt debería haber sido músico en una banda. Encima tocaba un poco la guitarra y no lo hacía nada mal. Solo le faltaba paciencia. Pero tuvo que darle prioridad al fútbol, y debutó en el equipo de mayor categoría con dieciséis años. Le hicieron una oferta en Notodden y estuvo en Skien haciendo unas pruebas para el equipo local, el Odd. Estuvo de suplente en el banquillo un par de partidos y parece que lo sacaron un rato, pero no jugó muy bien. Estaría nervioso, ya sabes, y no pudo demostrar su valía. Volvió enseguida. Dijo que no le gustaba Skien, que allí no conocía a nadie. Le gustaba Os. La seguridad. Tener colegas con los que sabía que podría contar si se lo pedía.

—Prefería ser el mejor en su terruño —dije.

Erik asintió con un movimiento de cabeza.

—Si Kurt tenía un punto débil, era que no soportaba no ganar. Vale, puede que ese también fuera su punto fuerte, porque corría y corría hasta agotar al equipo contrario. Era paciente, no se daba nunca por vencido. Pero también podía perder los papeles. Recuerdo un partido de liga contra Notodden. Tenían un jugador júnior bajito, muy técnico, que le hizo un caño a Kurt dos veces. La gente se reía y aplaudía al pequeñín que había tomado el pelo a nuestro capitán. Pero cuando el chaval intentó hacerle el tercer caño, Kurt le cortó el paso a la altura de las rodillas y tuvieron que llevárselo en volandas. Ruptura de ligamentos. Seis meses después leí que había dejado el fútbol.

Vi a Johnny, uniformado, en una mesa con dos amigos. Nos miraba de reojo de vez en cuando.

—Respecto a eso de que sabía que podía contar con sus colegas —dije—, me pregunto si alguna vez recurrió a ellos.

—¿A qué te refieres? —preguntó Erik, y se llevó la taza vacía a los morros.

Estaba en la entrada marchándome del Fritt Fall cuando sonó el teléfono.

Era Bent Halden.

Suele hacer falta conocer a alguien para deducir que algo va muy mal si se pone a hablar del tiempo con un tono pausado. Ese no era el caso con Halden.

—Sí, aquí también han bajado las temperaturas —respondí y miré con los ojos entrecerrados por el cristal de la puerta—. ¿Qué ocurre?

—Jon Fuhr —dijo.

—¿Sí?

Me explicó brevemente cuál era el problema.

Sorprendente, pero no del todo chocante.

Le pregunté a Halden cuánto tardaría en venir a Os. Dijo que le preocupaba que lo vieran conmigo, pero le expliqué que podía llevar el coche al taller y que, si alguien preguntaba, podría decir que tenía que arreglar algo que no había dado tiempo a solucionar la última vez que lo trajo a reparar.

—Vale —dijo, y colgamos.

Me quedé observando el parquet sucio de la entrada. Había un cuadrado de color más claro y caí en la cuenta de que era el sitio que había ocupado la vieja máquina de juegos. Los asteroides explotaban cada vez con mayor frecuencia y Kurt Olsen tenía razón, por supuesto. Al final, sería imposible continuar. ¿Qué hacer, salvo jugar hasta que aparece el letrero de *game over*, cesa la música y se apaga la luz?

41

Era casi medianoche. Bent Halden había dejado el Audi en el taller, se había sentado en una silla de madera y me lo había explicado todo. Hacía frío, el aire era húmedo, y nos habíamos dejado los anoraks puestos. Jon Fuhr le había dicho a Halden que había comprendido cuánto ganábamos mi hermano y yo con su informe, y quería exigirnos más. En concreto, seis millones de coronas más.

—¿Por qué precisamente seis? —pregunté.

—No lo sé —dijo Halden con desesperación en la voz—. Creo que debe dinero por algo..., algo a lo que ha apostado y perdido.

—Da igual lo que sea —repliqué—. No va a suceder. Teníamos un trato y cuento con que lo cumpláis.

—Jon dice que, si no pagas, cambiará el informe.

—Si cambiáis algo, aunque solo sea una coma, iremos a por vosotros.

—Él cree que estáis solos en esto —dijo Bent—. Cree que sois únicamente tu hermano y tú.

Asentí y contesté:

—Debería entender por sí mismo que si modificáis el informe y nosotros no vamos a por vosotros, despertaréis sospechas y serán otros quienes os persigan. Podría descubrirse todo y acabaríamos en la cárcel. Vuestras condenas serían más largas que las nuestras.

—Yo lo entiendo —dijo Halden—. Creo que Jon también, pero...

—¿Pero?

—Quiere seguir presionando. No tiene..., no teme a nada.

—¿Nada?

—Diría que anda un poco desquiciado.

—Anabolizantes —dije. Halden me miró interrogante—. ¿No lo sabías? ¿Que tu socio toma anabolizantes?

Halden negó con la cabeza.

—Toma unas pastillas que tiene guardadas en un cajón del escritorio, pero dice que es un complemento dietético... Los anabolizantes suelen tener ese efecto, hacen que no temas nada, que te vuelvas agresivo, colérico y, en general, loco —dije—. ¿No es eso lo que le pasa a Jon últimamente?

—Sí.

—Por eso te has puesto en contacto conmigo sin que él lo sepa. Te da miedo lo que pueda hacer.

—No quiero seguir con esto —cortó Halden con un escalofrío mientras se frotaba las manos—. Tengo que pensar en mi familia.

—Es demasiado tarde para bajarse de la montaña rusa, ya está en marcha.

—Pero él... No lo conoces. Lo hará. Ya ha empezado a escribir un informe revisado. Él no sabe que yo lo sé, pero entré en su ordenador y lo vi.

Saqué la caja de tabaco de mascar, le ofrecí a Halden medio en broma, y me metí una dosis potente. Me tomé mi tiempo. Procesé lo que me había dicho. Supongo que empecé a hacerme una idea del asunto.

—Dime una cosa, Halden. ¿Qué motivo tienes para venir a contármelo?

—Quiero que sepas que yo no participo en esto.

—¿Y también quieres que yo haga algo al respecto?

—¿Qué? ¡No! —Me miró—. Bueno, sí..., claro, si es que hay algo que pudieras hacer.

Le sostuve la mirada. Tal vez intenté leer sus pensamientos. No pude, claro, pero aposté a que uno de ellos giraba en torno a la historia que le había contado en su garaje aquella noche, la del ingeniero que tan oportunamente se había caído por la ventana de su habitación de hotel.

—¿Sabías que han visto lobos por aquí?

Halden pareció desconcertado. Negó con la cabeza.

—Muchos ganaderos de ovejas quieren pegarle un tiro, claro, pero eso está prohibido. Así que optan por averiguar a dónde va el lobo para alimentarse y depositan allí carne de oveja envenenada. Digamos que dejan que el lobo se mate él solo.

Halden parpadeó. Vi que su cerebro trabajaba; apuesto a que los geólogos son tipos listos.

—¿Eso no es ilegal? —dijo.

—Es probable. Pero es un poco más difícil averiguarlo y, desde luego, descubrir quién lo ha hecho.

—Comprendo. Tú... ¿haces eso?

—No —negué con firmeza—. Pero, si tuviera que hacerlo, utilizaría fentanilo. Cincuenta veces más potente que la heroína. Si tuvieras suerte, conseguirías pastillas que se parecieran a las que el lobo ya toma. Y te limitarías a dejarlas en el lugar al que ya acude el lobo para consumirlas, ¿no?

—¿Y la inspección del cadáver qué mostraría?

—Que el lobo se ha tomado una sobredosis de una droga bien conocida. Sorprendente, pero no chocante cuando las pruebas demuestren que ese lobo lleva mucho tiempo consumiendo otra droga. Por cierto, hace poco leí que, ahora mismo, los anabolizantes son la droga más popular en Estados Unidos, la gente los toma no solo para ganar músculo, sino para aumentar el deseo sexual y el nivel de energía, casi como si fueran anfetaminas, ¿sabes?

Halden me miró y asintió. No tan despacio como nosotros los de Os, pero poco le faltó. Sí, era listo. Lo bastante listo para saber cuándo había que terminar con un problema de raíz. Lo bastante listo para saber la diferencia entre doce millones a repartir entre dos o para uno solo.

Intercambiamos unos comentarios sobre el tiempo, cerré el capó del Audi, abrí el portón y le despedí con la mano.

Cuando abrí con la llave la puerta del apartamento, Natalie estaba en camisón en el sofá, dijo que me había estado esperando. Estaba muy hermosa allí sentada, en silencio, mirándome. La besé e hicimos el amor, no tuvimos tiempo de llegar hasta la cama. Ella era como yo, salvaje, intensa, casi desesperada. Como los hombres y las mujeres en tiempos de guerra, eso he leído, que saben de manera inconsciente que esa noche, precisamente esa, podría ser la última.

Me contuve, como solía, cuando estaba a punto de correrme, pero esta vez no me lo permitió.

—¡Sigue! —me siseó a la oreja.

—Pero… —protesté.

—Calla.

Me clavó las uñas en el trasero. Yo cerré los ojos y me dejé llevar.

42

Era domingo y faltaban dos días para la reunión de la junta.

En el desayuno le pregunté a Natalie si quería venir al partido de fútbol que jugaríamos más tarde.

—No me interesa mucho el fútbol —dijo—. Creía que a ti tampoco.

Me encogí de hombros y sonreí.

—Puede ser emocionante.

—¿Emocionante? ¿No hemos ascendido ya de división?

—No me refería al partido.

Me observó con el ceño fruncido.

—¿A qué te referías?

—Buena pregunta. Además, es gratis.

—¿Y?

—Pues que, como accionista mayoritario del Spa de Os, tengo dos entradas para la tribuna VIP.

Vi que se daba cuenta de por dónde iban los tiros.

—¿Quieres que vayamos para... que la gente nos vea?

Asentí con un movimiento de cabeza. En los viejos tiempos, un chico y una chica eran considerados pareja oficial si llegaban juntos al baile de los sábados o a la misa del domingo.

—Tú decides —dije—. Podemos dejarlo para otro día. O para nunca. A lo mejor no quieres, a lo mejor solo te interesa mi cuerpo.

Se levantó, rodeó la mesa y se sentó en mi regazo.

—Mira que eres mono, joder —rezongó, y me dio un beso en la nariz. De pronto se quedó paralizada—. Tu hermano... ¿no estará también en la tribuna esa de los pijos?

—¿Qué me dices si te cuento que no va a estar?

—En ese caso, iré contigo —respondió, y esta vez me besó en la boca.

Estaba sentado en el retrete con el teléfono en la mano y oí que Natalie estaba en el cuarto de estar, dedicada a su cursillo de francés en Duolingo.

Carl respondió al segundo tono.

—¿Dónde estás? —le pregunté.

—En la casa nueva. Los alemanes han venido a traer la cocina. —Percibí por su tono de voz, o mejor dicho por el silencio que se hizo a continuación, que esperaba que dijera lo que quería oír. Que me lo había pensado y le ofrecía una tregua.

—A Natalie le apetece acompañarme al partido de hoy —dije—. Pero solo si tú no estás. Creo que sería un gesto respetuoso por tu parte, Carl. Algo para tener en cuenta a la hora de valorar si va o no a por ti.

Carl hizo una pausa para pensar y oí de fondo martillazos y una sierra.

—Paso del partido si tú pasas del plan de hacerte con el poder.

—Eso no va a suceder —dije—. Os estoy salvando al hotel y a ti, ¿no lo entiendes?

Carl suspiró.

—Claro que sí, Roy. Lo entiendo demasiado bien, joder. Tienes tus razones, no me tomes el pelo con esa mierda de te voy a salvar. Tenía la esperanza de que entraras en razón y por eso he aplazado activar el botón rojo. Ahora me veo obligado a hacerlo. Eso sí, recuerda que ha sido elección tuya, Roy. No lo olvides. Adiós.

—¡Carl, espera!

No colgó y, de nuevo, lo oí. Puede que se debiera a su respiración, la que me había llegado de la litera de abajo cuando éramos niños y de la que conocía cada matiz. En todo caso, noté que se aferraba a ese «espera» como a un clavo ardiendo. El clavo ardiendo que determinaba si, finalmente, recordaría lo que papá nos había inculcado. *Somos familia. Nos tenemos los unos a los otros, a nadie más.*

Carraspeé y le pregunté:

—¿Vas a ir a ese partido o no?

Oí cómo se desinflaba.

—Estás de suerte, hermano mayor. —La voz sonaba plana, como un neumático pinchado—. Hoy tengo que estar aquí para ver que todo queda bien.

—Que todo queda bien —repetí.

Colgó y yo tiré de la cadena.

Salí con el ruido de la cisterna a mis espaldas.

—*On y va!*

Para ser un partido intrascendente, la afluencia de público al estadio de Os era impresionante.

—Del mismo modo que todos los invitados hacen acto de presencia en las fiestas de la gente de éxito —dijo Natalie cuando se lo comenté.

Pensé que era muy optimista por su parte, al fin y al cabo, estábamos en las divisiones inferiores. Os había tenido a un joven en la selección nacional júnior de tiro con esquíes, y aquello había sido bastante más relevante que esto, aunque en general solo eran los padres y unos pocos frikis quienes asistían a los campeonatos regionales de tiro con esquíes de la categoría júnior. El fútbol atrae a las masas porque las masas han jugado y saben apreciar la calidad en el campo. También se tiran de los pelos ante la falta de pericia o los fallos a una portería tan descubierta que piensan que ellos colarían la pelota nueve de cada diez veces. Mientras que, para casi todo el mundo, lo que hace un esquiador al acertar en una diana minúscula a cincuenta metros de distancia, casi invisible, es un milagro.

—¿Una diana minúscula? —dijo Natalie. Nos dirigíamos a la tribuna VIP—. ¡Tengo que probar!

No parecía importarle que fuéramos el blanco de todas las miradas. Y lo disimulaba, pero leía en esos ojos clavados en nosotros cosas como «Vaya, la hija del hojalatero Moe y Roy el de la gasolinera», o «Esa ha ido a por la pasta», «Asaltacunas», y también «Hay que joderse con lo contentos que parecen estar esos dos». O incluso: «Grete Smitt dijo que Carl Opgard se la benefició en la fiesta de la empresa. Sí, sí, tendría que conformarse con el hermano, Carl tendrá bastante con Mari Aas».

—Hola —dijo Rita Willumsen al vernos en la tribuna—. Me alegro de verte acompañado. Hola, Natalie.

—Hola, Rita.

Se dedicaron unas cálidas sonrisas. Nunca se habían intercambiado una palabra, yo era lo único que habían compartido, y ahora de repente parecían amigas de toda la vida. Cosas de mujeres. Yo no lo comprendía, y tampoco sé si lo hubiera entendido aunque me lo explicaran.

Mari Aas y Dan Krane estaban juntos. Evitaron mirarme, lo cual no resultaba extraño si tenemos en cuenta que yo había entrevisto su actividad extramatrimonial. Más raro era que Mari y él estuvieran allí cogidos de la mano. Así era. Me parece a mí que hasta el coche más problemático es más fácil de entender que las personas. Saludé con un movimiento de cabeza a Asle Vendelbo y Jo Aas, que nos dejaron sitio a Natalie y a mí.

—¿Contra quién jugamos? —les pregunté.

—Kongsberg 2 —dijo Natalie—. Mitad de la clasificación.

La miré sorprendido y vi que Vendelbo le daba la razón.

Como ya he dicho, dame un coche difícil, que me apaño.

Aas carraspeó sin decir nada, pero comprendí qué quería: saber si me lo había pensado. Es decir, si había cambiado de opinión con respecto a Carl. Escupí el tabaco de mascar delante de nuestra pequeña tribuna de madera y él asintió, de manera casi imperceptible, para mostrar que me había entendido.

En el descanso bebimos cerveza. No sé cómo se había logrado, pero la tribuna VIP era considerada un área privada, por lo que estaba exenta de la obligación de tener licencia para servir bebidas alcohólicas y de la prohibición que regía en la liga de fútbol en cuanto a servir alcohol en los partidos. Vendelbo nos ofreció, en nombre del banco, cerveza en copas altas, como si estuviéramos bebiendo champán, mientas que la plebe nos observaba desde las gradas y muchos sacudían la cabeza como si les pareciéramos cerdos de clase privilegiada a la caza del zorro. Nadie protestó en voz alta, comprendían que éramos nosotros, o nuestro dinero, los que habíamos posibilitado el ascenso de categoría del club y que, tal vez, volveríamos a hacerlo.

Hacia el final del segundo tiempo oí que la masa vitoreaba junto a la tribuna. Puesto que no pasaba gran cosa en el campo, nos giramos para ver de qué se trataba. El motivo era la llegada de Kurt, que se acercaba por la banda con su caminar oscilante, en dirección a la tribuna VIP. Los gritos se transformaron en un rítmico: «Kurt, Kurt». Este sonrió entre dientes y saludó con la mano para dejar claro que se apuntaba a la broma, pero todos sabíamos que no era solo de cachondeo, que aquí llegaba su rey de Os. Kurt enfocó la mirada en la tribuna, se centró en mí y comprendí a qué había venido. Esta vez no llevaba a Johnny con él, pero no cabía duda alguna: iba a detenerme por tercera vez en poco tiempo, y no se le ocurría mejor lugar que el palco VIP con todo el mundo presente. No digamos a Rita. Eso solo podía significar que en esta ocasión estaba seguro de tener un caso a prueba de bombas.

Jo Aas, que estaba charlando con Natalie sobre el nuevo anexo del hotel, debió de comprender lo que se cocía. Se quedó en silencio, miró a Kurt, que se aproximaba, y me miró a mí. A continuación, dio los tres pasos que sus largas piernas precisaban para bajar a la primera fila de la tribuna y cortar el paso a Kurt. Le puso una mano en el hombro al alguacil y se inclinó hacia él para hablarle a la oreja. Kurt se detuvo y escuchó. Porque en Os todo el mundo presta atención cuando el viejo alcalde Aas tiene algo que decir, así son las cosas. Kurt respondió, pero Aas negó con la cabeza y continuó hablando. Kurt asintió. Se giró hacia el campo, supongo que sabía que todo el mundo lo estaba mirando, y fingió seguir el partido. Rita se acercó a decirle algo, pero él negó con un movimiento de cabeza. Al cabo de unos minutos miró el reloj con un ademán exagerado y se marchó. Lo seguí con la vista hasta que estuvo detrás del barracón de los alemanes. Escuché para ver si se oía el motor del Land Rover, pero hacía demasiado viento.

—¿Qué quería Kurt? —preguntó Natalie.

—Nada que no pudiera esperar una mejor ocasión —dijo Aas y se volvió hacia mí—. ¿Podrías ponerte en contacto con él después, Roy? Creo que tenía unas dudas que podrías ayudarle a aclarar.

Asentí.

Natalie se había ofrecido a conducir, así que había bebido cerveza y, a un par de minutos de que acabara el tiempo reglamentario, dije que iba a mear al baño del club antes de que hubiera cola y que la esperaba en el coche.

El club estaba vacío.

En el baño de caballeros había un meadero de esos en los que se vacía la cisterna según un criterio que nunca he logrado desentrañar, y debió ser el ruido del agua el que me impidió oír que se abría la puerta. No noté nada hasta que sentí un pinchazo en las lumbares y escuché la voz de Kurt.

—Este es el cañón de una Glock-17, Roy. Pon las manos a la espalda y no te muevas.

Si esto hubiera ocurrido en cualquier otro momento de mis años en Os, me habría reído de la parodia.

—Kurt... —empecé a decir.

—Haz lo que te diga o te habrás resistido a la detención y, con la ley en la mano, puedo hacer lo que quiera. Y creo que sabes qué quiero hacer...

—Solo deja que...

—¡Ahora!

Hice lo que me pedía. Sentí que las esposas se cerraban en torno a mis muñecas.

—Date la vuelta.

Me giré.

—¡Joder! —gritó Kurt cuando mi pis le salpicó en los pantalones. Retrocedió de golpe, pero el chorro lo siguió; no puedo decir que me contuviera. La meada fue perdiendo fuerza y le bajó hacia las perneras, pero fue al impactar en las punteras de sus botas de piel de serpiente cuando se desesperó del todo y empezó a pegar gritos incomprensibles. Perdió los papeles por completo. Una vez que el chorro se extinguió, Kurt dio dos pasos al frente y lo que sucedió fue una repetición que debería haber previsto, claro. Me pegó con la pistola en la frente. Sentí un tirón en los puntos antes de que la herida se abriera. Cerré los ojos y noté un flujo cálido sobre las mejillas. Al abrir los ojos de nuevo tenía la cara de Kurt pegada a la mía.

—Te voy a matar —dijo—. ¿Lo sabes, Roy?

Mi reacción fue instintiva. No fue producto de una reflexión pausada, pero tampoco resultado de la ira, el miedo u otras emociones contraproducentes. Fue como si el cerebro hiciera un cálculo muy sencillo y enviara instrucciones a mis músculos basándose en las conclusiones a las que había llegado. Que debía salvarme. Con las manos atadas a la espalda, doblé el cuello un poco hacia atrás e hice un movimiento con la cabeza. No con la lentitud propia de Os, sino con la fuerza de las peleas de las fiestas de Årtun. Kurt debía de haber olvidado el truco más viejo de todos, el cabezazo. Sentí que algo cedía y el crujido de un tabique nasal, exactamente igual que con Fuhr. Kurt perdió el equilibrio, se resbaló con el pis y cayó. Se oyó un sonido sordo y desagradable cuando su nuca impactó en las losetas de piedra del suelo.

Hice lo mismo que con Moe, me senté en el pecho de Kurt y sujeté sus antebrazos contra el suelo con mis rodillas. Sí, repeticiones. Todo se repetía. Mi vida era una jodida noria, y no sabía cómo salir de ella, saltar del vagón. Mi sangre goteaba de la barbilla al careto de Kurt, puede que eso fuera lo que lo despertó. Se movió, abrió los ojos y se quedó mirándome desde abajo. Pareció tardar un segundo en comprender dónde estaba.

—Te has metido en un lío, Roy —susurró afónico.

—Tú también —dije—. Cuando salgamos de aquí la gente verá que has golpeado a un hombre esposado.

Kurt pestañeó cuando una gota de sangre le dio en la mejilla. Lanzó un bufido despectivo, pero se le veía tranquilo, puesto que yo no podía hacer uso de las manos.

—Quítate, Roy, o te tiro.

—Vas a quedarte sin trabajo, Kurt.

—No. Diré que tú me atacaste primero, que tuve que darte un golpe para dejarte fuera de juego y que te puse las esposas después. Será la palabra de un policía contra la de un asesino. No es difícil adivinar a quién creerán.

Una sonrisa se abrió paso por el rostro de Kurt, ahí tumbado debajo de mí. Hay que reconocer que era duro de pelar. Y tal vez no tan imbécil como yo creía. En ese momento se abrió la puerta. Sonaron los tacos de unas botas de fútbol sobre la piedra del suelo, levanté la vista y vi a un hombre vestido con el uniforme del F. C. Os que se detuvo de golpe. Era el delantero nigeriano, ese que nos había costado tan caro. Nos miraba fijamente en el silencio repentino.

—¿Entrenador? —dijo interrogante.

—¿Sí, Umar?

—¿Necesita ayuda?

Kurt giró la cabeza y observó a su delantero.

—No, Umar. Déjanos, por favor.

Umar se quedó mirándome. Más concretamente a mi polla, que seguía colgando de mi bragueta y que, me di cuenta ahora, estaba muy cerca de la boca de Kurt. Pareció que intentaba armar los fragmentos de la imagen que tenía delante: sangre, sexo, unas esposas y dos hombres en un lugar público. Después asintió como si lo comprendiera y lo aceptara, dio marcha atrás y salió.

La puerta se cerró a sus espaldas y el sonido de los tacos se alejó.

—Ahí se esfuma tu versión —dije.

—Quítate.

—Si prometes quitarme las esposas.

—¡Que te quites!

Me puse de pie. Kurt también, recogió la pistola, que se había deslizado bajo el lavabo, sacó la llave y me quitó las esposas. Yo me metí el rabo en los pantalones y me subí la bragueta.

—Quedas arrestado —murmuró Kurt, y me pasó un papel del dispensador del lavabo.

—¿Por qué?

Sonrió con tristeza.

—No sé ni por dónde empezar.

—¿Carl? —pregunté mientras trataba de limpiarme la sangre, que no dejaba de manar.

Asintió. Se tocó la nariz con un dedo, con mucho cuidado, e hizo una mueca.

—Tu hermano ha venido a contármelo todo esta mañana. La cuestión está cerrada. En realidad, no necesito que confieses. Pero podría aligerar tu condena, claro. A pesar de que no será fácil, tratándose de varios asesinatos. Así que, ¿qué me dices?

¿Quieres ir derecho a la trena o prefieres hacer antes una declaración?

—¿Qué te dijo Aas para que te abstuvieras de arrestarme a la vista de todos?

Kurt se encogió de hombros.

—Algo sobre la discreción profesional. Logró que sonara razonable.

—A Aas eso se le da bien.

—Sí.

Nos arreglamos ante sendos lavabos, con los grifos abiertos.

—No puedes demostrar que yo pegué primero —dijo Kurt—. De hecho, no puedes demostrar que te haya pegado.

—Ni siquiera tengo intención de intentarlo.

—¿No? ¿Por qué no?

—Porque entiendo muy bien que has reaccionado como lo has hecho. Te he meado encima, ¿no?

Me miró para ver si estaba de cachondeo.

—Literalmente —le aseguré. Sí que estaba de coña.

Kurt soltó un bufido.

—Por lo menos podrías haber apuntado el chorro en otra dirección.

—Creo que el jurado te daría la razón en eso, sí.

Vi en el espejo de Kurt que esbozaba una sonrisa, sí, eso hizo.

No sé por qué, de repente, habíamos adoptado un tono tan alegre. En el caso de Kurt, tal vez fuera porque por fin podía dar la cacería por terminada. Roy Opgard estaba detenido y su padre libre de la sospecha de haberse quitado la vida. Personalmente nunca he comprendido la vergüenza asociada al suicidio. Será porque he sido incapaz de organizar una vida que considerara digna de vivirse. Sin embargo, ¿quién controla algo tan complejo y aleatorio?

—¿Vas a confesar? —preguntó.

—Poco a poco —dije—. Antes tengo que detener esta hemorragia.

Salimos de los retretes y fuimos al vestuario. Los jugadores estaban a medio vestir, pero saludaron y dieron besos en la mejilla a Kurt, señal de que lo querían de verdad. No obstante, el delantero mantuvo las distancias.

—Stanley —llamó Kurt.

Stanley Spin, en cuclillas, estaba ocupado haciendo girar la rodilla de uno de los futbolistas. Se volvió hacia nosotros.

—Vaya —dijo—. ¿Qué ha pasado?

—Nos hemos resbalado en el retrete —explicó Kurt—. Alguien se ha meado en el suelo y hemos chocado las cabezas al caer. ¿Dónde tienes el kit de costura?

Stanley nos miró a uno y a otro. Era evidente que no se creía esa historia, pero abrió su maletín de médico y sacó un estuche.

—Muchos accidentes tienes tú últimamente —afirmó Stanley lacónico mientras cerraba la herida de mi frente. No respondí y él me volvió a hacer un turbante.

Después echó un vistazo a la nariz de Kurt, que había empezado a inflamarse.

—Puedo darte unos analgésicos y mandarte al otorrino de Notodden para que te hagan una radiografía.

—Está torcida —dijo Kurt—. ¿Puedes hacer algo?

—Puedo intentar enderezarla, pero te va a doler. Y parece algo complicado, ni siquiera es seguro que funcione.

—Hazlo —le pidió Kurt, que se sentó en el banco y cerró los ojos.

Tuve un escalofrío al recordar la recolocación de mi dedo índice que había hecho Stanley ocho años atrás, lo jodidamente doloroso que fue.

Kurt no se inmutó, no emitió sonido alguno. La nariz crujió y los jugadores que lo rodeaban gimieron con espanto y fascinación. Kurt dio las gracias a Stanley, se puso de pie y se acercó a mí mientras pestañeaba para alejar las lágrimas de dolor.

—Vamos a dar una vuelta en coche, Roy.

Me puso una mano en el hombro y salimos.

El aparcamiento estaba vacío, solo Natalie esperaba, cruzada de brazos, junto a mi Volvo. Se quedó paralizada al vernos.

—¿Puedo...?

—Sí, pero date prisa —dijo Kurt.

Me acerqué a ella. Vi el desconcierto y la preocupación dibujarse en su rostro.

—¿Qué ha pasado?

—Carl le ha contado lo que pasó cuando murieron mis padres.

—¿Qué? Pero...

—Tengo que irme con Kurt. Te llamaré en cuanto sepa algo más, ¿de acuerdo? —Le di las llaves del coche y un beso en la mejilla—. Te quiero.

Ella parpadeó.

—Vas a..., ¿volverás?

—Sí.

—¿Seguro?

—No. Pero es probable.

—¿Cómo de...?

—Aproximadamente un setenta y uno por ciento.

—Bobo.

Eso fue lo último que me dijo antes de que me acercara al todoterreno de Kurt, que tenía abierta la puerta del copiloto.

—Sí que se ha convertido en una mujer guapa —dijo Kurt y arrancó.

—¿Adónde vamos?

—Notodden.

—¿A la cárcel?

—Ahora que vas a estar dentro una temporada, necesitarás alojamiento y comidas en condiciones.

Una vez que enfilamos la carretera en dirección este, el sol atravesó la capa de nubes.

—Te voy a contar la historia con todos los detalles —dije.

—Espera mejor a que lo grabemos todo en la comisaría de Notodden.

—No, en Notodden no diré nada. Será mejor que hagamos una parada. Mejor para los dos. Una dosis de tabaco de mascar, un cigarrillo y un relato.

Kurt me miró de reojo.

—¿Qué quieres decir con que será mejor para los dos?

—¿Sabes una cosa? —dije señalando al frente—. Joder, sería muy oportuno girar ahí, donde la historia llega a su fin.

Kurt miró con los ojos entrecerrados. Dudó. Pero comprendió lo que quería decir. Justo delante de nosotros estaba el desvío a la caseta de la barca de remos que había aparecido a la deriva con las botas de Sigmund Olsen en su interior. Pareció dudar un instante, pero puso los intermitentes y frenó.

—Veamos si el bote no tiene vías de agua —dije, y abrí la puerta.

—Tranquilo ahí —advirtió Kurt, y pareció que iba a sacar la pistola de la funda del hombro, pero cambió de opinión.

Me siguió hasta la solitaria y vieja caseta pintada de rojo que había en la orilla, bañada por el sol de la tarde. En la puerta había un candado. Empujé los tablones de madera hasta que se abrió una rendija que me permitió ver el interior. En efecto, ahí estaba la barca.

—Habéis cambiado el candado —dije—. Hace años era grande y niquelado.

—No quedó otra —explicó Kurt y me ofreció un cigarrillo de su cajetilla—. Las llaves desaparecieron con papá.

Ese «papá» fue el detonante. Comprendí algo que hacía mucho que debería haber entendido. Nunca le había oído referirse a su padre como «papá» y ahora, al hacerlo, fue como si bajara la guardia y dejara algo al descubierto. No se trataba de su vulnerabilidad, aunque también la veía, era otra faceta: el vínculo familiar. La intimidad. El amor por su padre. Vulnerable, sí, pero también una exhibición de fuerza, algo imbatible. Yo no había querido a mi padre, no había recibido su amor. Por eso, Kurt Olsen me ganaría una y otra vez. Porque su caza tenía un fin, un sentido. Mientras que yo solo huía de algo, sin rumbo. Yo lo sabía, Kurt lo sabía y, ahora que por fin me había derrotado, su odio se apagó. Quería agradecer a un digno oponente la batalla librada. El espíritu deportivo facilón del ganador. Me senté en las losetas de piedra, a la puerta de la caseta, y saqué el tabaco de mascar.

—Alteré los frenos y el volante para que mis padres se despeñaran por Huken —dije—. En realidad, solo debía morir mi padre. Abusaba de Carl.

—Sí, tu hermano me lo contó. —Kurt se sentó a mi lado y encendió un cigarrillo.

—Tu padre estaba sobre la pista y Carl lo empujó por el precipicio de Huken.

—Por accidente —dijo Kurt y sopló el humo—. Tenía diecisiete años, en todo caso habría quedado libre. ¿Y?

—Tuve que ayudarle. Teníamos que hacer desaparecer el cadáver. Lo despiecé en el taller, lo dejé en la pala del tractor y le eché disolvente industrial Fritz. Como tal vez sepas, lo corroe todo.

Vi que Kurt tragaba saliva.

—Cogí las botas y el llavero de tu padre, abrí esta caseta en mitad de la noche, saqué la barca, tiré las botas dentro y la empujé. La marea la trajo de vuelta a la orilla, así que al final tuve que remar hasta que la atrapó la corriente, luego salté al agua y nadé a tierra.

—Un asesinato y cómplice para ocultar otro —dijo Kurt—. Tenías dieciocho años, no sé cuánto te puede caer por eso. Lo de Willumsen es peor.

—¿Carl afirma que lo maté?

—Me ha explicado cómo lo planificaste y después lo llevaste a cabo.

Suspiré. Era verdad que Carl no se había guardado nada.

—Willumsen se había aprovechado de que mi hermano estaba en un apuro: le había prestado dinero a un interés de usura y cuando Carl no pudo pagar, le echó encima a ese matón danés. A mí también.

—¿Los mataste a los dos?

Me encogí de hombros.

—En defensa propia, alegaría yo. Para proteger a la familia. ¿Entiendes, Kurt?

Kurt asintió despacio.

—Pero el último asesinato no fue en defensa propia, ¿a que no?

—¿El último?

—El de la esposa de Carl.

Eso fue un golpe bajo. ¿De verdad Carl había dicho que yo maté a Shannon? Sería porque creía que iba a reaccionar contándole a Kurt que él había matado a Shannon, y quería adelantarse. No tenía sentido. Carl estaba cabreado y quería pararme los pies para conservar su trabajo, pero no por eso era un idiota. Sabía que yo era consciente de que ambos teníamos mucho que perder si se hacía público que la muerte de Shannon al despeñarse su coche por Huken no fue un accidente.

—¿Qué te hace pensar que la maté? —Lancé un escupitajo tan lejos que alcancé el agua.

—Bueno. Cuando tu cuñada está embarazada de ti y se niega a abortar, hay que quitarse el problema de encima. Tú ya tenías cierta experiencia en el tema, así que... —Hizo un gesto con la mano que sostenía el cigarrillo, zanjando así la historia.

—Entonces ¿no es Carl quien afirma que Shannon fue asesinada?

Kurt dio una profunda calada al cigarrillo, necesitaría más nicotina para valorar la situación correctamente, si seguir o no con ese farol.

—No he dicho que lo dijera —afirmó Kurt.

—¿Es una hipótesis tuya?

—Tanto como hipótesis... Más bien es una pregunta lógica, consecuencia de que todos los fallecidos por causas más o menos naturales por estos lares han sido víctimas tuyas o de tu hermano. Entiendo que lo niegues, y está bien... —Dejó caer una colilla sobre la loseta de piedra gris y la pisó—. Tengo más que suficiente contra ti tal y como están las cosas.

Se metió una mano en el bolsillo, sacó unas gafas de sol Ray-Ban auténticas, no una copia barata de esas que vendemos en la gasolinera. Se las colocó y levantó el careto al sol.

—¿Sabes, Roy? En realidad, todo esto es una pena. Porque te entiendo. Alguna vez hasta he pensado que podría haber sido yo. Sí, incluso esto de dejar preñada a la mujer de mi hermano, porque la tal Shannon, qué buena estaba. Lo entiendo porque tú y yo nos parecemos bastante. No solo nos gustan las mismas mujeres, también somos unos cabrones muy resistentes, aguantamos cuando los demás ya se hubieran rendido, no paramos hasta conseguir lo que queremos. Así somos. —Me sonrió. No era la sonrisa satisfecha del ganador, sino la del igual, amistosa, conciliadora, de reconocimiento—. Te perdono, hiciste lo que tenías que hacer. Creo que, si el azar hubiera actuado de otro modo, tú y yo nos podríamos haber criado como amigos, Roy.

Asentí. El sol se aproximaba a Ottertind. Un día más languidecía, otra noche se aproximaba. Y a empezar de nuevo. Repetición tras repetición.

—Bueno, vamos a seguir viaje —dijo Kurt y se puso de pie. Sonriendo, me miró desde arriba. Yo permanecí sentado.

—¿Te refieres a amiguetes como tú y Erik Nerell? —pregunté.

La sonrisa de Kurt se marchitó.

—Un colega de esos a los que puedes pedir que te haga un favor un poco dudoso. Un colega que puede ayudarte a salir de un apuro solo porque te precipitaste. ¿No te quieres sentar, Kurt?

—¿Por qué? —dijo con una voz rasposa como la pala de una quitanieves.

—Porque te dije que quería contarte toda la historia. Y esta es la historia.

Kurt tragó saliva. Se sentó.

—Bueno —dije, saqué una dosis de tabaco de mascar y la dejé sobre la loseta—. Querías influir para que subiera el precio de una propiedad que ibas a vender por cuenta de tu novia. No porque seas codicioso, sino para demostrarle que no naciste ayer, como suele decirse. Te inventaste una oferta para que el comprador mejorara la suya. Parece bastante inocuo, los vendedores de cualquier cosa lo dicen todo el tiempo, sin pensárselo: «Hay más gente interesada, deberías hacer una oferta ahora que puedes». Lo que pasa es que en la venta de bienes inmuebles hay reglas. Entonces, cuando el comprador, en este caso yo, sabe un poco de esas normas, y pide ver la otra oferta por escrito, te das cuenta de lo que has hecho y te asustas un poco. Porque, si reconoces el farol, no solo habrás perdido tu reputación ante el comprador y tu chica, sino que, de hecho, ya eres culpable de estafa. No de sisar unas manzanas del árbol del vecino o de un pequeño engaño, sino una estafa con mayúscula, una de esas que aparecen en el código penal noruego. Una que no solo comportaría una condena, sino que te haría perder el puesto de alguacil. Teniendo en cuenta nuestros antecedentes, dudas de que vaya a tener piedad si me entero. También sabes que Rita es una mujer estricta, legal y de principios firmes. A ella no la convencerías para que participara en un engaño. Al contrario, ella también quiere ver la otra oferta. Lo piensas y llegas a la conclusión de que, en lugar de falsificar algo por tu cuenta con un nombre ficticio y el riesgo de que Rita lo quiera verificar, mejor vas a ver a Erik. Le pides que finja que fue él quien hizo la oferta, y que la escriba en un papel. Se lo enseñas a Rita, que seguramente se sorprende, tanto porque Erik pueda financiar 6,4 millones de coronas como porque quiera pasarse al sector del camping. «Pero bueno», piensa ella, «Erik ha perdido el Fritt Fall y es de los que quieren ser propietarios, ser el jefe, ¿Por qué no?». Al enseñarme la nota a mí, evitas que vea el nombre, porque sabes que soy desconfiado, que si hubiera sabido de quién se trataba, habría hecho comprobaciones. Acepto la oferta sin ver el nombre, porque la palabra de Rita me basta. Lo que pasa es que, en cuanto echo un vistazo a la letra de la oferta, comprendo de quién se trata. La letra esmerada que veo delante de la puerta del Fritt Fall, en una pizarra, todos los días. Sé muy bien el poco dinero del que dispone Erik y lo buenos amigos que sois vosotros dos: deduzco lo sucedido. El otro día tuve una charla con él y lo reconoció todo, dijo que no le habías informado de que la otra oferta era mía. Afirmaste que era un favor de amigo. Que el camping ya estaba vendido, que solo querías otra oferta para enseñársela al comprador y que se quedara tranquilo. Que no creyera que había pagado un precio excesivo. Así todo el mundo se quedaba contento, ¿no? Le conté a Erik que no lo habías hecho para crear buen ambiente, sino para engañarme a mí para que pagara más. Que me la habías jugado. Pero a él, a Erik, le habías dado una patada en la rodilla. No descarto que su lealtad se haya reorientado un poco como consecuencia de que le cedí una tercera parte del Fritt Fall sin cargo alguno, y que además comprendió que lo habías utilizado para algo que podría llevarlo a ser condenado como cómplice de una estafa.

Kurt estaba pálido y parecía mareado.

—Erik ha firmado un documento que explica paso a paso lo ocurrido y está en manos de un abogado de Oslo. De momento solo somos nosotros tres, no, cuatro, quienes conocemos el contenido.

—¿Por...? —Kurt tuvo que humedecerse los labios—. ¿Por qué mantenerlo en secreto?

—¿Tú qué crees, Kurt?

Nos miramos como dos boxeadores agotados en el quinto asalto, él con la nariz rota, que seguía hinchándose, y yo con la cabeza envuelta en un vendaje sanguinolento.

—Porque sabías que te podría hacer falta —dijo.

Asentí. Pareció darse cuenta de algo.

—Cuando compraste el camping ya lo sabías, supiste que te estaban engañando.

Me encogí de hombros.

—Pagué de más... ¿Cuánto fue? ¿Poco más de un millón de coronas? Me pareció que merecía la pena, para tener un seguro.

—Me convertiste en un estafador.

—Oh, no, de eso te ocupaste tú solito, Kurt. Me limité a no impedírtelo.

—Joder.

Lo soltó con tal fuerza que pensé que iba a vomitar. Puede que yo hubiera imaginado este momento, que tuviera prevista una victoria dulce. Pero, curiosamente, no fue así. El tipo me daba pena, de verdad que sí.

—Aquí estamos —dije, y le puse una mano en el hombro—. En el mismo barco y con mierda hasta las orejas tanto el uno como el otro.

Kurt tenía la cabeza gacha.

—¿A eso te referías al decir que querías comprobar que la barca no tuviera vías de agua?

—Algo así —dije y le di una palmada consoladora en la espalda—. Si los dos evitamos las fugas, la barca se mantendrá a flote.

—Esto es enfermizo —susurró Kurt.

—Estoy de acuerdo.

Encendió otro cigarrillo.

—Apuesto a que también has previsto algo para el futuro, Roy. ¿Qué propones que hagamos ahora? ¿Lo dejamos estar y vamos cada uno a lo nuestro?

—El problema —dije— es Carl.

—¿Qué quieres decir?

—Al darse cuenta de que no me vas a detener, puede que acuda a la policía de Notodden o de Oslo.

—Vale. Pero eso no lo puedo impedir.

—Deberías. Si no, mi abogado hará público el documento. Sin implicar a Erik, por cierto.

—Pero, joder, Roy, ¿cómo pretendes que le pare los pies a Carl?

—Carl es racional. Fue a verte porque sabía que le propondrías un trato que lo mantendría a él al margen. No es tan fácil que le hagan la misma oferta en otro sitio. Salvo que se lo prepares tú con tus colegas. Sin esa garantía, no se arriesgará a que lo acusen de cómplice, por ejemplo, del asesinato de Willumsen. Si le haces ese favor, los dos estaremos bastante seguros.

—¿Eso crees?

—Sí. Además, cuando la junta del Spa de Os haya elegido un nuevo director, Carl ya habrá perdido el tren, y no tiene nada que ganar soltando bombas atómicas.

Kurt se rascó la cabellera.

—Tú eres su hermano, tú sabrás.

Nos pusimos de pie y nos aproximamos al coche mientras Kurt hablaba por teléfono con la comisaría de Notodden. Canceló su solicitud de auxiliares para un interrogatorio y de un calabozo para una prisión provisional.

Colgó y se acomodó tras el volante. Yo iba en el asiento del copiloto. Hizo un cambio de sentido y estábamos esperando un hueco entre los coches para acceder a la carretera cuando se me escapó la pregunta.

—¿Me odias, Kurt?

Vi que se lo pensaba, mientras miraba a derecha e izquierda para calcular el tiempo. Aceleró y, cuando ya íbamos hacia Os y creía que lo había olvidado o prefería no responder, dijo:

—Llevo años creyendo que sí, Roy. Pero supongo que es lo normal.

—Lo normal.

—Cuando odias tan intensamente a alguien es porque te odias a ti mismo.

Avanzamos en silencio mientras yo miraba por la ventanilla y pensaba en papá. El sol se ocultó tras Ottertind. Pronto llegaría la oscuridad que en Os no cae, sino que asciende del suelo.

Al llegar a casa le conté a Natalie lo sucedido.

Me escuchó con la boca abierta y mirada incrédula.

Esa noche no hicimos el amor, nos agarramos el uno al otro con desesperación, bañados en sudor, como si ambos soñáramos que el otro estaba a punto de caerse por la borda.

43

—¿Quieres casarte conmigo?

Era la primera vez en mi vida que había juntado esas tres palabras en ese orden. Natalie miró a su alrededor a la luz de la mañana con ojos somnolientos como si quisiera comprobar que la pregunta era para ella.

Yo me había arrodillado junto a la cama, con una taza de café recién hecho en una mano y en la otra un platito con una servilleta, una rebanada de pan con queso marrón de cabra y una caja de terciopelo rojo con un fino anillo de oro. Ella agarró la rebanada, dio un mordisco, miró al techo y masticó.

—Vale —dijo, como si su respuesta hubiera dependido del sabor del pan. Luego soltó una especie de risa histérica y no tuvo tiempo de llevarse la mano a la boca para evitar que el edredón se llenara de pan mojado y queso. Lo limpiamos con la servilleta.

—¿Lo intentamos otra vez? —pregunté.

Ella asintió.

Salí de la habitación, volví a entrar y me arrodillé junto a la cama. Repetí las mismas tres palabras en el mismo orden, por segunda vez en mi vida.

—Sí —dijo ella en voz alta y clara y se echó a llorar.

—¿Lo intentamos otra vez? —pregunté.

—Bobo —soltó, me subió a la cama con ella y se secó las lágrimas con mi camiseta—. Bésame, bobo.

Recuperamos el tiempo perdido aquella noche. Después ella sacó el anillo de la caja.

—¡Qué bonito es! —dijo intentando ponérselo en el anular—. ¿Creías que tenía los dedos tan finos? —Rio. Se detuvo cuando levantó la vista; debió de leerlo en la expresión de mi cara—. No lo compraste para mí, ¿verdad que no?

Asentí.

—Lo compré para Shannon, pero no tuve tiempo de dárselo. Ahora te lo entrego a ti. ¿Te parece bien?

Fue como si pudiera ver en sus ojos los pensamientos que pasaban por su mente.

¿Quieres decir que si me parece bien ser la número dos? ¿Preferías ahorrarte el dinero antes que comprar un anillo nuevo? ¿O prefieres que lo lleve yo para que puedas imaginarte que soy tu verdadera amada, Shannon?

No lo sé, supongo que primero tuvo que poner sus pensamientos en orden, del mismo modo que había tenido que hacerlo yo. De repente, pareció entender algo, algo que hizo que la dureza de su mirada se suavizara. Que aquí, en la montaña, no tiramos cosas que están en perfecto estado, aunque tengan valor simbólico. Nuestro amor es tan poco sentimental como la naturaleza y nuestras condiciones de vida. Amas a alguien a quien pierdes y, entonces, si tienes suerte, amas a otro. Puedes fingir otra cosa, inventarte una balada empalagosa supuestamente romántica, pero sería mentir, y Natalie y yo teníamos un pacto. No nos íbamos a mentir.

—Es precioso —dijo en voz baja y acarició el anillo con la yema del dedo—. Lo llevaré a una joyería para que lo agranden.

Nos quedamos dormidos y, cuando desperté de nuevo, estaba solo en la cama. Me levanté y encontré a Natalie en el cuarto de estar, delante del portátil.

—Me han convocado a una entrevista en Lillehammer —dijo—. Estoy respondiendo.

—¿Ese puesto de directora?

—Es un hotel pequeño. Pero Lillehammer te gustará. Y seguro que te harán un buen precio por la gasolinera. —Me eché a reír. Hasta que comprendí que no era broma. O solo un poco. Esbozó una sonrisa—. Es una primera entrevista, nada más.

—Recibirás más ofertas. ¿Qué haría falta para que te quedaras en Os?

Se encogió de hombros.

—Lo normal.

—¿Lo normal?

—Un sueldo más alto, un trabajo mejor, un sitio donde vivir, un hombre. Por ese orden.

—Ya tienes un hombre y vives bien aquí, ¿no?

Negó con la cabeza mientras seguía tecleando.

—Demasiado pequeño para dos, y tal vez para tres.

Sentí que mi corazón se saltaba un par de latidos. Natalie levantó la vista del portátil y se echó a reír.

—¿Te has llevado un susto? Tranquilo, estaba de broma. Las mujeres que acaban de quedarse embarazadas no buscan un nuevo trabajo. —Volvió al teclado.

—Debería ser posible dar con algo más grande —dije—. Carl se muda.

—La granja Moe es más grande —apuntó.

—¿Quieres vivir allí? Donde...

—¿Donde los malos recuerdos están incrustados en las paredes? Supongo que pasa lo mismo con las paredes de Opgard. ¿Por eso tu hermano se está construyendo una casa nueva?

—Puede que se deba en parte a eso, pero creo que lo hace, sobre todo, por la misma razón que el chochín.

Natalie dudó unos instantes, hasta que recordó. Y comprendió.

—¿Quieres decir que tiene que construir un nido que satisfaga a Mari Aas?

Asentí.

—Para que puedan ser el rey y la reina de Os —dijo Natalie.

—Así es. Eso creyeron Mari y Dan que serían cuando se mudaron aquí. Pero no sucedió, así que ahora se cambia de macho.

Natalie lo pensó.

—¿No viste cómo ella y Krane se daban la mano durante el partido?

—Lo vi.

—¿Por qué? Si está a punto de dejarlo.

Me encogí de hombros.

—Puede que sepan que hay rumores de separación y quieran negarlos.

—No —dijo Natalie y apartó el portátil—. Es por Irini.

—¿Irini?

—El ama de llaves del hotel, la que viste bajarse del coche de Krane. Mari se ha enterado de su relación.

—¿Eso crees?

—*Yes.*

—¿Y entonces?

—Ocurre una cosa extraña. Mari comprende que el hombre que ya no le interesa, en el que ya no cree, resulta atractivo para otras. Que tal vez sea él quien la deje a ella. Y entonces lo ve con otros ojos, lo quiere recuperar.

—¿Deseo mimético? —Me pasé la mano por el vendaje de la cabeza—. Según esa teoría, Mari debería ver a Irini como un modelo a imitar y, aunque ella misma proceda de un hogar afín al partido laborista, digamos que no es precisamente de ideas igualitarias.

—Es imposible encajar toda la realidad en esas teorías. —Suspiró Natalie volviendo al ordenador.

Recibí una llamada de Jo Aas mientras inspeccionaba algunas de las cabañas del camping. Me invitó a tomar un café y conduje hasta su casa. Me recibió en la escalera vestido con la chaqueta de punto tradicional y pantuflas. Su esposa, Elin, nos sirvió café y tarta de almendras en el salón, con vistas a los campos de cultivo. Tan grandes y ondulados que si no supieras que no era el caso, podrías creer que estabas en uno de esos pueblos llanos del este. Ni la carretera principal, ni el lago Budalsvannet, ni la casa que estaba construyendo Carl se veían desde aquí, pero era una vista estupenda, y se lo dije.

—Bueno, es grande para dos ancianos, así que a primeros de año nos mudamos a la casa anexa —me contó Aas, y señaló con la cabeza la residencia de su hija y Krane—. Ya sabes que ahora les hace falta el sitio a ellos.

No respondí a eso. No tenía ni idea de si fingía no saber nada de los planes de Carl y Mari.

—Como presidente saliente de la junta directiva creí que sería oportuno dar unos consejos, unas pistas, al entrante —dijo, y esperó a que su esposa hubiera salido del salón antes de proseguir—. El consejo principal así, en general, supongo que es el que se puede esperar que un hombre de edad le dé a otro más joven. Que no actúe *übereilen*. Con precipitación. Esa es la raíz de muchos problemas, Roy.

Yo no dejé de masticar.

—Muy buena esta tarta de almendras.

—Cortar lazos familiares resulta más dramático para la mayoría de lo que habían imaginado. ¿Sabías que en la familia de Elin son testigos de Jehová?

—No.

—La norma es que o estás con nosotros o no podemos tener contacto contigo. Elin perdió la fe en sus principios muy pronto, pero no fue por eso por lo que tuvo que romper la relación con ellos. Fue para poder estar con alguien de fuera, como yo.

Sonrió sin que eso suavizara ni un ápice su duro rostro de granito, que parecía sacado de un cartel publicitario de cualquiera de los dos extremos políticos.

—No es una historia extraordinaria y todo el mundo, en nuestro bando, cree que es el único final feliz posible. Pero se equivocan. —Removió el café—. Elin aún tiene momentos en los que duda de si tomó la decisión correcta. Sé lo que te estás preguntando: si dice en serio que preferiría fingir una fe para formar parte del grupo a vivir con la verdad y apartada de él. La respuesta es que unos días sí y otros no.

Me miró.

—Fíjate en el caso de Mari. Tiene una familia y sabemos que eso muchas veces no resulta satisfactorio, sobre todo para vosotros, que sois jóvenes y..., bueno, que le pedís más a la vida, creo que lo diré así. Por eso, en ocasiones olvidáis lo importante que es la familia, y los que tenemos más edad, y supuestamente somos más sabios, debemos recodároslo. Conduciros por el camino recto, el que lleva a un final feliz.

No pude hacer otra cosa que asentir. Jo Aas lo sabía todo de Mari y Carl. Puede que de Dan y la señora del Spa de Os también. No era un deseo por imitación ni ninguna de esas ideas sofisticadas lo que había vuelto a unir a Mari con Dan. Había sido un discurso apocalíptico del viejo alcalde. La amenaza de cortar los lazos familiares. Endulzada con la promesa de trasladarse a la casa principal si hacían lo que él, Aas, les decía. Pero ¿por qué no había intervenido hasta este momento? La respuesta me resultaba igual de evidente. Ahora que Aas sabía que Carl perdería el puesto y se enfrentaba a un futuro incierto, ya no valía el divorcio de su hija que el viejo alcalde había visto aproximarse.

—Cuando Carl y Mari fueron novios de jóvenes, tu hermano era como un hijo para mí —siguió—. Ya sabes que ayudé a que consiguiera esa beca para estudiar en Estados Unidos. Puede que, por mi participación en el diseño de su futuro, ahora me sienta en cierta medida responsable de la situación en la que está. Por ello, me veo obligado a rogarte que seas sumamente cauteloso con la manera en que tratas a tu hermano en este aprieto.

—Gracias —dije—. Lo intentaré. ¿Eso era todo?

—Sí —asintió Aas.

Me metí en la boca el último pedazo de tarta de almendra y me puse en pie.

—Solo una cosa más —dijo cuando estábamos en el recibidor—. Acabo de hablar con Dan. Un tal Fuhr, de Geo-Data ha convocado una rueda de prensa sobre la carretera nacional para esta tarde.

La tarta de almendra, que aún estaba masticando, se agigantó en mi boca.

—Esperemos que no sean noticias negativas para Os y para el spa —dijo Aas y me sujetó la puerta abierta—. ¿Nos vemos en la junta de mañana?

Conferencia de prensa.

Fuhr iba a hacerlo.

Aceleré bajando de Os, como si tuviera que llegar a tiempo a algún sitio. Era demasiado tarde, la carrera estaba perdida, me daba cuenta. Porque no tienes nada que hacer cuando un jodido piloto kamikaze inflado de anabolizantes ha decidido mandarlo todo al infierno.

Por supuesto. ¿Qué me había creído?

Después de deshacerme de Kurt Olsen y de escapar de su punto de mira, ¿me había crecido tanto que pensaba que iba a poder evitar cada jodido fragmento de asteroide? ¿Que había ascendido a la liga estelar del juego, donde el horizonte está despejado y solo queda navegar hasta la puesta de sol?

Lo dicho: el hombre propone y Dios dispone.

Me tuve que reír.

El clima parecía acentuar las circunstancias, del mismo modo que lo hacía en las novelas de las hermanas Brontë que me leía Rita. Ahora mismo había nubes altas, hacía buen tiempo, pero por la tarde llegaría la lluvia, pues más que verlas, intuí las pesadas nubes que se acumulaban al oeste.

Natalie levantó la vista, sorprendida, cuando me planté en el cuarto de estar y le propuse que nos diéramos el mismo paseo de la primera vez.

—¿Ahora?

—El buen tiempo no va a durar.

Ella suspiró.

—Un paseo suele significar que tienes más confesiones terribles pendientes.

—¿Crees que puedo superar lo que ya sabes?

—Todo es mejorable. ¿A lo mejor te has merendado un bebé?

—¿Vienes? —repetí.

—Soy tu chorlito dorado —respondió. Cerró el portátil y fue a cambiarse.

La seguí con la mirada.

En la página web del periódico local *Diario de Os* anunciaban que la conferencia de prensa sería a las seis. Eso quería decir que disponía de cuatro horas antes de que se desatara la tormenta infernal. Porque iba a perderlo todo. En ese momento me di cuenta de algo: no era tan grave que el Spa de Os, la gasolinera y la montaña rusa se fueran a la mierda, si podía quedarme con Natalie. Porque creía en ella. Era un chorlito dorado, la acompañante del solitario; no era Mari, el chochín que miraba antes el nido que al hombre.

—Sigo sin tener calzado de montaña —gritó desde el recibidor.

—Carl está trabajando, vamos hasta Opgard a buscar los zapatos de mamá. De paso aprovecho para llevarme algo de ropa.

—Vale.

Cogimos su coche y de camino a Opgard le conté que iba a haber una conferencia de prensa. De nuevo pasó por mi mente lo liberador que resultaba poder contárselo absolutamente todo a alguien. Bueno, salvo una cosa. En algún momento de nuestra infancia Carl había sido esa persona, pero de eso hacía siglos.

—Fuhr va a presentar un informe revisado según el cual el túnel de Todde es viable —dijo Natalie, y redujo la marcha para subir la primera cuesta empinada.

—Eso parece.

—Entonces ¿por qué no llamas y le dices que cedes a sus exigencias? Imagino que es lo que está esperando Fuhr.

—Porque no se acabaría ahí. Se droga con anabolizantes, y habría nuevas exigencias.

—Pero ¿tienes elección?

—Puedo elegir dejar que suceda lo que tenga que suceder.

—O sea, ¿permitir que todo aquello por lo que has luchado se vaya al infierno?

—Sí, por completo. Todo a la mierda. —No me atreví a mirarla, solo estaba pendiente de escuchar su reacción. Y llegó.

—Vale. —Tan ligera como una lavandera blanca en abril.

—¿Vale?

—Si crees que es una mierda, deja que se vaya al infierno. Esa es mi opinión. Puedes ser amo de casa en Lillehammer. Me llamaron hace un rato y dije que no estaba segura de querer hacer la entrevista, pero casi me ofrecieron el trabajo por teléfono.

—¿De verdad?

—Sí. Podemos elegir, cariño.

Lo consideré. Venderlo todo, Opgard incluido, y marcharme, sin más. Un nuevo comienzo. Ese había sido mi sueño. Me lo habían arrebatado junto con Shannon. ¿Podría cumplirse en esta ocasión? Lo pensé. Claro que nos podíamos mudar, joder, solo había que hacerlo. ¿Qué me retenía? ¿Estaba viejo y me daban miedo los cambios? No, no era eso. Era por ella. Era la idea de poner mi vida en manos de otro.

—Confía en mí —dijo.

Me giré y la miré incrédulo.

—¿Qué has dicho?

—Confía en mí —repitió.

Tragué saliva. ¿Esta mujer ahora también me leía el pensamiento?

—Te quiero —dije. Sonó un poco cursi, pero sincero.

—¿Cuánto?

—A muerte. —Sonó como debía.

Sin apartar la mirada de la carretera, se inclinó hacia mí y me besó en la mejilla. Sí, confiaba en ella. Puede que el nuevo informe diera lugar a una investigación sobre qué había sucedido cuando se redactó el primero y puede que salieran cosas a la luz, aunque Fuhr intentaría evitarlo, claro. En cualquier caso, con Natalie a mi lado las consecuencias de la catástrofe serían limitadas.

Eso creía yo.

Cinco minutos antes de que tuviera lugar.

Todas las catástrofes deberían contar con un preludio. Una escalada, un aviso de lo que está por venir, como sucedía con la conferencia de prensa. Como esos segundos en el patio cuando papá me miró antes de meterse en el coche con mamá y arrancar. Como Carl, cuando me llama para decirme que algo va mal. Como la persecución de un alguacil que te lanza dentelladas a los talones. Como el tronar de la montaña antes de que te alcance el alud.

No siempre es el caso. A veces el sol brilla en un cielo sin nubes y los pájaros cantan cuando te das cuenta de que el desastre no se aproxima, sino que ya ha sucedido.

Estaba en el primer piso, en mi dormitorio, echando camisetas, calcetines y calzoncillos en una bolsa de viaje que tenía intención de dejar en el coche para llevarla a casa de Natalie después de la excursión. Oí a Natalie patear el suelo para meter los pies en las botas de mamá, que estaban en el recibidor, al pie de la escalera.

Metí más ropa y oí arrastrar una silla.

Añadí un par de cazadoras y dos camisas arrugadas. Si las planchaba, podría arreglarme antes de servirle una buena cena. Se hizo un silencio absoluto en la planta baja. Miré en un par de cajones para ver si encontraba algo que pudiera hacerme falta, cerré la cremallera de la bolsa de viaje y bajé por la escalera.

Natalie estaba subida al banquito, dándome la espalda. Un hombro y el brazo colgaban de un modo que nunca había visto, como si les hubieran prendido una plomada. Tenía el otro levantado y acariciaba lo que tenía delante de la cara. El rifle Remington. El de su padre. El de mi padre, idéntico, estaba colgado en la pared del granero de la granja Moe. Habían cerrado la puerta tras el fallecimiento, claro, y yo aún no había buscado una excusa para pedirle prestada la llave a Natalie y poder, discretamente, cambiar una escopeta por la otra. Contaba con que se presentaría la oportunidad. Pero no iba a ser así, ahora estaba claro.

Acariciaba con la mano la culata de nogal, donde estaba lo único que diferenciaba ambas escopetas y cuya existencia tenías que conocer para darte cuenta: un corazón minúsculo que la hija había grabado a fuego para dar una alegría a su padre.

Natalie se dio la vuelta. Resbalaba una lágrima por cada mejilla, la de la derecha llevaba la delantera. Yo me había detenido en el penúltimo escalón y estábamos a la misma altura, como si los dos flotáramos un poco por encima del suelo. El silencio era absoluto, solo se oía su respiración, acelerada y temblorosa. Se bajó del banquito, se quitó las botas de montaña. Metió los pies en las suyas, sacó algo del bolsillo y lo dejó sobre el asiento. Sus movimientos no eran acelerados ni dubitativos, solo decididos, y su rostro, salvo por las lágrimas, parecía resuelto, como el de alguien que ya ha tomado una decisión, sí, que ya ha aceptado que es la única alternativa posible. Fue la total ausencia de enfado lo que me hizo comprender que esto era definitivo. La gente que está iracunda en algún momento tiene que rebajar el nivel de cabreo, y pueden cambiar de opinión. Pero Natalie no parecía ni siquiera sorprendida, era alguien que había confirmado una leve sospecha, algo cuyas consecuencias ya había valorado.

—Vaya, vaya —soltó. Como si dijera «Bueno, así es la vida, son cosas que pasan o al menos lo hemos intentado». Se encogió de hombros, agarró el picaporte y desapareció.

Me quedé paralizado.

Oí que el motor arrancaba y se perdía en la distancia.

Solo cuando dejé caer la bolsa de viaje me acerqué al banquito y vi el anillo que había dejado encima.

44

Desperté de golpe, la oscuridad que me rodeaba era absoluta. Un rugido profundo y retumbante se alejaba.

Tormenta. Había tenido una pesadilla que no trataba ni de los siete viejos fantasmas que me perseguían ni del nuevo, el del hojalatero Moe. La pesadilla era que Natalie me había dejado por tercera vez y que papá me gritaba a la oreja «Third strike and you're out», como solía hacer cuando nos enseñaba a Carl y a mí a jugar al béisbol en el patio. Sí, casi fue un alivio despertarme. Hasta que recordé que la realidad no era mucho mejor. Me di la vuelta en lo que creí que era la cama, y me caí del sofá. Impacté contra el suelo, noté el olor de la gastada alfombra persa que papá había traído de Estados Unidos y comprendí que estaba en el cuarto de estar. Las manecillas de mi reloj relucían débilmente, eran las once y media. Recordé lo sucedido tras la marcha de Natalie, que no era gran cosa.

Había apagado el teléfono y había bebido una Budweiser de las que Carl encargaba en la cooperativa estatal de bebidas alcohólicas de Notodden a pesar de que estaba de acuerdo en que resultaba bastante mortecina. El televisor y la radio permanecieron apagados mientras me trabajaba una borrachera que pudiera reducir un poco el dolor que sentía cada vez que pensaba en Natalie. Me bastó con cerveza; esta vez no tenía intención alguna de coger un atajo al más allá. Solo quería dormir.

Al despertar, me pareció que el silencio era excesivo. Tuve una idea loca, que tal vez Natalie me había llamado, que había cambiado de idea y quería que fuera con ella a Lillehammer o adonde fuera. Las botellas de cerveza caídas tintinearon mientras daba palmetazos en busca del teléfono, que creía haber dejado en la mesa.

Un rayo iluminó un instante el salón y vi que el móvil estaba encima de un libro. Lo encendí mientras el estallido del trueno llegaba a oleadas. Siete llamadas perdidas y dos mensajes. Ninguno era de Natalie. Suspiré. Tres llamadas de Carl, dos de Dan Krane y una de Jo Aas. Los dos mensajes eran de Dan Krane. Abrí el primero.

He intentado llamarte. Eres un inversor de peso en la localidad y el Diario de Os quisiera que comentaras lo que se ha desvelado en la rueda de prensa de Geo-Data sobre los errores de su informe inicial.

Tuve ganas de echarme a reír. No sabía muy bien cuáles serían las consecuencias para mí, lo que iba a perder, pero resultaría insignificante en comparación con la marcha de Natalie. Sí, me quedaría sin la gasolinera, sin el parque de atracciones, puede que incluso sin el Spa de Os, pero eso tendría cierto sabor épico. Como irse a pique viajando en primera clase. Sí, casi me reí mientras abría el segundo mensaje.

¿Tienes algún comentario sobre esta tragedia y sobre las afirmaciones de que Fuhr y Geo-Data han hecho trampas?

Podría llamar a Krane para comentarle que la expresión «tragedia» debía emplearse para hablar de mutilaciones, muerte y penas de amor, no para referirse a la ampliación de una carretera noruega y la despoblación de las zonas rurales. Ni siquiera se trataba de eso, puesto que, al fin y al cabo, la muerte de Os suponía el renacer de Todde.

No había comido desde el desayuno. Decidí tomar algo, meterme en la cama y levantarme temprano. Faltaban diez horas para la reunión de la junta directiva y había muchos preparativos que hacer a la luz de las nuevas circunstancias. Una cuestión era deponer a Carl y asumir yo el cargo. Otra, igualmente importante, era decidir si había que paralizar la construcción del ala nueva del hotel, ahora que la carretera nacional iba a desaparecer.

Fui a la cocina sin encender la luz y me corté un par de rebanadas de pan integral, encontré un poco de jamón cocido en el frigorífico y me senté a la mesa de la ventana. Mastiqué contemplando la densísima oscuridad. Me sorprendió lo rápido que mi mente había pasado de la ruptura con Natalie a cuestiones prácticas. La carretera nacional, la junta directiva, comer. Lo mismo ocurrió con la muerte de Shannon. Puede que fuera instinto de supervivencia. Supongo que era un síntoma de que, a pesar de todo, quería seguir viviendo.

Un nuevo rayo desgarró el cielo.

Fue entonces cuando lo vi.

Otra vez.

El lobo.

Debía haber volcado el contenedor de basura que estaba junto al granero y en el destello de luz distinguí que tenía el morro hundido en los desperdicios esparcidos por el suelo.

De nuevo la oscuridad.

Tuve que parpadear. ¿De verdad lo había visto? Fue igual que el año en que el tío Bernard volvió de Estados Unidos con un *viewmaster* que Carl y yo recibimos como regalo para compartir, o un minicine, como lo llamábamos en Os. Eran las gafas de realidad virtual de la época y mostraba imágenes que daban una fascinante sensación de estar en 3D. Nuestro *viewmaster* contenía instantáneas del Gran Cañón y de las montañas Rocosas. Muy chulas, pero las montañas debían resultar más impresionantes para la gente de los pueblos de la llanura que aquí arriba. La foto que yo nunca me cansaba de contemplar era la de un gran puma en una ladera. Ya he dicho que no era por la montaña, sino porque tenía un aspecto muy solitario. Lo había consultado en la enciclopedia de papá y decía que el puma caza y vive solo en un territorio muy amplio. El macho busca compañía y cuando encuentra una hembra en celo, la monta si ella lo permite y están juntos dos semanas, eso decía. Dos semanas, ni más ni menos. Después el macho buscaría de nuevo la soledad para seguir dominando su reino vacío. Era triste, pero no dolía, no sé cómo explicarlo. Has nacido puma, esa es tu naturaleza y haces lo que tienes que hacer, no tienes alternativa, no hay motivo para las lágrimas. Si eres un lobo, un animal gregario, que ha sido expulsado de la manada y tienes que volcar contenedores para subsistir, la situación es otra.

Clavé los ojos en la oscuridad y esperé otro rayo. Para verlo. Para verme. El rey de la basura. Un miserable que sacrifica su dignidad en el altar de la supervivencia, como hacemos todos. Desplazamos el límite de lo que consideramos digno para poder seguir viviendo. Incluso la gente que asesina a los que se interponen en su camino, que le roba la mujer a su hermano y también su puesto, cree tener un honor que defender. Un honor que protege con más desesperación que la mayoría, porque ya no tiene una línea que traspasar, porque no le queda dignidad a la que recurrir.

Por fin otro rayo iluminó el patio, pero el lobo había desaparecido.

Encendí la luz y seguí comiendo. Procuré no pensar, concentrarme en la tormenta, nada más. Era difícil saber si se aproximaba o se alejaba.

Al cabo de un rato recogí la comida, limpié el plato, y tenía abierta la puerta del frigorífico cuando oí otro sonido. El BMW de Carl. Me acerqué a la ventana y vi que entraba en el patio. En vez de aparcar ante la casa, siguió por la rampa y se metió en el granero. Apagó el motor y durante unos segundos la oscuridad fue absoluta, hasta que el tubo de neón colgado del techo parpadeó unas cuantas veces y se quedó encendido. Carl permanecía oculto por la pared del interruptor, y tardó en volver a aparecer. Bajó por la rampa, vio el contenedor volcado y la basura bajo la luz que salía de la puerta del granero, pero no hizo nada al respecto. ¿Qué pasaba? ¿Estaba borracho? Se acercó a la casa con la luz a la espalda; yo sabía que podía ver mi silueta a la ventana.

—¿Qué haces aquí? —preguntó al entrar en la cocina, donde me había sentado a esperarlo.

—Supongo que vivo aquí.

—¿Sí? —Se quedó de pie en la puerta. La voz sonaba baja, sin vida—. ¿Dónde está tu coche?

—Natalie ha estado aquí, hemos venido en el suyo.

—¿Y se ha marchado?

Asentí.

—En ese caso, tal vez tengas tiempo de ayudarme con mi coche.

—¿Por? ¿Le pasa algo?

—Los frenos —dijo—. No funcionan bien.

—Mañana a primera hora le echo un vistazo.

—Mejor ahora.

Nos miramos. Parecía estar sobrio. Me encogí de hombros.

Me precedió por el patio mientras yo miraba alrededor, aunque era seguro que el lobo estaría ya muy lejos.

Un nuevo rayo fue seguido de un trueno desgarrador. Empezaron a caer gruesas gotas de lluvia, como si de veras hubiera abierto una grieta en el cielo. Subimos corriendo por la rampa y entramos en el granero. Otro destello de luz y otro trueno, la lluvia se intensificó y al cabo de unos segundos se desplomaba sobre el techo de uralita y la rampa, que estaba envuelta en la oscuridad. Carl se sentó en el asiento del conductor y abrió el cierre del capó.

Lo levanté y me asomé. Comprobé el nivel del líquido de frenos.

—Parece normal —dije.

No obtuve respuesta y comprendí que debía gritar por encima del atronador ruido de la lluvia en el tejado.

—¡Parece normal! Tendríamos que comprobar...

Me detuve y miré por el capó hacia el asiento delantero. Carl ya no estaba allí.

—Está bien. —Oí su voz a mi espalda, muy cerca.

En ese mismo instante lo supe.

—A lo mejor funciona de todas formas —dijo, y tuvo que levantar la voz, aunque estaba pegado a mí—. Me preocupa haber sabido hoy que los expertos en criminalística creen que también pasaba algo con los frenos del coche de Shannon, que por eso se salió de la carretera.

No me di la vuelta, me limité a seguir escuchando el tamborileo de la lluvia. Otro trueno, cada vez sonaban más seguidos.

—Es que era mi coche —prosiguió Carl—. Sé que la última vez que lo conduje no había ningún problema con los frenos. Eso me hizo pensar. Shannon y tú ibais a tener un hijo en común, a lo mejor hasta lo estabais deseando, habíais hecho planes. El problema era que yo me interponía en vuestro camino de todas las maneras posibles. ¿Cómo actuar? Parece evidente. Vais a hacer algo arriesgado, pero ya habías tenido éxito antes y repetiste el método, ¿no es cierto? Alteraste los frenos de mi coche como lo habías hecho con el de papá, ¿verdad? Bueno, debes haber dado con un sistema más sofisticado, por eso los de criminalística no han encontrado nada que les haga sospechar la comisión de un delito. Si no hubiera matado a Shannon a golpes antes de ir a la reunión con los inversores del Spa de Os aquella tarde, el muerto habría sido yo, no ella. ¿Qué me dices, Roy?

Me giré despacio.

Carl estaba a dos metros de mí, con la escopeta de perdigones a la altura del pecho. El dedo en el gatillo, los dos cañones apuntándome. Me conocía, sabía que era probable que intentara algo. Esta vez no tenía ninguna cadena de bicicleta.

—Repetición —dije.

—¿Lo fue?

—Tú también has escogido el mismo método. El mismo que cuando disparaste a Dog. Puede que también repitamos los mismos errores. No fuiste capaz de matar a Dog, solo lo dejaste malherido. Fue un accidente. ¿Cómo vas a ser capaz de matar a tu propio hermano?

Carl sonrió.

—Querido Roy, es cierto que la primera vez es la más difícil, ¿verdad? O tal vez sea una chorrada, pero he matado dos veces más después de aquella. Al viejo alguacil y a Shannon. No, espera, si contamos a tu bebé, serían tres.

Tragué saliva.

—¿Qué crees que vas a conseguir matándome? La junta no te devolverá el puesto ahora que están informados de todas las irregularidades.

—Ah, pero te olvidas de la herencia, Roy.

—¿Herencia?

—Sí. En eso pensaba hace un rato, contemplando Opgard desde la casa nueva. He visto que se encendía la luz de la cocina y he sabido que habías vuelto al hogar. A la herencia. Y mis pensamientos han seguido por ese camino. Yo soy la única familia que te queda. Si fallecieras ahora, yo heredaría todo lo que tienes. No solo Opgard, también las acciones del Spa de Os. En esa junta de mañana no vas a poder destituirme; al contrario, yo, como futuro accionista mayoritario, podré prescindir de todos los consejeros, al menos de todos los que no estén a favor de que yo siga siendo el gerente del hotel.

Carl se echó a reír, se ve que mi asombro era evidente.

—Sencillo, ¿no, Roy?

—Vale —dije—. Pero ¿cómo pensabas salirte con la tuya?

—¿Salirme con qué? Nadie me culpará cuando se descubra que te has pegado un tiro en el granero.

—O sea, un suicidio el día antes de que me haga con el control del Spa de Os y te destituya. ¿Crees que la gente se lo creerá?

—A primera vista puede que resulte difícil encontrar un motivo claro para el suicidio, pero cuando se sepa que hace poco tuvieron que hacerte un lavado de estómago en el hospital de Notodden, tanto la policía como la gente comprenderán que hace tiempo que pensabas en quitarte la vida. No es infrecuente entre los hombres de tu edad. Fíjate en Fuhr, sin ir más lejos.

—¿Fuhr?

Carl echó la cabeza hacia atrás y me miró frunciendo el ceño.

—¿No te has enterado?

—¿Enterado de qué?

—¿De verdad? Tenías el teléfono apagado, por supuesto. —Carl soltó una carcajada—. Jon Fuhr se ha suicidado. No se ha presentado a la conferencia de prensa y lo han encontrado poco después. Sospechan que es una sobredosis de algo. Pero, claro, parece que tenía un motivo. Por lo que dijo Bent Halden en la conferencia de prensa, se entiende que Fuhr se culpaba del error cometido en el primer informe.

—¿Error? ¿En el informe que nosotros encargamos?

—No, no, esa es la ironía. Hay una vía de agua en la montaña que no habían descubierto y que no se puede secar ni desviar. El túnel de Todde no se podría haber construido en ningún caso. Halden reconoció que Geo-Data debería haberlo descubierto mucho antes y, de ese modo, haber ahorrado a la sociedad cien millones de coronas en planificación y preproducción. Parece que Fuhr había presumido recientemente de haber ganado mucho dinero, y se ha especulado con que los partidarios de Todde podrían haberle sobornado para que excluyera a propósito la vía de agua del informe.

—Así que la carretera nacional...

—Seguirá pasando por Os. Ya no hay duda alguna, no es cuestión de interpretar datos aleatorios o piedras sueltas, un túnel se convertiría en un río.

Había malinterpretado los mensajes de Krane cuando me pedía que comentara «los errores de Geo-Data en su informe anterior». También el último, que evidentemente había enviado después de que encontraran a Fuhr.

¿Tienes algún comentario sobre esta tragedia y sobre las afirmaciones de que Fuhr y Geo-Data han hecho trampas?

—Hablando de ríos —dijo Carl y se llevó la escopeta de perdigones a la mejilla. Miré fijamente los cañones, el dedo que presionaba el gatillo. No tuve miedo. Solo sentía cansancio y quería acabar cuanto antes.

—¡Espera! —grité.

—¿Por qué? —Me observaba con un ojo, el otro seguía cerrado.

—Es imposible que me puedas pegar un tiro a dos metros de distancia con una escopeta de perdigones y conseguir que parezca un suicidio. Para empezar, verán por el impacto que no he podido hacerlo yo. Además, no es seguro que muera de manera momentánea y habrá huellas por todas partes. La gente que se suicida con una escopeta de perdigones siempre se mete los cañones en la boca.

—¿Ah, sí? ¿Qué me propones que haga?

—Que uses el rifle. Está colgado en el recibidor. Hasta tiene una bala en la recámara.

—¿En serio? —Ladeó la cabeza—. ¿Me estás ayudando o intentas engañarme?

Negué con la cabeza.

—Para empezar, quisiera no sufrir una larga agonía. Además, eres mi hermano. Si voy a morir, y no es que no me lo merezca, no veo el sentido de que el último Opgard vaya directo a la trena solo porque no es capaz de pensar con sentido práctico. Y, por último...

—¿Sí?

—Si colaboro contigo ahora, quiero que Natalie se quede con la gasolinera y los inmuebles del pueblo.

Carl se lo pensó.

—Puedo darle la gasolinera.

—Y los inmuebles —dije—. Recuerda que tú te llevas el camping y las acciones. Y Opgard.

Carl se rio.

—Trato hecho. Al fin y al cabo, te debo algunos favores. Va a ser con la escopeta de perdigones, me temo.

—Vale, pero entonces me la voy a descargar en la boca, como dicen.

—¿Sí? —Parecía escéptico.

—Mira, no estoy intentando engañarte —dije, me dejé caer de rodillas y metí las dos manos por la cinturilla del pantalón—. Después tienes que limpiar el gatillo y pegarlo a mi índice derecho. Y no toques nada, deja que todo se quede como está. Cuando hables con la policía cuéntalo lo más parecido que puedas a lo sucedido de verdad, me refiero a cuándo has venido hasta aquí y esas cosas. Entraste, no me encontraste, ibas a acostarte cuando oíste el disparo. Fuiste al granero, me viste, comprobaste si estaba con vida y los llamaste. ¿Comprendido?

—Comprendido.

—Venga, pues pasemos el trago.

Abrí la boca. Carl me observaba incrédulo. Luego, con una mirada cautelosa, dio un paso hacia mí con mucho cuidado. Yo cerré los ojos. Sonó otro trueno, ahora más lejos. Carl empujó el cañón y sentí que el sabor amargo de la pólvora y el metal me llenaba la boca.

He leído eso de que ves la vida pasar ante tus ojos cuando vas a morir. Que tu cerebro busca desesperado algo entre todas las vivencias acumuladas que pueda servir para salvarlo. Yo ya no intentaba salvarme, pero, a pesar de eso, fue precisamente lo que sucedió. La primera imagen fue una de Carl y yo mareados en el asiento trasero del Cadillac mientras papá conducía y fumaba y mamá miraba el mapa y también fumaba. Papá se detuvo para que vomitáramos, nos revolvió el cabello y nos prometió que nos iba a comprar un helado en la siguiente gasolinera. Cumplió su palabra. Antes de llegar a Oslo nos detuvimos junto al fiordo y nos bañamos en el mar, en agua salada. Mamá nadó mientras papá fumaba apoyado en el coche y nos observaba. Nos dio una toalla grande cuando acabamos, recuerdo que sonreía y que pensé que en ese momento papá era feliz. Puede que lo fuera. En ese preciso momento.

Yo delante de Carl con una redacción en la mano por la que me han puesto un sobresaliente. Él, mi hermano pequeño, que niega haberme corregido mis faltas de ortografía a pesar de que lo he visto.

El Cadillac, que avanza con papá y mamá en su interior, mientras Carl y yo nos quedamos en el patio.

Cuatro personas en el viejo Volvo que me ha regalado el tío Bernard por mi décimo octavo cumpleaños, de camino a un baile en Årtun. En el asiento trasero va la pareja de novios formada por Carl y Mari; en el asiento del copiloto, Grete Smitt, que está enamorada de Carl, y al volante voy yo, que estoy enamorado de Mari.

Mari, que se me ofrece para vengarse de Carl porque se ha follado a Grete en una borrachera. Yo, que me doy cuenta de que no estoy enamorado de Mari, de que ambiciono lo que tiene Carl y ella ya no es suya.

Moe en la tienda de la gasolinera, hundido bajo el peso de la vergüenza y el miedo, que va a comprar la píldora del día después.

Shannon. Cabello rojo como una llamarada, cutis blanco como la nieve, el párpado dañado medio cerrado, parece que me estuviera apuntando. Yo en la barandilla del puente de Varodd tras mudarme de Os a Kristiansand para alejarme de ella. Shannon, que una noche aparece en mi puerta, el cabello goteando agua de lluvia, rogándome que la deje entrar.

Natalie tumbada sobre el brezo. El milagro de amar a alguien de esa manera una vez más.

Zator. Las vistas desde la cima, estar allí elevado sobre todo el mundo y, a la vez, saber que faltan segundos para que me desplome en el abismo.

Llegó el estallido. En lugar de fundirse en negro, pareció que todo iba marcha atrás. La escopeta de perdigones dio un tirón y salió de mi boca. ¿Era esto lo que sucedía cuando morías, que vivías la vida en orden inverso? ¿Iba a tener y a perder a Natalie tres veces antes de que se hiciera más joven? ¿Iba a volver a ver a Shannon? ¿Iban a levantarse de entre los muertos papá y mamá, Moe, Willumsen, el viejo alguacil y todos los demás fantasmas? ¿Iba a ver a Natalie, adolescente, salir marcha atrás de la gasolinera para nunca jamás volver? Sentí que algo cálido me resbalaba por la barbilla, por los labios, y saqué instintivamente la lengua. Reconocí el sabor al momento. No eran lágrimas, era sangre.

Abrí los ojos.

Carl no estaba de pie ante mí, miré hacia la oscuridad de la puerta abierta del granero y solo vi la luz en la ventana de la cocina. Estaba vivo, ¿no? El estallido. Habría sido un trueno. Un rayo desgarró la noche e iluminó toda nuestra casa. Junto a la pared oeste vi una silueta. Puede que estuviera muerto, puede que viera lo que quería ver, tal vez en eso consista el paraíso. Porque era ella, Natalie, y sostenía una cítara drone que, evidentemente, estaba tocando, aunque llovía con tal intensidad que yo no oía una mierda. Oscureció de nuevo y ella desapareció.

Un gemido. Por fin bajé la vista.

Era Carl.

Estaba delante de mí, en el suelo, pálido, mientras que la camisa blanca que se ponía para ir a trabajar tenía color. Color rojo.

Me miraba con fijeza e intentaba coger la escopeta de perdigones. Pudo acercar los dedos antes de que yo la alejara. Me giré y la apoyé en el BMW. Vi que la parrilla estaba cubierta de sangre.

—¿Qué... qué ha pasado? —susurró Carl afónico.

Yo seguía de rodillas mirando a la oscuridad.

Entonces ella penetró en la luz. El cabello chorreando agua.

—Hola —dijo Natalie. Lo había visto mal, lo que sostenía no era ninguna cítara drone, era el rifle.

—Hola —respondí, a falta de algo mejor.

—Os he visto cuando he doblado la esquina de la casa para llamar a la puerta. Él iba a...

—Sí —dije y me puse de pie—. ¿El rifle del recibidor?

Se acercó.

—Me he dado toda la prisa que he podido. ¿Está...?

—No del todo.

Miramos a Carl. Tenía la cara blanca por los bordes, como el chocolate pasado. La sangre le goteaba de la pechera de la camisa y caía sobre los tablones de madera. Natalie había disparado desde la casa principal, a una distancia de setenta u ochenta metros. La bala había entrado por la espalda de Carl y salido por el pecho. Me giré y vi que en la parte interior del capó había un bollo casi imperceptible, donde el proyectil había acabado su trayectoria.

—¿Se va a...?

—No —dije—. No sobrevivirá a esto.

Natalie me miró como si fuera a preguntar algo más, por ejemplo, cómo podía saber yo que no se salvaría. Pero debió de ver algo en mi cara que le hizo desistir.

—¿Puedes ir a por el cuchillo de caza? —pregunté observando a Carl, que se retorcía como una lombriz en un anzuelo—. Está en el último cajón de la cómoda del zaguán.

—Vale.

Natalie salió a la oscuridad de la noche. Un rayo más iluminó su espalda. El trueno llegó rodando como una idea que se tiene demasiado tarde.

Me puse en cuclillas junto al cadáver con vida. Carl abrió y cerró los ojos. Soltó aire siseando como un neumático pinchado.

—¿Voy a espicharla, verdad?

El dialecto de Os sonó casi desconocido en boca de Carl después de tantos años.

—Sí —dije—. ¿Alguna última voluntad?

Dio la impresión de que Carl intentaba reírse.

—La misma que tú —siseó—. Que te asegures de que el rey de Os lleve el apellido Opgard.

—No sé si me interesa mucho ese título, la verdad.

—No, puede que tú no lo sepas, pero yo sí. Siempre has querido lo que yo tenía.

—¿Sí?

—El trono, a Shannon. Sí, también a Mari cuando éramos adolescentes, me daba cuenta. Incluso la atención de papá, salvo por esa parte que..., bueno, ya sabes. Enfermizo pero cierto, ¿o no?

Tuve un escalofrío. ¿Era verdad?

Los párpados de Carl estaban entrecerrados, parecía que estuviera a punto de dormirse. Le cogí la mano y se la apreté. Él presionó la mía.

—¿Qué vas a hacer con mi cadáver? —susurró.

—No he tenido tiempo de pensarlo.

—Sí, lo has pensado. Eres muy rápido para eso. ¿Cuál es tu plan?

—¿Estás seguro de que quieres saberlo?

—Seguro no, miente si es demasiado horrible.

—Te voy a enterrar aquí, en la granja, con vistas.

Carl rio y tosió a la vez.

—¡Miente mejor! —La sangre manchó su barbilla y su labio superior.

—En el baldío —dije—. Muy profundo, para que el zorro no te encuentre.

—Bien. —Sonrió con labios pálidos que parecían el caparazón vacío de una larva—. Bien. Gracias.

Natalie emergió de la oscuridad. Me pasó el cuchillo de caza de hoja ancha con las dos manos, como si fuera instrumental médico y yo, un cirujano. Era el cuchillo de papá, el que había utilizado para sacrificar a Dog.

—Voy a salir —dijo Natalie.

—Hazlo.

Me quedé mirando el cuchillo. Era brutal, uno de los que tienen estrías en el lateral para desviar la sangre cuando descuartizas la presa.

—Me duele muchísimo, Roy. ¿Puedes hacerlo ya, *please*?

Asentí con un movimiento de cabeza, pero fui incapaz de moverme. Carraspeé.

—¿Y si pudieras sobrevivir a esto si llamo a Stanley ahora mismo?

—Piénsalo, Roy —gimió, y susurró tan bajito que tuve que inclinarme para poder oírle con la lluvia—: Sobrevivo, mañana me echan, me declaran en bancarrota y tengo que irme a vivir a esa jodida casa yo solo porque Mari ha decidido que no quiere dejar a Dan. Natalie va a la cárcel por intentar matarme a mí y yo por intentar matarte a ti. Si desaparezco, los problemas de los dos se van conmigo. Deja que me libre de sobrevivir y tú sal adelante.

Me senté en el suelo, detrás de él, agarré su espeso cabello oscuro con la mano izquierda. Llegaron como un *déjà vu* las noches en que me bajaba a la litera inferior después de la visita de papá, me pegaba a él y lo consolaba mientras él lloraba, le acariciaba el cabello a mi hermano pequeño mientras él se deshacía en lágrimas.

Eché la cabeza hacia atrás con fuerza, le abracé con el brazo derecho y llevé la punta del cuchillo a la piel del lado izquierdo de su cuello.

—¿Qué te parece? —le susurré a la oreja—. El nombre Spa de Os suena un poco pretencioso. ¿Qué te parece si lo cambiamos por El Spa de Carl?

—Idiota —gimió.

—Lo digo en serio.

Una sonrisa recorrió sus labios pálidos.

—Lo pensaré —susurró.

Le clavé el filo y tiré del cuchillo a la derecha, mientras me aseguraba de mantener la presión y la hoja en posición horizontal.

La sangre manó. Hasta que llegué a la aorta y salió a chorro. Tres golpes de sangre que mojaron el suelo. Cesó y Carl quedó inerte entre mis manos.

Lo dejé con cuidado y me puse de pie. Lo vi allí tirado en un charco de sangre. No sentí nada. No pensé en nada. Salvo que me tocaba lijar un suelo de madera otra vez.

45

He oído que los que se quedan mantienen la pena a raya mientras están ocupados preparando el entierro. No sé si por eso me sentía extrañamente indiferente ante la muerte de Carl. O tal vez hacía mucho que era un juguete roto, carente de compasión.

En cualquier caso, no enterramos a mi hermano en el baldío como le había prometido.

Tenía razón. ¿Por qué arriesgarte a algo nuevo cuando puedes repetir un método con el que has tenido éxito?

Dejamos el móvil de Carl en la mesa de la cocina, envolvimos su cuerpo en bolsas de basura grandes, dejamos el cadáver en el maletero del BMW y fuimos al taller en él y en el coche de Natalie. La hora y el clima eran perfectos. La gasolinera estaba cerrada y no se veía un alma por la calle bajo aquella lluvia, que no dejaba de caer en grandes cantidades. Abrí el portón, metí el coche y Natalie me ayudó a tirar el cuerpo envuelto en la pala del tractor. Echamos el resto de las existencias del disolvente industrial Fritz en ella. Ya podía oír el burbujeo y el siseo de la carne que se esfumaba mientras elevaba la cuchara al máximo, casi tocando el techo. Dejamos los móviles, nos metimos en los coches y condujimos en dirección este. Nos desviamos al área de descanso desierta en la que me había reunido con Jon Fuhr. Allí donde me había dado la carta escrita en mayúsculas que ahora saqué de mi bolsillo y dejé sobre el asiento del copiloto.

«NO PUEDO CON ESTA VIDA. ADIÓS. OPGARD».

Con un trapo que había cogido en el taller limpié el volante y otros lugares que había tocado, a pesar de que dudaba mucho que fuera a haber una investigación y tampoco resultaría sospechoso que hubiera huellas del hermano mayor en su coche.

Me bajé, limpié las llaves y las coloqué encima de la rueda delantera, borré mis pisadas de la grava y me metí en el Mitsubishi de Natalie.

Fuimos en silencio, solo se oían la lluvia y las escobillas, que limpiaban el parabrisas. Hasta ese momento habíamos intercambiado unas palabras sobre las cuestiones prácticas que tuvimos que resolver. Ahora disponíamos de tiempo para hablar de lo otro. De lo que quedaba pendiente, lo que tendríamos que tratar. Pero no lo hicimos. Puede que los dos necesitáramos bajar el pulso, dejar que el cerebro y el cuerpo descansaran un poco después de lo que habíamos pasado. Por fin fui yo quien rompió el silencio.

—¿Por qué has vuelto?

Siguió otro silencio prolongado, pero vi que Natalie tragaba saliva una y otra vez y la piel de su barbilla se arrugaba como la de los niños que intentan reprimir el llanto.

—Porque lo sé —dijo con la voz tomada. Intentó añadir algo más, se detuvo, respiró pesadamente y yo esperé a que estuviera preparada—. Lo hiciste porque creíste que era papá quien había abusado de mí. No sé si fue porque me amas, puede que lo hubieras hecho de todos modos, por lo que tu padre le hizo a Carl. Pero te comprendo, y eso es lo que me asusta. Al marcharme de tu casa me he dado cuenta de que si mi padre me hubiera tocado, yo misma habría querido que tú o yo lo matáramos. Que soy como tú. Que podría ser una asesina. Y ahora... —una lágrima se deslizó por su mejilla— lo soy.

—No —respondí—. Eres alguien que salva vidas. Has salvado la mía dos veces.

Se secó la lágrima con el dorso de la mano y contuvo un sollozo.

—No tengo intención de que se convierta en una costumbre, por si es eso lo que esperas.

Sonreí.

—Vaya suerte la mía que te corriera tanta prisa venir a contármelo...

—Bobo, no era eso lo que tenía prisa por contarte.

—¿Ah, no? ¿Qué era?

—Bobo. —Sorbió por la nariz y se pasó la manga por debajo.

—Exacto, y los bobos necesitan que se lo expliquen todo bien clarito.

Suspiró con exasperación.

—Supongo que me urgía decirte que te quiero.

La miré.

—¿Cuánt...?

—A muerte —dijo.

Nos echamos a reír, sí, eso hicimos.

Natalie esperó fuera del taller mientras yo entraba a coger los móviles. Ya no se oían las reacciones químicas en la cuchara de la pala, pero olía a veneno, y contuve la respiración hasta que volví a salir. Tumbados en la cama de Natalie, con la luz apagada e intención de dormir un par de horas antes de la reunión con la junta directiva, creí que se había quedado dormida cuando sentí que me acariciaba la piel del abdomen. Me giré algo sorprendido, para asegurarme de que en verdad era eso lo que quería, pocas horas después de haber participado en el asesinato de un ser humano cuyos restos se estaban deshaciendo a unos centenares de metros de nosotros. Vi el blanco de sus ojos en la oscuridad y no, no había interpretado mal el sentido de esa mano. Comprendí que no era a pesar de lo que acababa de suceder, era a causa de ello. No se había transformado en una psicópata que se excitaba matando, pero la proximidad de la muerte estimula nuestro deseo de vivir, de prolongar la vida, de transmitir nuestra existencia.

Menos de un minuto después de que acabáramos, dormía como un bebé, como suele decirse.

Vi a Rita Willumsen bajarse de su Saab Sonett a la vez que yo giraba hacia el aparcamiento del Spa de Os. Se quedó esperándome hasta que bajé del Volvo.

—Buenos días —dijo—. Tienes buen aspecto.

—Gracias, igualmente —respondí y lo decía en serio. Que ella no era sincera ya lo había comprendido, pues yo casi no había dormido y esa mañana en el espejo había visto a un hombre que aparentaba diez años más que el que se había ido a dormir.

—Y felicidades por lo de tu novia —dijo mientras íbamos juntos a la entrada—. Has encontrado a una persona con estilo y con cerebro.

Estuve a punto de repetir eso de «gracias, igualmente», pero me contuve.

Revisé la lista de razones por las que Rita Willumsen de repente pudiera ser tan encantadora con Roy Opgard, el chico que una vez tuvo como mascota, cierto, pero que también tenía por culpable de haberla dejado viuda.

La lista era breve. En realidad, tenía solo dos puntos.

Uno era que Kurt le hubiera contado que lo tenía cogido por los huevos y, por tanto, también a ella, por los métodos ilegales que habían empleado en la venta del camping. Pero dudaba que Kurt le hubiera dicho ni pío al respecto, así que aposté por el segundo punto: que Rita más o menos había entendido lo que iba a suceder en la junta que estábamos a punto de celebrar y que, después, sin duda saldría ganando si tenía a Roy Opgard de su parte. Aunque fuera una sentimental, y lo cierto es que no lo era, voy a decirlo de otro modo: digamos que, si bien Rita era capaz de albergar fuertes antipatías, era, ante todo, una mujer de negocios pragmática. Jugaba sus cartas como demandaban las circunstancias.

Rita y yo entramos a la hora exacta en que debía empezar la reunión y los otros seis miembros ya se encontraban allí. Di una vuelta para saludar y me senté. Me fijé en que los demás habían dejado libre la silla más próxima a la cabecera de la mesa donde estaba el presidente del consejo de administración, Jo Aas, fuera o no de manera consciente.

—Tendremos que esperar a Carl —dijo Aas y miró el reloj.

Todos, inclusive yo, nos limitamos a asentir.

Mientras esperábamos comentamos el hallazgo de agua de Geo-Data, cómo eso reforzaba aún más el paso de la carretera nacional por Os y el trágico suicidio del tipo que, evidentemente, había metido la pata con el primer informe. Puede que fuera la mención de un suicidio lo que cambiara el ambiente de la sala cuando dije que la última vez que había visto a mi hermano, o tenido noticias de él, había sido la noche anterior en Opgard. Me había despertado en el sofá, entrada la noche, el ruido de su coche que se alejaba.

—He intentado llamar a Carl varias veces —dijo Aas con un surco más profundo que el resto atravesándole la frente—. No contesta.

—Puede ser —apunté—. Natalie vino a buscarme poco después de que Carl se fuera y, al irnos, vi su teléfono encima de la mesa de la cocina. —Miré mi reloj de pulsera—. Es despistado, pero me extraña que no haya vuelto a buscarlo. Y me preocupa un poco que no se presente aquí, sin haber avisado a alguno de vosotros de que no vendría o de que llegaría tarde.

Miré a los presentes muy serio. Ellos dejaban ver lo que estaban pensando: que en Os más de uno se había quitado de en medio por motivos de menos peso que perder el trabajo.

—La gente termina apareciendo —dijo Aas—. Esa es la norma. Luego están las excepciones, claro, esperemos que esta no sea una de ellas. En todo caso, tenemos que empezar la reunión.

Aprobamos la convocatoria y el orden del día, pasamos sin dilación al punto siguiente, es decir, la elección de presidente. Una formalidad.

—Opino que Roy es un buen candidato, y no solo porque tenga más del cincuenta por ciento de las acciones y no nos quede otra —dijo Aas, con lo que provocó las risas de los presentes—. Sabéis que Roy también tiene experiencia como propietario de la gasolinera, el Fritt Fall y las viviendas de Meierigården, por mencionar algo. Que yo sepa, todo le ha producido buenos beneficios. Opino que el hotel y la directiva quedarán en las mejores manos cuando Roy se haga cargo del mazo.

Me eligieron por aclamación, una palabra que pocas veces he pronunciado.

—Estaría encantado de pasarte el mazo —dijo Aas con un destello de humor en la mirada—, pero me temo que solo es una manera de hablar, de hecho, no pude golpear nada con él ni siquiera siendo alcalde.

Nuevas risas de los restantes miembros de la junta. Me conformé con sonreír, mejor no reírte demasiado cuando tu hermano pequeño no aparece y estás preocupado por él. Lo peor era que estaba preocupado. Lo ocurrido durante la noche parecía tan irreal que una parte de mí aún se preguntaba cuándo iba a entrar Carl por la puerta, para poder respirar aliviado y constatar que todo había sido un mal sueño.

—En cualquier caso —prosiguió Aas—, desde un punto de vista formal, tú quedas al frente de lo que resta de reunión, Roy.

—Gracias —dije—, pero te agradecería que nos guiaras por los puntos restantes hoy, Jo.

Un par de las arrugas de Aas se contrajeron, pero mucho menos que la última vez que me había dirigido a él por su nombre de pila.

—Será un honor. —Sonrió—. El punto siguiente es la contratación de un nuevo gerente.

Por supuesto, Aas había elegido las palabras con sumo cuidado, para expresarlo como algo positivo, evitando términos como destituir, sustituir o despedir. Pero algo pasó en la sala, como si todos los presentes recordaran lo que esa silla vacía podría suponer.

—La propuesta de Roy y de Carl es que Roy tome el relevo. Es una buena idea, puesto que el mismo Carl opina que ha llegado el momento de tirar la toalla. Lo digo solo basándome en las conversaciones que he mantenido con él, aunque lo mejor sería que estuviera aquí y pudiera proporcionarnos más detalles.

—Objetivamente, la opinión de Carl no tiene relevancia alguna —dijo un miembro de la junta—. Si Roy quiere echarlo, la decisión es suya.

Se elevó al aire un dedo índice con la uña pintada de rojo.

—¿Sí, Rita? —dijo Aas.

—La opinión de Carl es de gran importancia —terció—. Como la mayoría de los directivos, ha firmado un contrato en el que recibe una compensación a cambio de renunciar a sus derechos laborales en caso de despido. Es decir, la junta puede destituir a Carl según su criterio y sin causa objetiva cuando lo juzgue conveniente. Si abandona el cargo por elección propia, también está renunciando a ese blindaje, que, si no recuerdo mal, son dos años de salario. El sueldo de Carl es lo bastante elevado para que debamos saber si se trata de un despido o de un cese voluntario, antes de tomar una decisión sobre una nueva contratación. Si la junta despide a Carl antes de una posible renuncia, sería un *preemptive strike...*

—¿Un qué...? —dijo Aas.

—Pegar antes de que un potencial contrario tenga tiempo de atacar por primera vez —respondí.

Aas miró a los presentes enarcando una ceja, como si quisiera asegurarse de que aquel concepto era una novedad no solo para él.

—Por un lado, están las consecuencias económicas a corto plazo —prosiguió Rita—. Por otro, más a largo plazo, hay que valorar cómo puede afectar a la reputación del Spa de Os una destitución repentina. Si resultara que Carl, a pesar de lo que cree haber entendido el anterior director, no deseara un cese voluntario de su cargo, tengo una propuesta que hacer sobre la oferta que le presentemos: que Carl, desde un punto de vista formal, pueda dejar su puesto por deseo propio a cambio de una compensación menor, digamos año y medio de sueldo, que llamaríamos una bonificación por la labor realizada, en lugar de la indemnización por despido. Esto ahorraría a la empresa seis meses de sueldo y un daño reputacional, y a Carl, un deterioro de su imagen. Si la junta está de acuerdo, propongo que esperemos a tener la respuesta de Carl antes de elegir nuevo gerente, y que convoquemos otra reunión en cuanto esto esté aclarado.

Aas volvió a mirar a los presentes. Todo el mundo asintió, yo también, y decidí para mis adentros que Rita Willumsen sería la primera a quien propondría que participara en la nueva dirección.

Había empezado a anochecer cuando vi llegar a la gasolinera el Land Rover de Kurt Olsen. Aparcó a cierta distancia de los surtidores, así que supuse cuál era el motivo de su visita. Entró por la puerta con esas piernas arqueadas y el andar oscilante y pude comprobar que, efectivamente, ya traía puesta la máscara de sacerdote que prepara un entierro y la noticia de un fallecimiento.

Le indiqué a Egil con un movimiento de cabeza que se ocupara de la cola de clientes él solo y fui al encuentro de Kurt.

Detrás de la gasolinera él encendió un cigarrillo y yo me coloqué bajo el labio una dosis de tabaco de mascar de la marca Berry. Codo con codo, mirando al agua, Kurt me explicó que había recibido una llamada de Grete Smitt. Que un cliente había visto el coche de Carl aparcado en un área de descanso, al este del límite de Os. También había oído por ahí que Carl no se había presentado a la reunión de la junta directiva aquella mañana, así que pensó que lo mejor era avisar.

Asentí.

—Vienen bien los centros de inteligencia extraoficiales como Grete.

—Los cotilleos de los pueblos pueden ser útiles, sí. El caso es que he ido a comprobarlo. En efecto, se trata de su coche. En el asiento del copiloto había una nota. Algo parecido a una carta nunca es buena señal. Peor todavía si encuentras las llaves del coche sobre el neumático delantero izquierdo.

—No lo es, no. Pero no hace falta que me lo cuentes por entregas, Kurt.

—*Sorry.* —Inhaló con tanta fuerza que vi cómo la brasa roja ascendía por el cigarrillo. Exhaló el humo—. La nota parece indicar que se trata de autolisis, Roy.

—¿Autolisis?

—Terminología policial. Suicidio.

«Terminología», pensé, pero mantuve la boca cerrada.

—Me vuelve loco esa jerga de Oslo —dijo—. ¿Director de la comisaría de la policía rural? —siseó con desprecio. Supongo que le pareció una distracción amable del tema que nos ocupaba.

—¿Qué ponía? —pregunté, porque resultaría raro no hacerlo.

—Vamos a ver —dijo Kurt y cogió el teléfono, supongo que había hecho fotos.

«NO PUEDO CON ESTA VIDA», pensé. «ADIÓS. OPGARD».

Por fin lo leyó y yo asentí muy muy despacio, como si necesitara masticar y digerir esas palabras.

—El alguacil ha ido a rastrear con un perro —dijo Kurt—. Pero dudo que encuentre algo. Hay una bajada muy escarpada del área de descanso hasta el agua.

—Sí, creo que sé dónde dices.

—También podría no ser lo que nos tememos...

«Lo que esperamos», pensé. «Porque tú también dormirías mejor si supieras que Carl no puede ir a la policía de Notodden o de Oslo para contarles que el alguacil de Os no ha investigado una denuncia por asesinato». Bueno, no lo dije, por supuesto, solo lo pensé. Del mismo modo que Kurt sospecharía que aquello era obra mía. Los dos estábamos en el mismo barco. Por eso no sentí nerviosismo alguno cuando Kurt miró hacia el taller y seguramente se preguntó si la historia se había repetido, si ahora mismo habría algo en proceso de destrucción en la cuchara de la pala del tractor.

Kurt dio una última calada, hasta llegar al filtro.

—Si encuentran algo, tendrás noticias mías inmediatamente, claro.

—Gracias.

Kurt dejó caer la colilla humeante en un charquito del asfalto y fue con sus andares oscilantes hacia el coche.

Me quedé observando la colilla mojada. La recogí y la llevé al contenedor de la basura. Quería que la gasolinera estuviera impecable.

46

Poco antes de Semana Santa recibí la llamada de Liv Goebbel.
Había nieve recién caída en el hielo que cubría el lago Budalsvannet y en el camping el sol hería la vista. Me aparté un poco
de Glen Moore y de los dos ingenieros noruegos que discutían
qué hacer y dónde, mientras señalaban alternativamente el
mapa y el terreno.

Goebbel me comunicó que había logrado convencer al juzgado de primera instancia de que el fallecimiento estaba fuera de
toda duda y así había obtenido un acta de defunción (término
que reconozco que me hizo estremecerme), lo cual implicaba que
Carl había sido declarado muerto y que podía iniciarse el proceso de liquidación de la herencia. No es que hubiera mucho que
hacer, puesto que no había hecho testamento y yo era su único
pariente vivo. En cuanto a liquidez no ganaba mucho, Carl ate-
soraba más deudas que efectivo, por así decirlo. Pero, claro, tenía
todo tipo de propiedades, y no hacía falta venderlo todo para
hacer frente a los pagos pendientes. Como administrador ya había vendido el BMW antes de las navidades, al igual que las acciones del Spa de Os, que Rita Willumsen había adquirido,
junto con mi promesa de que me ocuparía del hotel con la
misma dedicación que había mostrado por su coche modelo
Sonett años antes. Por su sonrisa creí entender a qué se refería al
hablar del Sonett en ese contexto.

—Todo debería estar resuelto en una o dos semanas —dijo Goebbel—. ¿Habrá un entierro para Carl?

—Un homenaje —respondí—. Y una lápida junto a la de mamá y papá.

—Esto está bien.

—Gracias, Liv. Nos vemos en la junta del miércoles.

Colgamos y miré el reloj. Le expliqué a Glen que había quedado para almorzar en el hotel con Natalie y tenía que irme.

—Va a ser increíble —comentó entusiasmado—. Verás la atracción cuando haya nevado. Será la hostia.

Llegué diez minutos tarde y Natalie me esperaba en nuestra mesa de siempre, junto a la ventana.

—*Sorry*, nos hemos dejado llevar —dije y le besé la mano que me ofrecía. Sentí el anillo en los labios.

—Bien. —Sonrió—. Pareces contento.

—Lo estoy —respondí y pedí la comida al camarero, que había llegado al instante. Un té y la ensalada Os para Natalie, la trucha local y agua para mí.

—Está muy bien que te interese tanto el parque de atracciones —dijo—. Pero debo decirte que empieza a notarse que te falta tiempo para otras cosas no menos importantes.

Asentí con un movimiento de cabeza y puse mi mano sobre la suya, que descansaba en el mantel blanco.

—Estoy de acuerdo. Deberíamos irnos de puente. Tú también trabajas mucho. Pensé que, cuando se acabe la temporada alta de Semana Santa, podríamos ir a Barcelona por Sant Jordi.

—¿Sant Jordi?

—Una fiesta catalana en honor a sant Jordi, en la que la mujer regala un libro al hombre que ama y él a ella, una rosa. Viene de los buenos tiempos en los que las mujeres no sabían leer, pero, puesto que en nuestro caso es al revés, estoy encantado de que me des la rosa.

Se echó a reír e intentó pegarme con la servilleta.

—Muy tierno, pero no es a nosotros a quienes no haces el caso debido. Es al trabajo aquí, en el hotel.

—Vale —dije y me puse la servilleta en el regazo cuando el camarero trajo pan recién horneado y pasta de aceitunas—. ¿A qué te refieres?

—Tengo una lista.

Sonreí, pero vi por su gesto que era literal.

—Algunos puntos son decisiones que hay que tomar sí o sí —siguió—. Otras, decisiones que podrían tomarse.

—¿Podrían?

—Buenas propuestas, iniciativas.

—¿Tuyas?

—Y de otros. Aquí hay mucha gente muy capaz a todos los niveles. Y ningún líder es bueno en todo, así que tienen que saber escuchar.

—Cariño, mira ...

—Lo sé, Roy, se te da bien escuchar. El problema es que ahora mismo no tienes tiempo para hacerlo. Hay que encontrar una solución, eso es todo.

Asentí. Miré las manos de Natalie mientras untaba pasta de aceitunas en el pan. Se había vuelto a poner el anillo tras la noche del disolvente industrial Fritz, cuando agarró la escopeta de la pared del zaguán de Opgard y le pegó un tiro a Carl. Llegó, comprendió la situación, analizó las posibles opciones, tomó una decisión e hizo lo que tenía que hacer. Yo me había preguntado si no serían precisamente casos ficticios como ese los que plantean a los solicitantes de un puesto directivo en Estados Unidos para valorar su capacidad resolutiva.

—Antes de que me enseñes la lista, hay algo que quiero enseñarte yo.

—¿Sí?

—Después de almorzar.

Mientras comíamos, Natalie me contó que le habían hecho otra oferta de empleo más, una de las grandes cadenas hoteleras quería incorporarla a la plantilla de su oficina central. Me dijo que, por supuesto, resultaba halagador, pero ella prefería trabajar donde estaba la acción, en primera línea en el hotel. Nuestra conversación se veía constantemente interrumpida por gente que se acercaba a saludarnos. El nuevo alcalde, Voss Gilbert; el director del banco, Asle Vendelbo; y el director general de carreteras, Dag Cappelen, que estaba a cargo de la mejora de la carretera nacional que pasaba por Os. Comentaban el ala nueva del hotel, el tiempo y las perspectivas del Os F. C. para esta temporada, mientras nosotros asentíamos dando a entender un subtexto que podía o no estar presente. Incluso Dan Krane me dio la mano, solo quería saludarme. Él también estaba amaestrado, supongo que quería estar bien relacionado ahora que él y Mari se habían mudado a la casa principal y esperaban su cuarto hijo.

—Vaya —dijo Natalie cuando Krane se hubo marchado—. Parece que todo el mundo te rinde pleitesía y quiere besar tu anillo.

Pasaron un par de segundos hasta que comprendí que no se refería a la parte de mi anatomía que primero me vino a la cabeza, sino a la escena final de *El Padrino*.

Pagamos —yo no mezclo mi economía particular con la de la empresa como hacía Carl— y nos fuimos en mi Volvo, que tanto Erik como Kurt habían insinuado que debería reemplazar ahora que era director de un hotel y demás.

—¿Qué estás tramando? —dijo Natalie cuando me desvié por una pista forestal antes de llegar al pueblo.

—Espera un poco y verás.

Dos minutos después aparqué y nos bajamos.

La casa, la que llaman Kongsgården, brillaba con la nieve recién caída sobre el tejado. Nieve que ocultaba lo que faltaba por hacer en la parcela: aplanar, asfaltar y sembrar.

—¿Qué te parece?

—Es una maravilla. Entonces ¿está acabada?

—Sí, señora, solo falta que alguien viva aquí.

—A lo mejor encuentras un comprador en Semana Santa —dijo Natalie—. Es cuando vienen todos los ricachones de Oslo. Podemos poner el anuncio de venta en el hotel. ¿Está igual de bonita por dentro?

—Vamos a ver —propuse.

No había pasado la máquina quitanieves, había nevado mucho y los zapatos de trabajo de Natalie eran tan poco apropiados para las circunstancias que la cogí en brazos, subí la escalera y pasé el umbral.

—¡Dios mío! —exclamó.

Ya desde el recibidor se distinguían las vistas al otro lado de la estancia, enorme, abierta y, de momento, sin amueblar. Yo había encendido la calefacción la noche anterior, así que Natalie se quitó los zapatos de dos patadas y se acercó en calcetines por el parquet recién pulido hasta la ventana.

Me pegué a ella y observamos el pueblo allá abajo, bañado por la luz del sol. Se recostó en mí cuando la rodeé con los brazos.

—¿Sigues pensando que deberíamos colgar ese anuncio de venta? —le susurré al oído.

En un primer momento se quedó inmóvil. No dije nada, me limité a esperar. Al cabo de unos minutos su cuerpo empezó a vibrar, movido por una risa silenciosa.

—Eres un listillo —dijo.

—Tú fuiste quien me lo pidió.

—¿Yo? Pero si yo nunca he...

—Mejor sueldo, un puesto mejor, una casa mejor, un hombre. Esas eran tus condiciones para permanecer en Os. ¿No lo recuerdas?

—Sí, me acuerdo. También creo haber dicho: «Por ese orden».

—Lo sé. Así que la pregunta siguiente es si estarías dispuesta a asumir el cargo de directora del Spa de Os. Y qué sueldo esperas cobrar, claro. En todo caso, lo tendría que aprobar la junta.

Se giró hacia mí con cara de incredulidad.

—Verás —sonreí—, resulta que mi puesto queda libre, el actual director va a construir un parque de atracciones.

Vi que su mente se aceleraba tras esos ojos de colores extraños.

—Si quieres probar, tendrás que arriesgarte —dije.

Ella soltó una carcajada y movió la cabeza como si estuviera desesperada. Vale, tendría que esforzarme para llegar a convencerla. Se giró de nuevo hacia Os y apoyé mi mejilla en la suya.

—Mira —dijo señalando una nube blanca que descendía por la ladera de Ottertind.

Era un alud silencioso. Pronto impactaría en el lago Budalsvannet, nieve reciente, ligera, que no atravesaría el hielo. Se elevaría y se deslizaría sobre el agua hacia el pueblo, que estaba a salvo en la otra orilla. Un pueblo de apenas mil habitantes, tres mil en todo el municipio, una cifra que podría incrementarse muy rápido. Está a seiscientos metros de altura sobre el mar, los veranos son breves, pero cálidos y secos, y los inviernos, duros e intensos. Aquí la gente trabaja mucho y no habla más de lo necesario, salvo que consideres prescindible un poco de cotilleo de pueblo. La envidia es humana y cierta competencia resulta saludable, pero la solidaridad es decisiva para la supervivencia. Todo el mundo está al mismo nivel, son sus propios jefes, aunque a veces hace falta una cabra con cencerro que muestre el camino entre la niebla, los despeñaderos y los lobos.

Deslicé la mirada por el paisaje. Ahí estaba la iglesia. Allí, Årtun. Nergard y Opgard sobrevolándola. La plaza y el camping. Más allá, la capilla, la casa de Smitt y la gasolinera. En este pueblo lo había perdido y lo había recuperado todo. Lo odiaba y lo amaba. Al fin y al cabo, ¿qué le puedes exigir a tu pueblo?

El alud impactó en el hielo de Budalsvannet y durante unos instantes la nieve bailó bajo el sol.

Se posó y quedó la sensación de que nada hubiera pasado.